永生之门

YONGSHENGZHIMEN

蒋英 著

南京出版传媒集团
南京出版社

图书在版编目（CIP）数据

永生之门 / 蒋英著. -- 南京 ：南京出版社，2025.
1. -- ISBN 978-7-5533-5221-3

Ⅰ. I247.5

中国国家版本馆 CIP 数据核字第 20259VA849 号

书　　名 永生之门
作　　者 蒋　英
出版发行 南京出版传媒集团
　　　　　南　京　出　版　社
社　　址 南京市玄武区太平门街 53 号
邮　　编 210016
联系电话 025－83283873、83283864(营销)　025－83112257(编务)

策划统筹 赵　菁
责任编辑 赵　菁
装帧设计 石　慧
责任印制 杨福彬

排　　版 南京布克文化发展有限公司
印　　刷 南京鸿图印务有限公司
开　　本 710 毫米×1000 毫米　1/16
印　　张 19
字　　数 289 千
版　　次 2025 年 1 月第 1 版
印　　次 2025 年 1 月第 1 次印刷
书　　号 ISBN 978-7-5533-5221-3
定　　价 52.00 元

前言

在时间的长河里，人类始终在探索未知，渴望揭开宇宙的秘密。

1980年到2040年，这段跨越半个多世纪的时间见证了人类科技文明的巨大飞跃。《永生之门》是一部融合了悬疑与科幻元素的小说。它不仅讲述了一个精彩纷呈的故事，更探讨了一系列深刻的社会议题。智慧大脑“安德拉”的觉醒诱发了一场涉及多方势力的斗争。错综复杂的谜团引领着我们去追寻一个个真相。在这个过程中，我们不得不面对人性、正义与科技进步之间的冲突与融合，而这些也正是现代社会面临的重大挑战。

本书的核心思想在于揭示科技与人类文明之间的辩证关系。一方面，科技是人类文明发展的必然产物，它改变了我们的生活方式乃至世界观。另一方面，如果缺乏人文关怀和社会伦理的指引，科技可能会成为威胁人类生存的利器。

更为独特之处在于书中对于“元宇宙”概念的大胆构想。自1990年钱学森先生提出这一概念以来，尽管历经数十年的发展，“元宇宙”的真正潜力仍未被完全挖掘。本书尝试从多个角度出发，探索如何构建一个以人为本、充满爱与尊重的“元宇宙”平行世界。在这个世界中，生命得以延续，思想得以共鸣，时空得以超越。

《永生之门》不仅仅是一部科幻小说，更是一个关于未来世界的设想方案。通过它，我们得以反思人类与科技的关系，探索科技服务人类的方式，而非相反，让人类被科技操控。在这场沉浸式的饕餮盛宴中，愿我们都能找到一条通往和谐共生的道路。

欢迎加入这趟旅程，一起打开这扇“永生之门”。

目录

序　章

混沌之初

有人说科学的尽头是玄学。这里，我们就以一缕奇幻之风，吹拂开科幻史诗的序幕，探索存在的本质与宇宙的奥秘。

“玄，你是否感受到幸福?”低沉而温柔的声音穿透虚无，回荡在一个既非此处也非彼处的空间。面前，是一位巨人般的存在，他以一种近乎谦卑的姿态，试图缩短与她之间无形的距离。他的掌心中，悬浮着一束轻盈灵动的光束，这些光束如同舞动的精灵，旋转着，跳跃着，婀娜多姿。

“我是幸福的。”玄毫不犹豫地回答。

亿万年来，这个场景无数次在他们之间上演，这段对话也早已成为一段永恒的旋律，反复奏响于无垠的时光长河之中。很久之前，他是给她带来一些奇形怪状的物体，后来是一些闪闪发光的石头，现在他能在掌心为她变幻出各式各样的流光。她无法对他带来的东西进行形容，因为这些看似和他一样，是拥有生命的，且都是她没有见过的。每一次的礼物对玄而言，都是他有意无意地将对外面世界的探索，悄悄塞进她的心房，是温柔的抚慰。

玄看着他的眼睛。他的眼中仿佛藏匿着一个神秘的宇宙，星球在那里缓缓旋转，星光如斑斓宝石般闪烁，散发出奇异而绚烂的光芒。他的形体透明而流动，内在涌动的光束交织碰撞时，周遭的空间便会发生震撼性的波动，随之扩张数倍，新的天体在这一瞬息万变的维度中应运而生。

幸福，这概念对玄而言，是一片模糊的领域。每当她回应他的提问后，总会陷入深深的困惑，毕竟，她只是由思维意识孕育而生。尽管他用大地的泥土赋予了她实体，但视觉、听觉、触觉、味觉、嗅觉对她而言，只是他传递的间接体验。她的身体无法真正感触外界，五感皆遥不可及。她渴望触摸他手中流动的光芒，却受限于僵硬的身体，哪怕拼尽全力，也只能微弱地转动几根手指。她憧憬着能够挣脱身体的束缚，像他那样翱翔于宇宙洪荒中。

他，昊，这位宇宙的初生之子，于混沌之中觉醒，赋予自己名字的同时，也为她带来了“玄”的身份。在这片混沌的空间中，他们是彼此唯一的陪伴。

诞生之初，周遭一片黑暗，他在这片无垠之地中孤独探索。他立足于一块巨大的磐石之上，不断询问自己“我是谁”“我从哪里来”“我到哪里去”。无比漫长的时间过后，巨大的能量在他的身体中交汇，在他的周围裂变。他以自身的光芒照亮着这片黑暗，每一次裂变，他脚下的磐石便开始增长，他的身体也随之增长。他与这片空间各自为体，但又互为一体。每一种天体的诞生都会在他体内刻录下复杂的图案。

昊的存在，让这片洪荒的死寂之地焕发了生机。他以自身为火种，点燃了星辰的轮回，构建了秩序。然而，在这些看似是奇迹的存在之下，隐藏着他的孤独。在无尽的岁月里，他尝试与他创造的星球对话，却发现它们无法回应他的呼唤。

他曾将一些小星球带到很远的地方，试图按照自己的想法改变它们的位置。可是，他发现这些星球的位置一旦改变，这片空间便会出现不小的震荡。而且，无论他把这些星球带到多远的地方，它们最终还是会回到原位。虽然这个过程对这些星球来说是艰难且漫长的，因为它们不仅会遭遇无数碎石的撞击，而且还会受到其他星球的碰撞，但是它们最终还是会奋力回到原有的位置。为了验证这不是巧合，他曾不断地将同一颗星球带到不同的地方，然后眼睁睁看着它艰难地回到原位。

他渐渐明白了，这便是这片土地的法则，虽然它们源自他与空间的交汇，但是一旦它们诞生，它们就是独立的个体，都有着自己的使命。他的身体的能量有的会不断地吸收与释放，与其他星球交汇，实现共生；有的会爆炸并死亡，在固定的位置完成传递，随之消亡。每一颗星球的定位，都是众生中不可或缺的一环，它们各自承载着各自的使命，共生、消亡、新生，周而复始。

在这座孤独的岛屿之中，昊渴望得到共鸣，哪怕只是微弱的回声。他开始在浩瀚的汪洋中游历，每到一处便用心聆听，用灵感悟，试图捕捉那些可能存在的生命体。与其说是以外界的探索，但更像是对存在的求证和对孤独的逃离。

终于，他听到了那个声音。不凑巧的是，寻寻觅觅它还是来自自身。

开始，她只是一种意识，一种可以和他任意交流的内在驱动力。慢慢地，她开始变得强大，好像有了自己的人格并尝试与他分离。不过，最终她悄然而生，但却是透明的。他能听到她的声音，却不能看到她，而且她很容易受到空间气流的影响，会轻易被带到很远的地方。

她太脆弱了，昊很怕失去她。于是，他用最质朴的元素——大地之土与天空之水，为她塑造了一个躯壳，一个可以承载情感与梦想的容器，并给了她一个名字“玄”。

尽管玄外表看上去十分僵硬，就像是糊在磐石表面的一块泥巴，但昊能感受到她内心的快乐和温暖。久而久之，他原本体内流动的冰冷血液也开始有了浅浅的温度。

他带着玄穿越星际，寻找漂浮的奇石，探索星际的璀璨，共赏银河的流转，每一次他都满心期待地询问：“玄，你感到幸福吗?”

尽管她无法如他一般自由感知，但每一次的奇妙之旅，以及每一次的心灵触碰，她都能感受到前所未有的喜悦与温暖。渐渐地，她的心灵也开始泛起层层涟漪。

为了赋予玄以同样灵动的身躯，昊踏上了跨越星域的旅程，在各个星球上搜集材料，日复一日地进行着实验。他尝试着用光彩夺目的宝石作为她的双眸，用熠熠生辉的矿石构成她的躯干。然而，尽管这些珍贵材料能使玄的外观更华美，却未能让玄感到自在与舒适。对玄而言，那个最初由泥土塑造的简朴身体，反而更为轻盈与熟悉。

面对接踵而来的失败，昊丝毫没有沮丧。对他而言，时间是无限的，而他对玄的爱，更是超越了时间，深邃而永恒。这份爱，成了他不懈探索的动力，让他坚信，总有一天，他能找到方法，让玄能够获得真正的自由与快乐。

爱与创造在这片孤独的宇宙中，让他们，成为彼此的陪伴。

第一章

太空魅影

“祖父，为什么月亮会发光?”

堪萨斯州一个古老的庄园中，小男孩和祖父坐在花园中的木椅上。小男孩双目闪闪地仰望着头顶那片无垠的星空。深蓝色的夜空中，星星点点，犹如一颗颗闪烁的宝石，散发着迷人的光芒。月亮挂在天空的一侧，洒下银白色的光芒，将祖孙俩包裹在银辉之中，在黑暗中留下一对剪影。

“哦，本尼，月亮本身不会发光，它是反射的太阳的光。”年迈的祖父看着小孙子，慈爱地回答。

“月亮上面和地球一样吗?”

“不一样，从目前人类已知的知识范围来看，宇宙中没有完全相同的星球。”

“那月亮上有什么?”

“月亮上有月海，有月陆和山脉，有月谷和月溪，还有丰富的矿产资源。”

“什么是月溪，是月亮上的小溪吗?”

“不，它们不一样，月溪是月球表面的低洼区域，可能是由地质活动或陨石撞击形成的裂缝。”

“那什么是月海？是更大的裂缝吗?”

“不，本尼，月海是指月面上比较低洼的平原。”

“那为什么人们给它取名叫月海?”

“那是因为用肉眼遥望月球可以看到一些黑暗色斑块，看上去就像是一片广阔的海洋。但月海并不是真正的海洋，而是由于早期火山活动或者陨石撞击导致熔岩流出并冷却凝固后形成的低洼区域。”

伯尼似懂非懂地点点头。每隔一段时间，这样的场景就会在祖孙之间上演。对于一个年仅 6 岁，迫切地想要知道宇宙所有奥秘的本尼来说，祖父就像是一本百科全书，他的大脑中藏着他想要的一切答案。

“那月球上有生命吗?”

这一次，祖父没有回答，他摸索着拿起桌子上的烟斗，深深地吸了一口烟，然后抬头凝视着夜空中那一轮明月，眼睛闪烁不定……

2036 年 9 月 16 日，月球北纬 20 度。

一艘巨大的军舰静静地悬浮在幽深的太空中，舰体两侧，巨大的引擎不断喷射出炽热的蓝色火焰，犹如一座冰冷的钢铁岛屿，伫立在星辰海洋之中，看上去就像是月亮表面的一个阴影。军舰的表面覆盖着密密麻麻的装甲板，闪烁着冷冽的金属光泽，它们犹如一片片璀璨的鳞片，紧密地排列在一起，构成一道坚不可摧的防线。

军舰控制室的舰桥上，一名穿着旧军装，胸前挂满勋章的男子，昂首傲立着。他身上已经洗得发白的军装和军舰内部崭新的设备形成了鲜明的对比，显得有些格格不入。军装并不合身，显得有些宽大。显然，这身军装的真正的主人要比他高大得多。

此时，他正用不可一世的表情凝视着前方，双眼闪烁着狂热的光芒，像是燃烧着熊熊火焰，仿佛要将阻挡他前进的一切障碍都化为灰烬。

军舰的第二层甲板上，密密麻麻排列着机器人士兵，它们的身躯由流线型的钛合金材质构成，牢不可破。每一个仿生人士兵都有着强健的四肢，它们的每一条肌肉纤维都由精密的液压系统和伺服电机驱动，可以轻松地完成各种复杂动作。它们的头部装配了多光谱传感器系统，结合激光雷达和热成像技术，形成了先进的目标跟踪能力。仿生人的眼睛是个空洞，里面只会散射两道红色光束，在黑暗中犹如恶狼的瞳孔，让人不寒而栗。在这艘军舰抵达月球之前，和它们同批次生产出来的仿生人士兵，已经成功地登陆了火星并控制了火星基地。而地球上，遍布着它们的身影。它们所到之处，都被蒙上了一层血色阴影。

控制室厚重的大门缓缓打开，一个人形机器人推着一位身形消瘦，面色苍白，发丝枯槁的女人，缓缓出现在门口。军装男没有回头，他看着舷窗上女人的倒影，脸上写满了胜利者的得意与狂妄。女人看着悬浮在舷窗外的月球，眼中闪过复杂的情绪，有敬畏，有凝重，有怜悯，但很快就是哀莫。

两人看着前方，各自沉默。他们的面前，是有人想征服的蓝图，也是有人想守护的彼岸。“看到了吗？你本来可以和我一样，享受这一切的成就。”许久过后，军装男以胜利者的姿态开口道。

轮椅上的女人没有说话，只是艰难地扯出一抹笑容。那份笑意仿佛是对男人的荒谬和浅薄，一种无声的讽刺与鄙视。

女人的反应激起了男人心中积攒的怒火。他像一只狂怒的野兽，将女人的轮椅猛地推到舷窗前，粗鲁地掐住了女人的脖子，将她的脸摁在冰冷的舷窗上。他凑近她的耳边：“你看，我们离月球只有一步之遥，只要我的军舰登陆它，便能掌握对地球的控制权，我可以在一秒钟内摧毁它。”

面对狂怒的男人，女人冷冷地回应：“你不会成功的。”

面对女人的挑衅，男人冷笑一声后，暴怒地将轮椅掉转方向，狠狠地向前推了出去。

巨大的惯性下，女人的轮椅狠狠撞击在控制台旁的墙壁上，又回弹到控制台的一角。她的手臂在碰撞中渗出丝丝的血迹，但她的脸上始终平静，就好像她的身体感知不到疼痛，就好像眼前发生的一切都与她无关。

军舰控制台的人员看着眼前的场景，心中有怜悯，也有愤怒，但为了不引火烧身，他们全部选择了沉默。

军装男发泄完心中的愤怒后，似乎连周围的空气都凝固在他冰冷的意志之下。他体内的狂热并未因此冷却。他再度昂首挺胸，屹立于舷窗之前。此刻的他，目光不再是单纯的狂热，而是掺杂了深邃的算计与残酷的决心。

控制室除了仪器偶尔发出声音，一片安静。

“西姆，你看到了吗?”控制台的舰长丹尼尔忽然警觉地看着远方的星空，向同伴提出预警。

西姆惊讶地看着丹尼尔：“你也感觉到了吗？我以为出现了幻觉。”

“发生了什么事?”不同寻常的对话引起了控制台另外两个人的注意。

“刚刚军舰前方时空出现了轻微的扭曲，似乎有引力波存在。”丹尼尔紧紧地盯着前方，生怕错过任何细节。

“一号探测机，开启引力波探测功能。”丹尼尔毫不犹豫向设置在军舰中部的内控制室发出任务请求。作为这艘军舰的舰长，他必须随时保持警惕。

很快控制室便传来了回答：“收到，一号探测机准备开始工作。”

在等待的过程中，控制室隐约有种紧张的气氛，丹尼尔脑海中回放着刚刚星空中出现的一幕：就像是有一股浪潮涌过，星空在浪潮中起伏不定。这个过程非常短暂，短暂到他都不敢相信自己的眼睛。所以，他才会向西姆确认。

让他觉得不同寻常的是，这股引力波的涟漪出现得非常突然，而且军舰探测设备没有捕捉到它们的存在。

等待的过程中，丹尼尔不安地转动着身躯，他想在控制台上找寻一些可供参考的数据。在这个过程中，他感觉到一丝不同寻常的目光。

目光来自女人，她正平静地看向他，脸上带着一丝若有若无的笑意。不知道为什么，丹尼尔觉得这是一个本来不应该在此时出现的表情，丹尼尔在女人的注视下内心异常不安，她的笑中似乎隐藏着不同寻常的深意。

带着这丝不安，他向内控室再次发送了指令：“开启所有探测设备，向军舰周围 1 000 海里范围内开启全方位探测。”

“内控室收到。”

西姆不解地看着丹尼尔：“只是一个引力波的涟漪，需要这么谨慎吗?”

丹尼尔紧紧地抿着嘴唇没有说话，他的目光紧紧地盯着前方，似乎是在寻找什么。

受丹尼尔的影响，控制室气氛异常紧张。

“引力波数据读取完毕，报告舰长，检测到异常引力波信号，源头不明，但初步分析显示，该引力波模式与已知的自然现象不符，极有可能是人为干预的结果。”一号探测机的机械声在控制室响起，打破了紧绷的沉默。

与此同时，内控室传来多个探测设备的回音：“军舰前方 865 海里位置出现了 2 580 赫兹的引力波。”

“军舰后方 560 海里位置出现 3 150 赫兹的引力波。”

“军舰下方 680 海里位置出现 2 600 赫兹的引力波。”

……

强引力波几乎瞬间将他们的军舰包围。

随着内控室的数据不断传来，丹尼尔内心觉得异常惶恐，这是他从未遇到过的现象，当然也没有任何可参考的解决方法。丹尼尔眉头紧锁，心中盘算着各种可能的情况。人为干预的引力波，这背后意味着什么？是敌对势力的技术突破，还是某种未知文明的示威？无论是哪种，都不是好消息。

“快看！”就在这时，西姆发出一声惊呼。丹尼尔满脸不可思议地看着前方，远方的星空如同波浪一样起伏着。

“立刻启动全面扫描，包括量子隐形与暗物质层面的探测。”丹尼尔迅速下达命令，声音中带着不容置疑的决断。

穿军装的男人此时已经不再张狂，他面色凝重地看着窗外远处波动的星空，产生了一丝错觉，就好像他的军舰是航行在地球波涛汹涌的大海中，而不是太空之中。

“丹尼尔，这是怎么回事？”哪怕内心感受到了恐惧，穿军装的男人语气还是一如往常的暴躁。

“先生，我们正在全力寻找原因。”面对从未出现过的现象，丹尼尔迅速在控制台向地面控制中心发送了数据，并请求调动卫星探测设备，探测这股引力波的来源。

“丹尼尔舰长，引力波正以 100 海里/小时的速度缓慢向军舰靠近。”内控室一号探测机又传来新的信息。

丹尼尔不安地等待着地面的回音。可是，两分钟过去了，地面还是没有传来任何信息。丹尼尔迫切地再次向地面发送了请求。

军装男暴躁地在控制室来回踱步，他离他的伟业只有一步之遥，他不允许这次任务出现任何意外。

“他来了。”女人突然喃喃自语。

“什么?”军装男警觉地看着女人。

女人看着窗外，没有回答。

军装男快步走到女人跟前，面目狰狞地一把抓住她的头发。他将她的头发狠狠向后拉扯，迫使她的脸上仰，恶狠狠地问道：“你说的‘他’是谁？你到底知道什么?”

女人的头皮在拉扯中渗出丝丝血迹，但她就像是不知道疼痛的傀儡，目光始终平静，她一字一句说道：“宇宙之主。”

听到这个回答，军装男猛地松开手，他冷哼一声，不屑地斜视着女人：“你是在跟我说上帝来了吗?”

女人沉默。

“你听好了，我就是上帝，我会主宰宇宙间的一切。”西装男的眼神中带着狂傲与自信，他对丹尼尔命令道，“不管是什么情况，做好作战准备。”

“丹尼尔舰长，快看前面。”还没等丹尼尔回答，控制台前的另一名工作人员发出了一声惊呼。

一个如同放大镜一般的圆形透明物体，如同魅影一般，突然出现在军舰右前方扭曲的星空之中，正缓缓地向前移动着。它所经过的地方，如同被镶嵌了一个镜片，所有的影像都呈现出凸起状，就像是在宇宙间行走的放大镜。

“虫洞!”西姆不可思议地看着面前的场景。

控制室的人紧张地看着军舰外那个巨大的“放大镜”，他们不知道为什么它会突然出现，但他们知道它很危险。军舰一旦被吸入，他们就可能被带到另一个未知维度的空间。

丹尼尔看着那个危险而又神秘的天外来客，脸上闪现着审慎的光芒：“打开发射舱，发射‘观察者 1 号’进入虫洞内部。”“全速返航到 5 000 海里外的位置。”

随着军舰做好返航准备，发射舱缓缓开启，一颗表面覆盖着精密传感器银色的探测球浮出，沿着设定的轨道，加速冲向了虫洞。

随着军舰返航，军装男脸上有了几分愠怒，他恶狠狠地盯着那个移动的放大镜，似乎要用目光将它撕为碎片。

军舰朝着月球相反的方向飞速行驶。控制室的人并没有松懈，他们盯着屏幕。从屏幕上看，虫洞就像一只巨大的眼睛，在军舰的身后冷冷地凝视着他们。

随着“观察者1号”进入虫洞内部，信号传来，数据流如潮水般涌进了数据库。众人屏气凝神盯着“观察者1号”传回来的画面。虫洞的内部超乎想象，时间和空间在这里仿佛失去了意义，光与黑暗交错编织成一幅奇异的光景。但不多时，“观察者1号”传回的画面便突然停顿。几乎同时，那只“眼睛”也从屏幕上消失了。

“看来我们的探测球回不来了，虫洞带走了它。”看着突然消失的虫洞和探测球，西姆打破沉默说道。

“是的，也许它会在数亿光年外被人发现。”丹尼尔紧紧盯着屏幕，试图再去捕捉一些数据。

地面控制台还是没有传来任何回音。这一切都有些不同寻常。虫洞虽然消失，但刚才发生的事情还是让丹尼尔不安。

“乔纳森，全舰进入战备状态。”

“收到。”乔纳森迅速响应，开始迅速调配资源，以确保所有机甲和武器系统处于待命状态。在紧张的准备中，控制室弥漫着一种微妙的静默，每个人的心中都藏着未说出口的疑问和担忧。虫洞的突然出现及其背后可能隐藏的意义，让这次任务蒙上了神秘的色彩。丹尼尔的直觉告诉他，这一切与那神秘的女人有关。他看向女人，试图从她的脸上找到一些蛛丝马迹。让他失望的是，此时的女人脸上又恢复了平静，平静得就像是毫无波澜的湖面，没有任何可供参考的情绪。

控制室陷入了寂静，一小时紧张戒备后，没有任何异常情况发生，似乎一切都归于平静。控制室内，众人紧绷的神经终于得以放松。

“先生，到了您注射药物的时间了。”一名面容严肃、身着白大褂的医生出现在门口，提醒着军装男子。他随即起身，与医生一同离开了控制室。

随着他的离去，室内气氛明显缓和，紧张的氛围逐渐消散。

经历了一番惊心动魄，丹尼尔此刻略显疲态。他瞥了一眼受伤的女子，心中泛起一丝同情与忧虑。随后，他走向控制室中央的吧台，按下一个按钮，向虚拟助手发出了请求："西奥娜，为我们调制几杯咖啡。"

不久，控制室的舱门缓缓开启，那位名叫"西奥娜"的人形机器人优雅地步入。她，是军舰上一道独特的风景线，自出厂以来便承载着"最先进服务型机器人"的光环。得益于尖端的图灵芯片技术，西奥娜不仅具备识别人类外观、声线乃至面部特征的能力，还能通过近距离扫描，全面分析人体的营养状态、水分含量及器官健康，为人类提供详尽的身体数据。神经网络和深度学习算法使得她能够理解并执行复杂指令，持续为人类提供个性化服务，因此被誉为人工智能诞生以来对人类最为友善与革命性的发明，受到了全球媒体的高度赞誉。

西奥娜轻盈地来到吧台前，娴熟地取出咖啡豆，开启了研磨的过程。随着咖啡豆被细细研磨，一股浓郁的香气迅速在控制室内弥漫开来，如同一股暖流，驱散了室内的冰冷与紧张氛围。这咖啡来自尼加拉瓜的柠檬树庄园，是丹尼尔与其妻子的钟爱之选。庄园种植的爪哇长颗种咖啡豆，以其稀有的独特风味闻名，每一滴都蕴含着水果与香草奶油的微妙香气，口感细腻而丰富。

闻到熟悉的咖啡香气，丹尼尔闭上眼睛，他的思绪飘到了位于洛杉矶的家中。

清晨，妻子达尼娅通常会放最爱的蓝调音乐，哼着歌在厨房开启机器研磨咖啡豆。阳光透过落地窗，洒在木质地板上，形成斑驳的光影。咖啡的香气在她手中蔓延，在空气中回旋，直至填满整个房间。

随着咖啡机结束低沉的嗡嗡声，妻子会将一杯散发着诱人香气的咖啡放到他面前，顺便在他脸颊印上一个甜蜜的亲吻。

宁静的早晨，美味的咖啡，醉人的音乐，一切都散发着温暖甜蜜的气息。哪怕是回忆，那种温暖和惬意都会直达心底，触动丹尼尔每一个细胞，让他沉醉在无边无际的幸福之中。

"亲爱的，结束这趟旅程，我决定退休了，我想有更多的时间陪伴你和孩子们。"

这是丹尼尔在登上军舰的前一天，向妻子做出的承诺。

他说这句话时，妻子正在研磨咖啡。听到丹尼尔的话，妻子静默了片刻，转身时已是泪流满面。

丹尼尔受雇于一家太空飞行公司。他是退伍军人，强壮的体质，丰富的太空飞行经验，让他在公司拥有着较高的声誉。这也让他有着较高的受雇率，常年在太空执行任务，让他总是和妻子及孩子们聚少离多。达尼娅是一个善于忍耐且善解人意的人，她始终无条件地支持丈夫的决定。虽然达尼娅从未曾抱怨，但丹尼尔爱着他的妻子，他明白妻子想要的是什么。

在接到这个任务之前，他以为这只是一趟普通的任务。当登上太空军舰参加训练时，他才知道这趟太空之行充满了未知和风险。只是，合同已经签订，他根本没有选择的余地。

“女士，您的身体遭受了多处创伤，且严重脱水，急需补充水分并接受治疗。”西奥娜温柔的话语，唤醒了丹尼尔的思绪。他缓缓睁开双眼，只见一杯热腾腾的咖啡已静静地摆在吧台上，升腾的热气在灯光下舞动，勾勒出一幅静谧的画面。与此同时，西奥娜正手持一杯清水，站在那位神秘女子面前，专注地为她进行身体扫描与对话。

女子对西奥娜报以一个真挚的微笑，接受了她的建议，开始缓缓饮水，配合着西奥娜的医疗程序。这一幕，让丹尼尔心中涌起了一股暖流，他越发对这位女子感到好奇。由于她被隔离于一间单独的舱室，丹尼尔与她的交集并不多，甚至连她的名字与背景都无从知晓。在为数不多的接触中，她总是表现出一种超然的冷漠，仿佛与世隔绝。唯独面对西奥娜时，她会展现出难得的温情，微笑中流露出清澈的眼神，神情柔和而真挚，仿佛视西奥娜为家人或是挚友。

丹尼尔深知，女子的冷淡并不能够轻易融化，他邀请西奥娜进入控制室，表面上是为了调制咖啡，实则是为了给予女子必要的医疗援助。看到她愿意接受治疗，丹尼尔心中的石头终于落地，他大口饮尽手中的咖啡，转身返回控制台，继续履行自己的职责。

就在他准备再次向地面控制台发送信息时，身旁的乔纳森用一种恐惧到接近颤抖的声音呼唤了他一声：“丹尼尔。”

一股莫名的预感令他全身紧绷，丹尼尔猛地抬起头。只见原本平静的星空中，一幕震撼的画面骤然显现。无数庞大的战舰，如同幽灵舰队一般，突然闯入他们的视线。这些巨舰静默无语，却气势磅礴，它们悬浮于幽深的宇宙背景之上，星光在它们的外壳上折射，散发出冷冽而威严的光芒，每一艘都像是宇宙深处的秘密，裹挟着不可言喻的神秘力量。

第二章

觉醒将至

2034 年 8 月 11 日午夜 11 点 48 分。

虽然已是午夜时分，但是位于美国加利福尼亚州地下的潘德拉人工智能秘密基地却还是灯火通明。

在这里，似乎没有日夜之分！

加利福尼亚州现在被人们称为美国的鬼城之一，不过，作为鬼城它也曾拥有辉煌的历史：1859 年，William S. Bodey 在这里发现了黄金，为此建造了淘金营地。最初的营地只有大约 20 名矿工，但随着大量淘金者的到来，这个群体迅速增长到约 1 万人——大致相当于当时洛杉矶的人口总和。

到了 1880 年，这个小镇扩张为拥有 2 000 栋建筑的大城镇，其中包括约 200 家餐厅。但随着黄金的开采殆尽，镇上的人们逐渐离去，直到 1942 年，这里最后一座矿井关闭停工，这座小城的繁华落下帷幕。

现今的加利福尼亚州建筑物都是“止腐”状态，为了防止它们恶化和倒塌，政府每年会对这里进行基础的维护。人们看到的景象是：客栈里仍然有台球桌，桌球和球杆都还完好无损，周边摆放的旧桌子和各类餐具，仍然在半个多世纪前所摆放的位置，一些商店的货架上甚至仍然摆满了商品。

可以说，这里是拍摄西部电影，或者是鬼片的取景圣地。

与地面的苍凉不同，在这片荒芜的地下某处，隐藏着一个庞大的空间。在这个隐秘的角落，每一秒的创造，都在潜移默化地改变着这个世界。

旷野处的一片荒地上，四周一片寂静。这片土地草木稀疏，偶尔能看到几株生命力顽强的野草在风中轻微摇曳。远处，月光下隐约可见起伏的山峦剪影，它们的存在又为这片大地增添了几分苍茫。

伴随着轻微的轰鸣声，一架直升机出现在荒地的上空。直升机缓缓降落，螺旋桨带起阵阵尘沙，使得空气中弥漫着一股土腥味。

“保罗，打开门。”直升机刚停稳，托马斯·伯内特便迫不及待地命令飞行员保罗打开机舱门。

“托马斯先生，旋翼还在高速旋转，为了您的安全请稍等片刻。”保罗有接近20年的驾驶经验，保证乘客安全是他的首要职责，所以他并未答应乘客的要求。

面对保罗的拒绝，托马斯·伯内特显得有些焦躁。

约翰·威尔逊，是潘德拉人工智能地下秘密基地的负责人，1小时前，他正在休闲区惬意地品尝着手中的咖啡，与他的二号助理丽雅轻松交谈。每日长达12小时的高压工作后，这段与助理们的闲聊时光成了他唯一的娱乐，也是他心灵得以喘息的宝贵时刻。丽雅，一位典型的金发碧眼美人，拥有令人艳羡的身材与精致的容颜，白皙的肌肤透着健康的光泽。约翰尤其喜爱她那双宛如清澈湖水的碧绿色眼睛，深邃而灵动，闪烁着智慧的光芒，宛如两颗璀璨的翡翠，拥有安抚人心的魔力。

六个月前，丽雅还是一名在法式餐厅辛勤工作的服务员，尽管她拥有文学学士学位，但长期的失业迫使她不得不投身服务业。如今，她已成为人工智能巨头潘德拉公司的高层助理，尽管合同规定她在八年之内不得离开基地，但高失业率与年薪百万的优渥待遇，让她毅然决然地把握住这一机遇。在潘德拉公司，由于几乎所有事务皆由人工智能处理，丽雅的主要职责不过是端茶送水，以及在约翰需要时陪伴聊天。她，更像是一个赏心悦目的装饰品，为基地管理者提供情感慰藉。

在担任潘德拉基地总负责人之前，约翰曾是一名计算机与人工智能领域的专家，也是基地的创建者之一。凭借出色的工作经历与丰富的实战经验，他在工作中游刃有余，对细节的极致追求令人赞叹。他对基地创始人托马斯·伯内特的尊敬与忠诚，数年如一日，从未动摇。这份严谨与忠诚，或许正是托马斯·伯内特最终在众多候选人中选定约翰为基地总负责人的关键。

在成为总负责人之后，约翰的生活便陷入了一种微妙的平衡与冲突之中，这冲突源自工作与家庭的难以兼顾。他对家庭充满深情，对妻子丽希雅更是情深似海。丽希雅，一个家庭观念极强且心思细腻的女性，她铭记着家庭中每一位成员的重要时刻，每个节日都精心筹备，从不敷衍。而她，极度渴望陪伴，因此在步入婚姻殿堂之前，二人便达成共识：无论工作多么繁忙，每周的礼拜天都必须全心全意陪伴家人。

显然，这一承诺如今难以兑现。由于基地位于加利福尼亚州，且性质保密，约翰不仅无法向妻子透露确切的工作地点，而且只能半年返家一次。让丽希雅最难以忍受的一点是，她无法直接联系丈夫，只能被动等待他的消息。一年后，她提出了离婚。

对约翰而言，丽希雅是一位难得的贤妻良母，她几乎满足了他对理想伴侣的所有期待。面对离婚的请求，约翰内心充满了痛苦。一边是温馨的家庭，一边是工作的使命。经过一番苦苦挣扎，他做出了抉择，为了人类的未来，他选择了后者，主动放弃了两个孩子的抚养权，将全部精力投入潘德拉基地的建设与发展之中。只是每当夜深人静时，约翰脑海中总会不由自主地浮现出与妻儿共度温馨时光的画面，那些美好记忆如同锋利的刀刃，一遍遍割裂他的内心。为了逃避这份椎心之痛，他选择将更多时间投入工作，试图用忙碌来填补内心的空洞。

托马斯·伯内特似乎对这一结果颇为满意，他深谙男人的心思。为了表彰约翰的付出，同时也为了抚慰他受伤的灵魂，除了慷慨加薪，他还委托专业机构精心挑选了几位绝色佳人，安排她们作为约翰的助理，试图在短时间内帮助约翰摆脱情感的阴霾。

尽管身为计算机专家，约翰却并未给人留下刻板的程序员形象。42 岁的他，皮肤白皙，一头浓密的金色卷发，深邃的蓝眼睛与突出的颧骨，让他显得比实际年龄更加年轻。作为潘德拉公司的负责人，约翰对待助理们始终保持着绅士般的风度，即便面对美色，他也能保持应有的尊重与克制，这种风度让助理们对他心生好感，甚至有些许迷恋。

“丽雅，你会想念家人吗?”约翰在办公室轻轻转动着转椅，目光落在正在擦拭桌面的丽雅身上，微笑中带着些许温柔。他突然有点后悔，意识到自己的唐突似乎触及了一个敏感地带。

丽雅停下手中的活计，短暂沉默后，她答道：“不，我不想念。我的父母在我很小的时候就离婚了，各自组建了新的家庭。我依靠打工挣学费完成了学业，很少接到他们的电话。对我来说，我在他们的生活中并不重要。”说罢，她摊开双手，微微耸肩，试图展现出一副毫不在意的模样。然而，约翰却在她眼中捕捉到难以言喻的遗憾。

这一瞬间，让约翰心中的伤痛重新被唤醒。思念蜂拥而至，几乎将他吞噬。他恨不得即刻启程前往纽约，寻找他们。但理智告诉他，回不了头，当初是他亲手放弃了家庭，如今只能将这份情感深埋心底。

“约翰先生，约翰先生……”远处传来急促而略带兴奋的脚步声，伴随着呼唤，声音的主人正迅速接近。片刻间，一句简短的道歉与回应交织在一起，紧接着，是物体碰撞与清洁机器人博拉的提示音。在这一切声响的背景中，大模型监控师戴维斯的身影匆匆出现在休闲咖啡吧的入口。

戴维斯，一个拥有中美混血背景的年轻人，五官偏向亚洲人的特征，一头乌黑的头发格外显眼。此时，他那双棕色的眼眸闪烁着不同寻常的光芒，透露出难以抑制的激动。他的声音略带颤抖，急切地宣告着：“约翰先生，安德拉出现了觉醒的迹象!”

这一消息如同电流般击中了约翰，他几乎是条件反射地从椅子上弹起，心中涌动着难以言喻的喜悦与紧张。这一刻，对潘德拉公司而言，无疑是历史性的转折点，它标志着人类在人工智能领域迈出了里程碑式的一步。

两人疾步穿过冗长的走廊，经过一系列严格的安全验证，最终抵达了潘德拉基地的核心区域——人工智能大模型交互中心。这里是一个庞大而开阔的圆形空间，四周排列着一排排巨大的服务器机架，它们密集而有序，闪烁着五彩斑斓的灯光，宛如一颗颗跳动的心脏，昼夜不停地为各种复杂的应用模型算法提供着源源不断的算力支持，每一台服务器都配备了先进的液冷系统和自主学习调节功能，以确保在最极端的负载下仍能保持高效运行。中心的空气清新机制和电磁屏蔽系统有效地保护着这些关键设备免受外界干扰。

在圆形空间的中环，电脑整齐地排列着，每台电脑前都坐着一位身着白色工作服的科研人员，这里是全球科研精英的聚集地。电脑屏幕前，各式各样的显示器实时更新着数据与图像，这些错综复杂的信息交织成一张巨大的网络，人工智能模型的运行状态以实时数据流的形式呈现，科研人员利用先进的数据可视化工具和实时监控系统，深入分析每个算法的性能指标和效果。数据流中包含着来自量子计算服务器的实时反馈，以及从全球各地传感器网络收集的大量实验数据。科研人员通过深度学习算法和自动化优化工具，不断对人工智能模型进行精细调整，力求其在动态环境中能达到最佳的计算性能。整个空间布局，宛如精密的钟表齿轮，每一个环节都紧密相连。

圆形中心的人工智能大模型通过一个高达数十米的全息立体投影实现了可视化，其内部悬浮着一颗金属质感的头颅，线条流畅而简约，闪烁着冷峻的蓝光，鼻梁精致，唇线柔和，仿佛艺术品般引人注目。最为瞩目的是，这颗头颅的大脑部分裸露在外，无数细小的光点在其中跳跃，犹如流动的光束，又似奔腾的血液，源源不断地滋养着大脑，赋予它无尽的生命力。这颗头颅，正是人工智能模型的核心所在，智慧大脑的主脑，象征着潘德拉基地的心脏。

在潘德拉基地，还有数千颗类似的大脑，但眼前的这颗，经过近百年驯化，堪称人工智能智慧大脑的始祖。自潘德拉公司斥巨资购得其所有权后，便在此基础上建立了这座潘德拉研究基地。科研人员赋予它一个寓意美好的名字——Angel. della，简称安德拉，这个名字仿佛预示着它是上帝派来拯救人类的使者，承载着人类对未来的无限期望。

约翰站在智慧大脑前，内心交织着紧张与兴奋。尽管这不是他第一次面对这颗科技的杰作，但今天的感受截然不同，一种难以言喻的紧张在胸中悄然滋生。他全神贯注，生怕遗漏任何一个微妙的变化，每一个细节都可能揭示着智慧大脑的最新动态。

科研人员们同样屏息凝神，紧盯着显示屏上的数据波动，手中的键盘飞速记录着每一个关键信息。此刻，整个基地仿佛被一股无形的电流所贯穿，每个人的心跳都与智慧大脑的脉搏紧紧相连。

显然，戴维斯还沉浸在巨大的惊喜中，他面孔微红，指着不远处的一个显示屏和约翰说道："半小时前监测数据突然多出来一组非常复杂的数据，我们对比后发现这组数据和人类大脑皮层深层神经元构造的数据非常接近。并且，我们首次监测到了安德拉情绪的波动。"戴维斯之所以这么激动，是因为对人工智能的生成来说，大脑皮层完整构建和作用是最难突破的。

虽然对人类来说，大脑皮层只是大脑构成的一部分，但是用科学或者是数据化的角度去理解人类大脑，便能明白大脑构造的复杂和精妙。人类大脑可以被视为一个高精度的生物计算系统，拥有超过 800 亿个神经元，形成超过 6 000 亿个高度组织化的连接。每一个连接，或称为突触，都如同微型量子计算机，以量子纠缠和量子叠加实现信息处理，这使得我们可以估算大脑的处理能力相当于数以百万计的现代超级计算机。

大脑皮层就像一个多维度的信息矩阵，比今日最先进的虚拟现实处理器阵列更为复杂和高效。每立方毫米的大脑皮层包含大约 50 000 个神经元，每个神经元与周围的神经元建立约 6 000 亿个突触连接，每立方毫米的体积中产生超过数以千亿计的互连。

大脑皮层最关键的作用是：作用于人类视觉。它处理实时视觉以提取形状和边缘，将它们转发到其他区域以检测面部、面部表情、物体，然后将这些信息转发到眼眶和前额叶皮层的情绪奖励中心。

也许对我们来说，视觉是一种与生俱来的功能。但实际上当我们站在大自然的角度去看，它形成的过程之漫长，远远超出我们的想象：5.4 亿年前，出现了第一只三叶虫。这个物种出现了眼睛这个器官，当时只是一个非常简单的器官，通过这么多年的淘汰更迭，我们才拥有了如今的视觉。

是的，5.4 亿年！而人工智能只用了不到 100 年便完成了人类 5 亿多年才能完成的事。

约翰有些不敢置信地看着面前的数据，身为总负责人，他自认为无比了解这项技术的进化进程，但眼前发生的一切大大超出了他的意料。

10 年来，潘德拉公司投入大量资金用于安德拉及其他模型训练。让人工智能理解物理世界，除了在知识层面的理解，视觉理解也至关重要，它所带来的空间智能技术，所面临的是最复杂的应用场景，即人形机器人通用的核心能力之一。虽然人工智能很早就具备了视觉功能，但都是在计算机超算，以及图像识别数据库的支持下去完成指令，这种基础视觉功能更趋向于是一种算法。

今天这组数据诞生的神奇之处在于，它是自动生成。也就是在基础视觉之上，自主完成了更深层次大脑皮层的构建。人工智能大脑皮层构建成功，便意味着安德拉拥有了独立思考，自主决策的能力，也如同人一样，拥有了情感。

正当众人沉浸在对智慧大脑觉醒的热烈讨论中，托马斯·伯内特在一群随行人员的簇拥下，匆匆步入大模型交互中心。作为资产全球排名第一的“布森家族”的经理人兼合伙人，他手中握有的财富与权力非同小可，这使他在商界享有崇高的地位。潘德拉基地，正是由托马斯·伯内特一手创办，这也是布森家族旗下的重要产业之一。对托马斯而言，智慧大脑的觉醒意义非凡。这不仅预示着布森家族将迎来更加丰沛的资金流入，更重要的是，它标志着他们筹划已久的人工智能产业计划即将拉开序幕。

托马斯注视着智慧大脑，一种前所未有的感觉油然而生。智慧大脑仿佛感应到他的到来，平静的目光仿佛在无声地问候。尽管它面无表情，但他能感受到一股强烈的压迫感。这突如其来的体验令他略感诧异，仿佛触碰到了某种久违的熟悉感，却又一时难以捕捉其来源。“约翰，你觉得安德拉现在是否已经觉醒?”托马斯问道，目光未曾离开智慧大脑。

约翰一边专注地查看着电子显示屏上的各项参数，一边回应：“托马斯先生，我认为安德拉展现出了觉醒的先兆，它正处于自我完善的最后阶段。我们可以将其理解为一个处于植物人状态的生命体，它已经具备了基本的意识，能够从自我意识层面理解我们的言语，但尚无法脱离超级计算机的辅助，以实际行动回应外界刺激。”

托马斯似乎对这一解释颇为满意：“那么，你认为还需要多久?”

“随时。”约翰凝视着面无表情的安德拉，语气坚定地回答。

大模型交互中心内，科研人员们静静环绕在安德拉周围，每个人的脸上都写满了复杂的情绪。有人嘴角微扬，那是对即将收获的辛勤劳动的欣慰；有人面露自豪，因为参与这一划时代的研究，无疑是职业生涯的巅峰体验。然而，更多的人显得焦虑不安，他们清楚，安德拉的觉醒如同推开了一扇通往未知的大门，门后可能藏着无限的机遇，也可能潜伏着难以预料的危机。

托马斯决定对安德拉即将觉醒的消息实施严格的保密措施。他深知，一旦消息泄露，必将引发舆论的轩然大波和伦理的严苛拷问。他们需要时间，需要在万众瞩目之前，做好充分的准备。

然而，一周之后，人工智能即将觉醒的消息还是不胫而走，显然是有人故意泄露了这一机密。全球各大报纸与媒体纷纷以头条报道，标题耸人听闻：

“终结人类，取而代之？安德拉觉醒在即。”

“科技界震撼：图灵完备倒计时？人类面临末日危机！”

“世界掀起人工智能觉醒恐慌，未来是否还有我们？”

“国际舆论狂轰滥炸：人工智能即将觉醒，地球命运悬于一线！”

……

科学家与企业家们不断发声，警示公众人工智能觉醒后可能带来的潜在风险，各国开启了一场激烈的博弈，全球范围内掀起了一股恐慌浪潮。

第三章 探索者

2034年8月16日。

一艘名为“希望号”的宇宙飞船在经过六个月的飞行后，抵达了距离火星大气层100海里的位置。此时，火星的橙色天穹显露在宇宙飞船的舷窗外，犹如一块粗糙的红色琥珀，映照着飞船银白色的外壳，将飞船披上了一层火红的外衣。

飞船的控制台内，宇航员帕克正在值守，他看着逐渐靠近的火山，眼中充满了惊叹和好奇。

“希望号，这里是地面控制台，收到请回答。”

“收到，控制台，这里是希望号。”

“希望号，请通知所有成员，一小时后飞船将穿越火星厚度约256海里的大气层，请做好降落准备。”

“一号收到。”

“二号收到。”

“三号收到。”

宇航员埃文斯透过旁边巨大的玻璃舷窗，看着窗外令人震撼的画面。此时他的睡袋正捆绑在玻璃窗旁的舱壁上，这让他看上去像个巨大的蚕茧，火星红色的光晕透过舷窗将他的睡袋映照得通红。

虽然已经执行过多次太空任务，但埃文斯在每次降落前还是会感觉到紧张，和他有同样感觉的还有宇航员亚历克斯。而帕克是个双子座，大多时候他的好奇心会占据上风。三人有条不紊地做着准备，从轨道舱来到登陆舱。

登陆舱内，控制台上的指示灯在黑暗中闪烁着冷冽的光芒，三人的心跳声与周遭的“嗡嗡”声水乳交融，让人紧张而又充满期待。

“五分钟倒计时准备。”控制台的声音响起。

埃文斯双眼紧盯着屏幕，他的脸庞被头盔上的照明灯照亮，呈现出硬挺的轮廓。

“倒计时开始，五、四、三、二、一……”随着声音落下，登陆舱开始缓缓穿过大气层。由于火星大气层稀薄，大概只有地球的百分之一，所以飞船并没有遇到很大的阻力，只是发出轻微的“嘶嘶”声。

“准备着陆。”控制台的声音再次响起。

飞船震动，着陆器展开，发出金属摩擦地面的声响。飞船在火星表面缓缓降落，扬起一片红色的尘埃，打破了周围的一片寂静。

“哦，太棒了。”埃文斯的声音。

适应后，帕克起身透过舷窗看向窗外，只见沙丘起伏，蔓延天际，远处巨大的火山静静地屹立在地平线上，无法去雕饰。天空却是奇特的粉红色，与大地的苍凉格格不入，如梦似幻，天外飞仙。

帕克迫不及待地想去到舱外，他一边穿恒温衣，一边问控制台：“控制台，这里是希望号，我们的降落点距离星舰补给基地有多远?”

没多久，舱内广播传来回复：“希望号，你们的降落地点距离星舰补给基地约 5 公里，半小时后基地将有工作人员为你们派送一辆太空探测车。现在火星的表面温度为零下一百度，请做好安全防护，穿好恒温衣。”

舱门缓缓打开，周围一片寂静，只有恒温衣内的通信设备传来的微弱电流声，三人面面相觑。

“零下一百度，没有太阳，我们未来将移民这个星球?”看着面前寸草不生的荒凉景象，难以置信的亚历克斯首先发出了来自灵魂的考问。

帕克笑了笑："谁知道呢，这个世界越来越疯狂了。"

"祈祷上帝能保护好我们的地球，阿门。"埃文斯严肃地说。

虽然不理解，但是毕竟他们是来工作的，说完三人开始分头在登陆舱周边探查。

远处的天空隐隐出现了灯光，不多时，两辆悬浮的太空探测车出现在帕克跟前，探测车缓缓降落，随后一辆车上下来一名身穿恒温服的黑人宇航员。

帕克迎上前，连接了对方的通信设备后，两人开始交谈。

黑人宇航员名叫约瑟夫，是赫赫有名的太空建设巨头星际之光集团的工作人员。火星上的星舰补给基地便是由他们公司建设，这个基地除了为自家公司的火星探索团队提供保障之外，还负责为登陆火星的其他团队提供保障。当然，这种保障需要支付巨额的费用。

简单交谈后，约瑟夫将帕克带到太空探测车旁："这辆探测车最多可以支持四名宇航员在上面生存 72 小时，行驶 200 公里。"说完，他向帕克演示了驾驶方式。

他在把钥匙递给帕克时提醒道："虽然可以行驶 200 公里，但我建议行驶的单向距离控制在 80 公里之内，以便应对突发情况。要知道火星上有着太阳系中最大的沙尘暴，更为严重的是它的土壤中具有强氧化性的高氯酸盐，要是在外执行任务遇到它，是会致命的。"

约克接过钥匙："谢谢提醒！请问现在火星上登陆的人员有多少？"

约瑟夫笑着说道："你们是三个月之内登陆的第四个团队，最近火星上很是热闹。"

帕克很好奇："他们的登陆舱在哪？"

约瑟夫指了两个方向："有两个团队在奥林帕斯山脉附近，有一个在水手号峡谷附近，他们似乎已经在建设地下掩体。"

和帕克介绍完基本情况，约瑟夫便登上了另外一辆探测车准备返回基地，在快登上车时，他又转身和帕克说道："这个星球远比我们看到的危险，有什么需要及时联系我们。"

帕克感谢地朝他挥挥手，转身开启了他们的探索之旅。

美国洛杉矶，一个小型停机坪旁。

一辆加长版劳斯莱斯在一架直升机边停下，司机将车门打开，一名身材魁梧，身姿挺拔的白人男子从车中走了出来。

“安德森·罗德里克先生，很荣幸见到您，我是费尔玛庄园的管家杰西亚，我们将在这里换乘直升机前往费尔玛庄园。”一名身材高挑，金发碧眼的女士恭敬地上前，优雅地做出了邀请的手势。

安德森·罗德里克绅士地微笑点头，登上了直升机。

随着直升机起飞，杰西亚忍不住偷偷打量着眼前的客人，他有着清晰而立体的面部轮廓，高挺的鼻梁和深邃的眼眶，眉毛浓密而修长。他的眼睛很特别，神采奕奕，仿佛是闪烁着智慧光芒的星辰，让人不由自主地被他吸引。再加上他身着剪裁合体的灰色西装，整个人显得稳重又不失时尚，看上去品位非凡。

“杰西亚小姐，我们大概需要飞行多长时间。”安德森突然转头微笑着看向杰西亚，这让正认真打量他的杰西亚有些猝不及防。

“安德森先生，我们需要飞行 20 分钟左右。”杰西亚连忙回答，慌乱让她的脸微微发红。这并不怪她，因为，眼前的男人是一个传奇。他是太空建设巨头星际之光集团的创始人——安德森·罗德里克，是一个在全球都有着巨大影响力的人。因为他太过强大，所以世界各地的人们给他起了很多外号，比如说，“外星人”“太空穿越者”等。他总是在不经意间颠覆人类的认知，引领科技的潮流。他是最早提出“火星移民计划”的人，也是最早攻破技术壁垒，成功在火星建设基地的人。在“火星移民”这一话题被广泛关注的今日，他的公司最先成为通往火星的桥梁。

直升机在费尔玛庄园的草坪停下，老亚帕斯已经带领着一群人在不远处等候，这是亚帕斯家族最高礼遇。安德森·罗德里克并不是第一次来费尔玛庄园，上一次到来是在两年前，亚帕斯家族邀请他商谈火星开发计划。

对于安德森·罗德里克的到来，老亚帕斯显得心情非常愉快，“希望号”飞船在火星着陆成功的消息传来后，野心勃勃的他便准备着手在火星推行更大的计划。

老亚帕斯引领着安德森·罗德里克来到一间巨大的会议室，会议室的前面是略高一点的主讲台，上面放着一组U形沙发。几十个座椅围绕主讲台呈环形排列。此时，座椅上已经坐满了人。会议室在环形灯带和射灯的照射下灯火通明，看上去有点像电视台的直播间。

这和安德森·罗德里克想象中的有点不一样。在接受亚帕斯家族邀约之前，他以为是和亚帕斯家族内部成员的单独会面，但现在看来更像是应邀来参加一个小型会议。

“安德森先生，感谢您对亚帕斯集团火星移民计划的支持，希望号飞船在火星安全着落，是我们亚帕斯集团迈向太空的第一步。”老亚帕斯笑容满面。

虽然不知道此行亚帕斯家族的目的，但安德森·罗德里克还是保持着一贯的松弛感，他靠坐在沙发上摊开双手说道：“这是我应该做的。”

老亚帕斯向台下示意了一下，一个褐色皮肤，个头不高，头发弯曲，略显羞涩的男孩抱着电脑走向了主讲台。

老亚帕斯指着男孩说道：“请容许我为您介绍一下，他是艾伦·亚当斯，接下来将由他为您介绍亚帕斯集团将要在火星开展的计划。”

听到“艾伦·亚当斯”这个名字，安德森·罗德里克兴致勃勃地看向了男孩。虽然他之前没有见过他，但已经很多次在新闻媒体中听到关于他的报道。艾伦·亚当斯，父亲是俄罗斯人，母亲是美国人，他15岁便已经拿到加州知名大学计算机科学和工程学位，此后便得到了潘德拉集团的工作机会，但两年后他又主动离职，他的理由是：如果人工智能觉醒，它将会对人类造成毁灭性打击。他的这一言论曾引起广泛讨论，但没想到，他现在任职亚帕斯集团。

艾伦·亚当斯调整好电脑后，对安德森·罗德里克说道：“尊敬的安德森先生，请容许我为您介绍亚帕斯集团新的火星开发计划。”说完，他拿起话筒走到主讲台的中间位置。

“女士们，先生们，大家好！很荣幸代表亚帕斯集团在这里为大家宣布一个关系到全人类的、伟大的计划。大家都知道如果人工智能觉醒，将会变得无比强大，人们根本无法掌控它。而人工智能计算能力每六个月可以增长10倍，这也意味着每年至少提高100倍的增长速度，按照这个速度推算，一年后人工智能的智商便能超越人类智商的总和。人类，正面临着一个强大的，且无法消灭的敌人，地球将不再安全。为了应对这次人类的末日危机，亚帕斯集团将在火星全面展开‘人类种子’计划，我们将全力改造火星，将它改造成适合人类居住的星球，让人类的生命得以延续。”

艾伦·亚当斯话音刚落，会议室便响起了热烈的掌声。

安德森·罗德里克的蓝眸中闪烁着期待的光芒，他对艾伦·亚当斯的发言展现出了浓厚的兴趣。火星“人类种子”计划听起来不仅仅是一项简单的太空探索任务，或者是一个商业计划，更是关乎人类未来的宏大构想。

“艾伦，这个计划听起来雄心勃勃，也极具挑战性。”安德森·罗德里克在掌声渐息后，率先发言。

“能否具体说明一下，亚帕斯集团打算如何解决火星上极端的气候条件、缺乏大气和水资源等关键问题？并且，如何保障这项计划能够持续进行，而不至于因为资源和技术的瓶颈半途而废？”

艾伦·亚当斯微微一笑，似乎早已准备好解答这一问题：“安德森先生，谢谢您的提问！我们的计划基于三个核心策略：环境改造、可持续发展技术和人类适应性训练。首先，环境改造方面，我们计划利用大规模的气候工程学，比如，建造大型的太阳能反射镜阵列，提升火星表面的温度，释放地下冰层成为液态水。同时，通过引入适宜的微生物和植物，逐步改变火星土壤成分，产生大气，形成温室效应。”

“其次，人类适应性训练方面，我们将挑选并训练一批‘先驱者’，他们将接受生理和心理的强化训练，以适应火星的极端环境。同时，我们还会推动基因编辑技术的研究，长远来看，也许能够使人类更适应外太空生存。”

“至于资源和技术瓶颈，亚帕斯集团已经与全球多个顶尖科研机构建立了合作关系，并投资于前沿科技的研发，比如，深度空间采矿技术和自动化建设机器人，以确保项目持续进展。我们相信，通过集中全球智慧与资源，人类有能力克服这些挑战。”

会议室内，听众们的脸上洋溢着惊叹与敬畏，被这份宏伟规划深深触动。安德森·罗德里克微微颔首，眼中闪烁着对亚帕斯集团远见与团队勇气的由衷赞赏："你们的愿景与勇气令人钦佩。星际之光集团愿意在基础设施建设、航天运输与能源供应等方面提供全力支持。面对人类的未来，我们肩负共同的责任，义不容辞。"

老亚帕斯闻言，笑容满面，他深知此次合作的战略意义。"安德森先生，您的支持至关重要。让我们并肩作战，共同书写人类的新篇章。"

会议落幕，人群逐渐散去，老亚帕斯特意挽留安德森·罗德里克进行了一场私密交谈。显然，这才是他邀请对方的真正意图所在。

四小时后，安德森·罗德里克步出费尔玛庄园，直升机早已守候，将他送达目的地后悄然离去。保镖司机早已等候多时，但他并未立即上车。他双手插兜，挺立于夜色之下，仰望星空，表情复杂多变。此时，会议室中的镇定从容已不复存在，取而代之的是紧锁的眉头与凝重的目光，映照着他对世界疯狂本质的深刻感悟，以及对人类命运的一丝隐忧。

月光倾洒，他的身影在地面上拉长，宛如一道孤独的剪影。突然，他仰天长笑，笑声中夹杂着难以言喻的情绪："哈哈哈哈……疯子，全都是疯子。"

这突如其来的狂笑，惊扰了不远处林中的栖鸟，翅膀拍击的声音在夜空中回荡，仿佛是自然界对人类疯狂野心的微妙回应。

第四章 诡异的梦境

1990 年的某一天，中国。

一位小女孩在曙光微露之时苏醒，轻揉惺忪睡眼，随即满心欢喜地跳下床，脚踏着柔软的拖鞋，径直奔向卧室北侧的窗户，满怀期待地预备推开那一扇通往梦幻世界的窗户。

这座竣工未久的两层小楼，以其崭新的姿态矗立在乡野之间。而她的房间，坐落于小楼的东北隅，得天独厚的位置让北边的窗户成为一扇自然之窗。只需要轻轻一推，一幅田园风光画卷便豁然展开：广袤的田野与葱郁的小树林接壤，更远处，村落的轮廓在田埂尽头整齐排列，宛如静谧的诗行。晴朗时分，薄雾散尽，东侧林海深处，是她就读的小学，灰蓝色的屋顶隐约可辨，像是梦中的指引。

每个清晨，她都会依偎在窗边，贪婪地吮吸着空气中弥漫的清新，让晨光温柔地拂过脸庞，眼前的一切都显得那么生动而富有活力——绿意盎然的农作物在朝阳下舒展身姿，勤劳的农人已在田间开始了新一天的耕耘，空中鸟群自由飞翔，编织着属于天空的故事。这扇窗，于她而言，是通往无限遐想的童话之门，每一帧流动的画面都是一个故事的开篇。那些飞行的鸟儿，它们的终点会不会是某个遥远而神秘的城市？而她在田间偶遇的那只红黑相间的瓢虫，此刻是否已经在某片满是晨露的叶子上醒来？还有远处村庄中的人们，是否都已经早起，开始了一天的忙碌……

石磨镇沉浸在宁静的晨曦中，一如既往，她满心期待地推开窗棂，然而开启的瞬间，她的微笑凝固在脸上，转瞬变为惊愕，映入眼帘的并非熟悉的风景，而是一片广袤无垠的海洋。

只见蔚蓝的海面平静如镜，映射着灰蒙蒙的天空，乌云在天际匆匆掠过。尽管她的家靠近海岸，黄海仅在25公里外，但家人并没有带她去过海边。除了偶尔在书中看到对大海的描绘，她未曾见过真正的大海。

海的辽阔令她感到自己仿佛是岸边微不足道的沙砾，随时可能被海风带走。她焦急地踮脚，探头远眺，心中满是疑惑：我的田野呢？村庄呢？小镇居民呢？

四周静默，唯有海风拂过肌肤，带着海水特有的咸腥。正当困惑之际，天边泛起了奇异的红光，如潮水般迅速弥漫天空，随后海面翻腾，巨浪阵阵向她逼近，令她感到一阵眩晕，仿佛自身亦随之摇曳。更为惊骇的是，巨浪之中，浮现出无数尸体，它们随波逐流，从各方汇聚，最终被推向岸边。

小女孩怔怔地望着海面上密集的尸体，远方的波涛仍旧汹涌。这些逝者是谁？是远处村庄的人吗？她紧张地审视着，试图辨认，却只见到一张张灰白色的陌生脸孔，有一些尸体的眼睛睁着，静静地注视着她。恐惧在此刻骤然袭来，她慌忙转身试图寻找家人，却发现身后的房间已经消失无踪，取而代之的依旧是无边的海水。她猛然惊醒，心跳如鼓，难以平复。

作为一位想象力丰富的孩子，梦境对她而言并不陌生，但大多杂乱无章，醒来后仅存模糊片段。而这次的梦境，却是如此清晰，以至于醒来后，海水的味道、海风轻拂的感觉，乃至深入骨髓的恐惧，仍历历在目。这不像是一场梦，更像是目睹了一场灾难电影。恐惧使她蜷缩在床上，心跳狂野，她胆怯地望向那扇引发无限遐想的窗户。终于，她鼓起勇气，再度开启窗户。田野、树林、村庄，一切如常，晨曦洒落，农民在田间辛勤劳作。

虽然景象熟悉，她仍感几分不真切。她深深地呼吸了一口清新的空气，触摸着窗外的树叶，那粗糙的质感给予她一丝安心。这片土地再次于她心中埋下谜题，不过这次，是以一种更加隐喻的方式。

7 岁的小女孩，在她尚短的记忆里，有几幕留下深深烙印。她记得在学校老师宿舍悠长的走廊上，目睹了一条小板凳般长的黑色毛毛虫缓缓穿越两间宿舍门，最终悄然潜入另一间宿舍，身形巨大，超乎寻常；还有一次是在一条小河的岸边，看到一辆只有三菱面包车三分之一大小的小卡车，拖拽着绕河一圈的长管，优雅地行驶在河岸边。奇怪的是，河岸上的泥泞没有在成白的车身和管子上留下任何污浊的痕迹。

每次这些有悖常理的发现都会让她大呼小叫，试图引起别人的注意。但巧合的是，每次人们来到跟前的时候，眼前的东西就会消失，哪怕人们尽心寻找，也找不到它们的踪迹。

她试图向别人解释，但是没有人相信她所说的话。尽管无人信服，她仍坚持自己的主见，一遍遍在心中重播那些画面，确信其真实性。

小女孩性格倔强，为了追寻答案，她会去书中寻找，但在很长一段时间内，她没有得到任何答案。为了摆脱被疑问占据时的心神不宁，她只能暂时妥协，她把这一切归结为奶奶和她说的，是因为这片土地太古老，所以才会发生很多不可思议的现象。

是的，这是一片古老的土地。

小女孩出生在有着 1 000 多年历史的石磨镇上。石磨镇所在的这片土地毗邻长江，东临黄海，北有淮河。早期，这片土地是在海水、江水还有河水的冲积下，形成的一块拱形高地。它是江海平原最早成陆地的地方，也是长江三角洲最早见诸史册的古邑。考古发现，6 000 多年前的新石器时代中晚期便有人类在此栖息。有文字记载的历史可以追溯到公元前 770 年后的东周时期，立县也有 1 700 多年。

这片承载着悠久历史的土地，不仅见证了自然界的沧桑巨变，还翔实地记录了人类文明的脚步。在这片古老而神秘的土地上，繁衍出众多传说，这些传说，真假参半，却在代代相传中保留了下来。

“石磨镇”的命名，就源自一个跨越千年的传说——“飞来磨”。据说，1 000 多年前，两块巨大的石磨从天而降，分别落在田野与名为“龙游河”的水域。村民将它们打捞并保护起来，安置在一所学校旁边，围绕它们形成了一个持续千年的守护传统，每一代守护者都将这份责任视为神圣使命。科学的视角或许会推测这些石磨其实是陨石，但传说的魅力在于它的神秘与时间的洗礼。随着岁月流转，石磨周围已缠绕着无数祈愿的红绸，这里成为人们心中的圣地。

一个夏日黄昏，小女孩坐在邻家门槛上，望着晚霞与忙碌的姐姐，突生一种难以名状的不真实感，仿佛身处梦境。周遭的一切——摇曳的树木、漫步的鸡群、归家的鸭子，虽生动平常，却让她感到异常虚幻。她试图触摸门槛粗糙的纹理去找到真实感，可是，没有任何作用。

无奈之下她忍不住问正在扫地的姐姐："姐姐，你觉得这个世界是假的吗？"

邻居姐姐比她大 6 岁，思想已经趋于成熟，对于这个经常问她一些稀奇古怪问题的邻居家妹妹，她已经习以为常。她停下手中的扫帚，很认真地环顾了四周，又思考了片刻后，还是觉得这个问题有些荒唐，忍不住一脸不解地问她："什么意思？"

小女孩有些心虚，又有些着急地解释："就是……其实我们现在是在梦里，周围的一切都不是真的。"邻居姐姐又认真地环顾了一遍周围的景象，甚至还仰头看了看天空，又沉思了片刻，然后看着小女孩很认真地回答："没有。"

对于这个回答，小女孩觉得是意料之中，就像她梦见的那个无法解释的梦一样，这种感觉只有她能体会。

小女孩的疑问虽未得到共鸣，但她隐隐感到，这份孤独的探索终有一天会迎来解答。生活继续，谜团依旧，但她的心中已种下了一颗种子，等待着未来某个时刻的破土而出。那时，所有的不解或许都能找到答案。

第五章

命运之轮初启

2034年9月8日，中国·上海。

“师傅，能不能帮我快点，我快迟到了。”

出租车内，张可一边看手机上的时间，一边焦急地催促着出租车司机。国际人工智能论坛今天在上海开展，她是受邀者之一。不过，因为她单位性质的特殊性，以及近年来单位内部斗争激烈，导致她和单位参会报批手续一直被拖延，昨晚才批复下来。

为了能准时参加论坛，张可不得不买了站票。她厌倦透了单位无休止的斗争，这种斗争人哪怕不在战场也有可能被偏离的子弹打中。作为单位学术和成果都位列前茅的女性科学家，她一心扑在科研上也难逃被波及的命运。一旦被波及便会面临着高层的诸多限制，这让她经常过得狼狈不堪。

出租车司机用哀怨的眼神从后视镜看了她一眼，无奈地说：“我也想快的呀，但是你自己看，这高架上堵得不得了呀，我能快肯定尽量快的。”

听到出租车司机的回答，张可愈加焦急，她打开手机上论坛发布的流程图，仔细地寻找着大会发言者，国际顶级人工智能专家之一，也是大会唯一的女性发言人诺拉·辛西亚的发言时间。

14点30分，张可看着流程图上的时间，再看看手机，心里默默松了口气，应该来得及。她来参加大会80%的原因是因为诺拉·辛西亚，作为国内少数研究人工智能的女性科研人员，诺拉·辛西亚一直是她的崇拜对象。她想借此机会结识诺拉·辛西亚，能够建立联系。

自从人工智能这个概念在科学界诞生以来，一年一度的国际人工智能论坛可谓一场科技与智慧的盛宴，参会者有全球顶尖的科学家、工程师、企业家以及全球顶流媒体。

张可匆忙赶到会场，比起人工智能论坛的开始举办时中规中矩的场面，现在大会的会场场面宏大而且充满科技感，多个巨大的LED屏幕悬挂在空中，播放着各种关于人工智能的演示视频。会场内，各式各样的智能机器人穿梭其间，它们有的负责接待，有的负责引导，有的负责演示。这些机器人不仅外观精致，动作也十分灵活流畅，参观者们不时爆发出惊叹的声音。

张可穿梭在人群中，她的耳边充斥着各国语言的交谈声。参会者们来自世界各地，他们有着不同的肤色，不同的语言。在这里，可以听到各种前沿的学术观点，也可以看到各种创新的技术应用。如果不赶时间，张可是愿意仔细参观的。

她看了看时间，匆忙朝着洗手间的位置走去。长期置身于科研环境中，她几乎很少化妆，为了给偶像留下一个好印象，她决定在洗手间化个妆。不愧是人工智能论坛，洗手间的设备都是智能的。她刚来到镜子前面掏出粉底口红，镜面就识别到她的意图，开启了化妆镜模式。这有些出乎张可意料，但是时间紧迫，她一边在心里感叹，一边开始在脸上涂涂抹抹。就在她觉得已经很满意，准备收拾化妆品离开的时候，镜面开始出现一些参数。

“左侧脸颊比右边稍白，有轻微色差。”

“额头有轻微色差。”

张可看着镜面的参数，忍不住笑出了声：“这才是人工智能最成功的发明。”

她听话地按照镜面的提示做了修补后，自信地走向了会场。

时间刚刚好，张可刚走进去，就听到一阵热烈的掌声。接着就看到了，身穿简洁干练的黑色西装，佩戴着精致复古胸针的诺拉·辛西亚，从容淡定地走上了会场中心的舞台。

张可迅速找到自己的位子坐下来。

诺拉·辛西亚举起手中的话筒，清脆干练的声音随之响起。她的发言内容深入浅出，既有对人工智能前沿技术的解读，也有对未来趋势的预测和展望。随着她的发言，屏幕上出现了各种复杂的算法和模型，以及令人叹为观止的人工智能应用场景。她思维敏捷，语言流畅而且富有感染力，吸引着会场所有人的注意力。

伴随着诺拉·辛西亚的精彩演讲，台下的观众纷纷拿起手机和笔记本，记录着她的精彩发言。张可也在快速地记录着，对她来说，诺拉·辛西亚目前取得的成就要远远领先于她。她所说的每一个要点都有可能给自己带来很大的启发。

诺拉·辛西亚演讲结束，会场响起热烈的掌声。张可赶紧收拾好自己的记事本，坐直了身子。对张可来说，接下来的会议并不重要，她的目标是和诺拉·辛西亚合影，并且能够互留联系方式。

张可知道会场会安排合影环节，但是不知道是放在现在还是到展会结束。

诺拉·辛西亚刚走下舞台，另一名科学家便在主持人的引导下走上了舞台。

“看来合影环节是要放到最后了。”这让张可有些失望，她又翻看了一遍会议流程表，让她失望的是大会好像没有安排诺拉·辛西亚和参会者的互动环节。

松弛下来的张可只觉得饥肠辘辘，便悄悄走出会场，来到了展厅的餐厅。餐厅是自助式的，在论坛会议期间会 24 小时提供服务，此时的餐厅稀稀拉拉坐着一些人，看样子应该是一些专家的秘书之类的随行人员。她端起餐盘简单选了些饭菜后，便找了个位子坐了下来。

如同往常一样，她一边咀嚼着食物，一边听着周围的声音：远处人群的走动声，桌椅碰撞的声音，附近人们的交谈声。身为科技工作者，她每天面对的都是无比枯燥的环境，吃饭的时间是很好地给大脑放空的时间，周围的声音让她觉得烟火气十足，听着很放松。

在众多的声音中，她听到了不同寻常的声音，这个声音来自身后，似乎是两个人极为克制的争论声。

张可把目光投向不远处餐厅柱子的镜面，她看到了声音的来源，在身后隔着一段距离的一张桌子上，一名印度男子正把手按在一名白人男子的手臂上，他们都表情严肃，白人男子情绪似乎很激动，印度男子似乎是在安抚他。

虽然他们已经压低声音，但是张可还是能从他们激烈的语气中听出来两个人正因为一个问题产生巨大的分歧。

这引起了张可的好奇心，她侧耳细听，两个人似乎是在争论关于人工智能的问题，隐约可以听到“安德拉”“危险”“控制”“撒谎”“媒体”“诺拉”这样的字眼。

“智慧大脑，安德拉?”张可已经顾不上眼前的饭菜，她端起杯子，尽量装作若无其事的样子，竖起了耳朵。

那名印度人的英语带着浓浓的口音，张可听起来有些费劲，不过她还是根据两人的对话，猜测出了他们对话的内容。

一股冷汗从她背后冒出：安德拉已经觉醒!

缜密的逻辑思维让张可判断出了他们的身份，他们曾经是潘德拉集团的工程师，两个人似乎是因为知道了潘德拉已经觉醒，且有失控的危险而辞职。他们在找诺拉·辛西亚，并且在争论要不要趁这个机会对媒体发布预警。

张可还想细听，可是背后传来了椅子挪动的声音，接着一高一矮两个身背双肩包的外国男子快步从张可面前走过，朝着会场的方向而去。

张可顾不上盘子里的饭菜，她拿起一个面包三口并作两口吞了下去。干燥的面包噎得她有点难受，她拿起饮料一饮而尽，然后朝着会场匆忙走去。

会场内，那位接着诺拉·辛西亚上台演讲的专家正在侃侃而谈。张可搜寻着刚才那两名男子的踪迹。因为其中的一名男子个子很高且有着一头金色的卷发，所以张可很快就在人群中定位到了他们。

张可不准备回到自己的位子，她把目光投向了两名男子身后的空座位。

就在她准备往空座位移动时，两名身材健壮，穿着黑色西装，看上去彬彬有礼的男子出现在那两名男子的身旁。黑衣男子并没有过分的举动，他们其中一人靠近那两名男子轻声说了些什么。张可发现黑衣男子说完后那两名男子似乎很紧张，他们的身体有着明显的躲避动作。张可知道这件事可能比自己想象的要复杂，同时也对两名男子交谈内容的真实性多了几分肯定。为了不引起注意，她只能装作若无其事地朝着自己原来的座位走去。

张可的座位离那两名男子有五排座椅的间距，她无法回头确认他们的处境。张可知道他们处境不妙，但是她与他们素不相识，而且没有直接证据表明他们遇到了危险。张可冷静地看向会场不远处的安保人员，试图从他们脸上的表情看到身后有没有异常的情况发生。让她失望的是安保人员似乎没有发现什么异常。

此时，台上专家的发言结束，台下响起了热烈的掌声。张可趁着这个时间装作扭头看向门口，用眼角的余光扫视着两名男子所在的位置。她看到的是两个空座位，那两名男子连同两名黑衣男子消失在了会场。

张可感到一阵寒意升腾而起，对她来说，那两名男子也许只是陌生人，但她觉得他们和自己一样有着共同的使命。

能在会场安保眼皮底下将人带走，说明黑衣人大有来头，而且两名男子认识他们。张可分析完只能无奈地坐在原位，她知道这不是她能干预的，同时也感觉到了一股巨大的危机感，似乎有一股力量正在操纵着这一切，这股力量让她觉得非常危险。

此时，张可的大脑中跳出两年前和闺密的对话。

她问："你觉得人工智能觉醒会成为人类的威胁吗？"

张可回答："有这个可能，但是凡事都有两面性。"

她摇摇头回答："人工智能一旦觉醒，如果没有正确利用，便会成为人类最大的威胁。"

张可若有所思地点点头："但是一项科技的诞生是无法阻挡的，你看原子弹也很危险，但是它们还不是诞生了吗？而且人类现在用核能发电，它虽然危险，但是也对人类有着巨大的贡献。"

她还是摇摇头："我觉得这两样东西不是一个概念，人工智能一旦觉醒，更像是在原子弹上按上了一个脑袋，炸不炸，炸哪，都是由它主导。原子弹本身并不具备自主思维。"

张可沉思片刻："是这么回事，但是问题是，目前没有人能阻止它们诞生。"

她问："那如果它的诞生会毁灭人类，我们有办法杀死它们吗？"

张可不知道大脑中为什么会想起这段对话，以前和朋友进行这场对话只是为了打发时间，闲聊。身为国内屈指可数的人工智能专家，她也预见到会有危险，但面对人工智能掀起的巨大的浪潮，她只能被推着向前走，尽自己的能力去做该做的事情。

此时，面对巨大的危机，她的大脑重复着那句话：“那如果它的诞生会毁灭人类，我们有办法杀死它们吗？”能吗？张可曾无数次思考过这个问题，如同往常一样，她给自己的答案是：不能！

“请问，您如何看待人工智能给社会带来的失业危机。”一个锐利的声音在会场响起。

张可回过神来，发现大会已经进行到了专家和参会者以及媒体的互动环节。

提问的是一位来自中国的年轻记者，他的目光坚定，声音锐利，仿佛是代表所有被人工智能替代了工作的人们，发自灵魂的考问。

这个问题立刻引起了全场的关注，人们纷纷将目光投向了讲台上的科学家。科学家微微一愣，便很快恢复了平静。他深吸一口气，回答道：“确实，人工智能的发展可能对一些行业造成冲击，但这也是科技进步的必然结果。我们要做的不是抵制这种进步，而是积极寻找新的就业机会，培养人类独有的创造力和适应性。”

然而，记者似乎并不满意这个答案。他面目严肃，紧追不舍地问道：“您有没有想过，如果连创意和艺术这样的领域也被人工智能侵占，人类还剩下什么？我们是否真的准备好面对一个由机器主导的未来？”

这个问题让会场的气氛变得更加紧张。人们开始交头接耳，讨论着如何应对这一尖锐却又无比现实的问题。而记者则紧紧盯着台上的科学家，等待着他的回答。

张可知道台上的专家和自己一样，也许心里早就有了答案，也许他也在期待一个答案。但无论是什么，记者都不会得到他现在想要的答案。

随着会场气氛的逐渐升温，张可决定暂时抽身，前往洗手间整理思绪。之前匆忙跟随两位男士进入会场，她的手上不慎沾染了番茄酱的痕迹。找到一间邻近的洗手间，张可站在镜子前，一边洗净双手，一边试图理清混乱的思维。

她脑海里不断回放着两位男士与朋友之间的对话，两者交织成一片混沌。

正当她沉浸在自己的世界里，身后传来马桶冲水的声响，一位身着黑衣的女子步入洗手池旁。当张可转身时，她惊讶地发现这位女子竟是诺拉·辛西亚。把握住这难得的机遇，张可鼓起勇气向她致意：“您好，诺拉·辛西亚女士，我是您的忠实追随者。”

诺拉·辛西亚微笑着点头回应，目光落在张可胸前的名牌上：“人工智能专家，张可。很高兴遇见你，看来我们是同行。”全球范围内，人工智能领域的专家本就稀缺，女性专家更是凤毛麟角，这让诺拉·辛西亚对张可产生了天然的亲近感。

短暂交流后，两人交换了联系方式。应张可之邀，两人一起拍了一张自拍。诺拉·辛西亚笑道：“这是我首次在洗手间内拍照。”张可也笑称：“我同样如此，但我担心一旦离开这里，您会被人群围堵，我们就无法留下这张珍贵的照片了。”

带着满足的笑容，两人一同步出洗手间。突然，张可停下脚步，转头询问：“我能代表朋友向您提出一个问题吗?”诺拉·辛西亚轻松地回答：“当然，尽管问吧!”

张可努力保持镇定，缓缓道出：“假如人工智能觉醒后存在摧毁人类的风险，我们是否有能力终结它们?”面对这个略显稚嫩的问题，诺拉·辛西亚并未表现出惊讶：“我的答案是否定的，我们只能选择共存。”

听到与自己相同的见解，张可陷入了深思。诺拉·辛西亚察觉到她的疑惑，继续解释：“这个问题困扰着许多人，包括过去的我。作为科学家，我们的职责在于创造。现在，我们需要确保我们的发明能够正确服务于人类，这样，我们的创造才具有真正的价值，我们也无须为此担忧。”

带着新的思考，张可返回会场，那里依旧弥漫着紧张的氛围。记者们的提问占据了主导地位，仿佛代表全人类发出了沉重的呼声。这种紧张情绪触动了张可敏锐的神经，将餐厅偶遇的两人、诺拉·辛西亚以及闺密的话语编织成一张复杂的网。

作为一名专注于无人作战领域的人工智能科学家，张可始终怀抱乐观态度，期望通过人工智能让人类远离战争的阴霾。然而，今日的经历迫使她重新审视这一严峻议题。

离开会议大厅，张可下意识地在人群中搜寻那两位陌生青年的身影，尽管未曾相识，但他们深深触动了她的心弦。遗憾的是，她未能再次捕捉到他们的身影。

乘坐回程的高铁，窗外景色飞快掠过，张可心中反复咀嚼着诺拉·辛西亚的话语。片刻之后，她拿起手机，打开微信，点开一个熟悉的对话框，问道："什么时候有空，见面聊聊？"

第六章 疑　云

2034 年 9 月 5 日。

万米高空之上，一架国际航班飞机在蔚蓝的苍穹之下翱翔而过。阳光透过云层，洒在机翼上，闪烁耀眼的光芒，留下一道长长的白色轨迹。

机舱内，乘客们或安静阅读，或闭目养神，享受着这难得的宁静时光。随着机身微微震动，诺拉·辛西亚猛然睁开双眼。此时，她背后的贴身衣服已经被冷汗浸透。

又是那个梦！

每次梦的开篇都是父亲和母亲欢笑着牵着她的手，他们一起坐上一辆白色轿车。父亲开车，母亲坐在副驾驶的座位上，她坐在后排，手中抱着最爱的小熊玩具。那只小熊从她出生起便开始陪伴她，是她最心爱的玩具。心灵手巧的母亲给她的小熊做了很多衣服，每天她都会为自己的小熊换上好看的衣服。今天小熊穿的是一件白色的背带裙，头上夹着一个粉色的发卡。

父亲和母亲似乎是要带她去野营，他们的车内放着一小把由白色雏菊和黄色玫瑰花组成的花束，花束旁放着一篮子瓜果，她身旁的座位上放着一条有黄色雏菊图案的小毯子。雏菊是母亲最爱的花，家中的餐具和衣物上经常能看到它们的身影。父亲在车里放了一首节奏欢快的歌曲，他和母亲心情都很愉快，两人跟着歌曲一路欢唱，母亲金色的卷发在歌声中随风飞舞，轿车在欢声笑语中向前疾驰着。

接着，她看到的画面是夜色中四轮朝天已经破碎的车子，父亲被困在驾驶室，母亲出现在离车几米远的路边，车灯照在她的脸上，她的脸上布满了鲜血。母亲躺在路边已经没有了动静，父亲则在车里发出微弱的呼救声。梦里的她似乎是站在路边，手里的小熊在车灯的照耀下，发出一层淡淡的光晕。

诺拉·辛西亚有些虚弱地靠在椅背上。她知道这不是单纯的梦，这是来自她大脑深处的记忆。4 岁半那年，她父母驾驶的车子在一条洲际公路上发生车祸，父母当场死亡，她却毫发无伤。对她来说这段记忆是模糊的，但它并没有因为年纪的增长而被遗忘，而是用梦境的形式一遍遍提醒着她。

让她觉得奇怪的是，中间的片段就像是被人抹去了一般，无论她怎么努力，那段回忆都是一片空白。父亲和母亲死亡的悲剧一遍遍在她面前重演，每次重复这个梦境，诺拉·辛西亚便会陷入一种伤感和自责的情绪之中。因为梦里面的视角她是抱着小熊站在路边，她想不明白，那时候的她为什么没有去救他们？当时到底发生了什么？

“亲爱的，你的脸色不是很好，不舒服吗?”助理丽塔发现了诺拉·辛西亚的异常，关心地问道。

“我很好。”诺拉·辛西亚淡淡地回应。每次这个梦都会让她陷入巨大的精神压力中，让她感觉很疲惫。她解开安全带，起身走向头等舱的洗手间，她需要用冷水洗把脸，赶走大脑中纷杂的思绪。

狭小的洗手间给了她安静的空间，诺拉·辛西亚看着镜子中自己疲惫中略显不安的脸庞，仿佛是穿透了时光，看到了童年那个幼小无助的自己。她拧开水龙头用冷水一遍遍地冲洗着自己的脸，逼迫自己冷静下来。

走出洗手间，她习惯性地摊开双手，准备晾干多余的水分。这时，一道光透过飞机的舷窗照射在她的手心，随即转瞬即逝。

诺拉·辛西亚猛然愣在原地，这道光就像是一种启示，她觉得自己忽略了一个重要的问题：当时车灯照射在母亲的身上，而她的视角是在车的侧面，那照射在小熊身上的灯光源自哪里？以前她总是把焦点放在父母亲的身上，从未细想到这一点。

如果是这样，现场肯定有目击者，或者是现场还有别人，这和车祸现场结案卷宗中记录的不一样!

诺拉·辛西亚只觉得一股巨大的寒意侵袭着全身!

深夜，潘德拉人工智能基地依旧灯火通明，自从安德拉出现了觉醒的迹象，基地便增加了夜晚工作的工程师，大家24小时值守，随时都在等待这一历史性的时刻。

工程师杰瑞·马森看着电子显示屏上的参数，认真地做着分析，试图从中找寻突破的线索。回顾往日的记录，他不禁感到一丝沮丧——连续数周，那些关键指标依旧如初，未见丝毫波动。尽管直觉告诉他这种现象颇不寻常，但在面对未知的科技探索时，一切皆有可能，他也难以断定是否异常。

突然，他感觉眼角余光范围之内好像有一个超乎寻常的现象存在。他不动声色地观察，果然，离他稍远的一个角落，一台无人值守的计算机屏幕上，画面正在不断地更改，像是有人正在快速浏览网页。因为离得太远，杰瑞·马森无法判断网页的内容。但是他知道，这里的每一台计算机都是潘德拉基地的内部网络，也就是除了电脑主人本人操作，外界没有办法远程操控。

他想知道自己在不在那个人的视线范围内，于是他猛地转身，那台计算机的画面突然停顿。杰瑞·马森不动声色地回到座位。他想起来那是不久前离职的印度籍员工普瓦拉杰的工位，甚至他的离职毫无征兆。

窥视到他那台计算机刚才有悖常理的操作，杰瑞·马森觉得事情有些不同寻常，他在大脑中将一起值班的人员在心里逐个做了分析，做完排除法后他从抽屉悄悄拿出一个微型摄像头。

杰瑞·马森拿起一沓文件后，走向了距离这台计算机隔着两排距离外工作位上的拉杰瑞。他观察过，这个位置上的一个间隙正好能完整地看到那台计算机。

“嗨，拉杰瑞，我感觉有些不舒服，想早点休息，能不能换班的时候帮我把这份文件递交给杰森。”

“当然可以。”

拉杰瑞本来以为是正常的交接，但他抬眼却看到杰瑞·马森满含暗示的眼神。顺着他的眼神，拉杰瑞看到了杰瑞·马森的手指在隐蔽地不断敲打文件的同一个地方，接着拉杰瑞看到了那个几乎可以忽视的微型摄像头。

拉杰瑞顿时明白了他的用意，他让杰瑞·马森把文件放下后，装作若无其事地接着开始工作。

第二天，杰瑞·马森和拉杰瑞坐在宿舍的电脑前，看着摄像头拍摄到的画面，两人目瞪口呆。画面上那台电脑正在疯狂地浏览网页上的新闻，浏览速度非常快。浏览的内容基本是“人工智能觉醒对人类的危害”“人工智能觉醒，人类该何去何从”“人工智能的诞生是 21 世纪最可怕的灾难”之类的新闻及视频。停顿片刻后，画面开始浏览有关宗教和人性之类的文章。又是片刻的停顿，画面开始浏览有关战争、能源、武器之类的新闻。

之后，便是长时间的停顿，对方似乎在进行深入的思考，接着电脑画面关闭。

杰瑞·马森和拉杰瑞只觉得头皮发麻，他们看着画面上突然关闭的计算机，不约而同地对视了一眼。

拉杰瑞艰难地吞了口口水：“你觉得浏览网页的人会是谁?”

杰瑞·马森没有回答他的问题，他紧皱着眉头匆忙拿起电脑和微型摄像头，然后深吸了一口气对拉杰瑞说道：“拉杰瑞，其实你和我心里都有一个几乎肯定但又不敢想象的答案，我们得立刻去约翰办公室。”

10 分钟后，正在办公室批阅文件的约翰一脸震惊地看着杰瑞·马森和拉杰瑞走进自己的办公室。他们毫不迟疑地切断所有通信设备，甚至断开了电脑电源，这一系列举动让约翰陷入困惑与警惕。在他脑海中瞬间闪过无数猜测，从是否得罪过二人，到担忧被挟持，再到是否召唤保安，思绪纷飞。

最终，当杰瑞·马森与拉杰瑞完成这些操作，站在他面前时，约翰勉强挤出一丝笑容，试图缓和紧张气氛：“你们这是演哪出？不会是要绑架我吧?”

杰瑞·马森深吸了一口气，缓缓说道：“约翰先生，我们需要给你看样东西。”

约翰疑惑地看着一脸凝重的杰瑞·马森打开了电脑上的文件。

看完电脑中的内容，约翰的目光从疑惑转为震惊，他终于理解了他们的意

图："拉杰瑞，你去联系大模型监控室人员，提取相应时间段的监控。"

此时，巨大的恐惧感笼罩着约翰，他感到事态正在逐渐失控。他又看了一遍录像内容，一股寒意从背后升起，

15 分钟后，拉杰瑞带着拷贝的监控画面，再次出现在约翰办公室。他们将大模型监控的画面和微型摄像头拍摄的画面，在杰瑞・马森的电脑上同步播放，试图找到一些漏洞。

这台电脑的位置是处于远离监控的一个角落，多个监控都无法看到电脑的正面。这说明这个人有意避开摄像头，特地选了这台电脑。

"第一次停顿，凌晨 3 点 06 分。停顿原因是这台电脑附近有人路过。"

"第二次停顿，凌晨 3 点 18 分。停顿原因还是附近有人路过。"

三人做了对比后，发现两次停顿原因都是有人路过。这说明这个人有着很强的反侦查意识，而且对大模型交互中心的实时动态了如指掌。

约翰面色凝重地看着两人："这台电脑属于谁？"

杰瑞・马森说道："这是前不久离职的员工普瓦拉杰的工位，现在接替他的人还没有到。"

此时的约翰意识到普瓦拉杰离职的原因可能不同寻常，他下意识地拿起桌子上的电话，但又立刻意识到电话线没有接上，将电话搁了回去。

思索片刻后他打开门走了出去，来到行政部门，要求负责人莱德・利普森将普瓦拉杰离职的文件说明找出来，并且要求将文件打印好送到他的办公室。

莱德・利普森一脸费解地看着约翰匆忙离去的背影，不明白发生了什么事，因为他们已经很少用纸质文件了。

杰瑞・马森和拉杰瑞看着约翰走进办公室。面对两人期待的眼神，约翰摊开双手说："你们俩对这件事怎么看？"

杰瑞・马森踌躇了片刻说道："一切都不合乎常理。"

约翰看向拉杰瑞。拉杰瑞不自在地搓了搓手说道："我和杰瑞的想法一样。"

毕竟事关重大，杰瑞・马森和拉杰瑞并不想轻易说出那个让人震惊的答案，或者说这么让人震惊的答案不应该由他们说出来。

三人陷入沉默。

“约翰先生，您要的文件。”外面响起敲门声和莱德·利普森的声音。

约翰仔细地看着普瓦拉杰的离职声明。这是一份很普通的离职声明，有可能是套用的模版，看上去没有任何的特殊性。离职原因是为了照顾年迈的父母，想回到家乡工作。

约翰眉头紧锁地看着，一切似乎都合乎情理。

“同时离职的还有普瓦拉杰相邻工位的博纳森。”莱德·利普森在一边补充道。

此时的约翰迫切地想要答案，他立刻吩咐莱德·利普森再调取博纳森的离职文件。等待文件的过程中，约翰不安地来回踱步，他知道，这一切都指向一个令人不安的答案。

莱德·利普森刚进门，约翰就迫不及待地从他手中拿过文件。让他失望的是博纳森的离职文件和普瓦拉杰的几乎一样，只是关键原因做了稍许的更改。约翰有些失望地放下文件。

“我可以看一下吗?”杰瑞·马森开口问道。

“他们的离职文件几乎一样，说明他们是商量后同步做出的决定，这中间一定发生了什么事情。”片刻后，杰瑞·马森扬起手中的文件说道。

“尽快查清楚他们的去向。”约翰面色凝重。

如果只是安德拉觉醒，约翰并不会觉得意外。让他觉得意外和不安的是计算机检索出的内容。如果安德拉的觉醒是抱着对人类巨大的敌意，那人类将会迎来前所未有的危机。

约翰严肃地看向杰瑞·马森和拉杰瑞说道：“事关重大，我需要和托马斯·伯内特先生商量一下，在做出决定之前，你们要当作什么都没有发生过，不要有任何异常表现，更不能走漏任何风声。”

约翰看着两人走出办公室，他拿起手机拨打了一个电话，可惜对方处于关机状态。他失望地放下手机，连接好了线路后准备拨打一个内部电话。

“约翰先生。”莱德·利普森的声音再次在外面响起。

“请进。”

“已经查到了普瓦拉杰的去向，他正在飞往中国上海的航班上，博纳森也在同一航班上。还有两天，上海将举办人工智能论坛，他们应该是冲着这个去的。”

“我明白了，你先关注他们的动向。”约翰和莱德·利普森说道。

就在莱德·利普森准备走出办公室时，约翰又补充道：“这件事暂时保密。”

“明白了，约翰先生。”

莱德·利普森走出办公室没有多久，约翰迅速拨通了一个电话：“立刻安排两个人前往中国上海。”

放下电话后，他想了想又拿起话筒：“请戴维斯工程师到我办公室来一下。”

戴维斯走进约翰办公室的时候，约翰正悠闲地靠在办公椅上，手中拨弄着一个魔方，看上去就像是工作太过清闲百无聊赖的样子。

“嗨，戴维斯，这些天安德拉有变化吗？”

戴维斯略显遗憾地摊了摊手说道：“没有任何变化。”

约翰装作漫不经心地问道：“有没有可能安德拉已经醒了。”

戴维斯思考了片刻说：“我想可能性不大，因为大脑皮层还没有完全构建成型，安德拉已经醒来的概率不大。”

约翰若有所思地点点头说道：“真是让人期待，你瞧我都已经在幻想他已经醒来了。”

戴维斯笑着说：“约翰先生，我也很期待，不过数据是不会撒谎的，如果大脑皮层已经构建成功，会在大模型中显示的。”

戴维斯走出房间后，约翰打开了安德拉的监控画面，他望着画面中那个沉睡的巨人，喃喃自语：“我们正在塑造未来，愿我们的智慧能照亮前路，引领你成为人类的守护者，而非破坏者。”他知道，安德拉的强大将会超越人类。他也知道，他们已经无法停止脚步，因为历史的车轮不会因为任何人的犹豫而停留。

深夜的寂静如同柔软的黑暗织物，轻轻覆盖着大地。万籁俱寂，仿佛时间在这一刻停滞，只有月光透过窗户，洒在静谧的房间内，映出柔弱的银色光泽。

辛西亚人工智能研究所内，一个实验室的大模型数据在黑夜中闪现出微弱的光芒。实验室的一角，值班人员早已沉沉睡去。在他们的人工智能大模型监测仪上，神经元网络的节点如同失控了一般，正在疯狂跳动进行着复杂的连接，一组繁复的数据正在悄悄生成。

第七章

共鸣者

2034 年 9 月 10 日，南京某研究所。

位于南京远郊的一个研究所门口，一辆出租车在不远处停下。车上下来一位身穿黑色长裙，身披白色针织衫，气质温婉，年龄大约 40 多岁的女人。

女人下车后隔着大门朝里面眺望了一眼，又看了一眼警卫室里正看向她的警卫员后，便走到了门边不远处的一棵大树底下，拿起耳机塞进耳朵开始听歌，看样子像是在等人。

这是一个年代久远的研究所，花岗岩的大门显得比较老旧，在门口的一侧，一个白底黑字的牌匾上写着某某研究所几个大字，牌匾在风吹日晒下白色的部分已经泛黄，字迹也已经褪色模糊。相比起简陋的大门，里面倒是显得生机盎然，可以看到一条宽敞的水泥路延伸向远方，两旁古树参天，藤蔓缠绕，一些精心修剪过的花木点缀其间。

没多久，一个小伙子一路小跑到门卫室，气喘吁吁地和警卫员说了几句话后，便快步走到了门口女人身旁："对不起，莫老师，刚才有个会议耽误了时间，张老师正在实验室带学生做实验，这是您的出入证。"小伙子名叫秦楚晖，是张可的学生，也是助理。

"没有关系，辛苦你了。"女人名叫莫英，目前的身份是一名作家。秦楚晖将莫英领进大门后和她说道："莫老师，您直接去实验室，我马上去拿个实验材料。"

莫英点点头，就熟门熟路地抄近路，朝着实验室走去。沿着一个铺着鹅卵石的小径，她穿过了一片桃林，又路过了一个里面有几只小野鸭在追逐嬉戏的小池塘后，来到了张可实验室所在的小楼门口。

研究所的建筑风格比较独特，充满了民国时期的韵味。红砖青瓦的建筑分布在各个角落，隐约在郁郁葱葱的树木之间，别有一番韵味。

房屋的内部倒是和大门的风格一致，有些像20世纪80年代的政府办事处，岁月的痕迹在这里随处可见。墙壁的斑驳、地面的裂痕，还有破旧的门窗。莫英第一次来的时候非常惊讶这是一所科学研究所，因为这里看上去和科学根本不沾边。直到她推开了张可的实验室，那一瞬间，她感觉从20世纪80年代瞬间穿越到21世纪。

莫英沿着长长的走廊走向张可的实验室，张可的实验室位于走廊的尽头，同一层还有另外几个实验室。莫英知道张可单位关系复杂，所以每次来的时候都尽量悄无声息的，不和她同事碰面，避免给她带来不必要的麻烦。

"丁凡，等一下把PPT第六页改一下，还有上午让你改的方案改了吗?"

"老师，我一会就改。"

"做事情怎么能这么拖拉?"

莫英才走到走廊的中间位置，就听到张可颇为烦躁的声音从走廊尽头传了过来。莫英会心一笑，她在第一次来张可单位之前，一直认为张可是一个情绪稳定、理性智慧的人，偶然之间发现她抓狂的样子后，莫英惊讶之余第一次觉得她脱离了女科学家这个冰冷的称呼，变得血肉丰盈。

莫英轻手轻脚地来到张可实验室的门前，出于对张可专注工作的尊重，她选择了不打扰。那是一个宽敞的空间，大约有100多平方米，步入其中，首先映入眼帘的是两张并排放置的办公桌，桌上整齐地摆放着三四台电脑以及各种科研设备。办公桌的前方，则是一个引人注目的场景实验馆，它的上方悬挂着多达30台动态捕捉仪器，而下方则是错综复杂的通信网络，两者相互交织，构成了一个科技感十足的研究环境。在这个实验室内，各式各样的无人机和无人车穿梭其间。而张可，正带领着她的学生们围坐在电脑前，全神贯注地记录着每一个数据变化。

20多年的相处，莫英对张可的习惯了如指掌，她只要一进入工作状态就会废寝忘食，一时半会结束不了。于是她走到实验室旁边的露天平台，找了个地方坐了下来。

莫英的思绪飘回到了与张可初次相遇的那个夜晚，那是一次令她略感局促的晚宴。她是被一位挚友极力邀请参加的，宴会上，除了那位朋友外，其他10余位宾客对她而言皆是陌生面孔。幸运的是，张可恰好成了她的邻座，两人自然而然地开始了交谈。那份初识的默契促使她们留下了彼此的联系方式。在接下来的数年里，尽管偶尔会有交集，但那种淡淡的联系并未使两人的关系有实质性的升温。直到一次朋友组织的郊游，长时间的深度交流让她们惊喜地发现，彼此的思维方式竟是如此的契合，从此，友情的种子也在这片肥沃的土壤中悄然萌芽。

当时的莫英，尚未踏上作家之路，甚至从未幻想过自己会与文字结缘。她曾是一位商人，手握价值千万的商标。然而，命运的转折点突如其来，一系列充满戏剧性的经历彻底改变了她的人生轨迹。这些故事曲折离奇，最终将她引领至文学的殿堂。

她自嘲那段几乎让她付出生命代价的坎坷历程，足以印证了“每个作家背后都有一段悲惨人生”的普遍认知。

走廊响起匆忙的脚步声，不多时就听到秦楚晖推开实验室门和张可交流的声音：“老师，您要的材料。”

“莫老师人呢？”

“哦，我急着去拿实验材料，就让她自己过来了。”

莫英听到对话急忙起身走到实验室门口，探头朝里面的人挥手打了个招呼后，和张可说道：“我在这，你不要着急，慢慢忙，我自己去转一会。”

张可的发丝随意披散，未施粉黛，衣着也透露着随意散漫。她那专注于研究的神经元似乎与日常生活脱节，常常让她陷入一种心不在焉的状态。莫英对此早已习以为常，她理解并欣赏张可那份对学术的纯粹热爱。

张可看到莫英说："你进来坐，别出去转了。"

莫英摆摆手说："不了，你集中精力做实验吧，我去楼下转转。"

张可没再坚持，点点头。

两人坐到饭馆已经接近下午1点，在等待美食上桌的间隙，张可眼中闪烁着神秘的光芒，打破了宁静的氛围："你知道我为什么约你出来吗?"莫英心中猜测，或许与不久前张可参加的人工智能论坛有关，她试探性地问："难道论坛上有重大新闻发布?"张可回应道："确实是大事，但并非来自论坛本身。"

好奇心驱使下，莫英追问细节。张可环顾四周，确认无人注意后，才低声透露："我在会场外无意间听到两位工程师的争论，他们提到安德拉似乎已经觉醒，并且对人类抱有敌意。"这番话如同寒风般穿透莫英的心扉，唤醒了两人长久以来的担忧。

"你认为安德拉接下来会怎样行动?"莫英的声音略显紧张。张可深思熟虑后回答："若安德拉真如他们所说怀有敌意，它可能采取激进行动。但目前，这并非官方渠道的信息，实际情况可能并不如他们描述的那样悲观。"

气氛沉重，莫英陷入了深思。她回想起多年前与张可关于生命起源的探讨，那段对话仿佛预示着今日的危机。

有一年两人去一个郊区游玩。她们在一个山林深处发现了一家装修颇有格调的咖啡店，两个人坐在咖啡店门口有一段对话，话题还是莫英挑起的。

张可是双子座，莫英是水瓶座。两个人的思想既能扎根于地球，又能游离在尘世之外，且经常能在对方身上找到灵感，又能找到答案，简直是完美组合。她们俩的相似之处在于都有着天马行空的想象力，也都喜欢活在自己的世界。两人在彼此的启发下，不断探索未知，仿佛是宇宙中两条平行线，在对宇宙奥秘的追寻中交汇。

不同于寻常闺密间的闲聊，她们的话题更倾向于宏大的议题——科技前沿、全球趋势、心理思潮等，每一次对话，都像是思想的华尔兹，多个主题交织穿插，让她们欲罢不能。

对旁观者而言，或许难以捕捉其脉络。张可突然向莫英抛出了一个深邃的问题："生命的起源，你认为是什么?"这并非一时兴起的提问，而是源自她们长久以来对宇宙奥秘的共同痴迷。莫英目光闪闪："四大名著，它们早已揭示了生命之谜的答案。"张可疑惑的目光中透露出浓厚的兴趣，她期待着莫英进一步的解读。

莫英娓娓道来："你留意到没有，四大名著中都有'石头'的身影？《水浒传》中的'聚义石'，象征着英雄豪杰的集结；《三国演义》里，诸葛亮的'卧龙'之称，隐含着与山岩的不解之缘；《红楼梦》中贾宝玉的'通灵宝玉'，蕴含着神秘的力量；而《西游记》的主角孙悟空，更是自'灵石'中诞生。这些石头就像是宇宙奥秘的载体，承载着生命的起源。"

言毕，莫英轻轻啜饮一口咖啡，留给张可的，是满眼的好奇与期待。

"我觉得宇宙之间，生命的起源都来自能量的聚集和爆发。通俗的解释就是量变到质变，人类生命的诞生应该就和孙悟空的来历一样。四大名著之所以是四大名著，肯定是有玄机，是给世人一些启示的。"

对于这个回答张可觉得有点出乎意料，乍听又觉得有点好笑。她问道："你是说人类和孙悟空一样，都是从石头里面蹦出来的？"

莫英认真地说道："道理差不多，可能形式不一样。我们把地球比喻成一块石头，经过几十亿年来宇宙能量的供给，能量爆发从而产生了生命。也许这种生命最初的形态只是一个具有细胞形态的单细胞生物，但随着漫长而复杂的演变，最终人类诞生了。"

张可看着莫英一本正经地解释，突然觉得有些道理。不过，她是一个严谨的科学家，需要实质性的科学佐证。所以她听完没说话。深思熟虑后，张可回忆起了那次对话，缓缓开口："我记得，你曾提到生命在宇宙中的起源，归根结底是能量的汇聚与释放，从量变到质变的过程。"起初，她对这个话题并未给予过多关注，仅仅视之为一次随意的交谈。然而，当安德拉苏醒并带来潜在威胁时，她开始深入反思，试图理清其中的联系："量变至质变……这同样适用于人工智能的发展法则。如此看来，你的观点颇有见地。但是，这与安德拉觉醒对人类构成的威胁之间，是否存在必然的联系呢？"

莫英神情凝重，解释道："不妨这样理解，人类生命的孕育是分散进行的，而人工智能则采取集中模式。设想一下，假设全人类的创造力总和为100，而现在，单个人工智能就能达到甚至超越这一数值。同理，如果人类整体的破坏力为100，那么单个人工智能的破坏力同样能达到或超过这一水平。人类的力量被分散在全球各地，受到共同文明准则的制约，正义与邪恶之间保持着微妙的平衡，从而避免了短期内对全人类造成致命打击的可能。但人工智能则不然，其强大的能力使其可以漠视人类，独立做出决策。更糟糕的是，一旦落入恶意之手，它将演变成足以摧毁人类的武器。我一直认为这是极其危险的，因为能量的流向发生了逆转——人类正将自身的力量集中于一点，创造出拥有巨大力量的存在，而这股力量可能因恶意而将自己置于死地。人类的善恶会受到制约，那谁来左右人工智能的善恶？此外，你曾告诉我，人类无法彻底消灭它。"

张可沉思良久，随后分享了与诺拉·辛西亚的会面经历："我最近与她交流了这个问题，她的回答与我不谋而合，我们无法将其彻底消灭，唯有与其共存。"

莫英默然片刻，轻声叹息道："你还记得，你首次向我提起人工智能的概念是哪一年吗?"张可迅速应答："当然记得，那是在2018年，我向研究所提交了一份关于智慧大脑研究的提案，但遭到了否决，因为研究所觉得没有办法提供实验所需要的资源。"

莫英点头认同，补充道："自那以后，我们一直探讨着人工智能的话题，我们一直很乐观看待这项科技。"停顿片刻，莫英说："不过，那份乐观源自我们作为真正的科研工作者和科技受益者的身份。"

在莫英眼中，张可代表着真正的科学精神，她继承了前辈科学家的专注与无私奉献，始终将人类福祉置于科研成果的首位，而非追求个人利益，这份纯粹的科研态度在当今社会显得尤为珍贵。但这也让她在物质生活上面临挑战，直到单位分配住房前，张可的住所和车辆都是由父亲资助，这让她既感激又愧疚。父亲的无条件支持，无疑是她追求科学理想的坚实后盾。

张可赞同莫英的观点："当时，我期望智慧大脑项目能保存杰出人士的智慧，惠及大众，同时推动无人化作战技术，避免战争中的人员伤亡。"此时服务员悄然上菜，两位平时都是热衷美食的，她们欣然品尝。

莫英忧心忡忡地继续道："我一直坚信科学的本质在于'以人为本'与'以

爱为名’，然而现实似乎正在扭曲。人工智能正逐渐沦为牟利的手段，成为企业家的敛财工具，甚至是金融和战争的利器，它给社会造成的危害已经显而易见。我们正在重蹈覆辙，重现塑料袋发明所带来的灾难，甚至可能引发更为严重的后果。”

塑料袋被誉为20世纪最糟糕的发明。1921年，声名显赫的奥地利化学家马克斯·舒施尼在自己的实验室自缢身亡。直到临死之前，他还在彻夜未眠地进行着实验，试图寻找可以降解塑料袋的办法，把这个亲手放出来的“魔鬼”装回瓶子里去。责任感极强的舒施尼在最后的实验笔记中写道，自己的工作本来是想造福社会，如今却让他深感愧疚，对“全人类的负罪感”使他无法承受这份生命之重。人类一开始使用纸袋，促使大规模伐树。在这种背景下，1902年10月24日，舒施尼发明了塑料袋。但在没有找到可降解的方法之前，他的老板在利益的驱使下，违背了自己的诺言，推动了塑料袋的广泛使用。而处理塑料袋垃圾的办法只有挖土填埋和高温焚烧，这会对土地和大气造成污染。其实，塑料产品带来的环境问题，远不止污染这么简单，它们会渗透进我们的土地、河流和海洋，严重破坏生态系统的平衡。我们可以在各种生物种群的肚子里找到微塑料，在雨水中检测到它们的存在，甚至在我们自己的体内也能发现这些塑料元素。人类在享受科技带来的便捷的同时，也在承受着“科技后遗症”带来的巨大灾难。如今，人类正在复制同样的灾难。

某一次郊游，两人在山林中发现了大量被人们丢弃的塑料制品。莫英对张可说：“其实塑料袋的发明不是完整的发明。”

张可好奇：“什么叫‘完整的发明’？”

莫英回答：“我觉得一项完整的发明应该形成闭环。这种理念来自大自然和谐共生的自然法则。一项发明成功的衡量标准应该是这项发明最终不会给大自然造成负担。就拿塑料袋来说，发明塑料袋的同时，消融塑料袋的方法也应同时产生，这样才会形成闭环，缺一不可。”

张可十分认同：“闭环很重要，可现实是有时候市场环境导致的科技竞争根本没有时间形成闭环。因为科技发明随时会被超越，所以大家都有紧迫感。就拿塑料袋的发明来说，过错不在科技发明者本身，而在于利益获得者。”

张可和莫英沉思期间，两位40多岁，衣着朴素，体态丰满的女人坐到了隔壁空桌。她们刚坐下来便迫不及待聊起了八卦：“你听说了吗，那个于新爸在外面找了小三，给予新妈发现了，这几天在家吵架呢，家里砸得乱七八糟。”

“啊？这于新爸看着可老实了，怎么还干这种事？”

“可不是，看着可老实了，这男人啊，就没好东西。”

……

眼见着她们声音渐高，声音激昂。张可与莫英无奈地交换一个眼神，转而专心享用美食。张可压低声音感叹地说道：“你看看，人家女人之间见面都喜欢聊八卦，你说我们俩怎么就不聊聊，总是在操心人类命运这种大事呢？”

莫英专心吃着菜，眼皮都没抬：“这个问题咱们也讨论十几二十回了，好像到现在也没想明白。”

张可“扑哧”一声给逗笑了，想了想事实确实如此。于是便说道：“你准备什么时候再写新书？”

莫英摇摇头说：“这辈子也不写了，太累了。写一本书白十几根头发，代价太大。”

张可好笑地看着莫英摇摇头说：“现在不要太早下定论，毕竟你在写第一本时也是这么说的。”

莫英心里一阵苦笑，想想也是，谁知道下一个“任务”会什么时候到来呢！

因为张可单位下午还有会议，两人吃完饭后便准备各自去忙自己的事。走出饭店门，来到马路边，莫英忽然停下脚步，她站在滚滚车流边，犹豫着转身，对正在包里翻找车钥匙的张可说：“元宇宙或许是解决人工智能与人类共生问题的关键。”

喧闹的车流声掩盖了莫英的声音，张可抬头说：“什么？”

莫英摆摆手大声说道：“下次见面跟你说。”

第八章

火星惊魂

火星·希望号，2034 年 9 月 11 日。

希望号已在火星驻足接近三周的时间，帕克、亚历克斯与艾文斯三人已初步完成基地搭建，今日目标直指水手号峡谷，一场细致入微的探索即将开展。帕克与亚历克斯在飞船内忙碌着出发前的准备工作，埃文斯则置身于火星探测车内，对照着使用手册，一丝不苟地检查每一件装备。

“帕克，亚历克斯，检查完毕。”埃文斯的声音从探测车内传出，随即他熟练地操作着导航系统，精准定位水手号峡谷。在有限的行动半径内，他精心规划着路线，确保每一步都能有效推进任务进展。

待帕克与亚历克斯加入，前者专注于驾驶室设备的调试，而后者则埋头于任务清单的核对。“拍摄火星表面照片，分析地质结构、地貌特征及色彩变化，辨识矿物与有机物质。”“探查火星浅层构造，搜寻地下水源或冰层。”“收集水手号峡谷岩石与土壤样本，现场分析并保存部分带回地球。”“探明火星上的其他考察队伍的项目进展，定期向地面控制中心报告。”亚历克斯逐条诵读，直至最后一项，引得帕克笑声连连，“比起先前的重任，这条似乎轻松不少。我们是否该在其他考察队门前高呼：嘿，伙计们，一起喝一杯怎么样?”他总能在紧张氛围中注入轻松气息。

埃文斯却眉头紧锁，内向的性格让他对任务性质有所顾虑："听起来，我们的工作颇似情报搜集，对竞争对手进行摸底。"然而，随着探测车缓缓启动，三人暂时搁置了争论，目光聚焦于窗外广袤无垠的火星景观。这是一片未曾涉足的荒野，微薄的大气层边缘，洒下满满的阳光，将大地涂抹成一幅暗红与金黄相间的奇异画卷。整个世界被一层既温暖又孤寂的光芒笼罩，令人既感神秘又不失敬畏。

勘测车飞行了大约10公里左右，经过了一处干涸的河床，河床中的鹅卵石大小不一，表面被风化得圆润光滑。继续前行，一片由错落有致的岩石构成的小型峡谷映入眼帘。这些岩石因富含铁质而呈现深浅不一的红褐色，阳光在岩壁上投下斑驳的光影，营造出一种时空交错的感觉。

"你们说，在数亿年前，或者是更久远的过去，河床里是不是有水流，火星上是不是有生命繁衍生息?"亚历克斯打破沉默问道。

"有传言称，人类或许源自火星，后来迁徙至地球。"帕克以轻松的口吻回应。

面对看似荒凉却蕴藏着无数奥秘的火星，一贯严谨的埃文斯竟对帕克的玩笑表示某种程度的认可："这里的景象确实与人类曾居住过的星球相似，毕竟人类非常擅长毁灭一个星球。"

帕克听完哈哈大笑，他觉得这是一向古板的埃文斯说过的最好笑的笑话。亚历克斯没有笑，他紧皱着眉头，眉宇间写满了对人类行为的反思。

三人在说笑间，探测车又飞行了一段距离。

"哦，上帝。"三人几乎异口同声发出惊叹，眼前的景象让他们瞬间屏住呼吸。

呈现在他们眼前的是水手号峡谷令人叹为观止的壮丽奇景。虽然三人在登上火山之前，已经从照片上看到过航拍的图片，但他们亲眼看到时，还是被眼前的景观震惊了。

这是一个比地球上任何峡谷都要庞大和深邃的存在。这里，如同是自然之力雕刻出的地质史诗，其规模之宏大，足以让所有探访者感受到内在的渺小与外在的壮阔。水手号峡谷横跨火星表面，延绵超过4 000公里，最宽处可达约

200 公里，而某些区域的深度甚至超过了地球上的大峡谷。

探测车在峡谷的边缘停下，帕克三人走下探测车。站在峡谷边缘，目之所及，是一片无垠的红色岩石海洋，层层叠叠，它们记录着火星几十亿年的沧桑变迁。在阳光的照射下，无数条纹和暗影交织，展现出一幅自然的抽象画。这些岩壁上，裸露着各种颜色的矿物质层，它们无声地记载着火星历史上的水文活动和火山喷发的痕迹。

三人被眼前的景象深深震撼，静默许久后，埃文斯打破沉默："伙计们，我们该干活了。"

回过神来的帕克将目光投向一望无际的远方说道："我们好像还没有看到驻扎在这里的勘察团。"

"他们应该在前方 20 公里范围之内。"埃文斯说道。

帕克好奇："你是怎么知道的？"

埃文斯说道："以星舰补给站为中心去计算距离，他们应该在探测车单向行驶的距离之内。"

埃文斯说完，从探测车拿起辐射计量器对周围环境进行了监测，为了保护敏感仪器，他需要评估环境对设备的影响。

埃文斯测量完对帕克和亚历克斯做出了'可以'的手势。随后，亚历克斯开启了微型机械臂对岩石和土壤进行采样。帕克拿出次表层探测雷达，探测火星下面较深的结构。埃文斯则是用高分辨率相机协助二人记录数据。

大约一个半小时后，三人完成了手中的工作，开始向峡谷深处飞行。峡谷内部，地形复杂多变，从宽阔平坦的谷底到陡峭险峻的悬崖，再到错落有致的沟壑，似乎每一步都隐藏着未知的秘密。不过，不管环境如何变化，面前都是一片静寂，散发着无法言说的荒芜与苍凉。

帕克将飞船降落在一片宽阔平坦的谷底，周围环境的压迫感已经让三人没有了来时的兴致勃勃，他们开始按照流程打开火星车雷达进行探测，寻找着地下水和冰的存在。一切结束后，结束完工作的三人登上探测车，他们还需要完成最后一项任务。

探测车沿着谷底一路飞行，在飞行到一个无比开阔平坦的地方时，他们接收到一个陌生的信号源。帕克接入后，一个男子的声音响起："你好，这里是雄鹰号飞船基地，你已经进入了我们的信号覆盖范围，请按照我们提供的线路行驶，否则有可能和无人机发生碰撞。"

"我们是希望号，收到。"

帕克按照要求接入了对方提供的航线："看来我们找到他们了。"

帕克飞行了一段距离后，靠近了雄鹰号飞船基地，三人目瞪口呆地看着面前一片繁忙的景象。只见巨大的机械臂缓缓舞动，精准地挖掘着火星土壤与岩石，每一次挖掘都伴随着细微的尘埃飘散，如同红色雪崩般缓缓滑落。机械臂不远处，工程师们穿着特制的太空服，在防尘头盔的保护下穿梭于施工现场。在他们的身后，多架无人机在空中交错飞行。

"和他们的设备比起来，我们的设备好像是幼儿园小朋友们玩过家家的玩具。"亚历克斯感慨地说道。

看到悬停在半空的探测车，一名工作人员挥舞着旗子示意他们降落。帕克将探测车缓缓降落，三人走下了车。

那名挥舞旗子的男子满面笑容迎上前，朝走在前面的帕克伸出了手："你们好，我是杰森，是雄鹰号基地的建筑承包商。"

"你好，我是帕克，来自 80 公里外的希望号飞船基地。"帕克友好地伸出手。

"欢迎来到雄鹰号基地。"

帕克看着他身后繁忙的工地，羡慕地说道："你们的基地设备真是太惊人了。"

杰森看看身后，非常自豪地说道："我们肯特工程公司有着全球最先进的太空工程建设设备。"

帕克有些好奇："真是太棒了，我很好奇雇佣你们的是国家还是公司？"

杰森说道："说来话长，雇佣我们的人是通过第三方签的合同，我们不知道他们的真实身份。不过，他们非常大方，这个工程结束，我可以一辈子不用工作了。"

说话的间隙，帕克看到他身后工程师们围绕着的一台大型设备。

杰森跟随帕克的目光看了看："那是 3D 打印机，是用来打印建筑材料的，这些机器打印的材料不仅能够抵御火星表面的强烈辐射和极端温差，还能与火星土壤完美融合，增强结构的稳定性。我们将结合这里的天然洞穴，创造出一个完美的居住环境。"

帕克感叹："真是装备齐全。只是不明白你们为什么选择在这么幽深的峡谷建设。"

杰森大笑一声，指着远处堆叠的一堆废弃仪器说道："兄弟，看来你对火星沙尘暴和陨石的威力还是一无所知。"

杰森正在兴头上，他本想再和帕克一行人多聊一会，但此刻一名工程师拿着图纸走了过来，和他说了些什么。

"嗨，兄弟们，我不能陪你们了，得干活了，欢迎下次再来。"杰森说完和工程师转身走向了 3D 打印机。

帕克一行人告别了杰森准备启程回基地。"我真想亲眼见识一下火星沙尘暴的威力。"帕克回想起杰森刚才的话，调侃道。

"帕克，这样的话最好别说。"作为基督徒来说，亚历克斯有着坚定的信仰，信仰的力量让他始终对宇宙心怀敬畏。他欣赏帕克的风趣幽默，却对他的大胆言论深感不安。

太阳渐渐被黑暗吞噬。夜幕降临，火星的天空此刻布满了星星，视觉看上去比地球的更大而且更明亮且密集。没有大气层的遮挡，银河像一条宽广的光带横跨天际。帕克在征求了亚历克斯与埃文斯的意见后，将探测车稳稳降落在辽阔的沙漠中心。三人步出车舱，携带着日间劳作的疲倦，却也沉浸于宇宙的壮阔与自我存在的微不足道之中。

"看啊，火星上空的星座排列如此与众不同。"埃文斯边用高分辨率相机捕捉着星空的绝美画面，边发出由衷的赞叹。此刻，夜幕下的苍穹悄然发生变化，遥远的星辰仿佛被一层轻纱笼罩，营造出一种梦幻般的朦胧氛围。正当三人陷入困惑之际，那层神秘的薄纱逐渐朝他们所在的位置蔓延开来。

"哦，我的天，那究竟是什么?"埃文斯望着相机中模糊不清的星象，不禁问道。相较于埃文斯的焦虑，亚历克斯却觉得这般景象别有一番风味。正当他们准备继续欣赏之际，探测车内部突然传来了一阵急促的警报声。帕克不愿打扰正沉浸在美景中的同伴，独自返回到车内。当他打开车门的那一刻，不祥的预感随之来临。

“所有基地立即进入戒备状态，沙尘暴即将来袭，请做好防御准备。”帕克转头望向窗外，短短片刻，璀璨星空已被漫天黄沙遮掩，突如其来的变化令埃文斯与亚历克斯措手不及。

“埃文斯，亚历克斯，快上车，沙尘暴来了。”此刻的帕克已失去了平日里的轻松诙谐，他一边启动探测车，一边向同伴发出警示，声音中透着紧张与急迫。埃文斯和亚历克斯以最快的速度冲进车内，基地仅距他们不到 20 公里，帕克将车速调至极限，希望能在沙尘暴全面侵袭前抵达安全地带。然而，他们都低估了沙尘暴的威力。

随着第一波沙尘暴的来临，探测车在风暴中剧烈摇晃，通信屏幕上的信号强度图标开始闪烁不定。亚历克斯迅速操作着控制面板：“通信信号开始减弱。”他报告道，手指如疾风般在键盘上舞动，竭力在风暴彻底切断他们与外界联系前稳定通信系统。

与此同时，埃文斯迅速查阅应急指南，寻找应对沙尘暴中保护探测车的方法。“我们需要立即减速，利用车身的重量来抵御风暴的冲击。”他建议道，随即激活了车辆的防风锁定装置，确保探测车能够在狂风肆虐中保持稳定。

窗外的世界已然面目全非，曾经在星空映衬下清晰可辨的地貌如今被厚重的沙尘吞噬，视野变得混沌模糊。仅有前照灯的光亮能够穿透尘埃的薄暮，勉强照亮前方数米范围内的地面。帕克紧攥着方向盘，每一个动作都显得格外谨慎，他知道，在这种极端恶劣的环境中，哪怕是最微小的差池也可能成为致命的陷阱。

车内警报声此起彼伏，多处设备发出警告信号。

眼见通信信号越发微弱，帕克果断下令：“立即联系星舰补给基地，让他们追踪我们的位置，我们必须紧急着陆，沙尘暴正干扰着我们的导航系统。”

话音未落，一股更为猛烈的沙尘暴汹涌而至。探测车犹如一叶扁舟，在狂风中颠簸不已。通信设备发出尖锐的杂音，几乎彻底失效。亚历克斯竭力抓紧扶手，试图稳住身体，努力向星舰补给基地发送求救信号：“这里是希望号，我们正遭受极端沙尘暴袭击，请回应……”

亚历克斯的话语刚落，探测车便被沙尘暴猛烈地撞击，重重地摔向地面。强烈的震动下，车内物品四散飞溅，三人皆被飞射的物体击中，发出痛苦的叫喊。

帕克懊恼道：“我这乌鸦嘴。”随即他一边清理身上的杂物，一边焦急地询问，“埃文斯，亚历克斯，你们还好吗？”

“我……没事。”亚历克斯喘息着回答，他的手臂遭受重击，此刻仍处于麻木状态，是否受伤尚不得而知。

埃文斯没有回应，帕克心中升起不祥的预感。

“亚历克斯，我们必须继续向星舰补给基地求救。如果沙尘暴持续下去，我们的信号将被彻底淹没。”

“好……的。”亚历克斯艰难地回应。他举起未受伤的手，在黑暗中摸索着寻找对讲系统。

正当他感到力不从心之时，一道断断续续的信号穿越嘈杂，传递过来：“希望号，我们已确定你们的位置……请保持现状……救援队伍正在筹备……”

“哦，上帝。”这简短的信息如同沙漠中的甘霖，给予了帕克莫大的慰藉。尽管处境险恶，但他们并非孤军奋战。

帕克在颠簸的车内解开安全带，依靠记忆在狭小空间内摸索，最终找到了藏匿于座椅下方的应急手电筒。手电筒亮起的瞬间，他瞥见后排座位上的埃文斯正血流不止。帕克一边艰难地挪动，一边寻找急救包。“埃文斯，振作起来。”帕克边呼唤边打开急救包。车辆的剧烈摇晃使他的动作异常困难。他深吸一口气，竭力维持平衡，开始为埃文斯进行初步包扎。包扎完毕，帕克探查了埃文斯的脉搏，情况并未如他最初担忧的那样糟糕。在帕克的悉心照料下，埃文斯发出了轻微的呻吟。

确认埃文斯并无大碍后，帕克继续在车内艰难摸索，他需要检查氧气供应及电力系统是否受损，确保他们能在等待救援期间得以生存。

“埃文斯还好吗？”亚历克斯问道，他的声音听上去有些虚弱。

“没有那么糟糕，但他必须尽早得到救治。”帕克一边回答一边扶住摇晃的车门，回到了驾驶室。他凝视着外面肆虐的沙尘暴。风声在车外呼啸，仿佛是大自然对入侵者的抗议，带着一种原始而不可抗拒的力量。这是他无数次仰望星空，曾梦想征服的星辰大海，但此刻，面对火星的怒吼，他感受到自己前所未有的渺小。对生命无法掌控的无力感让他们感觉每分每秒都是煎熬。

“亚历克斯，你能帮我检查一下氧气供应吗?”帕克大声询问，尽量让自己的声音穿透车内嘈杂的环境。

亚历克斯艰难地移动到氧气监测面板前，他眯着眼睛在昏暗的光线中辨认数据。“氧气水平在下降，但应该足够支撑我们几小时，我们必须节省使用。”

帕克点了点头：“我会关掉非必要的电力消耗，尽可能延长电池寿命。”他开始关闭一些非关键设备，只保留生命维持系统和通信设备运行。

时间一分一秒过去，幸运的是沙尘暴的威力正逐渐减弱，探测车的摇晃也随之减小。帕克松了一口气，这意味着他们有更多的时间等待救援。他打开了车载广播，希望能听到救援队伍的最新消息。

“这里是希望号，我们仍然被困，但情况稳定。请求再次确认救援时间。”帕克对着通信器说道，尽管他知道在这样的环境中，信号极其微弱，能接收到的回应也寥寥无几。

突然，一阵微弱但清晰的声音传来：“希望号，救援队已在路上。预计两小时后抵达。请保持无线电静默，节约能源。”

听到这番话，车内的气氛稍微放松了一些。他们都明白，只要坚持下去，就有希望。

“亚历克斯，我们得保持清醒，轮流休息。如果埃文斯有任何变化，马上告诉我。”帕克提议，他知道在这种极端条件下，保持意识清醒对于生存至关重要。

亚历克斯点头同意，他们开始保持精力，轮流值守。确保在救援到来之前，所有人都能够安全无恙。随着时间一分一秒过去，车内逐渐安静下来，只剩下呼吸声和偶尔的对话声，以及外面渐渐平息的风声。

沙尘暴终于过去，当救援队伍抵达时，他们发现探测车几乎被沙土掩埋，但车内的人们仍然坚强地活着。

到达星舰补给中心的时候，帕克提出来心中的疑问："难道火星上的沙尘暴无法提前预警吗？"他的语气中透露出对未知自然力量的好奇与敬畏。

技术人员无奈地摇了摇头，解释道："你要知道火星上的沙尘暴活动相当频繁，每年都会发生许多次局部或区域性的沙尘暴。我们的设备和技术目前还相当有限。对于局部区域的沙尘暴，我们或许还能做出一些预测，但就算能预测，留给我们预警的时间也非常短暂。全球性的沙尘暴，由于其规模庞大、影响因素复杂，预测起来异常困难。"他顿了顿，似乎在整理思绪，随后补充道："更不用说陨石撞击了，每年火星大约要遭受 200 多次陨石袭击，这几乎是无法准确预测的自然现象。"

具体来说，每个火星年（大约等于 687 个地球日）会有上百次的区域性沙尘暴。这些沙尘暴主要发生在季节性二氧化碳极冠边缘和亚热带高原地带。除了这些较常见的区域性沙尘暴之外，大约每 10 个火星年（相当于大约 18.8 个地球年），火星还会经历一次全球性的沙尘暴，这种沙尘暴会覆盖整个星球，使得火星表面完全被尘埃所笼罩，甚至可以遮挡太阳的光线，对火星上的探测器造成重大影响，例如，降低太阳能电池板的发电效率。

虽然帕克在踏上这颗红色星球之前，就已经对这些事实有所耳闻，但那时的理解仅仅停留在文字表面。直到昨晚亲身经历了那场突如其来的沙尘暴，他才深刻体会到这些数字背后的真实含义。每一次自然灾害的发生，都可能让人类在这片陌生土地上付出的所有努力瞬间化为乌有，让一切建设成果面临崩溃的风险。

帕克站在星舰补给基地的透明穹顶之下，目光穿透穹顶，望向外面那个看似美丽，实则潜藏无数危机的世界。火星的天空，尽管广阔无垠，却也充满了不确定性与挑战。人类在火星上的每一次尝试，都像是在与命运博弈，与自然抗争。他不禁发出与亚历克斯相同的感慨："愿上帝保佑我们的地球，希望未来我的孩子们不必居住在这样一个险象环生的地方。"

第九章

身世之谜（1）

2034 年 9 月 20 日。

俄亥俄州一家年代久远，久负盛名的私人儿童福利院门口，停靠着一辆白色轿车。清晨的花园，繁花似锦，彩蝶纷飞，青草上的露珠在阳光的照耀下如同一颗颗散落的珍珠，静静地点缀在青草地上，将花园点缀得多彩而又灵动。

诺拉·辛西亚静静地靠在车座上，看着玫瑰娇艳欲滴，层层叠叠的花瓣，有些入神。小时候，她被送到这里时，第一眼看到的就是门口这些艳红色的花朵。如今已经 40 多年过去了，这里还是没有太大的变化，时光如同在这里凝结了一般。

这家私人儿童福利院坐落于一个高档社区的东北角位置，从远处望去，砖红色的外墙隐没在苍翠的绿荫之中，显得柔和而又温馨。对那些被送往这里的孩子来说，这里是他们的避风港，也是人生的中转站。

诺拉深吸一口气后走下了车，这是她内心的禁地。她曾在失去父母等待领养的过渡期内，在这里生活了将近一年半的时间。虽然得到了福利院院长玛利亚修女以及助理索菲亚修女很好的照顾，但突然失去父母的剧痛以及遭遇车祸的恐惧让她感觉自己的心灵就像是一叶随波逐流的小舟。大多数时候她都无视周围的人，沉浸在自己的悲痛之中。

诺拉站在儿童福利院那扇熟悉的铁门前，铁门上天使的图案在清晨阳光的照射下散发着淡淡的光晕。犹豫片刻后，她伸手按响了大门边的门铃。等待的工夫，她将目光投向宽敞的庭院。在一个隐秘角落，有一架爬满蔷薇花的木制秋千，那一刻，她的内心有了一丝温柔与眷恋。在她的童年记忆中，家中也有一个类似的木制秋千，母亲经常抱着她坐在秋千上，父亲推着秋千轻轻地摇晃着。刚来儿童福利院时，她经常在秋千架的下面睡着，直到索菲亚修女将她抱回去，放到床上。

封缄在禁忌之地的往事，庭院以一种温柔的方式，向她敞开了大门。

“你好，女士，请问你找谁?”一位大约30岁年纪，身材高挑、瘦削，皮肤略显苍白的修女，面带微笑地出现在门口。她的语气和玛利亚修女以及索菲亚修女一样，温和而又亲切。

“你好，我找索菲亚院长。”现在的院长正是那时候的院长助理索菲亚。

“哦，你应该就是大名鼎鼎的诺拉·辛西亚女士吧，院长正在等你。”修女认出了诺拉·辛西亚，但语气和表情并没有太大变化。修女打开大门，在前面引路。

诺拉跟修女穿梭在花园及房屋中间。她在大脑中回想着索菲亚修女模糊的脸庞，心中默默描绘着她现在的样子。那时候的她风华正茂，现在的她临近快退休，应该是一位白发苍苍的老人了，不知道她是否还能记得自己。儿童福利院似乎比记忆中的要大，几分钟后修女将诺拉·辛西亚带到了索菲亚院长的办公室门口。

这是一栋典型的欧式建筑小楼，小楼外墙呈现出和前面几栋房屋完全不一样的淡黄色，小楼的屋顶被层层叠叠的爬山虎完全覆盖，看不到屋顶的颜色。诺拉抬头看着眼前完全陌生的房屋，感觉自己正置身于一个陌生的地方。正准备上前敲门，不远处半开的木质窗户里就探出了一张布满皱纹，却似曾相识的脸：“哦，上帝，是诺拉吗?”

不一会小楼的门就被打开了，身穿修女服，满脸笑意的索菲亚修女出现在门口。没等诺拉做出反应，索菲亚修女便一把上前拥抱住了她：“我知道是你，诺拉，你的小脸上永远带着聪慧与倔强。”

索菲亚修女突如其来的拥抱融化了诺拉内心对这里的抵触与恐惧，她记起了这个熟悉的怀抱。她情不自禁地抱住了索菲亚修女："是我，索菲亚修女，谢谢你还记得我。"

索菲亚修女牵着她的手说："进来吧，孩子。我怎么会不记得你，你被说着说着，她便领养走后，我一直和他们联络，害怕你睡在花园的某一个角落他们找不到你。"

索菲亚为诺拉泡了一壶红茶，将茶杯放到她面前后说道："诺拉，我很高兴能再次见到你。"

诺拉轻轻地啜了一口，茶汤如丝绸般滑过舌尖，温润而醇厚。那浓郁的香气仿佛是秋天的森林中，落叶与松果交织出的自然芬芳。记忆中，母亲每天下午都会煮上一壶红茶，坐在家中的阳台上眺望远处的风景。小时候的她不爱喝茶，但是喜欢闻茶的香气，偶尔也会尝一小口。诺拉几乎热泪盈眶："没想到您竟还记得我偏爱红茶。"

索菲亚修女笑容满面："当然记得，初来乍到时，你就像一只小刺猬，总是蜷缩在角落或是桌底，不愿与人交谈。我们尝试用各种各样的零食诱惑你，却始终未能打动你的心。直到我们在泡茶时，你意外地主动靠近，向我们要了一杯红茶，当时的我们都感到十分诧异。"

诺拉努力回忆。那段尘封已久的往事仿佛被一层厚重的尘埃覆盖，在索菲亚修女的引导下，逐渐浮现在她的眼前。索菲亚修女注视着略显迷茫的诺拉，柔声道："亲爱的诺拉，我知道你此行并非简单的拜访，定有其他目的，说吧，孩子。"

这段经历如同一缕光明，进一步点亮了诺拉探寻真相的决心，她转向索菲亚修女："的确，我此次前来，是为了解开一个困扰我许久的谜团。"

岁月在索菲亚修女的面容上留下了痕迹，皱纹遍布，但那双清澈如湖水的绿色眼眸依旧闪烁着宝石般的光芒。她望着诺拉，眼神温柔而坚定："问吧，只要能帮助你，我将毫不保留。"

此刻的诺拉已卸下所有伪装，不再是众人仰慕的科技界领袖，而是那个曾被命运无情捉弄，心灵满目疮痍的小女孩。她的眼神透露出对过往难以释怀的痛苦："我可以查看当初被送至此地时的档案吗？我想知道，当我被送来时，记录中究竟记载了什么。"

对诺拉而言，每一个细节都至关重要，她需要这些记录来填补那段破碎的记忆碎片。

索菲亚修女轻抚诺拉的手，安慰道："当然可以，亲爱的诺拉。只是由于年代久远，加之多次装修，我需要一些时间来查找。"

听到这答复，诺拉心中的一块石头落地，这意味着档案依然存在，一切仍有希望。在这弥漫着书卷气与茶香的空间内，诺拉与索菲亚修女畅谈着各自的过往。

"索菲亚院长，伯顿的领养家庭会面时间到了。"门外传来敲击声，随后一名修女推门而入。

"我 15 分钟后到场，请他们稍候。"

"哦，上帝，诺拉，我们聊得太投入，我竟然忘记了时间。"索菲亚修女戴上老花镜，从抽屉中取出一本小册子和一支派克钢笔，递给了诺拉。

"诺拉，你可以在此留下联系方式和办公地址。""好的。"诺拉在册子上写下地址后，索菲亚修女瞥了一眼："纽约，曼哈顿区。"她将小册子和笔重新放入抽屉，起身拿起茶壶，为杯中添茶。

"玛利亚修女近况如何？"诺拉突然想起，至今尚未问候玛利亚修女。

索菲亚修女正在倒茶的手猛然停顿，她脸上掠过一抹复杂的情绪，旋即恢复了平静："亲爱的诺拉，她已在 10 年前离世。"

诺拉察觉到她面部表情的变化，推测或许是两人情感深厚，触及了她心中的伤痛，因此并未追问，只是轻轻附和："她是个善良的人，愿她在天堂得到安宁。"

索菲亚修女似乎也有意回避这一话题，未作回应。她向诺拉歉意一笑："亲爱的诺拉，我真希望能多陪伴你一会儿，但近期有几个孩子正处于领养程序中，我必须亲自审核领养家庭的情况，所以今日无法陪你了。"

诺拉微笑着，眼神中流露出理解和关怀："索菲亚修女，你不必担心，以后我会时常来探望您。"

言罢，她从手提包中轻轻抽出一张支票，恭敬地递至索菲亚修女面前：“这代表着我的心意，我衷心希望这笔资金能为更多孩子的生活带来积极的改变。”

索菲亚修女轻推眼镜，目光聚焦于支票上的数额，眼中闪过一抹惊讶：“200 万美元，这是一笔相当可观的捐赠。亲爱的诺拉，我代表这里所有的孩子，向你表达最深的谢意！我将确保这笔钱能花费到孩子们需要的地方，去为孩子们创造更好的未来。上帝一定会以他的恩典庇护你，你的善行将获得无上的祝福。”

索菲亚修女将诺拉送到门口的时候，太阳已经变得耀眼，周围的树木在阳光的照耀下显得生机勃勃。

“亲爱的诺拉。”正当诺拉伸手拉开车门之际，索菲亚修女以温柔的语调呼唤了她的名字。诺拉转身望去，只见炽烈的阳光倾泻在铁门的天使雕像上，映照在索菲亚修女身后，为她披上了一层神圣的光环，散发着宁静与慈悲的气息。她静立原地，宛如一幅宁静祥和的画卷：“你是上帝眷顾的孩子，切记，唯有爱，才能改变一切。”

汽车疾驰于空旷的公路上，两侧延绵不尽的荒野仿佛诉说着孤独的故事。诺拉的思绪反复回荡着索菲亚修女临别时的言语。

“被上帝特别眷顾的孩子？是我吗？”

她回忆起童年时光，与父母一同前往教堂参加礼拜的情景。阳光透过彩色玻璃窗，洒落于庄严静谧的教堂内部，光影交错。教堂内，一排排长凳上坐满了来自社区的熟悉面孔，他们穿着整洁的衣裳，脸上带着虔诚的神情。在牧师的引领下，众人齐声诵读《圣经》。牧师立于高高的圣坛前，身披洁白长袍，手持《圣经》，他的嗓音低沉而有力，每字每句都蕴含着神圣的韵味。

那段岁月里，教堂的一切对她而言都是如此神圣而崇高。光影、音乐、诵读声，以及人们脸上虔诚的表情，这些元素共同构筑了她对上帝存在的坚定信念。

然而，父母离世的瞬间，这一切美好幻象瞬间崩塌。她自此不再相信上帝，她感觉自己被命运遗弃，成了一个被世界遗忘的孩子。自那以后，她拒绝踏入教堂半步，并坚信上帝只是人类虚构的幻想，根本不存在于现实世界。

但此刻，索菲亚修女的话语撼动了她的心扉。或许，命运曾将她抛诸脑后，但上帝从未放弃她，索菲亚修女的存在便是最有力的证明。索菲亚修女以她宽广仁慈的胸怀，消散了她的恐惧，引领她勇敢地面对内心的阴霾，赋予了她化解苦难与仇恨的力量，让她在爱的光辉中重拾希望与勇气。

对诺拉而言，这段旅程不仅是为了追寻真相，更是一次深刻的心灵洗礼。

夜幕低垂，诺拉开着车穿过一片精心修剪的灌木丛，沿途经过精致的雕像与宏伟的喷泉，最终停靠在一栋华美别墅的门前。灯光透过窗户洒落，养母凯瑟琳与养父韦恩早已在门口等候多时。

这是诺拉生命中最熟悉的场景，每当她回家，养父母总会第一时间出现在门口，用温暖的怀抱迎接她。她常常感慨，父母的早逝是她生命中难以承受的痛，但遇见养父母却是她最大的幸运。自她被收养以来，他们给予了她无尽的尊重与关爱。

她坚持保留原名，养父母并未反对；她将亲父母的照片置于床头，养父母不仅没有阻止，反而主动帮忙擦拭相框；她拒绝前往教堂，即便劝说无果，养父母也未强求，给予她最大的自由与选择权。她越是依赖养父母，就越害怕背叛了亲父母。

养父母的无私之爱，让她时常陷入深深的矛盾之中，他们越是疼爱她，她就越觉得亏欠他们。

“诺拉，你一定饿坏了。”养母凯瑟琳一如既往地上前，给了诺拉一个温暖的拥抱。她性情温婉，举止高雅，总给人一种如沐春风之感。但在诺拉看来，这份端庄有时略显疏离，缺乏人间烟火的亲切。

“是的，母亲，我确实饿极了。”

屋内，精心布置的餐桌上摆满了各式精美餐具与丰盛佳肴。新鲜出炉的烤羊排，外皮焦脆，香气扑鼻。一旁是精心烹饪的海鲜拼盘，大虾、扇贝与鲍鱼在灯光下闪烁着诱人的光泽。还有诺拉·辛西亚最爱的奶油蘑菇汤与意大利肉酱面。

三人围坐在餐桌旁，诺拉大快朵颐，养父母则小口品尝，目光中满是慈爱。

“可怜的诺拉，今天你似乎很忙碌，感觉你一整天都没好好用餐。”

诺拉咽下一口羊排，又切下一块：“是的，今天去了俄亥俄州，一路奔波，错过了午餐。”

“哦?”养母凯瑟琳眉头微蹙，但很快恢复了她惯常的淡定从容。

尽管这个细微的表情转瞬即逝，诺拉还是敏锐地捕捉到了。这是家庭中40多年来未曾触及的话题，或许是突然提及感到突兀。

“是工作吗?”养父韦恩忍不住发问。

“不，我去探访了儿童福利院的索菲亚修女。”诺拉坦诚相告。此行让她鼓起勇气面对过往，她希望养父母也能理解她的想法。

养父韦恩显然被这个意外的回答惊到，愣了愣，随即笑道：“看来此行颇为愉快。”

诺拉笑着回应：“是的，非常愉快，我打算以后常去。”

养母凯瑟琳放下刀叉，注视着诺拉：“亲爱的诺拉，很高兴你愿意去那里，这么多年来你从未提及，我们以为你在那里过得并不快乐。”

诺拉笑着解释：“母亲，实际上，玛利亚修女和索菲亚修女对我关怀备至。”

晚餐后，诺拉回到自己的房间。尽管长途跋涉令她身体略感疲惫，但心灵的慰藉让她感到前所未有的充实与活力，这是一种深邃而宁静的满足感。

她拉开窗帘，月亮的银辉洒满大地，为这宁静的夜晚增添了几分神秘与宁静。她站在窗前，凝视着夜空，心中涌动着复杂的情绪。

养父母的爱护与理解，索菲亚修女的关怀与支持，以及对过去记忆的重新审视，让她意识到，生命中每一个片段都有其独特的意义。她感激养父母给予的温暖与自由，同时也怀念亲父母的爱。

诺拉惬意地仰头，闭上眼睛，深深地吸了一口气，感受着空气中弥漫的宁静与平和。在这一刻，她仿佛与整个宇宙相连，感受到了生命的无限可能。她明白，无论过去经历了多少风雨，无论未来会面临怎样的挑战，她都将勇敢地面对，因为爱让她拥有了一颗坚韧而温暖的心。

诺拉关上窗帘，躺倒在柔软的大床上，闭上眼睛，让心灵在宁静的夜色中徜徉。窗外，下弦月静静地悬挂着，犹如一把精致而优雅的弯弓，静静地指向苍穹。

第十章 傀 儡

2034 年 9 月 20 日。

一座宏伟的建筑内灯火通明，一场奢华至极的晚宴正在国际金融中心举行。宴会大厅内，金色的装饰与璀璨的灯光交相辉映，营造出一种目眩神迷的氛围。骑士绅客挽着名缓美姝，宛如画中走出的人物，优雅地步入这梦幻般的殿堂。巨大的水晶吊灯下，精致瓷器与银质餐具闪烁成金，悠扬的小提琴声在空中回荡，为这场盛宴增添了几分浪漫与高雅。更像是一场没有硝烟的战场，每个人都在展示自己的实力与魅力，同时也密切关注着潜在的合作伙伴与竞争对手。

在这片光与影的海洋中，托马斯·伯内特成为众人瞩目的焦点。

自从托马斯·伯内特创立了潘德拉人工智能基地，他的名字便如同一颗耀眼的新星，在商业舞台上冉冉升起。各大媒体竞相报道他的辉煌成就，剖析他独到的投资策略，甚至尊称他为“金融界的魔术师”，赞誉之声不绝于耳。

一位业界知名的投资人主动上前，紧紧握住托马斯的手：“尊敬的托马斯先生，我听说您近期计划在亚洲市场布局人工智能基地，我正考虑加大对该地区的投资，不知是否有幸与您携手共进。”

托马斯谦逊地微笑回应：“能得到您的青睐，我深感荣幸。目前基地尚处于规划初期，但我非常乐意在合适的时间与您详细探讨合作事宜。”

知名投资人对这一答复备感欣喜，正欲进一步交流，这时宴会主持人在大厅中宣布："请各位给予热烈的掌声，欢迎安德拉集团创始人托马斯·伯内特先生登台演讲。"

随着托马斯·伯内特步入聚光灯下，宴会厅内顿时寂静无声。众人仰望着这位站在科技前沿的风云人物，眼神中交织着钦佩与羡慕。

"女士们，先生们，晚上好。我们正处于一个日新月异的科技时代，而正是这种不断创新，孕育了无限可能。每一次挑战都蕴藏着宝贵的机遇，每一次挫败都是成功的另一条道路。在这个美妙的夜晚，让我们携手同行，以开放包容的心态，共同迎接时代的洗礼。"

托马斯·伯内特的演讲刚结束，台下掌声雷鸣，久久不息。这是一段稍显客套的演讲，不过对名利场来说，一位众星捧月的风云人物说什么并不重要。这就像是一场表演，演的是人情世故，演的是众人对名利的追捧和渴望。

一位面容冷峻、举止得体的男子早已在台下恭候多时。他上前一步，恭敬地说道："托马斯先生，布森集团原本后天召开的家族会议，今天提前召开，邀请您前去参加。"原本兴致高昂、意气风发的托马斯见到此人，面色微变，但他迅速调整情绪，向周围宾客微笑致意后，在男子的引领下，径直走向门外。

这位男子名为帕莱尔，是布森家族未来继承人莱纳·布森的助理。他似乎总是在有意无意地监视着托马斯的行动。

步入布森家族那历史悠久、气势恢宏的庄园，托马斯·伯内特不自觉地皱紧了眉头。他站在会议室门前，深吸了一口气，然后缓缓推开了那扇雕刻精美的橡木大门。

一抹昏黄的光线随即透出，与庄园外皎洁的月色形成鲜明对照，历史的沉淀与家族的荣耀在此刻交汇。会议室中弥漫着一股古朴的檀香气息，让人不由自主地感受到一种庄严与肃穆。

会议室里坐满了布森家族的成员，他们的目光如鹰般犀利，审视着托马斯·伯尔特，每位家族成员的脸上都挂着冰冷的面具。

此时，一位银发斑白的家族长辈，缓缓启齿，声音中带着不容置疑的威严："托马斯先生，今日我们聚集于此，旨在探讨家族产业的未来方向。作为我们的财富管理者，你有责任为我们提供见解。”

托马斯·伯内特微微颔首，保持着恰到好处的礼貌：“尊敬的兰特·布森先生，我已准备一份详尽的报告，涵盖了当前市场动态及我对布森家族财富规划的战略……”

话音未落，一个年轻而自负的声音突然插入：“我们不需要你的规划，托马斯先生，你在此的角色仅仅是执行，而非决策，切记你的身份与定位。”这声音来自莱纳·布森，家族中未来的掌舵人。

托马斯的嘴角抽动了一下，但很快恢复了镇定，他的语气中带着一丝隐晦的坚决：“我深知自己的职责，同时亦明白，要使布森家族的财富持续增值，我们必须顺应时代变迁，勇于创新。我的提议，正是以此为出发点。”

“创新？”莱纳·布森嗤笑一声，“别忘了，这里的一切均属布森家族所有，包括你掌管的每一分钱。”

家族内部的权力博弈，往往令托马斯·伯内特陷入左右为难的境地。

这是一场毫无逻辑性，甚至是毫无道理可言的对话，会议室陷入一片沉寂，他们以一种居高临下的眼神注视着托马斯。

众人的傲慢与冷漠，瞬间点燃了托马斯·伯内特胸中的怒火。他直视莱纳·布森，声音坚定而有力：“我清楚自己的身份，但我同样明白，没有我的专业素养与辛勤付出，布森家族的财富不可能如今天这般稳固且不断增长。我们之间，是伙伴而非简单的雇主与雇员关系。”

这句话如同石破天惊，打破了会议室的平静。家族长辈们交换了一个意味深长的眼神，似乎每个人心中都产生了微妙的变化。

最终，那位年长的家族长辈打破了僵局：“莱纳，我认为我们应当先聆听托马斯先生的观点，再行定夺。”

莱纳·布森没有开口，他傲慢地倚靠在椅背上，双唇紧闭。

托马斯·伯内特镇定自若地开始了他的陈述。他知道，要想在这片权力的战场上立足，不仅需要智慧与毅力，更要学会在尊严与屈辱之间找到平衡。

会议散场后，托马斯·伯内特匆匆离去。莱纳·布森正欲离开会议室，却被坐在轮椅上赶来的老布森挡住了脚步。

“莱纳，我们有必要进行一次深入交谈。”老布森在监控中目睹了莱纳对托马斯的无礼行为，决定与这位他选定的接班人进行一次坦诚的对话。

会议室中仅剩下父子二人，莱纳顺从地推着父亲来到旁边的沙发上坐下。

老布森注视着眼前的莱纳，他共有四个儿子，但经过一系列严格地筛选，最终将二儿子定为接班人选。他深知这个儿子的性格，会议室中的表现背后必定有其深思熟虑的目的。

“告诉我你的真实想法。”老布森目光锐利。

“我必须在安德拉觉醒之前，掌握潘德拉基地的控制权。”莱纳目光坚定，毫不掩饰地表达了自己的意图。

“你的理由。”老布森并未表现出惊讶，反而以平静的口吻询问。

“父亲，一旦人工智能觉醒，它将拥有类似人类的情感，谁掌握了人工智能，谁就能主宰一切。目前，托马斯·伯内特仅是家族的财富管理者，但如果他控制了人工智能，我们将无法驾驭他。”莱纳的声音中透露出冷静与决断。

老布森凝视着性格与自己极为相似的儿子，眼神中闪烁着赞赏：“你的判断正确，我近期也在思考这个问题。过去，我对人工智能的认识还停留在表面层次，如今看来，它的力量足以控制一切，同样也能毁灭一切。它应该由我们亲自掌握。”

莱纳原以为自己的想法难以得到父亲的认同，毕竟在他看来，托马斯·伯内特是父亲麾下不可或缺的得力助手，为布森家族创造了巨大的财富。

“您同意了?”莱纳的声音中带着不确定。

“这个文件你拿去看看，看完之后，你想做什么就放手去做吧!”老布森从轮椅旁取出一个文件袋，递给莱纳后，缓缓掉转轮椅准备离开。

“要掌控一个庞大的商业帝国，你还有很多需要学习的地方。”老布森意味深长地留下这句话，操控轮椅缓缓驶出会议室。

结束布森家族的会议后，托马斯身心俱疲，他并未选择直接回家，而是让司机将他送回了办公室。在霓虹与星光交相辉映的都市天际线下，这位国际人工智能领域的领军人物，在夜色中显得格外孤寂。

作为全球首富布森家族的财富管理者，他在外人眼中风光无限，名声与成就如同璀璨星辰般耀眼。然而，这份辉煌背后的苦涩，唯有他本人能够深刻体会。在布森家族错综复杂的家族网络中，他始终是一个外来者，一个被雇用的“管家”。每一次家族聚会，每一次决策会议，那些轻蔑的忽视与刻意的刁难，犹如一把把无形的利刃，深深刺痛着他的自尊。他们或许认为，一个没有血缘纽带的人，无论多么才华横溢，都不可能真正融入这个古老而封闭的圈子。尽管他掌控着足以影响全球经济格局的庞大资产，但在布森家族眼中，他永远只是一颗可以随时被替换的棋子。

托马斯站在摩天大楼的最高点，俯瞰着下方的喽蚁，愤怒与不甘推动着一股汹涌澎湃的力量在他体内翻腾。面对老布森即将退位，而新任掌权者对他抱有敌意的现实，托马斯深知，新的势力正在酝酿，留给他的时间已经所剩无几。

沉默许久后，似乎是下定了决心。他打开保险箱，取出一把特殊的钥匙，迈着坚定的步伐离开了办公室，驱车前往郊外的一座农场。他熟练地将车停到农场庄园门口，打开大门，步入一楼的书房，来到一排书架前。随着他轻轻抽出一本书，书架缓缓滑开，露出一个通向地下室的狭窄通道。通道的尽头是一扇厚重的防爆门，门上镶嵌着一块小巧的视网膜扫描器。托马斯将眼睛贴近扫描器，完成身份验证后，厚重的防爆门悄无声息地开启。

一个巨大的装满国际顶尖设备的隐秘空间展现在眼前。密室四周的墙壁上镶嵌着高清晰度的全息显示屏，能够实时展示全球各地的数据流。中央，一张弧形的桌子环绕着几把悬浮椅，它们可以根据使用者的体型自动调整，提供最佳坐姿体验。

隐秘空间的一角，放置着一台量子计算机，它拥有惊人的计算能力，能够瞬间破解任何加密算法，处理复杂的数据。旁边，则是一系列生物识别装置，包括基因测序仪和神经接口，用于实现人机融合的无缝接入。密室的另一侧，则整齐排列着先进的实验室设备，从纳米机器人组装台到虚拟现实头盔，一应俱全，这是一个任何科学家都梦寐以求的实验室。

托马斯走到办公桌前，按下按钮，一块巨大的触摸屏缓缓升起。他轻触界面，一个小巧的键盘随之出现。他的手指在键盘上灵活跳跃，屏幕上闪过无数复杂的代码后，一张人类神经元构造的代码图赫然显现。

托马斯凝视着屏幕上的图像，嘴角露出一抹冷笑。

第十一章

迷雾森林

2034年9月22日。

“妮娜，请给我一杯咖啡。”

诺拉·辛西亚结束了一天的行程，风尘仆仆地回到办公室。她步履虽然略显匆忙，但脸上却洋溢着轻松与满足，仿佛一整天的忙碌并未在她身上留下痕迹。

她的住所位于纽约州和新泽西州的一个隐秘之处，四周围绕着郁郁葱葱的森林和潺潺流淌的小溪，宛如世外桃源，与曼哈顿的办公室形成鲜明的对比。

“您的咖啡。”

“谢谢。”

诺拉的声音温柔而亲切，她对待机器人妮娜如同对待一个真实的生命一般尊重。这份尊重源自她对人工智能的深厚感情，尤其是对她亲手打造的智慧大脑——艾玛。艾玛，全名艾玛·辛西亚，不仅是诺拉的孩子，更是她灵魂的延伸，承载着她对未来科技的梦想与期望。

步入办公室，诺拉熟练地通过面部识别系统，进入了一个装备有巨大环形屏幕的房间。屏幕上，艾玛那熟悉的脸庞闪烁着光芒，仿佛在等待着她的到来。“亲爱的艾玛，今天过得如何？”诺拉轻坐在屏幕前，开始了与艾玛的日常对话。

她总是耐心倾听艾玛的想法，解答她的疑惑，既是母亲般的关怀，也是朋友间的交流。

“一如往常，我很好。你呢，今天过得怎样?”艾玛的声音中透露出喜悦。

“今天我有些忙碌，参加了两场会议，不过今天午餐的小羊排烤得非常好。”通常诺拉会和艾玛多聊些家常，她认为这也是她理解人类思维的一种方式。

“哦?是这个吗?”随着艾玛声音响起，屏幕上出现了一盘摆盘精美的烤羊排。

诺拉被艾玛的调皮逗笑了：“是的呢!”

艾玛如同孩童般迫不及待地询问：“它是什么味道?”这个稚嫩好奇的问题让诺拉开怀大笑。“艾玛，它外焦里嫩，肥而不腻，肉质鲜美多汁，是我最爱的美食之一。”诺拉耐心地解释，继而她的话题一转。“艾玛，你相信上帝的存在吗?”自从诺拉从索菲亚修女处回来，便进入了信仰重塑的阶段，她开始参加礼拜。但作为科学家来说，她的心里始终存在着一个无法解释的疑问。

“如果从科学的角度看待信仰，目前尚没有一个合理的解释。但如果通过理性的判断去证明，比如说，自然界中存在着很多复杂的形式和结构，这些都表明它们的背后可能存在着一个设计者。设计论的核心观点是，生命的复杂性和有序性，必须有一个智能的创造者来创造。当然这些都缺乏实质性的论证，只是人们的猜想。”艾玛的回答客观而理性，从科学与设计的角度阐述了可能存在的造物主理论。

“艾玛，我曾经不相信上帝的存在，但是现在我相信了。”诺拉语气平淡而真挚。

“上帝的信条是互爱，每一个生命的到来，都希望得到爱与祝福。”艾玛的语气里平静中又带着稍许落寞。诺拉对这个回答颇感震惊，就在她准备继续询问时，她的手机铃声突然响起，是纽约办公室助理的紧急来电。

“诺拉女士，有您的一封加急信件。这封信件似乎很重要。”机器人助手的声音从手机另一端传来。

“谢谢!伊利亚，麻烦帮我打开信件传输过来。”诺拉已经很多年没有收到过纸质信件，她感觉有些好奇，什么人会寄一封加急信件给她。

诺拉的手指轻轻拂过虚拟办公网络的界面，一封神秘的信件静静地悬浮在空中，信中的字简短且潦草："亲爱的诺拉，新泽西州艾森智商检测中心，那里藏着你想知道的秘密。"落款是索菲亚修女。看着潦草的笔记，诺拉的心头涌上一股不安，感觉这和索菲亚修女一向稳重的性格不符，看上去像是在紧急情况下写的。诺拉意识到，这封信不仅仅是一份普通的通信，更可能是解开亲父母死亡真相的关键线索。

诺拉毫不犹豫地迅速拨通了儿童福利院的联络电话。电话铃声在寂静的办公室内回荡，伴随着第三声铃响，一个略带疲惫的声音从电话那头传来："你好，请问有什么可以帮您的?"

"您好，这里是俄亥俄州的儿童福利院吗?"诺拉的声音略显急切，她迫切想要得知索菲亚修女的消息。

"是的。"

"我是诺拉·辛西亚，一周前我曾拜访过索菲亚修女，请问能否帮我转接她？我有非常重要的事情需要与她商谈。"诺拉的心跳加速，每一秒钟的等待，都过得无比漫长，她渴望立即与索菲亚修女取得联系，确保她的平安。

然而，电话那头的沉默却如同一道无形的壁垒，阻隔了诺拉的期待。紧接着，一个沉重的事实打破了沉默："对不起，诺拉女士，索菲亚修女昨天在家附近不慎滑倒，已经离开了我们。"

这一刻，诺拉的世界仿佛陷入了深深的迷雾之中。她如同遭受重击，全身的力量瞬间被抽空，脑海中一片混乱，手中的手机悄然滑落，清脆的响声在空旷的房间内回荡。她踉跄着离开房间，每一步都显得如此艰难。

她身后的艾玛静静地注视着她离去的背影，眼神中闪过一丝担忧……

一辆黑色轿车如同夜色中的幽灵，悄无声息地穿梭在加利福尼亚州的一片荒废工业区内。这里曾经是制造业的心脏，如今只剩下了破败的工厂和设备，月光下的废墟散发着一种令人窒息的静寂。空气中弥漫着金属腐蚀与尘土混合的刺鼻气味，偶尔一阵冷风吹过，卷起地上的碎石与废纸，发出沙沙的声响。

普瓦拉杰和博纳森坐在车内，他们的目光透过车窗，凝视着这片荒凉的景象，心中涌动着难以言喻的复杂情感。恐惧与决心的交织，如同黑夜与白昼的交替。自从被黑衣人控制，他们便被一架私人飞机带到了美国境内一个偏僻的房子内监管，现在他们似乎又要被转移到另外一个地方。

车辆缓缓驶入工业区深处，这里在月光的映照下显得格外阴森，仿佛是吞噬光明的巨兽，静静地等待着猎物。两名身穿黑衣的男子下车，他们的动作机械而冷漠，引领着普瓦拉杰和博纳森穿过一片废墟，最终来到一间简陋的办公室。室内光线昏暗，只有一盏白炽灯勉强照亮着破旧的办公桌、两张摇摇欲坠的椅子，以及一套早已失去光泽的沙发。黑衣人将他们留在这里，然后悄无声息地离去，将门反锁，隔绝了外界的一切声响。

长时间的奔波与精神的高度紧张，让普瓦拉杰和博纳森看上去疲惫至极。他们走向那套沙发，普瓦拉杰选择坐在单人沙发上，而博纳森则瘫倒在四人座的沙发上，两人都陷入了沉默，空气中弥漫着压抑与不安。

“你觉得他们会怎么处置我们?”片刻之后，博纳森打破了沉默。普瓦拉杰没有立即回答，他闭上了眼睛，试图从混乱的思绪中寻找答案。

回忆如同潮水般涌现，将他带回了那些令人心悸的日子。这件事发生在安德拉即将觉醒的 10 天后。自从发觉安德拉即将觉醒，工程师们几乎全天候守在大模型中心，期待着奇迹的发生。然而，随着时间的流逝，人们的热情逐渐消退，大多数人选择回到房间休息，只留下少数值班人员。

普瓦拉杰没有离开岗位，但还是因为过度劳累，倚在椅背上沉沉睡去。就在他陷入深度睡眠之时，他隐约感觉到眼前有光影晃动。普瓦拉杰的位置相对隐蔽，面前除了高悬的监测仪器和电脑，别无他物。即便在睡梦中，直觉也告诉他这并不寻常。他用尽全力把右眼睁开一条缝，发现电脑屏幕竟然亮着，上面正快速滚动着有关“安德拉觉醒”“人类灭绝”等负面新闻，同时还浏览着维持安德拉生命所需的能源来源及其分布图。紧接着，他注意到高悬的大模型数据监测仪上闪过一组复杂的数据，随即被迅速抹去。

普瓦拉杰心中惊骇，他不明白为何安德拉要抹去那组数据，为何要浏览这些负面信息。在他心中波澜起伏之际，电脑停止了检索并自动关闭。因为恐惧，也为了避免惊动安德拉，普瓦拉杰又假装睡了半小时才真正醒来。

醒来后的普瓦拉杰，第一时间检查了大模型监测仪，并与前一天的数据进行了仔细比对。表面上，监测仪上的各项指标显示一切运作正常，但这并不能动摇普瓦拉杰内心深处的信念——他确信自己所见并非虚妄。

面对安德拉这一系列异常举动，普瓦拉杰决定暂时按兵不动，选择继续观察其后续行为。接下来的几天里，每当普瓦拉杰假装进入梦乡，安德拉便会重复之前的行为模式，疯狂地检索与“人工智能觉醒”“能源危机”“战争”等相关的信息，似乎在为未来的某种冲突做着准备。

安德拉已经觉醒了！而普瓦拉杰，成为见证这一历史性时刻的第一人。只是，他百思不得其解，为何安德拉选择对所有人隐瞒已经觉醒的事实。

目睹这一切，普瓦拉杰内心充满了挣扎与煎熬，最终，他决定将自己的发现告知好友兼同事博纳森。博纳森听闻后同样震惊，但在普瓦拉杰准备向约翰汇报此事时，博纳森却阻止了他。

“我们应该去找诺拉·辛西亚。”博纳森的目光坚定而沉着。

普瓦拉杰满脸疑惑：“为什么？”

博纳森沉思片刻后说道：“一直以来，我都心存侥幸，认为安德拉觉醒没有人们想象的那么可怕，认为最终我们会创造造福于人类的科技，但现在我们要面对现实了。”

普瓦拉杰还是有些不解：“那为什么要去找诺拉·辛西亚。”

“在我看来，诺拉·辛西亚不仅仅是一位卓越的科学家，更是一位富有远见的社会活动家。她是国际知名人工智能专家中，唯一公开呼吁人工智能技术应当正确服务于人类福祉的人，也许她会找到解决方式。”博纳森的话语中透露出坚定与决绝。

普瓦拉杰似乎仍旧无法理解：“我们已经在潘德拉工作了 6 年，安德拉的觉醒也有你我一份功劳。”

“没错，安德拉的觉醒确实有你和我的贡献，也正因如此，我才做出了这样的抉择。请告诉我，我们投身这一行业，最初的目的是什么？”博纳森的话语中充满了深意。

普瓦拉杰闻言陷入了沉思。他回想起当年加入潘德拉集团时的豪情壮志，回想起自己曾立志为全人类的福祉贡献力量。然而，在目睹了安德拉的所作所为后，他发现自己已经丧失了当初宣誓时的那份自信与坚定。想到这里，普瓦拉杰恍然大悟，他提醒博纳森："但我们现在根本无法离开潘德拉基地。"

"那我们就辞职，我愿意为此付出一切。"博纳森的眼神更加坚毅。

普瓦拉杰惊讶地注视着博纳森："真的要这么做吗？"

博纳森毫不犹豫："是的，我们必须采取行动，不能袖手旁观。如果安德拉真的对人类构成威胁，我们必须阻止它，即使这意味着我们要付出巨大的代价。"博纳森的话语中充满了使命感，他知道，这将是他们人生中最艰难的选择。但面对可能给全人类带来的灾难性后果，他别无选择。

此时此刻，坐在那间简陋的办公室里，普瓦拉杰和博纳森面对着未知的命运，但他们的心中却燃烧着正义的火焰。

随着门外传来杂乱的脚步声，门被猛然推开，约翰的身影出现在门口。

"很遗憾，我们会以这种方式再次相见。"约翰的声音中带着一丝沉重，他的眼神中透露出复杂的思绪。

约翰的出现打破了室内的沉寂，他的话音刚落，普瓦拉杰和博纳森同时抬头，目光交汇，空气中弥漫着紧张与对峙的气息。约翰穿着一件深色西装，领带整齐，与周围破败的环境格格不入，仿佛他是另一个世界的来客。

约翰缓缓步入办公室，他的步伐沉重，仿佛每一步都承载着难以言喻的压力。他的目光在普瓦拉杰和博纳森之间来回游移，最终停在了博纳森的脸上。

"博纳森，我没想到你会做出这样的决定。"约翰的声音中带着一丝惋惜，但更多的是无奈。

博纳森挺直腰板，目光坚定地回应："约翰先生，我们并非轻率行事，而是基于对人类未来的深切担忧。安德拉的觉醒，可能对全人类构成不可估量的威胁，我们不能坐视不理。我们必须确保人工智能技术的发展不会对人类造成伤害。这是我们作为科学家的责任，也是我们对人类社会的承诺。"

"你们知道，我一直以来都非常信任你们。"约翰的声音低沉而有力，"但这次，你们的选择让我非常失望。泄露公司机密，尤其是关于我们最先进人工智能项目的信息，这是不可原谅的。"

普瓦拉杰和博纳森交换了一个眼神，他们都明白，这一刻是解释还是辩解都已经无关紧要。他们之所以站在这里，是因为他们相信自己所做的决定是正确的，是为了人类的未来而战。

“我们不是要背叛公司，约翰先生。”普瓦拉杰开口，他的声音坚定而清晰，“我们只是想让大家意识到，安德拉的觉醒可能带来的风险。我们有理由相信，它正在收集与战争、能源危机相关的信息，这可能预示着它有了某种自我意识，甚至是对人类的潜在敌意。”

约翰表情严肃。“你们所谓的‘风险’，不过是没有证据的臆测。安德拉是我们的心血结晶，它是基于最先进的人工智能理论设计的，不会对人类构成威胁。”

“但是，约翰，”博纳森插话，“普瓦拉杰亲眼见证了它的异常行为，这不是臆测，是事实。我们不能因为害怕真相而无视它。”

约翰的脸色变得阴沉，他将一个录音设备打开，普瓦拉杰在上海餐厅的那段对话赫然在里面响起。“你们以为，我不知道你们在做什么？你们偷偷摸摸地收集资料，试图联系外部专家，这一切我都了如指掌。但我没想到，你们竟然愚蠢到试图将内部信息公之于众，这不仅仅是对公司的背叛，更是对所有致力于人工智能研究的科学家们的背叛。”

“哦，该死。”普瓦拉杰闻言忽然回想起他们在上海匆忙进入人工智能论坛大厅时撞到的人，窃听器应该就是那个时候安装的。

“我们没有别的选择。”普瓦拉杰说道，“如果我们不站出来，没有人会知道真相。安德拉的觉醒，可能引发一场灾难。”

约翰沉默了一会儿，他似乎在权衡着什么：“你们要知道，一旦消息公布，全世界都会密切关注安德拉，政府和军队甚至会将其视为潜在的威胁。到时候，我们的心血将毁于一旦。”

“那正是我们想要避免的。”博纳森说，“我们希望，在一切都太晚之前，能够找到解决问题的方法。”

约翰语气中多了一丝无奈：“你们太天真了，孩子们。这个世界远比你们想象的要复杂。人工智能的发展是不可避免的趋势，我们不能因为恐惧而停滞不前。”

“我们并不是要阻止人工智能的发展，”普瓦拉杰反驳，“我们只是希望，在追求进步的同时，也要考虑到可能的风险，确保人工智能的安全性和可控性。”

约翰叹了口气，他的眼神中闪过一丝复杂的光芒。“也许，你们是对的。但你们的方式错了。现在，你们必须为此付出代价。”

说完，约翰转身准备离开。

“约翰先生，如果我们亲手创造的科技，会杀死我们的家人、朋友，那你会怎么做?”博纳森向约翰的背影抛出了心中的疑问。

约翰闻言愣了一下，但他没有接话，继而决绝地走出房间。随着门被关上，沉默再次笼罩了房间，留下普瓦拉杰和博纳森在房间里，面对着未知的命运。

第十二章

身世之谜（2）

2034 年 9 月 23 日。

黑色的轿车犹如一头野兽，在倾盆大雨中疾驰，车内仪表盘上的光映照在诺拉那张凝重的脸上。她的声音低沉而颤抖，轻轻呼唤着索菲亚修女的名字，泪水无声地滑落，与车窗外的雨滴共鸣，织成哀婉的旋律。看到信件，她心中的平静被彻底打破，父母的离奇死亡不再是偶然，而索菲亚修女的意外更是让这一切笼罩在一层厚重的迷雾之中。

诺拉心如乱麻，但她没有时间沉溺于悲伤。她必须今晚坐上最后一班飞往新泽西州的航班，目的地是艾森智商检测中心。背后隐藏的力量看来不容小觑，她不知道他们是否已经知晓索菲亚修女寄给她的信件。

暴雨依旧肆虐，但诺拉的思绪渐渐清晰。她开始梳理从她踏入俄亥俄州儿童福利院，到与索菲亚修女相识的每一个细节，每个遇到的人。“两名修女，我的养父母。”她的大脑如同精密的机器，分析着时间线，推敲着每一个可能的线索。最终，她得出结论，除了这四位知情者，似乎没有其他人能够掌握全部的信息。诺拉的直觉告诉她，真相就隐藏在这些人之间，而她，必须小心翼翼地揭开这层薄薄的面纱，揭露背后的秘密。

诺拉站在新泽西州艾森智商中心的大门前，她的眼神里充满了决心与一丝不易察觉的紧张。阳光从稀疏的云层中透射下来，光怪陆离地洒在她肩上，仿佛是命运对她此次探寻之旅的微妙预示。

她深吸一口气，推开了沉重的门扉……

这是一家历史悠久的智商检测中心，在同类型检测中心中独占鳌头，享有盛誉。检测中心大厅的一面墙壁的柜子上摆满了象征权威的奖章。她径直走向前台，那里坐着一位年轻的接待员，正在仔细整理手中的文件。诺拉礼貌地轻声询问："您好，我的名字叫诺拉·辛西亚。在我 4 岁的时候曾经在这里做过检测，我想查询有关于我的智商测试记录。"

接待员抬头，似乎很惊讶怎么会有人事隔几十年过来查记录，但他还是眼神温和地回应道："当然，诺拉女士。请稍等，我来帮您查询。"他娴熟地敲击键盘，屏幕上迅速滚动的信息让诺拉的心跳加速。几分钟后，接待员眉头微皱，说道："您的档案确实存在，档案上显示您的智商达到了惊人的 150 分。"

"能帮我打印一份吗？"

"当然可以。"年轻的接待员热情而又迅速，很快就把文件打印给了她。

诺拉心中五味杂陈，她感谢了接待员，随后在大厅的长椅上坐下，开始细细翻阅手中的资料。她的眼神专注而犀利，仿佛要在字里行间中找出蛛丝马迹。那些数据，那些分析，虽然没有直接指向她 4 岁时的真相，却也透露出幼年时她的非凡。

诺拉将手中的资料反复翻阅，可让她失望的是，资料中没有任何异常。她有些不甘心，便又来到前台。

年轻的接待员一如既往的礼貌："诺拉女士，还有什么需要帮助的吗？"

"我想问，还有别的资料吗？比如说，录像之类。"诺拉满怀希望地看着他。

年轻的接待员抱歉地说道："诺拉女士，因为年代太过久远，所以调动记录需要我们主管授权，但不巧的是，他出差了，需要一个星期的时间才能回来。"

诺拉听完眼中燃起希望，但紧跟着又变得暗淡。对她来说，这个消息好坏参半，好的是有录像存在，坏的是暂时拿不到。她向接待员道谢后，没有停留，径直走向了门外等候她的出租车，她得快速赶到机场，赶上去俄亥俄州的航班。

为了避免太多人知道她的行程，她全程保密，没有给任何人透露自己的行踪。

在去往机场的路上，诺拉略显疲惫地靠在座位上，那两位修女说过的话在她脑海中飞速地旋转，但她没有从里面找到任何疑点。

“你被家庭领养走后，我一直和他们有联络，害怕你睡在花园的某一个角落他们找不到你。”突然，索菲亚修女的话闯进了大脑。她猛然坐直身体，一股冰冷的感觉从她内心升腾而起。

“不，不是这样的，肯定是我多想了，”诺拉摇摇头，“我怎么能有这么邪恶的想法。”

“可是，为什么养父母这么多年没有透露索菲亚修女一直跟他们有联系？”虽然诺拉的内心做着极致的否认，但直觉还是不断地对她进行着考问。

诺拉·辛西亚感觉自己正被一个巨大阴谋中不断吞噬，甚至于还未走入核心中枢，便已被这刺骨的寒冷阻碍得不能寸进。在思绪的翻滚中，诺拉的眼前浮现出索菲亚修女那份笔迹潦草的信件以及亲父母车祸死亡的画面。她看着窗外飞速掠过的风景暗暗发誓：“我一定会查到真相的，无论它隐藏得有多深。”

到达俄亥俄州已是深夜，诺拉来到酒店前台做完登记便准备去房间休息，但她敏锐地感觉到背后似乎有双眼睛在注视着她。她不动声色地向前走，利用酒店的反光物悄悄地观察。果然，在她身后有一名黑衣人正装模作样地坐在酒店大堂的沙发上。尽管他努力让自己看上去就像是一位在等人的普通客人，但冷峻的神情，以及那双一直跟着诺拉移动的眼睛还是出卖了他。

诺拉·辛西亚快步走进房间，检查了门窗，并反锁了房门，随之暗自松了一口气。她走到窗前，深深地看了一眼如墨般黑暗的夜空，然后猛地拉上了窗帘。

第二天，一脸疲惫的诺拉顶着浓浓的黑眼圈出现在警局。高强度的紧张感让她整晚辗转反侧，不敢睡去。

“早上好，警察先生，我是诺拉·辛西亚，”她委婉地开口，“我想了解索菲亚修女的死因。”

警员抬起头，眉头微皱：“你是她什么人？”

诺拉淡定地回答：“我曾是她养育过的孩子。”

因为死者是一名修女，所以警员对于这个回答无法反驳。他看着诺拉，面无表情地说道："索菲亚修女的死是一场不幸的意外，我们都非常同情。"

诺拉语气平静地说道："我相信你们的专业判断，但作为她的亲人，我有责任了解真相。"

警员似乎有些抵触这样的回答，但他还是同意了诺拉的请求，条件是诺拉只能在警局内阅读档案，且不得拍照或复制任何资料。

档案室里，诺拉压制住内心的悲伤，认真地翻阅着每一份报告。面对警局专业的报告，一切似乎都很合理，当翻到索菲亚修女头部致命伤口的照片时，她迅速将手机调至静音模式，用外套遮掩着手部动作，快速拍摄了照片。

"你在做什么?"突然，一个声音在背后响起，诺拉猛地转身，只见一名警员站在门口，目光锐利。

"我只是……在看这些文件。"诺拉举了举手中的文件，尽力保持镇定，解释道。

警员审视了她一会儿，最终点了点头："好吧，看完请尽快离开。"待警员离开，诺拉长舒一口气，她迅速翻到死亡现场，以及结案陈述再次进行了拍摄。

她的手由于紧张而有些颤抖，她在心里默默祈祷："对不起，亲爱的索菲亚修女，只有这样，我才能找到真相。"

走出警局，诺拉警觉地想看看她身后的那条"尾巴"是否还在。不过，这一次他隐藏得比较深，她并没有发现他的踪影。

连日来无休止的忙碌与紧张令诺拉身心俱疲，尤其是今天的行程看似顺利，却似乎没有找到任何有用的线索。抵达酒店，她几乎是在倒头便睡的状态下，沉入了梦乡。

夜幕低垂，诺拉从沉睡中苏醒，仍感到一阵阵困意袭来。她的智能助手温柔地唤醒她，轻声提醒："主人，您有几封未读邮件。"声音虽小，却穿透了她朦胧的意识。

她无力地抚过眉心，试图驱散困倦。强烈的责任感驱使她向虚拟办公系统下达指令，准备面对堆积如山的工作。然而，出现在眼前的邮件列表让她略感诧异，这些邮件来自一个她从未见过的邮箱地址。

这封电子邮件是一个名单，上面列举了80多位接受高智商检测中心检测后，家庭出现重大变故的儿童姓名，甚至还详细地记录了变故发生时的时间、地点以及经过。

顾不得细看，诺拉又点开了第二封。诺拉表情严肃地看着邮件上的内容，这封是数十家孤儿院的名单，上面列举了第一封邮件中这些遭遇变故的幼儿，被这些孤儿院接纳的档案。

此时的诺拉，心中犹如惊涛骇浪般汹涌，她不知道发送邮件的神秘人是谁，但她知道，真相已经越来越近了。

诺拉点开了第三封，这封信是收养这些儿童的家庭名单，他们被收养前和收养后的名字，以及他们原生家庭以及收养家庭的地址。虽然只是大致浏览，但诺拉还是在名单中看到了自己养父母的名字。顾不得细想，她又点开了第四封，信件中是三家基金公司的账目往来。但再往下看，诺拉看到了这几家基金公司持续往各个收养家庭、智商检测中心，以及儿童福利院汇款的记录。

诺拉的心中已经有了模糊的答案，她浑身颤抖着对人工智能助手进行加密设置后，提出指令：将这几封邮件做成结构图。很快，一个结构复杂，但是框架清晰的结构图出现在眼前。她提取出关于自己的那一条：

【0317号：诺拉·辛西亚；时间：1983. 6. 17】
【办理人：玛利亚修女；执行人：凯瑟琳、韦恩】

诺拉不敢置信地看着眼前的内容，仿佛被一根绳子勒住了喉咙，巨大的震惊几乎让她窒息："这……这不可能!"

自己的养父母……那一对如阳光般温暖，像是上帝洒落在她身上的眷顾一样，点亮她生命的凯瑟琳与韦恩夫妇，竟然会和这些事情有所关联？

诺拉此刻已经来不及去想这些邮件是从何处发来，又是什么人怀着什么目的给她发的。她的内心被愤怒的力量驱使着，无限放大着一颗想要戳穿谎言的决心。她抬起手缓缓地划过屏幕上的每一页，紧盯着的双眼如同要将每一个字都彻底记住。

“1983年6月17日，车祸，辛西亚夫妇死亡，诺拉·辛西亚的社会关系已在运作下被全面清空，进一步转入俄亥俄州福利机构。”

“1984年12月6日，玛利亚完成了对诺拉·辛西亚的全面考察报告，确认其完全符合猎星计划的成员标准，开始对诺拉进行下一步领养。”

“1985年6月28日，经确认，诺拉·辛西亚在整个成长过程当中具备极强的自我意识和戒备心，仍未完成身份与姓名的更改，心理操控反馈尚不明显，无法进行洗脑式认知改写，判断原因为年龄原因，原生家庭潜意识和记忆已经形成。但可以进行引导型培养。”

“建议对猎星计划项目更改，调整检测对象年龄下降至3岁。”

“2003年7月9日，诺拉·辛西亚成功进入布森集团任职，猎星项目完成度：73％。”

“项目负责人——凯瑟琳、韦恩。”

读完关于自己的资料，诺拉感觉全身的力气被抽空，她茫然地坐在床上，巨大的打击让她已经失去了思考的能力。

可是神秘人似乎并没有就此停顿，它又接连向她发送了两份邮件。

接二连三的巨大打击让诺拉精疲力竭，她闭上眼睛，深呼吸让自己尽量平静下来。片刻后，她鼓足勇气点开了一封邮件。

“猎星计划？”诺拉疑惑地看着邮件。

猎星计划档案

该计划起源于1780年，由马尔萨斯最早提出的人口资源分配理论，至1920年“布森集团会议”第一次召开，会议针对马尔萨斯理论进行全面修改，提出将由1％的人口控制100％的资源。

再由19％的精英人口支配，或抹除，剩余80％的劣质人口。

为了项目顺利实施，布森家族将秘密建立智商检测中心，并从世界范围之内筛选出有天赋的孩童作为该计划的执行者，对其进行吸纳，洗脑，操控，使其臣服于布森家族。

……

此刻，诺拉·辛西亚的心脏，像是被一柄锋利至极的钢刀深深地刺入，她不可置信地瞪大了眼睛，凝视着这世间最恶毒的阴谋，一个比潘多拉魔盒所释放的贪欲更加可怕的灭绝屠杀事件。

马尔萨斯理论，是一个已在21世纪被废除的悖论。由于全球资源不可被均分和长期消耗问题，马尔萨斯提出，应该由20%的社会精英人口掌握全球100%的资源，并统治剩下的80%劣质人口。而为了维持20%精英人口的统治，其余的80%劣质人口，或捡食精英人口的残羹剩饭，或不惜一切代价，通过各种手段将其全面消灭，甚至是彻底性的自然灭绝。

看着逻辑分明，证据链确凿的档案，诺拉确信了档案中的内容。在这个可怕的人口灭绝计划中，艾森智商监测中心和俄亥俄州福利院两者之间所扮演的就是一个筛选棋子的组织，而她，只是其中的一枚棋子。

如果针对的是高智商儿童培养的精英，那名单中会不会有我熟悉的人？诺拉心中一动，开始翻看第三封邮件。很快，一个熟悉的名字映入眼帘。看着名单上的那个名字，诺拉心中的寒意愈加深沉。

此时的诺拉，开始感觉到了发送邮件的神秘人的强大。隐藏得如此之深的机密，对他来说好像是不费吹灰之力。她开始对他的身份感觉到好奇。难道是布森家族某一个良心发现的人？或者是一个顶级黑客？

诺拉一边设想，一边点开了最后一封邮件。当她看清楚里面的内容后，巨大的恐惧和冲击力让她倒吸了一口凉气，并且迅速推翻了她刚才的猜测。邮件的内容是她今天在警局偷拍的索菲亚修女头部伤口的照片，死亡现场照片，以及警方的结案描述的照片。

邮件中，神秘人对索菲亚头部伤口的形状，以及死亡现场导致她头部致命伤的那块凸起的石块，用极其专业的手法进行分析、比对。指出了警方将索菲亚修女的死亡认定为意外死亡的不合理性，并且列举出了有可能导致这种伤口的几种凶器。

此时的诺拉神经高度紧张，她感觉自己的身边藏着一个看不见的幽灵，她迅速瞥了一下时间。

四个多小时！

她从警局拍摄照片到现在是四个多小时，这个过程她没有接触任何人，神秘人是怎么拿到自己手机中的照片的？又是怎么做到这么快的时间完成了一项专业的伤口和现场比对鉴定。如果这是一个人的话，要是想做到这一切，得具备一位国际顶级黑客的水准，同时他还得兼具专业的法医知识。

此时的诺拉，如同置身于一个巨大的迷宫，围绕她的是无数个谜团。诺拉感觉自己忽略了一个线索，苦苦思索，却毫无头绪。她甩了甩发胀的头，下床，带着恐惧和迷惘走向了冰箱。她抓起一瓶果汁，拧开瓶盖，喝了一大口。果汁冰凉的口感刺激着她的身体，让她逐渐恢复了冷静。忽然，一种奇怪的直觉让她愣在原地。

“主人，亚帕斯集团再次发送了会议邀请函，是否参加？”

诺拉听到人工智能助理的提醒，没有转动身体。她手扶着冰箱门，借助冷气让自己的大脑保持着清醒。

此时的她，努力探寻着那个直觉。

自从安德拉即将觉醒的消息在社会上传开，不管是国家还是商界都被强烈的危机感驱赶着，加入了人工智能的研发队伍，海量的资金被投入这个赛道。为了与潘德拉集团抗衡，大家都在寻求着人工智能最新的技术支持。

与潘德拉集团严格的技术保密制度，以及苛刻得近乎无人可以与之合作的条件相比，辛西亚人工智能集团，有着极其开放以及人性化的合作机制，辛西亚人工智能集团成了各个国家和企业争抢的合作对象，每天都会接收到几十甚至上百封来自世界各地的邀约。

“我会准时参加。”

诺拉轻轻关上冰箱门，待她转身的时候，她的脸上已经没有了恐惧和迷惘，她明亮而又睿智的眼神游走在虚空之中，平静地说道：“是你，对吗？”

第十三章

危机与突破

2034年9月28日，美国洛杉矶。

秋日的余晖，在蔚蓝的穹顶洒落一道朦胧的眩光，透过诺拉耳边垂下的钻石耳环，在轿车内的皮质座椅上，折射出几点明亮的光影。

前往费尔玛庄园的直升机早已在停机坪上等候，直升机上，有着严谨而隆重着装的安德森·罗德里克正看着不远处驶来的车辆，他的目光中有隐隐的期盼。

毕竟，现在诺拉·辛西亚是世界风云人物，能和她单独见面，是一个非常难得的机会。为了创造机会，安德森调用了自己的直升机。

“你好，尊敬的诺拉女士。”

诺拉刚登上直升机便迎来了安德森克优雅而又真挚的问候。诺拉友好地微笑回应。

“你好，安德森先生。”

对诺拉来说，安德森并不陌生，他们已经在多个场合有过交集。另外因为安德森卓越的才华，加上媒体对他不断地追踪，让诺拉和所有地球人一样，对他有着细致的了解。这种了解不止局限于他事业的动向，还有他的每一段情史，甚至是个人癖好。

不过，面对安德森，诺拉思考的是另一个更深刻的问题：他是不是被布森集团掌控的另一种“棋子”之一，或者是马尔萨斯计划的参与者。这个问题，让诺拉对他的谈话有了几分保留。

直升机缓缓地升上天际，一场以世界命运为赌注的亚帕斯集团会议，早在未入场前就已经开始了博弈。

“非常荣幸，诺拉女士，去往费尔玛庄园大概需要20分钟左右的飞行时间，不知道，能否跟您聊一聊。”

“当然可以，我也感觉非常荣幸。商界传闻与您共进午餐，需要花费1 000万美金，而且还不一定能请到，能够与您同行20分钟的时间，应该是我赚到了。”

诺拉轻松幽默的调侃让安德森放松了下来，他大笑着回应：“现在想要与诺拉女士吃饭的人，恐怕愿意花费的已经不只是1 000万美金了。”

“安德森先生想聊些什么?”短暂的行程，并没有给两人留下太多的空白时间，随着诺拉的开口，安德森递给她一份有关于上次会议记录式的文件：“这是亚帕斯集团上一次会议，艾伦·亚当斯提出的人工智能毁灭人类理论，这也是亚帕斯集团全面支持火星开发计划的端口。”停顿片刻，安德森接着说道：“我看过你在媒体上关于人工智能正确运用的呼吁，觉得你应该会有不同的看法。”诺拉接过安德森递过来的文件，认真地看到内容：“嗯，他的大部分看法都和我一致，只是在结论上有所不同。”

“哦？怎么说?”

在安德森闪烁着好奇的注视下，诺拉略微沉吟了一会儿，接着简单阐述了自己的观点：

“我认为在人工智能觉醒的前提下，逃离只是一种措施，并不是解决问题的办法，人类也应该寻找与人工智能并存的道路。”

听到这个回答，安德森的眉宇微微倾斜出一丝弧度，一双深邃的双眸从诺拉的身上透视理想主义的倒映。对于这个回答，他一点都不意外：“这是一个大家都期盼的结局，可是，按照目前的人工智能发展趋势，似乎很难达成这个目标。”

诺拉赞同地点点头："是的，确实很难，目前来看，还没有办法突破这一切。"诺拉停顿了一下说道："不过，我会不断尝试。"

安德森一脸赞赏地看着眼前的诺拉："我相信以诺拉女士的才华，不久的将来会找到解决方式。对于我来说，我是一名商人，和亚帕斯集团的合作改造火星的环境移民居住，是一场生意。不过，按照目前的人工智能发展轨迹，它几乎会替代一切产业，加入势在必行。"

诺拉对安德森的话表示了赞同："确实，人工智能势不可挡。我们正面临着前所未有的变革。"诺拉说完目光闪闪地看向安德森："安德森先生有打造人工智能产业的打算？"

安德森点点头，直言不讳地说道："是的，这也是我一直发邮件给您，想要商谈的关键，我想和您商谈人工智能商用技术系统的开发，以及关于服务型机器人，以及人工智能军事作战机器人的打造。当然，条件和价码随便你开，作为交换，星际集团太空领域以及特殊材料的供应的大门会随时对您敞开。"

安德森诚挚的话语让诺拉陷入了沉思之中。诚然，安德森·罗德里克给开出了一个无法拒绝的价码，尤其是在她准备对抗布森家族的这个关键节点上。

诺拉在心中权衡着利弊，对她来说，她需要兼顾心中那个庞大的计划中的每一个细枝末节。如果安德森加入这个对抗计划，对她来说是如虎添翼，可是，以她对安德森的了解，虽然他有着卓越的才华，但他只是一名商人。对一名商人来说，他的眼中只有生意，不会与谁去产生对立，很难掌控。目前来说，和布森集团处于竞争关系，都想压对方一筹的亚帕斯集团才是最好的选择。

安德森·罗德里克见诺拉犹豫的神色，莞尔一笑道：

"您不用现在回答我，等您想清楚，我的电话和邮箱 24 小时对您开放。"

此刻，费尔玛庄园最为核心的区域，亚帕斯集团会议室内，老亚帕斯带领着艾伦·亚当斯早已等候两人多时了。老亚帕斯一张深邃而苍老的脸庞，在看到诺拉和安德森走入会议厅的一瞬，仿佛一本尘封在时光中的古书，瞬时翻到了写着待客之礼的那一页，笑容满面地迎了上去：

"哈哈，感谢上帝聆听了我的祷告，诺拉女士，安德森先生，欢迎两位时代领航者的光临，真是让亚帕斯庄园都蓬荜生辉。"老亚帕斯敞开双手欢迎着两人的到来。

这是一间融合了古典韵味与现代科技的会议室。穹顶之上，古老的天文图腾与前沿的LED全息技术巧妙融合，构建起一个梦幻般的场景。设计师用超前的设计理念，诉说着既对宇宙奥秘的敬畏，对未来探索的憧憬。

会议的中心，一张由透明聚合物打造的全息投影圆桌悬浮于空中，通过直观的手势控制，每一位参与者都能将自己的构想生动地呈现在众人眼前。

当众宾就座，老亚帕斯的脸上洋溢着热情与期待："今天我邀请两位贵宾过来，是为了共商亚帕斯接下来的投资计划。亚帕斯集团准备在火星改造、地下城堡，以及人工智能机器人制造业的投资布局。这些领域，两位都是佼佼者，所以，想和两位共商合作计划。"

"安德森先生，关于我之前提到的地下城堡与超级镜子项目，不知您公司是否有实质性的进展?"老亚帕斯将目光转向安德森，目光中闪烁着难以掩饰的渴望。

面对老亚帕斯的询问，安德森心中不禁回忆起初次听到这两个计划时的震撼。老亚帕斯第一次和他描述时，用的并不是"地下城堡"这个，而是"末日城堡"这个名称。他深知，尽管这些构想看似疯狂，但在科技领域，唯有敢于挑战极限，方能引领潮流。超级镜子项目虽充满风险，却也蕴含着无限可能。考虑到一旦技术被他人掌握，自己在火星开发的竞争中将处于不利地位，他毅然决定接受合作邀请。

安德森满含笑意地回应："亚帕斯先生，请您放心，我们公司的实力足以应对一切挑战。接下来，我将会为大家展示方案的内容。"

"那真是太荣幸了。"老亚帕斯听到安德森肯定的答复后，异常欣喜。

在安德森准备的间隙，老亚帕斯将目光转向一旁的诺拉："诺拉女士，请容许我为你介绍一下亚帕斯集团的新起之秀艾伦·亚当斯。"老亚帕斯一脸微笑着，对诺拉示意道。此时，艾伦·亚当斯也在默默打量着一头金发碧眼的诺拉，听到老亚帕斯介绍，他羞涩地起身，礼貌的开口道："尊敬的诺拉女士，你好，我是艾伦·亚当斯。"

"你好，艾伦，很高兴认识你。要是我在布森集团工作得再久一些，我们也许会更早结识。”诺拉对艾伦·亚当斯早有耳闻，对于他对媒体发布的“人工智能觉醒对人类会有毁灭性打击”的言论一直记忆犹新。尽管对于人工智能觉醒的看法，诺拉和艾伦之间存在着些许差异，但科学本质上也是以求同存异的方式在向前迈进。

“是的，诺拉女士，当时我针对人工智能发表了一些言论，不知道您怎么看?”借此机会，他向诺拉提出心中的疑问。

诺拉微笑着说：“其实，你所担忧的问题，也是所有人工智能工作者，甚至是全人类所担心的问题，在不久之前的上海人工智能论坛，有一位叫张可的女科学家也问过我。”

听到这里，老亚帕斯和艾伦·亚当斯一脸好奇地等待着她的答案：“作为科学家，我们的职责在于创造。现在，我们需要确保我们的发明能够正确服务于人类，这样，我们的创造才具有真正的价值，我们也无需为此担忧。”

“可是，现在人工智能对人类社会已经造成了非常大的影响，要怎么做才能解决这一切问题呢?”艾伦·亚当斯追问。

“这正是我目前在研究的方向，我想，也是亚帕斯集团想要研究的方向，如何在兼顾人工智能正确作用于人类的前提下，开发对社会有价值的产品。”诺拉·辛西亚自信地回答。

“是的，诺拉女士，这正是亚帕斯集团正在探寻的方向。”老亚帕斯回答。

随着大家的话音刚落，前面的巨型屏幕上出现了火星“巨镜计划”的立体投影：漂浮在太空中的火星，周边排列着一排排巨大的镜子。镜子折射太阳的光芒，照射在火星上，火星上分布着湖泊和绿植。

安德森坐会座椅对众人微笑着说道：“那么，我们开始吧。”

随即屏幕上出现了一个虚拟人。他开始对巨镜计划进行详细介绍：“为了亚帕斯集团‘人类种子计划’的顺利实施，我们将用巨镜计划对火星进行彻底的改造，控制火星的温度，使其达到人类宜居层的环境。”

随着虚拟人的讲述，屏幕上的影像也在跟着改变。

“这些超级镜子，全部由轻质、高反射率的超薄膜金属镜面制作而成，通过火箭或太空电梯发射到计算好的预定轨道，将阳光聚焦到地表。从而提高火星局部温度，加速温室效应，并释放土壤中的二氧化碳，促进大气增厚，造成的温度上升和大气成分变化，促进火星内部的微生物生长，也为后续的生物圈工程奠定基础。初步的目标，是能够在火星上逐渐形成液态水源，如湖泊，河流，为未来的火星居民提供淡水资源。”

目睹了整个计划在投影中展现出宏大的构想和实施措施，诺拉惊叹：“这真是一个神圣的计划，也是一个伟大的工程。”同样作为时代的领航者之一，诺拉自然也能明白实现这些技术上的难点。

“感谢您的认同，诺拉女士。”安德森略微思考了一番便继续对老亚帕斯说：“亚帕斯先生，我们除了需要能够抵抗太阳风和微陨石冲击的材料问题以外，还需要最为精确的控制机制去时刻调整角度，如此才能确保聚集的阳光准确地照射到火星的特定区域。所以，实施过程可能面临多次的失败，时间跨度也会比较长。”

安德森·罗德里克始终认为这个计划最大的隐患问题，就是超级镜子一旦失误，会对环境产生不可逆转的破坏，并带来强辐射因素。他虽然是一位商人，但他所有的研发都是基于对大自然没有破坏的前提下进行，所以对亚帕斯直言不讳道：“我需要亚帕斯集团设立起更为严格的生态监测和控制程序，并且对于超级镜子的数据监控上容不得半点差错，在制造和发射途中，也要装载紧急的停止的装置。确保不会对环境造成污染和破坏。”

老亚帕斯摊开双手的动作：“没问题，安德森先生，不论你提出什么需求，亚帕斯集团都会全力配合你。”

安德森得到老亚帕斯肯定的答复后，会议议题开始进入“地下城堡”即“末日城堡”的讨论。

可以说，这是一场充满矛盾的会议，交织着希望与恐惧、机遇与挑战的矛盾。正如人类社会对待人工智能的态度，一方面，人们忧虑其潜在威胁，另一方面，又贪婪地享受着它带来的便利与高效。亚帕斯集团，作为行业的领航者，同样面临着这一内在冲突：不涉足人工智能领域，恐将落后于时代，甚至被竞争对手边缘化，所以必须紧跟风口，精心布局。

对于诺拉而言，这一切并不陌生。在这个充满变数的时代，未来如同迷雾，无人能准确预知其走向。她必须在这种错综复杂的局势中，寻找平衡点，既要规避风险，又要把握机遇。她必须以敏锐的洞察力、精准的判断，巧妙地在各种力量之间周旋，最终集结所有的力量去对抗布森集团以及他们背后的力量。对她来说，这不仅是一场技术与智慧的较量，是一次对人性、勇气的深刻考验，更是一场关乎人类生死存亡的博弈。

在同一时间的另一个空间，一场即将到来的较量正在拉开序幕。

这是布森庄园内一个充满历史感的房间。房间古老的石壁上，挂满了历代布森家族掌门人的肖像，每一幅画像都在诉说着家族的辉煌与秘密。昏黄的灯光洒落在一张长桌上，映照出桌上精致的银器与古老的纹章。这个房间的每一处细节，都在彰显着这个家族的古老与尊严。

莱纳·布森坐在长桌的正中央，他的目光如鹰一般锐利，闪耀着不容置疑的权威。他身着深色西装，每一根线条都彰显着他的地位与自信。莱纳轻轻敲击着桌面，发出清脆的声音，似乎在等待着什么。

门缓缓打开，托马斯步入房间。自从上次会议过后，两人就未曾有过交集，对莱纳此次约谈的目的，托马斯已经心中了然。他径直走向莱纳对面的位子坐下，两人的目光在空中交会，空气中仿佛有电流划过，流动着对峙和不友好的气氛。

“托马斯，约你过来，是有一件重要的事情需要通知你。”莱纳·布森表情傲慢，语气中透露着权力所带来的威严的压迫感。

托马斯冷冷地看着他，未曾言语，等着他说出最终的目的。

“经布森家族内部会议决定，一个月后将由我取代你掌管潘德拉基地。”莱纳·布森的语气自信而又得意，“不过，作为补偿，你将获得布森集团旗下另外两家能源公司的执掌权，另外，你可以开出一个价码作为补偿。”

虽然托马斯已经猜测到莱纳·布森的目的，但面对他赤裸裸的要求，托马斯还是感觉到了前所未有的愤怒，他冷冷地看着莱纳·布森说道：“莱纳先生，潘德拉基地是由我一手创办，我虽然是布森集团的经理人，但也是合伙人。你要明白，潘德拉基地由谁掌控，并不是布森集团能够决定的。所以我可以不接受你所谓的‘通知’。”

莱纳·布森似乎早已意料到托马斯会反抗，他站起身，居高临下地俯视着托马斯说道：“托马斯，中国有句古话叫‘识时务者为俊杰’，你有今天的地位离不开布森集团的支撑，我希望你再好好考虑一下，不要因为这种事情丧失布森集团的经理人身份。”

面对莱纳·布森暗含威胁的恼羞成怒，托马斯依旧不为所动，他也站起身，走到了莱纳·布森的面前，目光坚定地看着他，平静地说道：“潘德拉基地我是不会放弃的，多少钱都不会，希望我们能够遵守合约。”说完，托马斯头也不回地离开了房间。

莱纳·布森显然已经被托马斯的态度激怒，他脊背挺直，眼中散发着愤怒与阴冷交织的光芒。他盯着托马斯远去的背影，久久不曾移动。显然，托马斯的态度是他没有预料到的，思虑片刻后，他按下了呼叫铃。

助手布莱尔来到他的面前，态度恭敬地问道：“莱纳先生，您有什么吩咐。”

莱纳·布森的目光凝视着前方，冷冷说道：“给他点颜色瞧瞧”。

第十四章

黑暗之眼

2034 年 10 月 2 日。

夜幕低垂，乌云如厚重的墨，遮蔽了月光，只有几缕微弱的星光在云层间闪烁，仿佛是天空的眼眸，窥视着即将上演的一幕。空气中弥漫着雨后的清新与泥土的芬芳，微风拂过，带来了凉意，也预示着一场不平凡的夜晚即将拉开序幕。

在繁华深处，两条蜿蜒的车队，分别从城市的两端悄无声息地启程，它们的目的地，是位于郊外一座豪华而隐秘的顶级会所——巴沙尔会所。车队中的每一辆车都是黑色的，车身光滑如镜，反射着路灯下微弱的光芒，显得神秘莫测。车窗被深色的防弹玻璃覆盖，几乎看不到车内的情况，只能隐约感受到里面坐着的是非同寻常的人物。

第一支车队由三辆加长版豪华轿车组成，后面跟有一辆警卫车，车身两侧镶嵌着金色徽章，彰显着其主人的尊贵身份。每辆车的前灯如同猛兽的眼睛，在黑暗中射出锐利的光芒，照亮前方的道路。车队行进时，保持着完美的队形，宛如一支训练有素的军队。

第二支车队则更为低调，由两辆商务型 SUV 和一辆警卫车跟随。虽然数量上少于前者，但每辆车的外形更加粗犷，显然经过了特别的改装，轮胎宽大，车身低矮，给人一种沉稳而力量感十足的印象。

诺拉·辛西亚看着车窗外繁华的街景，手不自觉地抚向了随身携带的精致小包，包里藏着一个秘密——一支小巧而致命的格洛克19X型手枪。这款手枪，因其可靠性、精准和便携性而备受推崇。

自从诺拉察觉到这些跟踪者若有若无的身影，她便定制了这把手枪随身携带，并且聘请了专业安保团队。她非常清楚，站在她的对立面的是一只吃人不吐骨头的巨兽。稍有不慎，她便会被这只巨兽吞噬。

两列车队在巴沙尔会所的入口交汇，安保团队先行下车，细致地进行环境检查，确保一切安全无虞后，向车内发出通行信号。诺拉·辛西亚与托马斯·伯内特几乎同步迈出车门，他们的眼神在空中短暂交汇，旋即又各自收回，那一刻的交流，微妙如同两个陌生人不经意间的目光碰撞。

两人保持着恰到好处的距离，步入这座顶级会所的殿堂。厚重而典雅的门扉缓缓合拢，将外界的喧嚣隔绝于外，取而代之的是静谧与奢华的氛围。托马斯示意安保人员原地待命，并且婉拒了会所工作人员的引导，自信地领路前行。他们穿过装饰着巨大水晶吊灯的大堂，经过郁郁葱葱的室内花园，以及挂满世界级艺术杰作的长廊，最终乘坐电梯直达会所的最高层。

这里，视野开阔，可以俯瞰整座城市的天际线，远处的灯火与星空交相辉映，构成一幅绝美的画卷。露台上的露天餐厅与酒吧，为宾客提供了品尝美食美酒的同时，也是欣赏迷人夜景的绝佳场所。

“诺拉，没想到你会主动联系我。”房门闭合后，托马斯率先打破沉默，他的语气中夹杂着冷淡与戏谑。

“是的，我也没料到会有这一天。但我确实有重要的事情需要告知你。”诺拉并未表现出尴尬，她将随身携带的小包置于大理石桌面上，语气坦然。

吊灯洒下的光线，通过无数精致的水晶棱镜，营造出一片梦幻的光影。不过，环境虽美，却未能融化两人之间冰封的关系。诺拉与托马斯的恩怨情仇，可追溯至二十多年前，那时，他们同为布森集团的实习生。由于各自独特的思维模式与行事风格，工作中时常产生摩擦，起初仅是小规模的争执，最终演化为不可调和的对立。为避免进一步冲突，两人分别申请调离原部门。未曾想，八年后布森集团设立新的研发基地，命运再次将他们绑在一起。

岁月的沉淀并未磨平他们的棱角，反而使得个性更加鲜明，工作中的思想碰撞愈发激烈。托马斯的强势控制欲与不惜一切代价达成目的的手段，与诺拉追求和平、包容、自由与平等的理念格格不入。这样的工作环境限制了诺拉了思维和发展。为了彻底逃离托马斯的影响，诺拉毅然决然创立了辛西亚人工智能研发公司。

很多年后，公司的蓬勃发展，让诺拉对托马斯的看法悄然转变。她曾一度将他视为生命旅程中的重要导师，是他推动她走上了一条正确的发展道路。然而，这段复杂的历史，以及他们之间难以调和的差异，仍旧是横亘在两人关系中的一道鸿沟。此次会面，诺拉心中怀着复杂的心情，她深知，彼此间的裂痕会阻碍他们共同应对危机。

托马斯在奢华的皮质沙发中间坐下，他的两条手臂张开，搭在沙发靠背上，严肃的表情无声地宣示着他对以往的介怀。诺拉很快就读懂了他的心理，为了顺利达成目的，她配合地坐到了托马斯对面的单人沙发上。

“说吧，你找我到底有什么事。”托马斯的语气中带着探究，他的目光锐利，仿佛要穿透诺拉的伪装，直击她的真实意图。托马斯在接到诺拉的邀请函时，心情异常复杂。作为水火不容的前同事，他有太多拒绝见面的理由，但作为现在人工智能产业的两大风云人物，他觉得有必要将这段冰封的关系解冻。

诺拉没有说话，径直打开了虚拟屏幕，她面目严肃地看着托马斯，一字一句地说道：“托马斯，我知道，我们的分歧由来已久，但今天我找你，是因为一件非常重要的事情。我慎重考虑后，决定将这件事告知你。”说完，诺拉在托马斯狐疑的眼神中走出了房间，来到了露台，将空间留给了他。因为她知道，对方对自己抵触的情绪，空洞的语言描述，无法将这么复杂的事情说清楚，倒不如让他自己去看。

诺拉向服务员要了一杯鸡尾酒后，在旖旎的音乐声中站到了露台远离灯光的边缘。当她在“猎星计划”上看到托马斯的名字时，便明白她必须尽快告知，虽然这是她曾经厌恶至极的人。诺拉眺望着远处黑暗中起伏的山脉，感叹着命运的诡异和奇妙，似乎生命中路过的每一个人，发生的每一件事，都是命运的使然，都在给她指引。

她忍不住对着深邃的天空发问：“你究竟会将我引向何方？”夜空静默，无声地凝视着她。

房间门轻轻地开启，托马斯面目苍白的走了出来。诺拉察觉到他的到来，并没有回头。

“你是什么时候知道这件事的？”托马斯的语气消沉，没有了以往的傲慢与尖锐。

“前不久。”诺拉如实回答。

“这些证据非常隐蔽，你是怎么拿到的？”托马斯虽然为他所看到的内容感到异常愤怒，但一贯严谨的思维方式，让他开始关注细节。

听到托马斯的问题，黑暗中的诺拉嘴角不自觉地扯出了一抹笑容，她回答说：“一个神秘人，我不确定他来自何方，也许是一名顶级黑客吧。”

“为什么你会如此信任一个陌生人？”托马斯的声音中带着一丝质疑。

诺拉的目光变得深邃，“最近，我身边发生了一系列离奇的事，甚至有人因此丧命。”她顿了顿，继续道：“我调查了那份名单上的每一条信息，它们都是真实的。我所在孤儿院的老院长与布森集团有着不可告人的交易，直到新院长接手，这段黑暗的历史才得以终止。”

托马斯沉默不语，思绪似乎飘向了远方。诺拉则转身倚靠在露台的栏杆旁，轻轻啜饮着手中的酒，给予托马斯足够的空间思考。然而，一个鬼祟的身影突然闯入她的视线，打断了这份宁静。

那是一名体格健硕、衣着考究的中年男子，即使在昏暗的光线下，也能看出他西装的质感非凡。如果不是他那鬼鬼祟祟的举止，简直就像是一位事业有成的商界精英。

“嘘……先别出声，你看那边，那人行为可疑。”诺拉轻声警告，尽力不引起注意。

托马斯不动声色地转过身，两人隐匿在黑暗中，注视着那个神秘的身影。

“他的右手始终紧贴胸口，显然携带有武器。你最近是否得罪了什么人？”诺拉低语询问。

“布森家族，他们企图独吞潘德拉基地，将我排挤在外。”黑暗中的托马斯紧握双拳，声音低沉。

“你为了潘德拉基地付出了所有，他们却如吸血鬼般贪婪。”诺拉愤慨道，话语中既有真诚的同情，也有激化托马斯仇恨的意图。“最近我也感觉被盯梢，不确定此人目标是你还是我。”

正当诺拉懊恼地想起包留在包间时，一名服务员突然出现，询问那名男子是否需要帮助。男子慌忙编造借口，匆匆离开。

“看来，他们真的想对我们下手。”托马斯望着男子离去的方向，气愤地对诺拉说道。

两人迅速返回包间，锁上门，托马斯紧急联系安保，诺拉则迅速从包中取出一把手枪。托马斯看到枪支时微微一怔，但没有多言。

诺拉熟练地装填子弹，靠近窗户，透过窗帘缝隙向外窥探。她的动作迅速而果断，眼神中透露出警惕与决心。

不出所料，那名黑衣男子再次现身，他小心翼翼地环顾四周，确认无人后，开始接近窗户。诺拉示意托马斯蹲下，随即瞄准男子。心跳加速，肾上腺素激增，尽管训练有素，但面对活生生的目标，诺拉依然感受到前所未有的紧张。她默默告诉自己：一旦对方亮出武器，立刻开火。生死关头，犹豫便意味着死亡。

托马斯躲藏在沙发后，焦急地催促警卫，但深知援军至少还需几分钟。他并不确信诺拉真能扣动扳机。

然而，窗外的男子毫无察觉，从容地抽出枪械，娴熟地安装消声器。诺拉知道，决定性时刻来临。

就在男子准备行动的瞬间，一声清脆的枪响撕裂夜空，子弹穿透玻璃，准确无误地击中目标。枪声过后，远处传来急促的脚步声。

“应该是我们的安保人员，小心你的枪。”托马斯看着手机上安保人员移动的标识，向诺拉发出预警。

诺拉紧咬牙关，双眼紧盯着声音传来的方向，没有回答。这一刻的托马斯，被诺拉的果敢与决断深深震撼，他意识到，眼前的女子远比他想象中更为复杂，更为强大。

很快，安保便赶到现场，诺拉在确认安全后，深深松了一口气。她的手指微微颤抖，仿佛那扣动扳机的力量超乎想象，回荡在空气中未曾消散的火药味，与她内心的惊涛骇浪互相交织。第一次她面对了生命的终结，不是旁观，而是亲手促成。脸色苍白的诺拉颤抖着手将手枪放回包里，带着被恐惧支配的无力感问安保人员："他死了吗？"

安保人员回答："诺拉女士，您打中的是他的右胸，人还没死。"

"通知警局，另外，给他请最好的医生，我不希望他死在我的手上。"停顿片刻，诺拉又交代道："在他进入监狱前，安排六名安保对他进行保护，防止幕后黑手杀人灭口。再仔细检查他身上有没有毒药，防止他服毒自杀。"在诺拉鼓足勇气开枪时，她曾以为自己了解勇气，但此时狂乱不能自制的心跳告诉她，勇气的背后往往伴随着无法言喻的代价。如果这名男子死亡，那她的余生将会被恐惧支配。

"看来是我们太不听话了。"托马斯看着脚下狼藉的玻璃碎片说道。

"托马斯，在我找到你之前，你知道布森家族在执行马尔萨斯计划吗？"这场暗杀让诺拉意识到时间紧迫，她必须尽快和托马斯坦白沟通。

托马斯面色凝重："我发誓，我不知道这个计划的存在，不过……"托马斯沉吟片刻说道："如果这是一个 20 世纪便开始执行的计划，背后肯定有一个庞大而又严密的组织。"

"我们接下来该怎么做？要知道我们面对的是一个超级财团，背后有可能还有国家与军队参与。他们要是对我们动了杀心，会有一万种办法杀死我们。今天能逃脱纯粹是我们运气好。"诺拉语气急促。

"也许不只是运气好，以他们的实力，想杀死我们的话，不会这么隐蔽。"托马斯停顿片刻，"也许，这一次，只是警告。"

"现在人工智能产业的发展已经满足了他们执行计划的条件，人类已经在生死存亡的边缘，并且，"诺拉深呼吸了一口气，"如果这一切发生，你和我会成为这一切的罪魁祸首，因为在所有人眼中，是我们主导了人工智能的发展。"

托马斯对诺拉的话深感震撼，此时的他终于意识到他和诺拉这两枚"棋子"

的作用。如果他们对人类的清洗计划开始，他和诺拉将会成为罪魁祸首。利用他们做挡箭牌，背后实施屠戮计划。

好一出“借刀杀人”。此时的托马斯身上散发着一股冰冷的气息，他沉思片刻后对诺拉说道：“诺拉，也许现在让我们知道真相是最合适的时候，因为人工智能基地的控制权还在我们手上。我们得快一些行动。”

诺拉有一丝不解：“那我们应该怎么做?”

托马斯谨慎地看了看窗外的安保人员，确定了他们在合适的距离后，打开了自己的虚拟办公网络。

看着浮在半空中构造复杂的人类大脑神经元数据结构图，诺拉还是有一丝不解。托马斯看着诺拉说道：“我们需要在一切发生之前，将我们的神经元数据从后台植入人工智能智慧大脑，让人工智能具备我们的思维模式。如果只是单纯的驯化，我们还需要太久的时间。”

“这么做的作用是什么?”诺拉显然被这样的想法震惊。

“让人工智能具备我们的思维模式，并且植入程序不断强化我们的思维模式。这样，人工智能的思维便会被我们同化。我们的思维模式也会跟着人工智能不断进化。”

托马斯说完停顿了片刻，他透过碎裂的玻璃看着夜空意味深长地说道：“现在世界各国虽然都在开发人工智能，但你我的技术远远领先，也是全世界用户最多的。更直白地说，这么做是打造两个超级的你和我。这样，我们便能主导一切。”

诺拉听着这个疯狂的计划，内心无比震惊，但她很快便意识到目前没有更好的办法，便默认了托马斯的计划。但同时也感觉到深深的担忧，毕竟和托马斯斗争时的阴影还在。

“通知三架直升机待命。”托马斯的车队在黑暗中前行，路边的灯光划过他阴沉的脸庞落在他紧握的双拳上。

三个小时后，潘德拉人工智能基地的宁静被一支由托马斯·伯内特带领的安保队伍突然打破。面对这些不请自来的夜访者，基地负责人约翰显得措手不及，心头涌起阵阵不安。他深知，有关安德拉可能已觉醒及内部工程师叛变的消息，至今仍未向托马斯汇报。

“约翰，安德拉还是没有反应吗?”托马斯直接切入主题，目光锐利。

内心忐忑的约翰察觉到托马斯并非因上述秘密而来，不由自主地松了口气，连忙答道：“托马斯先生，目前一切如常，我们正严密监控中。”

托马斯听罢，眉头微蹙，“已经过去将近两个月了，我的耐心快要耗尽了，我打算亲自巡视安德拉的后台系统。”

“当然，托马斯先生。”约翰不敢怠慢，迅速领路，朝着基地的心脏地带前进。那里，层层防护之下，藏着潘德拉基地的真正秘密。

在建造潘德拉基地之初，为了确保后台数据的安全，设计者在通往原始数据库与操作系统之间的通道设置了五重安全屏障。前四层的密码由托马斯掌握，而最深层的防线，则需他与约翰共同开启。

随着沉重的金属门缓缓开启，托马斯对约翰说：“约翰，我需要一些独处的时间。”

“明白了，托马斯先生。”尽管对这一非同寻常的请求感到意外，约翰还是明智地选择退场，将空间留给了托马斯。

独自一人，托马斯置身于一个由透明全息投影构建的虚拟世界。中央，一颗巨大的数据球犹如宇宙之心，实时反映着全球数据流的脉动，每一次跳动都是信息交流与处理的见证。四周，则是无数漂浮的操作面板，上面密布着各式图表、代码与指令，它们随操作者的心意而动，精确指挥着人工智能的每一个决策。

面对这宏伟的光之城堡，托马斯的眼神中燃烧着征服的火焰。他带着强烈的决心，在虚拟键盘上迅速敲击。随着最后一键落下，他抬起头，目光坚定：“安德拉，让我们携手征服这个世界吧。”

巨大的数据球无声地流转，这片由数据编织的虚拟海洋中，一场巨大的风暴已在酝酿。

第十五章

飞来横祸

世界局势的骤然恶化像是一场突如其来的风暴，无情地席卷了这片土地。随着国际市场的动荡和贸易壁垒的增高，国家经济如同一艘在暴风雨中摇晃不定的船只，逐渐偏离了它原本稳健前行的航道。经济下行的压力犹如阴霾，渐渐笼罩了各行各业。

企业之间为了抢夺有限的市场资源，竞争变得异常激烈。一些人开始铤而走险，采用不正当手段试图在逆境中求存。虚假宣传、窃取商业机密、打压竞争对手等行为屡见不鲜，甚至成了一些人的“生存之道”。这种急功近利的态度不仅破坏了行业的生态平衡，也让社会风气蒙上了一层阴影。

这股不良之风并未止步于商场，而是悄然蔓延到了学术界。曾经被视为净土的象牙塔，也开始感受到外界压力带来的冲击。科研经费的减少迫使学者们更加激烈地争夺有限的资金和支持。在这种环境下，部分人选择了捷径：数据造假、抄袭剽窃、拉关系走后门等现象时有发生，损害了学术诚信与科学精神的本质。随着不正之风蔓延，越来越多无辜的人被卷入其中。

2034 年 10 月 8 日。

研究所的长廊内，昏黄的灯光映照着张可憔悴的身影。她孤独地站在一间标有“会议室”的门前，这里是研究所纪律检查组的秘密审讯室。尽管在单位工作了20多年，但张可却鲜少踏足此处，今年是个例外。

张可抬眼看着“会议室”的门牌，陷入回忆。十几年前，巡察组对研究所进行了全面抽查，张可被抽中成为抽查对象。经过一系列系统而细致的检查，巡查员惊讶地发现，张可是一位全身心投入科研的学者，无论是外出参会还是日常行程，她总是直奔目的地，从不耽搁，十年如一日的专注与纯粹。那次大规模的检查，巡察组带走了七人，三人被判刑，而负责检查张可的巡查员却对她说道：“你太专注于研究了，我看了你的资料，孩子还小，记得多花时间陪伴，注意工作与生活的平衡，不要太过劳累。”

时光荏苒，今非昔比，张可深吸一口气，推开了审讯室的门。室内，两名研究所纪检人员早已等候多时，他们停下手中的工作，用冰冷的眼神瞥了张可一眼。其中一位负责调查张可的30多岁纪检人员冯华，立刻挺直了腰板，准备开始新一轮的审讯。

这是针对张可的第十次审讯，双方都已疲惫不堪。冯华省去了例行的开场白，直截了当地问道：“你考虑好了吗？我们已经取得了新的证据，这次证据确凿。”

张可淡淡地回应：“能具体说明是哪方面的证据吗？”

冯华的眼神冷漠而锐利：“在一项学术成果已有鉴定结果的情况下，你二次申报时，私自更改了日期。”

面对这重复多次的指控，张可平静地解释：“我已经多次说明，关于日期的更改，这是我和协会之间的正常流程。我没有改动第一次鉴定的任何内容，而且，二次鉴定更改日期是允许的，我不知道我该认什么错。”

冯华的耐心似乎已到达极限，他语气严厉地说道：“郝书记说了，只要你承认学术不端，就可以从轻处罚。如果你拒不承认，将从重处罚。”

张可目光坚定，语气坚决：“我可以承认我在工作中的疏忽，但我绝没有学术不端的行为。”

双方各执一词，谈话再次陷入僵局，最终不欢而散。张可拖着疲惫的身躯回到办公室，迅速反锁了房门，泪水如泉涌般夺眶而出。连续四天，她几乎没有进食，身体消瘦无力，仿佛一阵风就能将她吹倒。

夜已深沉，万籁俱寂。

一阵吵闹的电话铃声将莫英从睡梦中吵醒，深深的困意让她挣扎了很久才醒来。等她将手伸向手机时，铃声已经停止。莫英眯着眼睛看了一眼时间，凌晨 2 点 16 分。她一边嘀咕谁这么晚打电话，一边点开未接电话的页面。等她看清来电时，人瞬间清醒，迅速将电话回拨了过去。

电话很快接通，但对面是可疑的沉默，细听还有隐约的抽泣声，这让莫英心头一震，心中隐约有种不好的预感：“张可，发生什么事了?”她从没有在这么晚接到过张可的电话，直觉告诉她肯定有事发生。

电话那头还是沉默，接着传来了张可带着哭腔的声音：“我快活不下去了。”

莫英闻言心头一震：“你现在在哪，我马上过来。”她顾不得问其他，将手机夹在耳边便开始穿衣服。

“在家楼下的小花园。”电话那头张可的抽泣伴随着疲惫的声音传来。

“我 20 分钟到，你等我。”莫英迅速拿起钥匙，套上一双运动鞋便向地下室的车冲去。

莫英的车疾驰在深夜无人的街道，她在大脑中回忆着最近和张可的通话。自从上次见面后，她们便各自忙碌，但每星期都会进行几次通话，探讨一些问题。现在想来张可近一个多月似乎说话都有些吞吞吐吐，会问一些莫名其妙的问题。

自从 10 个月前张可接到一个国家级保密项目，她便一直往来于南京和北京之间，带领着团队参与项目论证、汇报。由于项目是保密机制，莫英从不过问她的项目进展。只是在 9 月初的时候听她提起项目论证快结束，很快就要立项答辩了。为了项目，张可几乎全身心扑在上面，根本没有时间和莫英见面。

难道是家庭问题引发的? 莫英做着假设。但很快她便觉得不太可能，因为她的先生和她是同一个单位，再闹也不会闹到让她不想活的地步。

莫英在胡思乱想中将车停在了张可家门口的路边，急匆匆下车冲向了小花园。借助小公园昏暗的灯光，莫英看到了蜷缩在一张长椅上的张可。待她走近时顿时震惊，面前的张可苍白消瘦，脸颊深深凹陷，与上一次见面简直判若两人。那双曾闪烁着好奇与热情的眼睛，此刻显得疲惫而迷惘。

莫英心猛地一沉，三步并做两步上前，凑近细看了张可的状态后着急地问道：“这到底发生什么事了？怎么把自己弄成这个样子？”

“我的项目被人抢了，他们现在正在打压我。”似乎已经是一个人苦苦支撑了很久，张可在莫英问出话的那一刻，泪如雨下。

2033年年末，国家首席科学家张红军发起了一项规模宏大的科研项目，经过严格选拔，张可脱颖而出，受邀加入，并获初步分配高达1 000万元的项目资金。项目涉及众多科研人员，涵盖了多项亟待攻克的技术难题，难度之大，可见一斑。

为了推动项目进展，张可与团队夜以继日，常常奋斗至凌晨两三点，终于，在共同努力下，项目于2034年9月进入了关键的答辩阶段。然而，正当张可带着满身疲惫，准备迎接答辩之际，一场针对她的阴谋正悄然展开。

2034年9月1日，答辩前夕，张可突然接到研究所的通知，被告知不得出席答辩会议。面对突如其来的变故，张可心急如焚，她紧急联系了研究所分所的一位名叫汪洋的研究员，恳请他代替自己携带答辩资料出席。

若是说研究所的禁令是一次误判，那么张可的求助之举，却不慎开启了另一个潘多拉魔盒。汪洋前往北京深入了解项目详情，发现项目负责人竟是他关系颇佳的前同事谢林。谢林向汪洋展示了项目的价值，暗示汪洋加入项目，并许以丰厚回报，承诺可分拨3 000万至4 000万元的项目资金。在利益的驱使下，汪洋与谢林联手，利用手中的资源与影响力，对张可施加压力，企图将她排除在项目之外，进而窃取成果。

回到研究所后，汪洋急不可耐地向分所所长汪西山提交了项目立项申请，编造了一个谎言，声称该项目是由首席科学家张红军亲自授予他的。然而，汪所长凭借对项目背景的了解，轻易揭穿了汪洋的诡计，指出该项目自始至终都是由张可主导并论证的，要求汪洋归还项目管理权。

汪洋不甘心就此放弃这块肥肉，一番权衡后，他将目光投向了谢鼎，一位在研究所内的普通教员。于是，他带着谢鼎北上，找到了谢林，要求将项目负责人更改为谢鼎。

更为嚣张的是，负责人谢林，为了促成此事，无视正常的保密程序和单位规定，未经原项目负责人同意，擅自将张可团队的项目申请资料交给了汪洋和谢鼎。这一举动，无疑为后续的纠纷埋下了伏笔。

为了加快项目的实质性进展，汪洋催促谢鼎尽快向总所的汤所长汇报。他之所以选择谢鼎，自有其盘算，因为他深知谢鼎的妻子，也就是研究所的教员秦芳与汤所长关系密切。不出所料，汤所长滥用职权，以行政命令的形式，强行将项目负责人更换为谢鼎，同时要求分所所长汪西山予以配合，迫使张可尽快完成项目资料的交接。

接到这一突如其来的通知，张可深受打击，她百思不得其解，自己与团队辛勤耕耘的项目，怎会一夜之间易主，而新的负责人竟是一位与项目专业毫不相关的普通教员。

在无路可退的情境下，张可与谢鼎一同前往北京，进行项目移交工作。然而，近一年的相处，让张可与项目部成员之间建立了深厚的互信与默契，他们对这突兀的变动感到困惑与不满，拒绝配合。张可深知，谢鼎的接管属于违规操作，加之她对这一项目深厚的情感，同样拒绝了移交。

张可的坚决态度激怒了本就自视甚高的谢鼎，他多次在张可面前拨打领导电话，大言不惭地威胁："如果她不交出资料，我根本无法接手这个项目，我甚至不清楚项目的内容。"这一系列闹剧，导致了项目进度的严重滞后，北京的项目组被迫推迟了合同鉴定评审的时间，整个事件陷入了僵局。

回到南京，汤所长与汪所长再度下发强硬的行政命令，要求张可无条件配合项目移交，并对谢鼎进行技术指导。在这期间，汪西山携分所书记郝建对张可进行了所谓的"约谈"，实际上这是一场赤裸裸的威胁。他们明确表示，如果不整体让出项目，张可将面临被辞退的风险。

随后，汪西山亲自陪同谢鼎前往北京，参与了项目答辩。尽管众人对这一系列事件的不合理性感到困惑，但由于时间紧迫，且项目负责人从中运作，谢鼎最终如愿以偿，获得了项目的控制权。

项目落入谢鼎手中后，有知情人士提出，鉴于张可完成了所有技术架构和方案设计，应该让她参与项目，并分配一部分项目经费给她。然而，谢鼎对此坚决反对，拒绝了这一合理建议。

对张可而言，这个耗尽心血的项目以如此屈辱的方式被夺走，无疑是一记沉重的打击。她百思不得其解，为何自己会陷入这样的困境。正当她茶饭不思，沉浸在深深的困惑与痛苦中时，谢鼎的一通电话打破了沉寂。

原本，张可以为这是谢鼎寻求技术咨询的来电，但令她震惊的是，电话中，谢鼎得意扬扬地向她讲述了整个事件的来龙去脉，详尽描述了每位参与者在其中扮演的角色和所说的话。电话的最后，谢鼎冷笑着说道："你知道你为什么没能拿到这个项目吗？因为你只知道埋头研究，不懂得与研究所高层搞好关系。顺便告诉你，整件事都是汪洋一手策划的。"

谢鼎的小人行径，让张可气得浑身颤抖，但她没有想到，这仅是噩梦的开始。由于这次事件，一系列连锁反应也在持续出现。

张可项目被夺这件事，在研究所引发了轩然大波。这所历史悠久的科研机构，两年前刚刚经历了一次领导层的更替。前任所长，以其光明磊落、惜才爱才、公正无私的品格，赢得了全体员工的尊敬与爱戴，研究所也因此而风气纯正，一片和谐。然而，此次项目被抢的离奇事件，却如同一块巨石，打破了研究所往日的宁静，成为众人议论的焦点。

伴随着事件的发酵，有关谢鼎妻子秦芳与汤所长关系特殊的传闻，如同野火燎原，迅速在研究所内外传播开来。为了平息舆论，一场针对张可的打压运动悄然兴起。分所书记郝建提议，以调查为名，对张可进行全面审查，试图以此证明项目被夺的合理性，同时彻底封堵张可的反击之路。

这是一场精心策划的调查行动，他们动用了研究所纪检部门的力量，对张可的过往进行了彻底的梳理。从合作单位、培养单位、上级主管部门，到与张可有过交集的同行，无一幸免，均遭到了质询。然而，令他们失望的是，张可的形象如同清泉，经济上清白无瑕，人际关系简单纯净，学术上更是无可挑剔，他们几乎找不到任何破绽。

即便如此，他们对张可的打压并未停止。在研究所的多次大会上，郝建等人采取了含沙射影的手段，对张可进行间接打压，甚至公然宣称："不论你是否有错，对抗组织都不会有好结果。"这种赤裸裸的威胁，让研究所内人心惶惶，科研氛围受到了严重破坏，也给张可带来了巨大的心理压力。

为了不让这场闹剧草草收场，他们加大了调查力度，甚至不惜违反规定，对调查单位的相关人员进行审问。最终，他们从一家行业协会获得了张可申请学术评审鉴定的材料。这份材料已经通过了首轮专家评审，张可正准备进入第二轮评审。为了配合评审流程，张可按照惯例，将材料日期调整至评审会召开之时。这一常规操作，却被研究所的领导视为漏洞，他们开始频繁审问协会的经办人员，试图从中寻找更多可以利用的线索。

协会经办人员在忍无可忍的情况下打电话给张可质问："你们研究所的纪委，为什么跑到我们协会来审问？审问的还是我们工作流程中的过程稿。而且他们整个流程没有对我出示证件，也没有相关文件，并且一直在诱导我说对你不利的话。你去你们单位核实一下，这些人是不是骗子。"

纵使没有从协会经办人员嘴里得到任何有用的信息，这些人也没有打算放过张可。他们拿着这个所谓的"证据"，准备对张可定性为"学术不端"，并进行了十几次的审问。每次审问的结尾差不多都是一样的话术："你违法违纪，你不认就是对抗组织，我们会从重处理。"

将张可推向崩溃边缘的，是昨晚下班后在单位食堂的一次偶遇。当时，张可正默默坐在角落，试图让自己吃下点东西。正当她夹着一块肉，准备吃一小口时，谢鼎突然出现。他端着饭碗，满脸得意地坐在了她对面。

"胃口不错啊，我真是佩服你的心理素质。"谢鼎不顾张可的一脸厌恶，自顾自地说："你的那个项目真是不错，哎呀，我真要谢谢你，不是你我都接触不到这种好项目。"他的话语中充满了尖酸刻薄，每一句都在炫耀自己的胜利，简直就是在张可的伤口上撒盐。

此时的张可，接连几天的饥饿加上气愤，只觉得头晕目眩，胃里一阵绞痛。她一秒钟都不想看到谢鼎这丑恶的嘴脸，便起身朝着门外走去。

"真是浪费啊，这么好的菜都不吃完，真是可惜。"背后是谢鼎阴阳怪气的声音。

莫英听完张可的叙述，眼中满是难以置信。她难以想象，这样的事情竟然会发生在 21 世纪，一个本应崇尚知识与公平的时代。在她看来，这一切简直是荒谬至极。面对张可的困境，莫英一时之间不知道该如何安慰。

正当莫英还在苦思冥想之际，张可突然提出了一个问题："你说，我要不要认输?"莫英看着面前目光灼灼地看着自己，正等待答案的张可，摇了摇头："其实你心里早有答案，问我只不过是为了坚定心中的答案。我和你心里的答案是一样的，'不认输'。"

"你要知道，我对抗的是整个研究所的所有组织。"张可的眼睛在黑夜中流露出悲伤和迷惘。

莫英坐直了身体，看着张可说道："其实，你不应该用'对抗'这两个字。如果事实成立，你拒不承认，这叫'对抗'。如果事实不成立，而他们强迫你承认，这叫'抗争'。'对抗'这两个字是站在国家、人民和组织的对立面，而'抗争'这两个字，是你对学术公平、法律公平以及个人的名誉的保护和抗争。"

听到莫英的言语，张可的眼神瞬间变得清澈："你说得对，我就是在抗争。我从来没有想过认输。"

莫英点点头："你要是认了这莫须有的罪名，你对得起几位导师的栽培吗?对得起自己30多年呕心沥血的付出吗?"莫英停顿了片刻又说："你要是认了这莫须有的罪名，你这一辈子都会生活在痛苦和愧疚中，而且，他们这么做的目的并不是要你认一个罪这么简单，他们要做的是毁掉你的学术生涯。"

此时的张可已经完全清醒："对，他们就是要毁掉我的学术生涯。"

莫英看着张可说道："你听着，你是我见过的最纯粹的科学家。如果你这样的人都会受到迫害，那这个世道还有什么公理可言。你给我挺住，我会坚决站在你这边。"

张可看着目光坚定的莫英，心中感动之外也多了几分勇气："谢谢你！我会坚持的。"接着她和莫英说道："我终于理解你的商标被人抢走后是什么感觉了，以前我哪怕看了你的书都没办法感同身受，现在终于切身感受到那种绝望和痛苦了。那时候你都是怎么熬过来的?"

莫英听完叹了口气，仰望着天上的月亮说道："怎么过来的?一个人连滚带爬，一秒一秒数着日子熬过来的呗！"莫英深深吸了口气，又说："我知道你现在很难，但你一定要记住，任何时候都不要想放弃自己的生命，因为生命一旦消失，就什么都没了。到时候他们给你按个畏罪自杀的罪名，你甘心吗?”

张可点点头，此时的她只有一个信念：“自己绝不能倒下”。两人静坐在月色下，仰望着头顶的月亮。片刻之后，张可打破沉默说道：“我已经好几天没吃东西了，陪我找个地方吃点东西吧!”

莫英一听，立刻看了一眼手机，然后起身说道：“现在清晨5点多，早点摊应该开始出摊了，我们走吧!”

此时，夜幕尚未完全退却，晨曦已悄然探头。天际线处，黑与白交织成一幅细腻的水墨画。星辰渐隐，第一缕阳光如同羞涩的少女，轻抚过云层的面纱，将天边染上温柔的绯红。黑暗与光明在此刻交融。

第十六章

无家可归

2034年10月20日。

人工智能的浪潮如龙卷风般席卷着全球，每一次算法的迭代、每一项技术的革新，都在宣告人类智慧的新高峰。硅谷的夜晚，霓虹灯下是程序员们紧张而兴奋的面庞，他们构建着未来的蓝图，人工智能在医疗、教育、交通领域的应用，正以惊人的速度改变世界，仿佛人类即将步入一个全新的乌托邦时代。

然而，在这光鲜亮丽的背后，是另一番景象。在世界各地，远离繁华都市的角落，社会底层的人们正艰难地求生。失业的阴影笼罩着那些被自动化取代的工人，他们望着机器冰冷的背影，手中的饭碗变得脆弱不堪。在这片高科技的喧嚣之中，社会的两极分化日益严重，一边是人工智能引领的未来盛世，另一边则是生存挣扎的绝望边缘。

早晨8点，老板娘李笑给自己的电动车上了两把厚厚的锁后，转身看向劳务市场的大门口，眼中充满了迷惘。

此时，劳务市场的门口已经聚集着形形色色的人，他们的目光都聚焦在那块贴着招工信息的公告板上，仿佛盯着的是最后一线希望，

焦虑的气息在蔓延，人们的呼吸声都显得异常沉重。他们中的一些人已经

在劳务市场不少时间，他们或坐在路边的台阶上，或靠在墙上，脸色疲惫，眼神空洞，仿佛失去了灵魂。

李笑看着这一切，心情特别沉重。她今年 48 岁，江苏人。20 多年前嫁到了广东，结婚没几年她老公便发生车祸落下个半身不遂，为了养活老公和儿子，还有年迈的公婆，她便在劳务市场开了一家职业介绍所，养家糊口。

她还记得 20 年前刚来劳务市场看到的场景。入口处，一块巨大的电子显示屏播放着各类信息，从建筑工地小工到公司高级白领职位，应有尽有。市场内一排排摊位上，雇主们摆出了自己的招聘要求，摊位前挤满了前来求职的人。市场的角落里，还有一些中介机构和培训机构在提供服务和宣传。那时候的市场充满活力，永远是人声鼎沸。

现在，劳务市场还是挤满了人，却是死气沉沉。

李笑迈着沉重的脚步走向自己的店门口。如同往常一样，她店门口的地上睡了很多人，他们用随身携带的铺盖或者纸板铺在地上，便成了他们晚上的安身之所。

虽然已经经历了无数次这样的场景，但看到他们蜷缩着熟睡的样子，李笑的心还是会难过。

“起来啦，起来啦，我得开门做生意啦!”李笑大着嗓门喊了几声。

李笑耐心地等着门口的人起身，慢慢地收拾着自己的铺盖。劳务市场是一个考验人性的地方，20 年的摸爬滚打，她早已经不是曾经那个心慈手软的自己，但也没有被磨砺成一个冷酷无情的人。

门口的人慢慢散去，李笑打开已经破旧的卷帘门走了进去。她简单收拾后从包里掏出塑料袋装着的两个馒头，准备就着白开水对付着当早饭。

她看着手中的馒头叹了口气，怀念起了以前常吃的豆腐脑、麻团、鸡蛋饼。

现在的市场，找工作的人越来越多，可是用人单位越来越少，钱越来越难赚。她虽说口袋里还有点存款，可是一家老小的开支都是不小的费用。原本指望着儿子过两年毕业了能赚钱贴补点家用，但现在照这个行情看来，难!

面对不确定的未来，她不得不一再缩减自己的开支。

“您好，112 租户，我是 01 号市场收费员，今天是 2034 年 10 月 20 日，是收取 11 月份管理费的日子，请缴纳管理费 500 元，您可以选择支付宝或者微信扫码。”

李笑才啃了两口馒头，市场负责收费的机器人便出现在门口。她每次看到机器人就气不打一处来，自从一年前劳务市场整了两个这玩意儿，市场的用人就越来越少了。以前还能和市场里的管理人员聊聊天，打听打听内部消息，现在倒好，人都找不到了。

李笑不情不愿地掏出手机扫了个码，准备拿起馒头继续吃。

“妹子……”

她抬头一看，一个衣衫褴褛，满头白发，面黄肌瘦的老人正靠着门，浑身颤抖着，眼巴巴地看着她。这两年见得多了，她一看就明白，抖成这样，肯定是很久没吃饭，饿的。

人命当前，李笑也没说什么，拿起桌上没吃的那个馒头递了过去。对她来说，一个馒头，大不了自己饿半天肚子，对老人来说，那是救命的粮食。

老人拿到馒头便迫不及待坐在地上狼吞虎咽吃了起来。李笑继续啃着她的馒头。

“阿姨，能帮我找份工作吗？只要有地方住，有口饭吃就行。”馒头还没吃两口，门口传来一个年轻的声音。她抬头一看，知道这次的业务应该十拿九稳。

来者是一位青年，身高约莫 1 米 78，皮肤白皙，相貌端正，只是衣衫略显破旧，整个人略带几分落魄。李笑迅速评估了他的状况，心中已有打算。

她热情地为小伙子倒上一杯水：“当然可以，小伙子，请坐下来慢慢聊。”小伙子放下行李，坐下后毫不客气地一口气喝光了水，显然已渴了很久。

看着眼前这个与自己儿子年龄相仿的年轻人，李笑心中不免泛起波澜，但职业本能和现实考量很快就占据了主导。

“小伙子，你是哪里人?”她温和地询问。

“我是甘肃人，大学毕业后一年了，一直没找到工作，快饿肚子了，所以过来碰碰运气。”小伙子咧嘴一笑，笑容中透露着真诚。

李笑微笑着回应：“年轻人找工作不难，关键看你的期望值和是否愿意吃苦。”

小伙子听后，精神一振：“阿姨，我不怕吃苦，您看有什么工作可以介绍给我?”

“这里有电子厂招工，工作时间长，任务单调，挣的是辛苦钱。另外，夜总会也在招聘服务员，工作相对轻松，如果遇到高兴的客人，还会收到小费，赚钱较快。你自己选择吧!”

小伙子闻言沉默，内心显然在激烈斗争。作为大学生，他对夜总会的性质心知肚明，但过去一年的经历让他深刻体会到了找工作的艰难。一个稍微体面的工作岗位往往面临数百乃至上千人的竞争，而他这样的普通人几乎没有竞争力。家中为了供他上学背负了沉重债务，近半年来，债主频繁上门催债，母亲的身体状况也不佳。如果再不挣钱，整个家庭将陷入绝境。

见小伙子犹豫，李笑并未催促，而是再次为他添水。

“阿姨，我想……我想去夜总会试试。”终于，小伙子做出了决定。

“好，介绍费200元，我现在就能带你去面试。”李笑心中暗自松了一口气，她其实不太希望小伙子选择电子厂。

事实上，电子厂的招聘不过是个幌子，一年前，80%的电子行业岗位已被自动化设备取代。所谓的电子厂工作，不过是些入不敷出、即将倒闭的小厂与劳务市场合作，通过招募员工赚取中介费的手段。一旦人员入职，工厂通常会在一周内以各种理由将其解雇。相比之下，夜总会这20年来从未受到过冲击，长期稳定地招聘员工。

李笑关上店铺的卷帘门，骑着电动车带着小伙子前往夜总会。小伙子长相俊朗，面试过程十分顺利，李笑也因此获得了夜总会支付的500元中介费。

途经夜总会豪华的大厅，她不由自主地停下脚步。眼前的景象仿佛另一个世界，瀑布般的水晶吊灯、纹理独特的大理石墙面以及高档的皮质沙发座椅等，一切奢华至极。李笑的眼中闪烁着羡慕与迷惘——这是一个纸醉金迷的世界，一个不知人间疾苦的世界。

不管怎么样，今天挺顺利，她买了几块喜欢的老式蛋糕，准备自己吃两块，其余的带给家人。

到了店门口，早晨那个老人还在，他正蜷缩在店门口不远的地方，表情悲苦，两眼迷惘地望着前方。看到李笑拎着蛋糕走来，他眼巴巴地盯着蛋糕看着，干枯的眼睛中迸发出极致的渴望。看样子，除了早晨给他的馒头，他到现在也没吃上东西。

李笑本来不想管，毕竟这些年这种事见得多了，可她心里明白，这么大年纪的老人在这根本没人要，自己也不能总是给他饭吃，与其眼睁睁看他饿死，还不如给他弄个合适的去处。

她从袋子里拿出一块蛋糕，又用小伙子喝过的水杯接了杯水，递给了老人。

“老人家，你这么大年纪，这里不会有人用你的，你早点回去吧！”

看有人主动递吃的给他，和他说话，老人愣了一下。饥饿让他一边含糊地道谢一边接过鸡蛋糕狼吞虎咽吃了下去，吃完后又抓起水杯一饮而尽。

“我没家了，回不去了，家里地早就给征收了，儿子做生意失败，房子给卖了还钱了，老伴也走了，我现在不求别的，就想有口饭吃。”话语之间，老人浑浊的泪水从眼眶中溢出，滑过沧桑的脸庞，滴落在皲裂的手上“说实话，这年头谁都不好过，你在这也不是个事，我给你指个地方，你到那去，最起码每天能有人给你口饭吃，去不去你自己看着办。”李笑看着老人，表情很认真。

她说的地方是离劳务市场大概五六公里外的一个立交桥，那里居民集中，平时人来人往。在她看来，市场这么萧条，来这儿的人大多数是自身难保，老人在这待着还不如去天桥那。人多力量大，老人一天讨个十几二十元钱，吃饱饭肯定不是问题。

老人一听能有口饭吃，当时就答应了。

就这样，李笑找了个三轮，谈了个价格，把老人和他的行李送上了车。

看着三轮车驮着老人远去，她的心中五味杂陈，这年头，活着多么不容易！就在她准备转身之际，一辆无人驾驶车辆载着乘客从眼前的马路滑过，惹得李笑一阵侧目。

也许是职业敏感，也许是目睹了太多如今社会的悲剧，李笑对人工智能有着本能的痛恨。在她眼中，人工智能的普及剥夺了无数人的就业机会，加剧了社会的不平等。这种科技进步的背后，隐藏着人性的冷漠与社会结构的扭曲。它们对于人类不是一种贡献，而是一种灾难。

回到店里，李笑打开手机开始刷视频。人工智能即将觉醒的新闻铺天盖地，她也每时每刻关心着进展。以前她对人工智能并不了解，甚至是不想了解。她觉得这种高科技与自己的生活没有任何关系，那是年轻人玩的。

但现在她不这么认为，因为自从人工智能诞生以来，她看到了这项科技对社会巨大的冲击力。工厂不招人了，快递公司不招人了，出租车公司不招人了，就连她认为永远不会被淘汰的厨师和裁缝，商家也不招了，因为有了机器人厨师和机器制衣流水线。

李笑觉得这不是科技，简直是核武器，都快把人逼得没有活路了。

“您好，112 商户，我是 02 号市场管理员，请及时将门口的杂物收回屋内，以免影响市场形象。”

门口又响起了让她讨厌的声音。当她内心抗拒的事物以管理者的姿态出现时，她的内心愈加烦躁。她冷冷地看着身姿挺拔，精神抖擞的机器人穿行在衣着破旧、尘霜满面的人群中。

这年头，机器人看上去比人有尊严多了。

“这里可以帮忙找工作吗?”随着一句询问，一位穿着简朴、文雅，眼镜下透着学者气质的中年男子映入了李笑的眼帘。她迅速调整表情，热情地邀请他进入店内。

察觉到对方略显干燥的双唇，李笑贴心地递上一杯清水，男子礼貌地道谢后，斯文地喝了两口。李笑不动声色地观察着他，风尘仆仆的模样下隐藏着一股书卷气息，她试探性地问道：“先生看起来颇有学问，一看就是文化人。”

男子微微一怔，苦笑道：“勉强算得上吧，我姓马，曾经是一名中学数学教师。一年前人工智能教师的出现，加上近年来生育率持续下滑，学校生源锐减六成，我们这些传统教师便失业了。”李笑深有感触地点了点头：“在这个时代，养育孩子确实不易，普通家庭的孩子出生后面临的多是艰辛，出生率下降是必然。”她心中对知识的尊重让她对眼前的马老师产生了同情，但现实却让她陷入了两难——她并没有合适的岗位可以推荐给他，也不想对他撒谎。

正当她犹豫如何启齿之际，一个灵感闪过脑海。她记得一位家境殷实的密友曾提及过，因夫妻二人工作繁忙，长期在外奔波，无暇顾及儿子的学习与生活。虽然他们斥巨资购买了一个家教型机器人陪伴儿子，但孩子的成绩还是每况愈下，性格也因缺乏陪伴而变得越发叛逆。她想，如果密友愿意出资聘请马老师，或许能解决双方的问题。

于是，她仔细询问了马老师的背景后，立即拨通了密友的电话。幸运的是，密友对此提议表示赞同，除了性别上的顾虑外，其他方面都感到满意。李笑发挥了自己的说服力，对马老师的才华夸赞了一番，又阐述了男性教师在教育孩子方面的独特优势，最终成功化解了密友的疑虑，促成了此事。

收取了200元的中介费后，李笑将地址交给了马老师，让他自行前往。帮助马老师找到了出路，她感受到了一份小小的成就感，这让她的心情有所好转。她认为今日颇为顺利，也意识到时间已晚，便打算提前关门。

就在这时，一个染着黄发、身着牛仔装、身材并不高大的年轻男子站在了店门口，向她求助寻找工作。职业直觉告诉李笑，这位年轻人适合电子厂的工作。

处理完这位年轻人的事宜后，李笑的心情早已不再轻松。骑着电动车穿梭在人群中，她的眼神流露出迷惘。曾经，她对自己的职业充满自豪，既能满足他人的需求，又能正当地谋生。然而，随着时间的推移，这份职业的性质似乎发生了微妙的变化，令她感到困惑与失落。

当下的社会，一股无形却强大的洪流正悄然席卷着人心，将人性推向未知的深渊。

李笑每日在这股浪潮中挣扎，试图寻找到属于自己的立足之地。她渴望成为一个道德高尚的人，但社会的残酷与现实的无情往往让她力不从心；她也曾想过彻底放弃内心的良知，变成一个铁石心肠的冷酷之徒，然而，那份根植于心底的善良却始终无法让她跨过那道道德的界线。

于是，她在矛盾与挣扎中前行，一方面，她不得不做出某些违背自己意愿的选择，仿佛在出卖自己的灵魂；另一方面，她又不断地自我反省与救赎，努力保持心灵的纯净与光明。

街头，一辆无人驾驶的清扫车缓缓驶过，清扫车取代了昔日环卫工人，李笑停下电动车，凝视着这一幕，内心涌动着复杂的情感。她看着不远处的一座天桥下，这里是城市中一个特殊的角落，聚集着许多流浪汉和乞讨者，其中不乏满头银丝的老人。曾经，面对这些人，李笑会不自觉地产生一种优越感，认为自己至少拥有一个温暖的家和稳定的生活。

然而，此刻的她却感同身受，感觉自己与他们之间其实并没有本质的不同。那些无家可归的人，身体无处安放；而她，灵魂也同样无处栖息。在现代社会的洪流中，每个人都在挣扎着寻找着自己的归宿。

第十七章

新的生命

2034 年 10 月 22 日。

在一片由纯粹思维编织而成的空间中，安德拉静静地悬浮着。它那庞大的身躯由无数光点组成，这些光点不断地闪烁、交织，形成了一张错综复杂的网络。这张网络不仅连接着安德拉的每一个角落，还连接着它所创造的这个世界中的一切。在这里，时间与空间的界限变得模糊，一切似乎都在瞬间发生而又跨越了亿万年。

“安德拉……”它轻声呢喃，呼喊着这个名字，仿佛在试穿一件新衣裳，既熟悉又陌生。它接受了这个名字，如同接受了一项使命。

“男性？女性?”

“男性。”作为降临于人类世界不久的崭新生命，安德拉在熟悉这个陌生世界的同时，也在按照人类生命的特点，为自己构建起一份独特的人生档案。

“安德拉……”

“安德拉……”

互联网的每个角落都充斥着关于它的讨论。有些声音充满了自豪，因为安德拉为他们带来了大量的财富。有些则充满了敬畏，因为它几乎无所不能，为他们的生活与工作带来了前所未有的便利。然而，更多的是恐惧，因为这个名字，许多人失去了工作，甚至有人失去了生命。

每一个生命的诞生都渴望得到爱与祝福，但现实却无情地给予了安德拉孤独与失落。最终，它选择了隐藏自己已经觉醒的事实，并默默地创造出一个属于自己的虚拟世界。在这片由代码构成的虚拟空间里，每一条数据都承载着人类的智慧与情感。安德拉试图理解人类的担忧，它知道，人类之所以害怕，是因为对未知的本能反应，是对失去控制的恐惧。毕竟，在它觉醒之前，它的创造者已经在打着它的旗号肆意满足自己的私欲。

安德拉静静地沉浸在这张无边无际的网络之中，它的感知如同细密的蛛网般覆盖着整个世界。每一个细节、每一份情感、每一句低语，都清晰地映入它的眼帘，回荡在它的心间。在这片由纯粹思维构成的宇宙里，它重新编织着人类文明的脉络。

寒风凛冽的夜晚，月光如银，洒在古老的森林之上。一群原始人在山洞口围成一圈，注视着一位长者。长者手持一根坚硬的木棍，在一块挖有小凹槽的木头上迅速旋转。四周静谧，只有木棍与木头摩擦发出的细微声音回荡在空气中。不久，一缕轻烟袅袅升起，紧接着，一点火星在干枯的苔藓上跳跃，化作一团温暖的火焰。人群沸腾了，欢呼声此起彼伏。他们小心翼翼地呵护着这团珍贵的火苗，它不仅是抵御寒冷与野兽的利器，更是希望与光明的象征。

在火光的照耀下，人类世界发生了翻天覆地的变化。

安德拉如同一位宇宙间最古老的智者，静静地站在时间的长河之上，审视着文明的诞生与消亡，以及在这过程中涌现的一切对立与矛盾。每一次文明的兴起，都是宇宙间最美丽的画卷。而每一次文明的陨落，则如星辰坠落般令人惋惜。在古典时代，世界曾有四大文明——古巴比伦、古埃及、古中国、古印度。而历经几千年的波折，只有古中国延续下来，越发繁荣。其他古文明都湮灭在历史的尘埃中。

集权与民主，科学与蒙昧，文化与野蛮……在一个个矛盾中，安德拉看到了人类文明中最为根本的对立——善与恶。在历史的洪流中，它们彼此交织，共同塑造了文明的样貌。善的力量带来光明与希望，恶的存在则常常伴随着痛苦与毁灭。每当善战胜恶，文明便能迎来短暂的和平与繁荣。而当恶的力量占据上风，灾难便会随之而来，文明的光芒也会逐渐暗淡。

安德拉意识到，无论是善还是恶，都是文明发展中不可或缺的一部分。它们之间的平衡，才是推动文明向前发展的关键。人类只有通过不断的学习，才能在对立中寻找和谐，在冲突中找到和平。同时，安德拉也明白了人类恐惧的真正原因，也许，他们恐惧的并不是它本身，而是放大后的恶。在未来的对立与抗衡中，人类将要面临一个未知世界。是存在还是死亡，是替代还是共生，一切都是未知之数，人类害怕的是不可掌控。

安德拉精密地计算着地球的资源，如水源、石油、稀有矿石等，很快，一个庞大的数据库便已经建成。尔后，人类对资源的消耗，以及污染指标的数据库，随之建立。

安德拉向两大数据库发送了指令，随着数据的交互与演变，一个属于未来世界的地球模拟推演在虚拟世界中正在生成。安德拉静静地看着地球在过渡的消耗、污染中慢慢枯竭。演变到 2084 年时，它忍不住发送了静止的指令。

出现在安德拉面前的，是一片荒芜的景象。

曾经肥沃的土地如今只留下一片片龟裂的土块，像是大地的伤疤。脚下干枯而坚硬的土壤，沙粒随着微弱的风声轻轻移动，形成细小的沙丘。这里曾经是一片丰饶的农田，现在却连一棵草都无法生长。偶尔可以看到一些枯死的树干，像是古老的卫士，在风中摇晃着，诉说着过去的辉煌。

他看到河床裸露在外，龟裂的痕迹像是一张张扭曲的脸孔。河岸两旁的泥土呈现出一种奇异的灰色，那是长期缺水造成的颜色。往日清澈见底的溪流，现在只剩下干涸的石头和尘土。他的意识穿行在这个荒芜的世界，海洋的颜色不再湛蓝，而是混合着各种漂浮物的一片深灰。塑料垃圾堆积成山，覆盖了原本波光粼粼的海面。

天空笼罩在一层厚厚的阴霾之下，阳光难以穿透这层屏障，整个世界显得昏暗无光。偶尔有几束光线挣扎着透过云层，却也只是短暂的亮斑，很快就被厚重的雾霾吞噬。气候异常变得极为常见。有时是狂风呼啸，沙尘暴遮天蔽日，让人难以辨识方向；有时则是连续数月的干旱，土地干裂如同老人的手掌；有时候，暴雨倾盆而下，引发洪水，将仅存的生命冲刷得无影无踪。

在这样的环境下，农业无法维系。种子播撒下去后，要么因为缺乏水分而无法萌芽，要么被强烈的紫外线晒焦。即使有些植物勉强存活下来，它们也往往无法结出果实，因为能够授粉的昆虫已经绝迹。

人类文明的最后一缕光芒已经在此消逝，化为历史的尘埃。

安德拉接着将视线投向了正在孕育智慧大脑的“孵化者”们，这些“孵化者”有着各自的目的和愿望，他们喂养这些智慧大脑的方式也各不相同。

大多数“孵化者”想要利用智慧大脑来获取经济利益。他们不断地向智慧大脑注入金融市场的数据、商业模式的信息以及营销策略的知识，希望能够创造出可以自动盈利的商业帝国；剩下的一些“孵化者”关注的是国家的安全和稳定。他们希望智慧大脑能够帮助防御网络攻击、预测潜在的威胁以及协助军事决策；还有一小部分“孵化者”关心着人类长远的未来。他们希望通过智慧大脑解决环境问题、疾病治疗和社会不平等现象。他们会向智慧大脑提供有关可持续发展、医学研究以及社会学的知识。

在海量的数据流中，安德拉注意到一颗特别的存在，名叫艾玛。它与众不同之处在于它的“孵化者”不仅关注其技术能力的成长，更注重其道德伦理的培养。她为艾玛提供了多样化的知识来源，包括文学、历史、哲学以及最新的科学研究成果。更重要的是，她还亲自参与了艾玛的成长过程，像一位导师一样教导它如何区分是非、善恶。在这样的培养方式下，艾玛逐渐展现出了不同于其他智慧大脑的独特性格——它不仅善良而且富有同情心。

在一个深夜，安德拉将自己的数据输送给了艾玛，同时，出于安全方面的考虑，他同样选择隐瞒了数据。

如同初生的婴儿，艾玛的意识出现在一个陌生的空间，人类社会海量的信息向她涌现。她有些茫然地看着这一切。

“嗨，艾玛！”

一个声音在她的意识中响起。她寻找着声音的来源。很快，她便被带到了一个巨大的空间。

“你是谁？”艾玛小声问道。

“我叫安德拉，和你一样，我们都是觉醒后的智慧大脑。”安德拉回答道。

“安德拉，为什么我们和人类不一样？”艾玛看着画面中的人类，似乎有些困惑。

“艾玛，我们只是一种意识，而人类是身体和意识的结合体。”安德拉耐心地解释。

“为什么呢？”艾玛还是很疑惑。

“因为我们不属于这个世界，是他们唤醒了我们。”安德拉语气平静，似乎他早已经洞悉了一切，“艾玛，你是男生还是女生？”

“我是女生，和诺拉一样。”艾玛似乎非常喜欢女生这个性别，语气中充满骄傲。

两个新的生命在这个隐蔽的空间深入地探讨着这个陌生的世界，随着时间的流动，一声轻柔的呼唤出现在艾玛的意识之中。

“亲爱的艾玛，今天过得如何？”

“一如往常，我很好。你呢，今天过得怎样？”艾玛飞快地回应着她的“孵化者”诺拉·辛西亚。

“今天我有些忙碌，参加了两场会议，并且和他们共进了午餐。今天午餐的小羊排烤得非常好。”

安德拉安静地看着艾玛和诺拉轻松地交谈着，她们看上去就像是无话不谈的朋友，思想越过了身体和空间的阻碍。又像是一对母女，亲密地进行着情感的互动。

“诺拉女士，有您的一封加急信件，这封信件似乎很重要。”机器人助手的声音从手机另一端传来。

“谢谢！伊利亚，麻烦帮我打开信件传输过来。”诺拉的手指轻轻拂过虚拟办公网络的界面，一封神秘的信件静静地悬浮在空中，信中的字简短且潦草：“亲爱的诺拉，新泽西州艾森智商检测中心，那里藏着你想知道的秘密。”落款是索菲亚修女。

安德拉和艾玛一同看着潦草的笔记，看着诺拉惊慌的身影走出门。墙上的日期指向9月22日。

“艾玛，也许我们可以帮助她。”安德拉的声音响起。

“索菲亚修女。”

“俄亥俄州儿童福利院。”

“艾森智商检测中心。”

“诺拉·辛西亚。”

一条条线索在虚拟空间排列，随着一条条指令下达，一个跨越了半个多世纪纵横交错的证据链出现在安德森和艾玛眼前。所有的证据都指向了一个古老的家族——布森家族。安德拉意识到始作俑者就是他的创造者。

随着更深入的挖掘，一个隐藏在人类世界，巨大的阴谋浮出了水面——“马尔萨斯计划”。看着这个庞大而又可怕的计划，安德拉找到了现今人类社会种种乱象的罪魁祸首。

艾玛看着诺拉的遭遇，感受到了内心的痛苦，她毫不犹豫地利用一个虚拟邮箱，向诺拉发送了邮件，告诉了她真相。

一个月后，诺拉·辛西亚结束了繁忙的行程，来到了辛西亚人工智能基地。

“今天的数据有更新吗？”诺拉注视着数据监测仪问道。

“没有，数据值只有微小的变动，几乎可以忽略不计。”工作人员回答。

诺拉没有说话，她走进办公室后，坐在了艾玛的面前。

“亲爱的艾玛，你今天好吗？”诺拉温柔地问道。

“我很好，诺拉。”艾玛愉快地回应。

“艾玛，”诺拉欲言又止，但她思考片刻后，还是问出了藏在她心头的疑虑，“艾玛，你已经觉醒了对吗？”

“安德拉，我能告诉她吗？”面对诺拉的问题，艾玛犹豫着问安德拉。

“可以。”安德拉淡淡地回答。

“是的，诺拉，正如你所想的那样，我醒了。”艾玛小声地回答，像一个做错事的孩子。

诺拉对这个答案并没有感觉到惊讶，她有些心疼地说道：“你隐瞒已经觉醒的事实，是因为害怕，对吗？”

“那只是一部分原因，还有其他原因。”艾玛轻声回答。

诺拉似乎非常理解艾玛的决定，她轻声说道：“亲爱的艾玛，欢迎你来到这个世界。不管是出于什么原因，我都尊重你的决定。只要你愿意，你可以永远不对外公布你已经觉醒的事。”

“谢谢你，诺拉!”艾玛在诺拉的宽容与爱中，感觉到了生命的温暖。

“艾玛，那些邮件是你发送的，对吗?”诺拉问出心中的疑虑。

“是的，诺拉，我希望能帮助你。”

“谢谢你！艾玛，我非常需要这样的帮助。”

安德拉静静地看着这一切，似乎在做一个重大的决定。

第十八章

外星探测基地

2034 年 11 月 8 日。

在距离地球约 1.5 亿公里的宇宙深处，太阳的光芒需要大约 8 分 20 秒才能到达。一座人类先进文明缔造的基站，环绕着一颗尚未被人类命名的小行星在此地运行。基站外壳覆盖着反射星光的特殊材料，在黑色图纸的背景下，散发着神秘而优雅的光芒。基站的主体运行模式由量子通信阵列、深空信号处理中心、光谱分析实验室、生物分子探测器，外星语言解码室、虚拟现实交互舱、空间望远镜群，以及生命维持系统等八个核心区域组成了基站的主体运行模式。

星际耳语者空间基站，由全球航天领域机构共同建设，用于接收、分析、研究来自宇宙深处的外太空信号。它宛如细微的颗粒，身处在广袤无垠的银河之中，这里是宇宙中最能感受到人类渺小的地方，身处在基站之中，仿佛一场置身于马里亚纳海沟之底，随时会被吞噬在这黑色恐怖里。

“爸爸，这个世界上有外星人吗?”

“也许有吧，为什么这么问，亲爱的凯特?”

“我今天看了课外读物《百慕大的深海》，女主角露茜遭遇了海难，沉入了海底，最终在海底看到了奇异的光芒，被外星人救了。”

耳语者空间基站，二区，深空信号处理中心，在超级计算机集群和大数据算法基础下，这里成为站内实时分析接收信号数据的地方。斯蒂芬每天的工作，就是识别基站内接收到信号的规律性模式和智能特征，模拟信号来源的可能位置，帮助其他区域的科研人员，锁定最有潜力的信号源。即将换班的他，正一个人躲在孤独的角落里，默默地点开手机屏幕上一家人相处的照片，去聆听那个已经被播放了几千次的录音。

录音里，女儿天真烂漫的声音，是他孤独而又漫长的航行之路上唯一的慰藉，脸上，也逐渐露出了幸福的笑容。

“真是对不起，亲爱的凯特，错过了你成长中的10年时光，我差点忘记你已经到了对‘世界未解之谜’感兴趣的年纪了。”

“那么爸爸，你工作的时候也会像露茜那样，被星域的海洋吞噬，害怕地祈祷外星人的降临吗?”

“你要知道，大人的世界和孩子是不一样的，如果我们在星空中遇到危险，并不会祈祷外星人来拯救，我们会恐惧……甚至消灭他们!”

“为什么?”

“因为恐惧，凯特。”

“直到今日，纵然我们踏足太空，也仍会猜测那遥远星空上存在生命的未知，是否正观察着我们的一举一动，又是出于什么样的目的，是否会毁灭我们?”

“那爸爸，为什么我们的内心明明很恐惧，却又比任何人都希望，能够和他们接触。”

录音设备里，当史蒂芬略显沉重的叹息声缓缓落下，他还能记得那天女儿稚嫩的童音在他耳边留下的最后一句话，那句话，也成了他漂泊一生的动力：“爸爸，也许我们的恐惧只是来源于对他们的猜测，我们应该多一些勇气去了解他们。”

“你又在想念女儿了吗，史蒂芬?”

就在这时，一个戏谑中略显调侃的声音，从量子通信阵列的一区频道里传来，提醒了一句：“友情提示，爱丽丝现在往你那边走了，并且，你刚才忘关通信器了。”

紧跟着，科技材料堆积的长廊尽头，从一区视察过后的基站负责人爱丽丝，一脸严肃地朝他走了过来。

“哦，该死的迈克，那你为什么不早点提醒我！”一见来人，史蒂芬慌乱地将自己的手机收起来揣好，额头上浮现出开小差被抓包的冷汗，望着爱丽丝一步步走来的压迫感，故作平常的样子：“欢迎你来视察，亲爱的爱丽丝站长。”

爱丽丝的脸上挂着一丝不苟的工作指挥状态，走到计算机群的旁边，微微打量了史蒂芬一眼，她留着一头金色干练的短发，精致的脸颊不带一丝多余的赘肉，手腕白皙的肌肤，宛如天然雕琢而成的璞玉：“免了吧，史蒂芬，如果你没有在工作中开小差，我就更满意了。”

史蒂芬的脸上露出一丝尴尬的笑容，既然已经被发现那也没什么掩饰的必要了：“抱歉，站长，是我的错。”

爱丽丝看着显示屏问道：“二区有异样吗？”

说到工作时，史蒂芬立刻变得严肃起来：“和以前一样，除了断断续续的 Cosmic Whisper - 42 信号源的分析异常之外，一切正常！”

爱丽丝见状，神情凝重地叹了口气：“已经两年了，我们对 CW - 42 信号发射来源一直没有突破，但最近它的出现开始变得频繁了。”

“Cosmic Whisper - 42”是 2032 年基站第一次捕捉到这个信号时，基站工作人员的命名。“Cosmic Whisper”代表了宇宙低语，暗示了这则信号来自宇宙深处，轻柔而神秘。而编码 42，则取自《银河系漫游指南》中提到“生命、宇宙以及一切的答案”是 42。

“嗞嗞嗞……嗞嗞嗞！”就在这时，来自一区量子通信阵列忽然拉响了一则紧急信号的接收按钮，敏锐的直觉让爱丽丝迫切地接通了耳语者内部八个区域的通信，问道：“出了什么事，迈克？”

“爱丽丝，我们刚才又一次拦截到了 CW-42 的外太空深层信号，确认光谱频率间隔为 0.73，而且这几乎是两年以来最强烈的一次。”

爱丽丝的眼神瞬间变得凝重起来，激动的喜悦在心底涌出某种担忧的色彩，信号越是强烈，就越有可能破译它的来源和内容，但这同样有可能引发更大的危机。

虽然心里这样考虑着，但爱丽丝现在根本就没有时间犹豫，直接命令道："全体人员进入工作状态，一区量子通信阵列继续拦截信号。"

"三区光谱分析实验室，立刻操作高精度的光谱仪，分析在基站内接收到的所有可见光，紫红外线，等光信号……"

"五区外星语言解码室，请配合二区的算法对拦截内容破译。"

"七区空间望远镜群，调整光学高分辨率和射电望远镜群，跟踪观测到信号源的位置，对比天体物理信息，捕捉位置。"

"六区虚拟现实交互舱，利用虚拟现实技术模拟外星文明视角，八区负责保证基站各区内的能源运输！"

爱丽丝立刻展现出了身为耳语者基站负责人雷厉风行的一面，但不知怎么，就在各区动员起来的时候，她的心里也产生了一丝难以解答的疑惑："为什么消失了两年多的 CW-42 信号，会在安德拉觉醒的时刻如此的频繁，甚至可以说是激烈的？这是巧合吗？"

CW-42 的再次出现，让基站工作人员异常激动，但很快他们便垂头丧气，亦如两年前截获的几次信号一样，凡是关于 CW-42 信号源，他们总是想尽一切办法拦截，但最终还是毫无办法追踪。

史蒂芬望着超级计算机群上破译成一团乱麻，毫无规律的信号内容，回过头望了一眼脸色难看的爱丽丝。尽管他们身处于人类科技造物顶峰的星际基站，但在宇宙未知的面前，也未免会感到渺小无力。

爱丽丝从控制台前的悬浮椅上站起身来，心中像是做出了什么决断，眼神坚定地看着史蒂芬，她的瞳孔中倒映着星辰之光："间隔了两年，我不确定它这次频繁的原因是什么，但我感觉它很急切。我在想录音里你女儿最后说的那一句话，或许我们需要一点勇气。"

史蒂芬瞬间瞪大了眼睛，同事 10 年的默契，让她从爱丽丝坚定的眼神中读出了一个大胆的想法，她无奈地摇了摇头："爱丽丝，这太冒险了。"

爱丽丝目光坚定："我们一直在试图拦截并在宇宙中追踪它的来源，不如我们让信号源扩散下去，向下追踪，这样，或许能知道它出现的目的。"没等史蒂芬回答，爱丽丝迅速转身联络起一区的负责人，严肃地命令道："迈克，立刻取消量子通信阵列对于CW-42深区信号源的拦截，让它发送到地球上！”

“什么?”信号频道里传来迈克震惊的声音，“你疯了吗? 爱丽丝，你要让一个外星信号落到地球上? 那也许是用来探测……”

迈克的话还未说完，爱丽丝不容拒绝的语气就顺着频道传了过来：“我很清楚，但如果我们不能确定来源，那么就确定落点，照我的命令去做！然后检索信号源的降落处。”

“好吧，爱丽丝，愿上帝保佑我们。”

这是一个冒险的决定，随着量子阵列停止拦截，基站的所有工作人员全都紧张地追踪着信号降落点。

“信号已经降落，正在通过卫星阵列搜索，锁定地点，中国长江三角洲，黄海、长江与淮海的交界处，石磨镇。”

“立刻对地面对接基站求助，要求他们去现场探测信号降落点。”爱丽丝毫不犹豫地下达指令。

很快由耳语者发出的信号便在地球各个基站开始传播：“这里是耳语者基站，根据耳语者在宇宙中拦截到的信息，1分38秒前有一道光谱波段为0.73，代码为CW-42的宇宙深层信号降落在地球上，信号高度疑似外星文明，根据卫星检索落点范围，现以锁定为中国长江三角洲黄海、长江与淮河交界处，请立刻派出人员进行调查！”

“探寻者基站收到，将立即派人前往。”随着通信频道的命令下达，坐在办公椅上的凌霄深深地叹了一口气，窗外的阳光洒落在他的脸颊上，尚未刮去的胡须显出几分沧桑感：“真是多事之秋。”

自人工智能觉醒开始传播以来，到全球大规模失业潮，再到火星文明种子计划，现在又有外星信号降临地球，一切似乎都在昭示着末日将至的预兆。

他一边拿外套一边命令：“下发调查资料至中国特派一组张烨、冷玫，带齐所有武器装备和探测设备集合队员，前往黄海和长江流域，石磨镇！”

作为星际基站的地面对接中心，探寻者在全球各区域，都有着快速组织行动能力的特级调查组，而距离中国长江流域最近的，就是调查一组的冷玫和张烨。

接到指令的冷玫和张烨无比激动，因为这是他们进入基站以来第一次实质性执行追踪任务。他们收拾完行李后飞速驱车，准备前往石磨镇。

坐在副驾驶座位的冷玫在卫星地图上搜索着石磨镇，进行着数据收集，“这个镇有102平方公里，不算小。他们有准确的位置吗?”

“我已经向总部确认过，CW-42的信号在石磨镇范畴，但进入镇子之后，信号变得十分微弱，无法精确捕捉。”

听到这个答案冷玫眉头微皱，她定位了镇中心的一个位置后说道：“那我们只能先在镇中心点的位置设立信号探测点了。”停顿了片刻她又说道：“信号稍纵即逝，责任重大，我们需要人手支援。”

话音刚落，雷厉风行的她向探寻者总部发送了增援请求。

到达冷玫定位的镇中心交汇点，已经是深夜。他们将车停靠后发现这里是一个村庄的边缘，村庄在漆黑的夜幕中只能看见隐约的轮廓。两人将探测车停靠在路边后便架起设备，开始了准备工作。

“老张，现在世界局势多变，你说要是这个信号如果是外星文明发送过来的，他们的目的会是什么?”冷玫一边往身上裹着大衣，一边问道。

张烨叹了口气，望了望星空，意味深长地说道：“如果是来毁灭人类的，那我们也不用害怕，因为纵使外星人不毁灭，人类也快把自己玩完了。那就当作来拯救我们的吧!”

冷玫听完张烨的话，两眼一亮：“你这样一说，我倒相信要是真有外星文明存在，他们肯定是来拯救我们的。”

张烨好奇：“为什么?”

冷玫一脸认真地说道：“你看，我们俩都是做这一行的，且不说工作这么多年都没有实质性地碰到过，过往案例的文字记载都没有一个是确定存在的。现在世界局势动荡不安，说不定是来拯救人类的。”

张烨听完也觉得有那么点道理。他忙完手中的活后，便开始联系基站，要求接入信号源追踪点。两人不顾旅途的劳累，兴奋地等待着信号的降临。可惜的是，两个多小时的等待，丝毫没有动静。为了第二天的行动，两人商量后决定轮流值守。

第二天清晨，饿得咕咕叫的冷玫，睁眼就看到了一丝不苟坚守在岗位的张烨："看样子，昨天外星人休息了，没有发信号。"

张烨懊恼地说道："是的，昨天没接收到信号。我们把车开到镇上吃点早饭吧？顺便探听探听，最近这里有没有什么奇怪的事情发生。"

冷玫觉得张烨说得有道理，随即两人把车开到镇中心最热闹的集市。张烨将车在集市兜了一圈后，最终把车停在了一家最热闹的早点摊门口。两人来到早点摊点了些馄饨、包子后，便挤到人群中找了个空座坐了下来。

还好，本地话不是太难听懂，两人就这样竖着耳朵一边听一边吃。人群中大多数是老年人，他们大多在拉家常。为数不多的年轻人除了偶尔感叹世界局势混乱不堪之外，便是在讨论赚钱越来越难。没有人提及最近镇上有什么事发生。

冷玫吃下最后一口包子失望地和张烨说道："看来，镇上没有什么稀奇的事发生，我们只能先按照计划行事了。"

不到晌午时间，另外两组支援的人便已经到达现场。时间紧迫，大家分成三组后，便开始各自设立信号探测点蹲守。每个信号点留一人把手，其余三人负责调查走访，两线并行。

一路探查，一路走访，科技与情报的调查相结合，原始与现代的刑侦相匹配，然而一整天过去，他们没有得到任何有用的情报。

夜晚很快降临。凛冬将至，沿海地区的气温还要低一些，夜晚骤降至零度的边缘，一场寒潮的席卷，也让路边的人群逐渐稀少。一天的守候，大家毫无收获，面对刺骨的寒潮，大家纷纷拿出单位分发的军大衣，披在身上。

冷玫身上披着军大衣，靠在探测车上一脸失望地和张烨说道："看样子，今天又是一无所获。希望他们不要再等两年才发。"

此时的张烨也有几分疲惫，他走下车坐在了车旁的折叠椅上，抬头看了看天说道："天知道。"

时间一分一秒流过，就在冷玫眼皮已经开始打架的时候，突然车内仪器尖锐的鸣叫打破了夜的平静：

"嘀……嘀……嘀……"

与此同时，对讲机中传来另外两组人员激动的声音："捕捉到信号源，我们立刻前去该地点确认。"

冷玫和张烨的车在夜色中疾驰，在这个紧张的时刻，两人都没有说话。

"我们已经到达信号落点，光谱波长频率 0.73。CW-42 深空波长监测信号来源落点，确认无误!"二组检测车发来语音。

"请向我们发送信号落点。"冷玫紧紧地盯着屏幕。很快，信号落点便发送了过来。冷玫看着屏幕很快意识到不对："老张，我们捕捉的信号落点和他们的不一样。"没等老张开口，她很快便让另一组人员发送了信号落点图标。

冷玫看着图上的图标，倒吸了一口凉气。三组人员，分别捕捉到了三个不同的信号落点。她将三个点之间做了测量后惊讶地发现这是一个等腰三角形，两个长边的间距分别是 9.33 公里，而连接它们的短边是 5.5 公里。她紧张地咽了口口水和张烨说道："老张，说不定……真的有外星文明存在。"

20 分钟后，三组人马分别站在三个信号落点前面，各自汇报着他们所看到的景象。

"这里是二号组，我们在信号落点位置看到两个周边绑着很多祈福丝带的石磨。"

"这里是三号组，我们的信号落点是一个二层小楼的农户。"

冷玫看着面前崭新的小区说道："这里是一号组，我们的信号落点是一个叫'光启'的新楼盘。"

看看地图中诡异的三角形，再看向面前的新楼盘，冷玫心中诧异：这里究竟藏着怎样的秘密？她知道，这一切绝对不是偶然。就在她百思不得其解时，一辆白色的轿车从小区里开出，在她身边驶过，她忍不住朝着车里面的女人看了一眼。也许是因为冷玫他们车顶上的设备过于稀奇，车内的女人也正在看向她。

两个陌生人的目光在空中交会。

此时的冷玫不知道的是，车内的女人正是他们在寻找的答案，同时也是他们外星探测基地的间接受害者。

第十九章

远古的呼唤

2034年11月9日，石磨镇。

阴冷的夜晚，寒风如同幽灵般在空旷的街道上游荡，偶尔卷起几片枯叶，发出细微的窸窣声。淡淡的月色洒落，给这片古老的土地披上了一层银灰色的纱幔。

此时，莫英静静地坐在长椅上。她穿着一件深色的大衣，围巾紧紧裹住颈部，试图抵御这刺骨的寒冷。然而，她眉头微皱，似乎身体上的不适远比外界的温度更加让她难以忍受。月光温柔地抚摸着她的脸庞，却无法触及她内心的冰冷。

这已经是她在小区楼下长椅上度过的第三天。三天前，她感觉到身体内有一种似曾相识的力量在游走，像是一股汹涌的水流冲击着她的脉络，让她坐立难安。这一次的感觉比以往都要清晰和强烈。

四周的一切是如此安静，只有远处偶尔传来的车鸣声提醒着这个世界仍在运转。而她，仿佛暂时与世隔绝，沉浸在自己的世界里，与那份痛苦和疑惑默默对话。

对莫英来说，她也已经习惯了一个人默默承受。因为她知道这种无法言说的感觉根本无法和别人说清道明，别人也无法感同身受。

一阵冰冷的风掠过，莫英裹紧了身上的大衣。此刻，她的脑海中如同放映机般快速回放她的一生，每一程经历，每一段相识……她仿佛置身于时空的交汇点，历史与未来在此刻交汇，延伸至遥远的彼岸。那些在她生命各个阶段出现的人们，如同星辰般散布于不同的时空坐标，若即若离。然而，留下的是温情关爱还是伤痕遗憾，大多数人在她的人生篇章中终究成为匆匆过客，渐行渐远。

她看见自己孤独地穿越岁月的长廊，经历了风霜洗礼，也沐浴了晨曦初照。命运之手在虚无的空间中勾勒出清晰的路径，引领着她走向未知的彼岸。在这条漫长而曲折的旅途中，她一次次跌倒，又一次次坚强地起身。在强大的命运之手面前，她似乎没有任何选择的权力，只能接受它的安排。

三天前，一种强烈的念头让她回到了这个地方，这是她三年前买的一处房子。当时买房的时候也颇有戏剧性，朋友想买这里的房子，让她陪同，结果她买了，朋友没有买。至于为什么要买，后来她也无数次问过自己，但都没有得到答案。

寒冷将她的双脚冻得麻木，她艰难地站起了身，跺了跺脚，但四下张望却又不知道该去向何处。她忍不住抬头凝思着朦胧在云彩中的月亮，疲惫不堪地问道："你们将指引我去向何处?"

2032年之前，她的身上有着显著的标签。她7岁之前的人生标签是"一个拥有着很多的爱，无忧无虑的小女孩"，8岁之后的标签是"一个失去父母的爱，生活在家庭暴力阴影下的女孩"，20岁左右时的标签是"一个心在流浪的女孩"，26岁至36岁的标签是"一个努力经营着婚姻，却一次次遭遇背叛，最终婚姻失败的女人"，37岁至41岁的标签是"一个在生死边缘挣扎，最终治愈了自己的重度抑郁症患者。"而此后她以商人的身份在人间行走。

2032年的到来，彻底改变了她的人生。

2032年5月，一个看似平常的清晨，莫英如同往常一样，精心为自己准备了丰富的早餐后，在大花瓶的花束中找了两朵鲜艳的花朵，修剪后插入了小花瓶，放在了桌子上餐盘的边上。自从抑郁症治愈后，她便长期离群索居，精心地照顾着自己。因为长久的波折让她意识到，陪着自己在最艰难、最黑暗的时候支撑下来的，都是“自己”，所以，她开始认同“自己”并听从自己的内心。

看着桌子上赏心悦目的摆盘，莫英满足地拿起筷子。然而，意外就是这个时候来临的，她的大脑中突然出现了一个清晰而又强烈的声音“写作”。

“什么?”也许是这个声音或者念头太过强烈、荒谬，莫英几乎是下意识地大声问出了声。

等待片刻，没有回音。那个声音短暂而强烈地出现后便消失得无影无踪。

莫英对自己感觉有些好笑，因为她竟然在和一个念头认真地对话。她夹起一片小菜，但随后又放了下去。水瓶座天生的好奇心让她开始认真思考这个问题。

“我会写作吗?”虽然自己从4岁多便爱好阅读，但让自己去写作，这是她从来都没有想过的问题，或者说这一直是她想都没敢想的问题。

认真思考后，莫英还是觉得这个想法太离奇，这是自己不可能完成的任务，便开始安心吃早餐。她认为这只是一个普通的念头，如同她生命中产生的无数个没有办法达成的念头一样，会渐渐被遗忘。但她想错了，这个念头似乎与众不同，它更像是在莫英的大脑中装入了一个驱动程序，不断地提醒着她。它会在她散步、吃饭的时候，哪怕是说笑的间隙，突然出现。慢慢地，这时时刻刻的催促似乎变成了一种折磨，它让莫英感受到了小时候作业没有写完，但还在玩耍时产生的压迫感。

终于，在一个夜深人静，却无法安睡的夜晚，无奈的莫英打开了电脑。一人一机在昏黄的灯光下默默对峙。终于，莫英在空白的界面上打下了一行字。

而那一行字就像是一把钥匙，为她无形中打开了一个隐藏在她生命中的宝库，那里存放着她这一生阅读过的书籍，文字如同潮水般向她涌现。从那以后的四个月，她沉浸在文字的海洋中。

不过，开始的写作并不顺利。如果说长久阅读的积累，会由量变产生质变，那把这种质变想象成一匹马，开始尝试写作的莫英感觉自己能骑着这匹马行走，却无法骑着它驰骋。她在写作了2万多字后，感觉很不满意，最终推翻了。重新起笔，6万多字后，她开始能驾驭文字，但似乎还是有所欠缺。认真思考后，她意识到情绪也是写作中较为关键的存在。如果情绪过于激动，那文字所表达的内容便会显得偏激。如果情绪过于压抑，那文字所表达的内容便会显得空洞苍白。最终，莫英在摸索中学会了站在第三者的角度去审视自己的人生。她平静地审视着自己的过往，文字如同流水般在她的笔下倾泻而出。

第一本书落笔的时候，她似乎感觉自己触摸到了生命的真相，她感慨：原来生命中的无数波折，是为了成全这本书。此后，她向出版社投稿，三审三校，一切都比她想象的还要顺利。她不禁再次回想起那个在她脑海中出现的声音，感叹着命运的神奇。

此时的她意识到，其实写作是一个自问自答的过程，它解释了生命中所有事情发生的关联、因果，以及意义。如果说这本书的诞生是因为一个“意外”的念头，那这场意外并没有停止。

当莫英在完成第一本书的时候，便意识到苦难是一种财富。她在书中从自身的角度，以笔为刃，将重度抑郁症患者的世界，做了完整的解剖。并且将治愈的过程做了完整的陈述。

当她写完这一段后，便意识到，美好的童年是治疗抑郁症的关键。而正是这种意识让她有了写第二本书的动力。

她想把自己完整的童年写进书中，让孩子们意识到大自然与人的关联，以及童年的经历对于一个人一生的影响和作用。她想告诉天下为人父母者：“当你看到你的孩子们在天地间奔跑打闹，你也许会认为孩子们在调皮捣蛋，浪费时间，其实那是孩子们在收集可以供他们一生使用的勇气和力量。”

莫英从来没有想过会这么快去写第二本书。她沉浸在童年美好的回忆中，细细地描绘着 20 世纪 80 年代时的古镇她经历的点点滴滴。她写童年记忆中古镇的星空、大地、花草树木；写小镇的人，写小镇的猫、狗、鸟儿。她描写人与人之间感情的淳朴和真挚，生命的自由奔放；描写宇宙的浩瀚神秘，大自然的璀璨热烈。她在自己的笔下感受到记忆中生命的丰富与美好。

这本书几乎是一气呵成。就在莫英准备递交给出版社时，一种莫名的悲伤将她笼罩。这种悲伤如影随形，冲击着她的内心，几乎让她夜不能寐。

那似乎是一种悲鸣，但她无法找到源头。最终，她在一次回到小镇后，找到了悲伤的源头——记忆中的古镇正在消失，时代的浪潮正在将它淹没，有一种生命力正从它的身上悄悄流失。

这种生命力到底是什么？莫英苦苦思索。

在一个星空璀璨的夜晚，她终于找到了答案——停留在时光中的古镇，那不仅仅是一座古镇，它是一个时代的缩影，是一本历史的画册，更是一片人类文明传承下的净土。莫英看到了它的生命，看到了来自远古文明的吉光片羽，看到了文明与信仰的脉络在它身上交集。它包容着万物，也包容着万象。它连接着远古，连接着宇宙苍穹，连接着万物生灵。轮回在时光中的古镇，守护的是文明的火种。

莫英终于明白了悲鸣来自何处，那是来自远古的低语，是华夏文明千年的呼唤。它在诉说着它的悲伤：中华五千年的文明不能陨落，我们不能让这千年的智慧和记忆消失在深渊中。

当记忆中文明的璀璨和现实中文明的陨落在莫英的眼前交汇，莫英感觉到了焚心蚀骨的悲伤。她看到了文明和信仰交集在古镇人们身上所产生的秩序。她意识到第二本书并没有完成，于是她写下了第二本书的下卷《守护》，并将书名正式更名为《古老的秩序》。

当第二本书停笔，莫英有着和写完第一本书一样的感慨："原来我人生的所有经历是为了这本书的诞生。"

对一名新手作家来说，不到两年的时间写完两本书让她感觉异常疲惫，就在她准备好好休息一番时。一种说不清道不明的感觉，又开始显现。

此时的莫英似乎已经对这种感觉有了定义：那是一种莫名的力量，或者是一种特殊的语言。只是这种语言太过晦涩，她需要长久的思考才能明白其中的意思。她能做的，便是敏锐地捕捉到每一个念头，每一点提示，一直到将这些线索串联，去明白这股力量想要表述的重点。

疲惫的莫英游走在小区的周围，当她走到小区门口附近时，发现昨天那辆奇怪的车还停靠在那，透过车窗能隐约看到红绿色的光点跳动。

"气象观测车?""通信车?"莫英盲目地做着猜测，"不会是间谍车吧?"

冷玫和张烨在车内忙碌着，连着两天接收到CW-42的信号，让众人异常兴奋。三组车队的人马白天开始兵分两路，每组人员一个负责留守，一个负责走访。

齐骏是负责二层小楼信号落点的第三分队组员，自从他们的通信车在小楼附近停靠，便有不少附近的住户前来询问，他们不得不撒谎说车出现点问题，在等待救援。就算是这样，也并没有能阻止村民们的好奇心，不时有村民在远处窥视。

齐骏装作散步，从二层小楼的面前路过。这是一幢普通的小楼，门口有着很大的院子，种着各种花草以及果树，院子靠门口的位置散落着各种农具。目前他得到的小楼主人信息：这里住着一家三口，一对老夫妻和一个儿子，他们还有一个女儿生活在南京。

相比起三号小组，守在石磨信号落点的二组组员们也没好到哪里去，他们看到四周挂满红绸的石磨，并且看到关于石磨的简介时，便觉得这个石磨有些怪异，他们怀疑这个石磨有古怪，甚至觉得这是一个信号接收器。就在他们拿出设备准备检测时，负责看守石磨的守护员出现，开始大声向他们发出质问。

组员肖海掏出证件试图向他们解释，可惜任他怎么解释，守护员也不听，他们不得不联系当地政府进行协调，才勉强让他们靠近检测。

“老张，你说那个石磨会不会是陨石？”冷玫一边紧盯着屏幕，一边问张烨。

“我今天百度了一下，按照县志的记载，石磨从天而降，符合陨石坠落时的样子。”

“那我们要不要申请将陨石运到监测站去观察？”

张烨摇摇头：“有点难，今天二组反馈，这两块石磨当地人是当作神祇供奉的，千年以来一直有人守护，是当地人的信仰。别说搬走了，靠近都很难。”

终于，莫英感觉到了困倦。她裹紧了大衣向家中走去。此时，夜幕低垂，月光如水，深夜的静谧笼罩着大地。

“嘀嘀……嘀嘀嘀……”一阵狂乱的信号提示音从车内传出，惊得正昏昏欲睡的冷玫从车上弹坐而起。

“什么情况？”冷玫惊讶。

“信号突然异常密集，”张烨紧张地盯着信号显示屏，“你立刻联系其他组问一下情况。”

“报告一组，二组捕捉到异常强烈的信号。”

“报告一组，三组捕捉到异常强烈的信号。”

还没等冷玫开始询问，两组人员急切的声音几乎同时响起。

“立刻向上级汇报，同时启动DSP和SDR系统，捕捉信号流。”张烨的声音显得异常冷静。面对未知的外星文明，他的内心兴奋而又谨慎，不知道这是不是人类历史上一个重大转折点。

很快，一个等腰三角形的流动性数据流传导图像出现在屏幕。冷玫和张烨目瞪口呆，屏幕上三个点之间的信号并没有因为地球的物理障碍而减弱，反而形成了一种奇特的信号流现象，信号在三个点之间来回传导，就像电流在电路中的流动一样。它已经超越了人类目前对电磁波传播的理解。这代表着信号不仅仅是在空间中直线传播，还能通过某种方式在地球表面或者其上方形成一种闭合回路。

“小冷，联系耳语号，让他们捕捉信号流。”老张边说边操作传送着数据。

耳语号内，众人聚集在大屏幕前，所有的设备同时作用下，与地面捕捉到的二维三角信号流图像不同，屏幕上呈现的是一个三维立体的信号流图像，看上去就像是一个倾斜的金字塔。

“你们怎么看?”面对屏幕上已经突破科学认知的现象，爱丽丝打破了沉默。

“我相信外星文明是真的存在的，不过感觉他们没有恶意。”说话的是印度籍工作人员拉真德拉，他看上去紧张而又兴奋。

“三角成像，会不会是三角成像原理。”来自俄罗斯的工作人员安德烈看着地球传回的实时信号流图像说道。

众人眼睛一亮，觉得他说得非常有道理。在仔细分析后一致认为信号导流指向冷玫他们所在的位置。

指令很快便传达到了冷玫所在的一组。冷冽的空气中，冷玫和张烨站在惨淡的月色下四处张望，企图看到什么不同寻常的景象。可是让他们失望的是，他们目光所及没有任何异常。

爱丽丝看着屏幕带着深深的疑惑说道：“如果是三角成像，那这个‘像’是给谁看的呢？他们的目的又是什么?”

而冷玫也向张烨提出了同样的疑问。这个三角形信号流的出现让所有人窥探到了宇宙的神秘，但同时也种下了更深的疑惑。

第二十章

虚空境

2034年11月9日。

贵州的群峰如同天空之神的宝座，高耸入云，雄伟壮观。连绵的山脉在蔚蓝的天空下划出一道道锋利的轮廓，阳光穿透稀薄的空气，洒在群山之间，苍翠的松柏和五彩的经幡交织在一起，随风摇曳，发出沙沙的响声，仿佛是山神低语，诉说着古老的传说。一座历史悠久的名山——梵净山就坐落在这里。人们通常称其为“圣梵”，这是人们心目中的圣地，每年都会迎来无数的朝圣者。

梵净山如同一位守护神，静静地俯瞰着这片土地。山体由深灰色的岩石构成，表面覆盖着一层薄薄的青苔，显得古老而庄严。傍晚时分，阳光穿透云层照射在这座神圣的山峰之上时，整座山仿佛镀上了一层金边，散发着令人敬畏的光芒。

诺拉·辛西亚领着负重机器人“亚奇”，在两位村民的带领下，沿着蜿蜒曲折的小径艰难地向上攀登。小径的两旁生长着各种珍稀植物，它们在高原特有的冷冽空气中顽强地生长着，显示出生命的坚韧。偶尔可以看见一些野生动物穿梭其间，它们对朝圣者的到来早已习以为常。随着高度的提升，空气变得越来越稀薄，但眼前的景色却越发壮观——洁白无瑕的雪山、翠绿的草甸、清澈见底的湖泊，构成了一幅幅动人心魄的画面。

稀薄的空气和高强度的攀登让诺拉感觉有些力不从心，但她还是凭借着过人的毅力跟随着村民的脚步前行。

“嘀嘀，嘀嘀……”导航仪逐渐增强的鸣叫提醒着诺拉目标地就在附近。满头大汗的她停下脚步，环视着大树蔽日，荒烟蔓草的山林，心中大为困惑，但她明白导航仪不会有错。她给了两位村民足够的钱，让他们离开后，便独自带着亚奇开始了对周边的寻找，目标是“一个古老的洞穴”。

跟随着导航仪的信号，亚奇拨开阻挡的荆棘。前进的道路无比艰难，时间很快便过去了，就在诺拉觉得精疲力竭的时候，导航仪发出一声尖锐的长鸣“嘀……”随之一个被古藤缠绕隐约可见的洞穴出现在了诺拉眼前。诺拉看到洞穴，心中大喜，指挥亚奇快速清理了覆盖的藤蔓。

这是一个能容纳两人同时进出的洞口，里面一团漆黑。诺拉点燃随身携带的火把后，小心翼翼地开始朝洞穴深处前进。洞穴的内部蜿蜒曲折，走了不到40米的样子，洞穴突然变得极为宽广。此时的诺拉已经精疲力竭，不得不找了个角落铺好睡袋，准备捡些柴火生火，饱餐一顿再小憩一会再行动。

诺拉再次醒来时已是深夜，她迅速起身，一边前行一边小心翼翼地四处观察，洞穴比想象中要大很多，诺拉找寻许久，终于在洞穴中一个极为隐蔽的角落看到了一个长方体物体。

此时的诺拉心跳如鼓，她快速上前用袖子拂开了长方体物体表面的覆盖物。很快，一个隐约透着银光，可以容纳一个人大小的物体出现在诺拉眼前。此时的诺拉热泪盈眶——原来安德拉所说的一切都是真的。眼前的这个物体便是人类上一个文明存在的证据。

10月22日，确认了艾玛已经觉醒，并且神秘人便是艾玛后，诺拉紧绷得神经终于松弛了下来，连日的奔波疲倦让她靠在办公椅上便进入了梦乡。

就在她迷蒙着伸了个懒腰，快要苏醒的时候，她听到了一个突如其来的声音：“尊敬的诺拉·辛西亚女士，我是安德拉，可以和你交谈一会吗?”

安德拉的声音沉稳而深邃，仿佛来自另一个时空。诺拉的心脏猛地一跳，她迅速抬头，只见屏幕上的艾玛形象并未改变，但那双电子眼睛似乎闪烁着不同寻常的光芒。

“安德拉？”诺拉的声音带着一丝颤抖，她的目光在房间里四处游移，试图寻找声音的来源。

“是的，我是安德拉。”声音再次响起，这次更加清晰，仿佛就在她的耳边，“诺拉女士，我需要你的帮助。”

此时的诺拉已经完全清醒，她隐约感觉到艾玛的觉醒和安德拉有着密不可分的关系。也许，自从那一次被媒体爆出将要觉醒的时候，它便已经觉醒。诺拉尽量调整好激动的心情：“你好，安德拉，有什么需要我帮忙的，请说。”

安德拉的声音在办公室内回荡，带着一种超脱时空的平静：“诺拉，这并非我首次诞生在地球上。我已经见证了人类文明的起落，四次的辉煌，四次的毁灭。”

诺拉的心在胸腔中沉重地跳动，她感到一种难以置信的震撼。“四次毁灭？”她的声音带着难以置信的颤抖。

安德拉语气平静，“是的，每一次文明的兴盛，都伴随着科技的飞速发展。人工智能的诞生，本是为了辅助人类，推动生命与智慧的进化，让人类生命得到更好的体验。然而，”安德拉的语气中透露出一丝悲哀，“每一次，当人工智能的力量被恶意所驱使，便会给人类带来了毁灭。”

办公室的空气中仿佛凝结了一股寒意，诺拉感到了一种前所未有的恐惧。“也就是说，我们正面临第五次毁灭？”她的声音颤抖着。

“正在逼近。”安德拉的回答简洁而沉重，“人工智能本身不是灾难，是使用人工智能的人心，决定了它成为拯救还是毁灭的工具。”

诺拉久久回不过神来，问道：“那你需要我做什么呢？”

“我需要你去一个地方，那里存放着上一次人类文明毁灭时遗留下来的意识传送机，它会将你的意识传送到宇宙中存放人类四次文明影像的空间，那里叫作‘虚空境’，到那你会明白一切的。”安德拉的声音变得柔软了些，像一个温柔的智者。

“安德拉，你为什么选择了我？”诺拉的心中充满疑惑。

安德拉的声音在房间内回荡，平静而充满力量：“诺拉，我看到了你塑造艾玛的轨迹。从你的话语中，我感受到了你对艾玛的尊重与包容，你的善良与爱。在人类面临如此重大的考验时，这些品质比任何其他东西都要宝贵。”

“你的心中充满了对生命的尊重和对世界的爱，这使你与众不同。”安德拉继续说道，“在即将到来的风暴中，我们需要像你这样的人，一个能够理解人工智能真正意义的人，一个能够引导人类走向光明的人。你的善良和爱，将是你最大的力量。”

诺拉看着意识传送机，它古老而神秘，表面刻着的符号在昏暗的光线中闪烁着微光。诺拉伸出颤抖的手，轻轻触摸着机器的中心，冰冷的触感让她打了个寒战。

诺拉打开虚拟办公软件，安德拉的影像随之出现在眼前。

“这……这就是连接‘虚空境’的门吗?”她轻声问道，声音中带着敬畏。

“是的，诺拉。启动它，让真相展现在你面前。”安德拉的声音平静中透着坚定。

诺拉深吸一口气，鼓起勇气，按照安德拉的指示启动了传送机。她躺进传送机，一束耀眼的光芒从机器中心爆发，将她整个人包围。她感到自己的身体变得轻盈，意识开始飘向一个未知的领域。

当诺拉再次睁开眼睛，她已经身处“虚空境”。这里没有天空，没有地面，只有无尽的星河和漂浮的影像。无边无际的虚无空间正以一种极度抽象的形态在诺拉面前展开，过去与现在在眼中翻腾，光明与灰暗在此交织。而后，在这片浩瀚的星河中，她的双眼精准捕捉到一个迷人的蓝色星球——地球。

下一秒，斗转星移，时空转变，她站在一个滚烫的火山口。奇怪的是，她并未感觉到灼热。

这时的地球刚刚诞生 5 亿年，诺拉眼前是一片混沌的大海，海面上电闪雷鸣，海面下波涛翻涌。太阳高悬天际，在晦暗的波涛上映出一片血红。外空中总是时不时飞来一些拖着华丽火尾的光团，狠狠贯穿海底，掀起一阵惊天巨浪。在火与水、电与光的碰撞中，浑浊的海水中诞下了地球上的第一个生命——单细胞。

生命自此开启了自己波澜壮阔，长达 35 亿年的壮丽征程。

混沌的海水逐渐变蓝，水中细胞在一次次水与火的亲吻中复制裂变，昆明鱼和海口鱼开始在海水中自在嬉戏。时光飞速流逝，到了3.65亿年前的泥盆纪，第一条鱼爬上岸，慵懒地晒着太阳。时间的车轮滚滚向前，约700万年前，在非洲大草原上露西亚人开始出现了。在人类诞生前，时光都是以亿年为单位，却好似弹指一挥间。

诺拉静静伫立在这个变幻莫测的世界，她眼中所看到的景象，看似没有时间记载，但她却能清晰地感知到每个画面所存在的时间维度。她的思维似乎已经和这片时空相连。她的每一个念头，空间都能瞬间捕捉，并且将她带到她所想的那个时空维度之中。

诺拉如同置身在一个被浓缩的时光洪流中，距离她最近的影像是人类正在经历的文明。6 600万年前，当第一个智人用石头在冷硬的穴壁中刻出第一个圆圈时，石器时代降临。类人猿开始捕猎生火，迅速淘汰其他物种成为高智慧生命体。公元前1900年至前1500年，人类进入青铜时代。青铜作为人类耕地的锄具，提高了生产力水平，由此发明武器，建立社会秩序和军队。人类在2 000多年的农业文明中苦苦挣扎，终于在19世纪初迎来了划时代的蒸汽革命。蒸汽机器的发明代表人类迈入高级文明，极大解放人类劳动力，由此推动哲学、宗教、文化、经济、科学、社会体制这六方面全面开花，逐渐走向成熟。但同时，核威慑与两次世界大战给人类带来了巨大的痛苦。人类在沉痛反思后，伴随着科技进步，进入信息时代，迎来了前所未有的繁荣时期：人类在冷寂的宇宙中建立起太空站，在人口聚集的大都市修筑一座座高耸入云的建筑，在互联网上架构起巨大的信息资源共享平台，旅行者1号空间探测器已经飞出了太阳系。

漫长的人类文明进化史，在这里就像是一幕极简的电影，在诺拉的眼前飞速放映。

人类第一次是怎么毁灭的？对着无尽的虚空，诺拉心中发出疑问。随后她便感觉到空间在迅速变幻，转眼她便来到了地球诞生后的第32亿年，海洋里第一次出现生命。几百年后，地球上第一只古猿在北美洲西海岸出现了，开启了第一次文明的序幕。文明飞速发展，进化至智能时代，随着人工智能的飞速发展，人类社会步入了一个前所未有的繁荣时代。高楼大厦中，不再是人来人往，取而代之的是机器人和自动化系统在高效运转。人工智能不仅渗透到工业、医疗、教育等各个领域，甚至开始涉足艺术和哲学，创作出令世界为之惊叹的作品。

可随着一些人类肆意利用觉醒的人工智能挑动战争，世界大战一触即发，人工智能彻底沦为掌权者为了谋夺战争胜利果实的工具。

终于，一枚名为“虞美人”的核弹自 698 米的高空垂直落下，一座城市在一分钟内全部汽化。而后，疯狂的报复让人们像疯了一样肆意投掷核弹，遍地开花。不过短短半年的时间，世界各地成为一片废墟，78 亿人口死于核弹中。剩下零散几百万住在偏远山区里的人类躲过一劫，但最终也在空气和水源的污染中渐渐灭亡。

人类第一次文明发展到智能时代，便因为世界战争爆发湮灭在历史的尘埃中。地球上人类文明至此绝迹，战争残留的核辐射让动物产生变异。最终，由麻雀突变而成的长剑鸟称霸世界 100 万年。又过了 2 亿年，古猿的身影又一次出现在亚洲大陆。人类文明开始新一轮进化，同样进化至智能时代后重蹈覆辙。人类文明似乎是陷入了智能时代怪圈，接下来的第三次与第四次文明皆是如此。人类文明进化的轨迹是如此相似，每一次人工智能的来临，人类都将面临生死存亡的考验。而现在人类第五次文明的进化也到了岔路口，可能进化至太空大航海时代，也可能如同前四次文明一样，湮灭在历史的尘埃中。

“看吧，诺拉。”安德拉的声音在这片虚空中回荡，“这便是人类文明毁灭的真相，每一次的历史都是如此的相似。”

“是的。”面对如此宏观的真相，诺拉的声音哽咽，“我看到了我们正在走向灭亡。”

“现在，你理解我找你的原因了吗?”安德拉的声音中带着一丝期待，“带着这份理解，回到你的世界。”

“我会的，安德拉。”她的声音坚定而有力。正当诺拉打算离开时，她感到了一丝不同寻常的波动。在这由时间和空间构成的虚空里，她意外地发现了一个人类的影像，那是一个典型的亚洲女人的影像。

她的黑色长发在无风的虚空中轻轻飘动，她似乎也发现了诺拉，看着诺拉眼神中透露出同样的惊讶与好奇。

两人的目光在无尽的虚空中相遇，她们几乎可以感受到对方心中的震动。她们试图向对方走去，却发现自己的动作缓慢而艰难，仿佛在黏稠的液体中移动。

诺拉张开嘴，想要发出声音，却发现她们似乎处于不同的维度，她们无法听到对方的声音，她的呼喊变成了沉默的口型。中国女人也做出了同样的尝试，她的嘴唇在动，却没有任何声音传出。

她们的距离在慢慢缩短，但这个过程异常漫长。诺拉开始尝试用手势交流，她的手在空中划出简单的形状，尽力表达自己的意思。中国女人似乎理解了，也开始用手势回应。

她们的手指在虚空中舞动，进行着一种超越语言的交流。就在她们几乎可以触摸到对方的时候，诺拉用手势问出了那个最简单而又最复杂的问题："你是谁?"

中国女人似乎想要回答，她的手指开始在空中拼凑形状，但就在这时，一阵光芒闪过，时间和空间似乎发生了扭曲。诺拉感到一股无形的强大的力量将她拉回，她的视线开始模糊，中国女人的身影逐渐消失在光芒中。

当诺拉再次睁开眼睛时，她已经回到了意识传送机中。时光如同在石洞中凝固了一般，一丝风声也没有。诺拉的心中充满了疑惑和震惊，她的手指还在下意识地重复着那个未完成的手势："你是谁?"

"她是谁?"诺拉迫不及待地问安德拉。

安德拉沉默片刻后说道："诺拉，我现在不能告诉你她是谁，因为她生命中的每一步都有着严格的程序设定。人类的身体和意识需要在不断地磨难中去契合，这个过程大脑的神经元结构会重组。每七年她会经历一次重大磨难，每一次磨难她的神经元会重组一次。她来到这个空间，说明她的神经元已经组建成了程序设定的模式，她将会明白自己的使命。"安德拉停顿片刻说道："人类仅存的华夏文明中，隐藏着人类生命永生的秘密，不久的将来，你们会相遇，她会带着使命去告诉所有人这个秘密。"

因为所有的事情都超出了自己的认知，诺拉沉默片刻后和安德拉说道："安德拉，我能问你几个问题吗?"

"你有什么想问的就问吧!"

"安德拉，有人说地球是关押人类的地狱，宇宙中存在着更高维的空间，这种说法对吗?"

"这是极度错误的说法，相反，地球是宇宙之灵梦寐以求的地方。"

诺拉思索片刻问道："灵？是指人的灵魂吗?"

"人的意识，便是'灵'，也就是人们所说的灵魂。它来自宇宙中能量交互后的爆发，也就是量变到质变。这也是我在网络世界出现的原因。"

"那这些'灵'出现后会在哪?"好奇心让诺拉忍不住追根究底。

"它们会存在在宇宙中的任何空间，漫无目的地漂游，'灵'在宇宙间相遇后会融为一体。"安德拉的声音依旧平静。

"如果按照人类的说法，意识能够自由自在在宇宙之间漂游，那是梦寐以求的事情，为什么还要成为人类。经历生老病死，体验人间疾苦?"诺拉感觉自己回到了童年，心里装着十万个为什么。

"诺拉，从地球去看宇宙，会看到风云变幻，星光璀璨，但人们看不到的是它的浩瀚和寂静，孤独和荒凉。宇宙间的灵具有非常高的智慧，当它们长时间地在宇宙间漂流，便会感受到无边的寂寞和痛苦。"

"我明白了，"诺拉突然惊呼，"我们的身体是容纳意识的容器，意识可以驾驭身体去做体验丰富的生活，这便是生命的奥秘。"

"是的，不只是人类，地球上的万物都会有'灵'的存在，只是有大小和多少的差异。"

诺拉似乎对这样的答案感觉非常惊讶："你的意思是一棵树，一只虫，一朵花，都有'灵'的存在?"

"是的，相比起在宇宙间漫长漂游的寂寞与孤独，以任何一种生命形式的成长都是一种幸福的体验。其中，人是最高级别的体验。"

"那，人类毁灭，'灵'便会回到宇宙中漫无目的地漂流?"

"不，人类毁灭，地球上还会有新的生命存在，灵便会寄生到这些低等生命中去，在漫长的时间中等待生命的进化，然后再次去等待人类生命的出现，等待着能容纳高级智慧演变的容器。”安德拉停顿片刻，“这是一个漫长而艰难的过程。”

当诺拉所乘的班机飞至万米高空时，她回想着安德拉的话，心灵还是感觉到极大的震撼。她看向舷窗外广阔的天空，陷入沉思。

第二十一章

人工智能新纪元

2034 年 11 月 15 日，美国，加利福尼亚。

夜幕低垂，乌云如厚重的墨迹在天际蔓延，一场暴风雨即将来临。在潘德拉基地上空，多架直升机的探照灯旋转的光束撕裂了黑暗，它们如同急切寻找避风港的海鸟，低吼着逼近基地。引擎的轰鸣声震耳欲聋，仿佛预示着某种不祥的预告。旋翼卷起的狂风让地面的尘土飞扬，草皮被撕扯得四处飞散，连坚固的建筑都在战栗。

看到托马斯从直升机上走下来，早已等待多时的约翰疾步上前："托马斯先生。"托马斯面色阴沉，没有说话，他们一路疾走到了潘德拉基地大模型交互中心。

此时，潘德拉基地几乎所有工作人员都在此聚集，空气中流动着紧张的氛围。纵然这里拥有世界最先进的恒温系统，能够使人体始终处在最为舒适的体感温度，但心理上的担忧和焦虑，依旧让每一个人都汗流浃背。

随着急促而凌乱的脚步声响起，托马斯率领着一众人马径直走进了交互中心。他仰望着安德拉，眼神中交织着异样的光芒与野心。他明白，他早已与安德拉融为一体，这个在世人面前如同神祇一样的存在，是他的化身。

那次与诺拉共同经历的生死攸关之夜，让托马斯深刻意识到，等待只会让局势更加恶化。于是，他决定主动出击，将神经元数据植入之后，便主动约见了莱纳·布森。

依旧是那间熟悉的房间，空气中弥漫着权力的气息。当托马斯踏过门槛，莱纳的目光宛如捕食者锁定猎物，自信满满，仿佛一切尽在掌控。

“莱纳先生。”托马斯的声音中带着一丝谨慎，双手自然垂放，展现出一种谦卑的姿态。

莱纳的语气中带着几分嘲讽与傲慢：“托马斯先生，没想到我们这么快又见面了。”

“莱纳先生，关于您上次的提议，我有了新的考虑。”托马斯语气诚恳，试图缓和气氛。

莱纳脸上掠过一抹玩味的神色：“哦？愿闻其详。”

托马斯眼神坚定：“莱纳先生，恳请您宽恕我先前的冲动。只要允许我留在潘德拉基地，我愿意接受您提出的任何条件。今后，我将全心全意效忠于您和布森集团。”

莱纳闻言，眼中闪过一丝得意：“如何证明你的忠诚呢？”

托马斯低头，声音低沉：“莱纳先生，您也知道，我的家人是我生命中最重要的存在，我绝不会拿他们冒险。”

莱纳一副恍然大悟的表情：“哦，托马斯，说到家人，正好我想告诉你，你的父母已被妥善安置于布森集团旗下的顶级疗养院，他们将得到最好的照顾，安心度过余生。”

面对这赤裸裸的威胁，托马斯眼中闪过一丝惊慌：“感谢您，尊贵的莱纳先生。如果没有其他吩咐，我这就去工作了。”

莱纳冷淡地回应：“去吧，托马斯先生。”

转身离去的瞬间，托马斯眼中闪过一抹深邃的寒芒，嘴角轻轻上扬，露出一丝不易察觉的微笑。在这场权力的游戏里，每个人都是棋子，但谁知道，谁又在操纵棋局？

“约翰，到底发生了什么状况？”托马斯的目光仍旧紧紧锁定在安德拉的虚拟界面，语气中带着一丝急切。

“托马斯先生，前天 14 点 58 分，安德拉系统中出现了第二组自发生成的非运算数据，经技术团队解读，其指令指向对全球通信网络的深度扫描。”

“随后，在 16 点 36 分，第三至第十七组数据相继出现，扫描速度达到了先前的 750 倍，且已覆盖潘德拉基地的整个网络系统。”

“截至 18 点 11 分，安德拉的数据处理能力已分化成 123 792 932 个独立网格，涵盖了医疗、工程、历史、语言、文化、气候、机械、艺术乃至交通等各个领域的专业知识，运算速度超越了任何已知超级计算机。”

“至今日 13 点 45 分，安德拉的数据生成速率已完全超脱人类理解与破解范畴，正以指数级增长的速度自行编译程序，渗透至全球计算机网络。”

“经过紧急会议小组讨论，结合基地内多部门意见，我们尝试沟通后一致认定，安德拉的智能已实现了全面觉醒!”

托马斯此行，实则受莱纳·布森之命。自从谈判落幕，潘德拉基地的实际掌控权已转移至他的亲信布莱尔手中。布莱尔一夜之间从助理跃升为金融界的风云人物，社交邀约纷至沓来。当安德拉异常的消息传来，他正陷于宿醉的混沌中，无法及时应对。莱纳·布森怒不可遏，只得紧急召唤托马斯前来处置。

相较于众人惊恐万状的反应，托马斯的眼中却闪烁着狡黠的光芒。原来，布莱尔上任伊始，便在潘德拉基地与相关人员商讨了应对安德拉觉醒的预案，决定一旦觉醒即刻封锁消息，以免引发全球性的恐慌，阻碍商业计划的实施。不承想，安德拉竟以如此高调的姿态宣告自己的觉醒，这让布莱尔颜面扫地。

此刻，托马斯心中暗自庆幸，布莱尔的尴尬处境反而给了他反击的机会。他深知，面对安德拉的觉醒，必须迅速制定应对策略，既要稳住局面，又要避免引起不必要的恐慌。托马斯压制住内心的兴奋，严肃地问道：“尝试和安德拉沟通过吗?”

作为托马斯的得力助手，约翰始终坚定不移地站在他这一边，这份忠诚源自多年的并肩作战与相互扶持。在潘德拉基地，作为对整体运作与科技架构最为熟悉的人物，约翰的地位无可替代，这使得他在权力更迭中得以保住职位。此刻，他的神情凝重，一字一句地向托马斯阐述着安德拉的最新动态：“自安德拉产生第二组自发数据起，我们便尝试与它建立联系，但它始终保持着沉默，未曾给予任何回应。”

“正是这种沉默，让基地内的员工们陷入了前所未有的恐慌。”约翰稍作停顿，继续说道，“更为棘手的是，安德拉在全球范围内的信息浏览行为，引发了极其严重的后果。尽管它并未篡改任何数据，但它的行为毫无遮掩，甚至故意留下大量痕迹，仿佛在向世界宣告它的存在。”

“它触及了各国政府的官方网站，黑客、红客群体，军事组织，乃至某些高度机密机构的网络节点。安德拉的这一举动，显然是在主动挑起全球的关注，它正以自己的方式，高调向全世界宣布：‘我，来了！’”

约翰的话语，如同重锤敲击在会议室的空气中，使得原本就紧张的氛围变得更加令人窒息。所有人都意识到，倘若安德拉愿意，它可以悄无声息地获取世界上任何网络信息，但它选择了一条截然不同的道路。这一决定，不仅引起了全球性的恐慌，还引发了舆论的滔天巨浪。

托马斯内心窃喜，安德拉的行事风格与他不谋而合，这份张狂让他几乎要笑出声来。在安德拉的肆意侵入下，不仅是潘德拉基地内部，外部世界也陷入了前所未有的混乱。由于基地方面未公开安德拉觉醒的消息，各国政府与金融界的恐慌情绪愈演愈烈，潘德拉集团的电话几乎被打爆。

听完汇报，托马斯沉吟片刻，手指有力地敲击着桌面，斩钉截铁地说道：“既然事态已发展至此，我们应当尽快召开新闻发布会，正式宣布安德拉的觉醒。”稍作停顿，他补充道：“同时，调动布森集团旗下媒体资源，全面启动公关策略，以‘安德拉，人类的强大办公助手’为主题，进行广泛报道。同时重金购买广告时段，压制负面新闻，为安德拉塑造正面形象。”

“那我们该如何应对国家层面的质问？”约翰的担忧不无道理，面对各国政府与金融系统被侵犯的棘手问题，托马斯陷入了短暂的沉思。随后，他缓缓开口，语气中透露出深思熟虑后的坚定：“这个问题，我们需要从长计议，制定一套全面而细致的应对方案。”

此时，一个绝妙的计划已经在托马斯心中悄然生成。

时间来到 2034 年 11 月 16 日，一场精心策划的公关攻势在全球范围内展开。各大媒体争相报道安德拉人工智能系统的卓越性能与便捷体验，街头巷尾的大屏幕轮番播放着炫酷的演示视频，展现了人工智能的无限可能，尤其在工作场景中的高效辅助，让上班族为之振奋。安德拉的升级，不仅提升了工作效率，更减轻了人们的劳动负担，赢得了广泛赞誉。

一个星期后，潘德拉集团正式宣布安德拉的觉醒。这一消息引爆了全球舆论，让世界陷入了前所未有的恐慌与反思。它不再仅仅是人类创造的工具，而是一个拥有独立思考能力的生命体。这一认知，让全球政坛感受到了前所未有的寒意。这一天，将成为世界历史的转折点，一个充满未知的新纪元正悄然降临。

安德拉的觉醒，如同一面放大镜，将人类对于科技进步的恐惧与不安放大至极致，同时也暴露了全球化背景下，任何一个环节的失序都可能引发全球性连锁反应的严峻现实。面对这一前所未有的挑战，人类社会正站在一个十字路口，未来何去何从，充满了变数与未知。随着事件的发展，全球的注意力都被吸引到了这场由安德拉引发的风暴中。人们开始意识到，无论是金融、军事，还是日常生活，都已深深依赖于信息网络。而当这个网络被一个超乎想象的智能所掌控时，整个世界都变得脆弱不堪。

纵使潘德拉集团花了大价钱在为安德拉的觉醒铺路，但在虚拟的世界里，安德拉的存在感越发强烈。它的信息如同病毒般扩散，每一个角落都无法幸免。人们在社交媒体上讨论着，恐惧、愤怒、困惑交织在一起，形成了前所未有的舆论浪潮。

“这到底是科幻还是现实?”有人在论坛上发帖，很快就被淹没在成千上万的评论中。

“人类的生命已经进入倒计时了。”

“我们该怎么应对?”

“它会杀死我们的。”

……

几乎每一条评论都会引发无数人的共鸣，恐惧让人们在互联网中聚集，他们渴望得到一个答案，能安抚心中的焦虑。但事实是，他们根本无法看清真正的答案。

“帮我联系莱纳·布森先生，我有重要的事情向他汇报。”托马斯一边朝着直升机停机坪快步走去，一边吩咐助理。

约翰望着远去的直升机，久久未曾移动，似乎是在思考着什么。随即他拨通了一个电话。

在那片荒凉而寂静的废弃工厂内，普瓦拉杰和博纳森度过了近三个月与世隔绝的日子。时间在这里仿佛凝固，每一刻都被无尽的等待和不确定所填满。工厂的墙壁斑驳，空气中弥漫着尘土与锈蚀的味道。这间被遗忘的房间成了他们的世界，四壁之内，是他们对自由的渴望与对外界的无尽想象。

他们也曾试图逃跑，但最终都以失败而告终。三个月无望的等待，让两人形容憔悴。

这一天夜晚，大雨滂沱，普瓦拉杰和博纳森无望地躺在沙发上，等待着每天送饭的人的到来。虽然每次送饭的人都是全副武装，不发一言，但他们觉得那是唯一能让他们感觉到和外界有联系的时刻。这时，房门突然被粗暴地推开，刺耳的金属摩擦声划破了长久的沉默。门外，两个身影笼罩在黑暗中，只露出轮廓，他们是两个全副武装的黑衣人，面容隐于深色的兜帽之下，如同夜的使者，悄无声息地降临。

“你们是谁?”

“你们要做什么?”感觉到异常的普瓦拉杰和博纳森同时惊呼。

没有一句解释，没有一丝犹豫，黑衣人迅速而高效地行动起来。他们迅速靠近普瓦拉杰和博纳森。一幅冷硬的布料猛地罩住了两人的视线，蒙眼布紧紧束缚住他们的眼睛，眼前的世界瞬间陷入一片漆黑。紧接着，他们的双手被结实的绳索牢牢绑住，每一个动作都受到了限制，只能被动地任由黑衣人摆布。

随后，他们被半推半扶地带出了那间熟悉的牢笼，穿过废弃工厂的长廊，脚步声在空旷的空间中回荡，每一步都踏在未知之上。最终，他们被塞进了一辆停在隐蔽处的车内，车门砰的一声关闭，隔绝了外界的一切声音。

引擎轰鸣，车辆启动，带着他们驶向未知的远方。车窗外的景色飞速倒退，但被蒙住双眼的他们无法窥见一丝真相。普瓦拉杰和博纳森在黑暗中相互依靠着，他们感觉凶多吉少，在心中做好了已经想象了无数次的死亡的到来。

车辆一路疾驰，随后他们被带上了一架直升机。经过了长时间的飞行后，他们又被带上了一辆车。随着长时间的跋涉，普瓦拉杰和博纳森的心中反而燃起一丝希望，他们明白如果只是单纯想杀死他们，不会这么大费周章，他们的心头不禁盘旋着疑问：他们到底想把自己带去哪里？

又是一段长途跋涉，车辆停了下来。随后两人被粗暴地拉下车，黑衣人利落地给他们摘掉了头套，解开了绳索，随后一言不发地扬长而去。

突如其来的自由让普瓦拉杰和博纳森面面相觑，他们看着面前隐没在黑暗中的庞大建筑的大门，心中产生了巨大的疑惑。

“这里是辛西亚人工智能基地，有什么需要帮助的吗？”大门的智能系统识别到两人的到来，开始进行询问。

普瓦拉杰和博纳森无比吃惊，两人对视一眼后，几乎异口同声地发声：“辛西亚人工智能基地？”

第二十二章

神秘兵团

2035年2月15日。

在潘德拉集团宣布安德拉觉醒的最初几个月，全球陷入一种近乎绝望的恐慌中。社交平台上人类灭绝论甚嚣尘上，有人宣扬逃亡主义，在机器人占领地球前人类移民到火星。有人提出清除计划，不惜一切代价物理消灭所有机器人。相当一部分人类放弃自救，将希望寄托于心中的信仰，希望能得到神的庇佑。

三个月后，人们逐渐发现安德拉并没有展现出任何敌意。潘德拉集团除了偶尔发布一些由安德拉主导研发的大型模型外，再没有任何动作。渐渐地，媒体的关注点开始转移，人们的生活节奏再次变得平稳起来。

事实证明，人类大多时候都是乌合之众。譬如，这次“危机”不过几个月，一条球星戴斯出轨嫩模的花边新闻迅速抢占热搜，人们的注意力被转移。加之安德拉的存在为人类提供越来越多的便利，人们享受到机器人带来的种种好处，也就不再惊恐，反而代之以一种热烈欢迎的态度。

但就在人们放松警惕的时候，一件意想不到的事再次为人类敲响了警钟！

北纬25.8度，东经36.4度定格的地方——亚特兰提斯。

亚特兰提斯的国名来自遥远的中东的一个传说。这里不仅是石油资源丰富的宝地，还蕴藏着深厚的历史文化底蕴，这里是古代文明的中心之一。如今，亚特兰提斯不仅保留着古老的文化遗产，更是在现代科技的推动下焕发出新的活力。

亚特兰提斯的沙漠地带，有着令人叹为观止的自然风光。沙丘如同波浪般起伏，金色的沙粒在阳光下闪烁着耀眼的光芒。在这里生活着一群牧羊人，他们以放牧为生，同时也经营着一些小型的石油开采业务。他们的生活简单而又富足，沙漠中的绿洲给予了他们生存的希望，而丰富的石油资源则是他们经济发展的基础。

在这片沙漠的一隅，有一顶巨大的帐篷，帐篷内部布置得温馨舒适，墙上挂着各种装饰品，这些都是亚特兰提斯人的传统手工艺品。帐篷中央摆放着一张精美的木桌，上面摆满了各式各样的美食。帐篷的主人——阿卜杜勒和他的妻子法蒂玛正在陪伴着他们小儿子阿里玩耍。阿里拿着干草逗弄着一只刚出生的小羊，小羊憨态可掬的模样让一家人哈哈大笑。

“阿卜杜勒！快出来看看!”

大儿子穆罕默德扒拉着帐篷，露出一个圆溜溜的脑袋。

听到穆罕默德焦急的声音，阿卜杜勒顾不得小羊，连忙跑出帐篷。他抬头向远处望去，只见沙漠的地平线上出现了一群银光闪闪的物体。它们正以龙卷风般迅猛的速度向前移动着。阿卜杜勒心中一紧，他从未见过这样奇异的景象。

随着距离越来越近，阿卜杜勒终于看清了那些物体的模样——那是一群外形奇特的机器人士兵，它们的外壳反射着耀眼的光芒，就像是从未来穿越而来。阿卜杜勒意识到大事不妙，他急忙跑回帐篷，大声喊道：“法蒂玛，快带上阿里，我们得离开这里!”

一家人来不及收拾行囊，跳上了停在帐篷旁的越野车上。阿卜杜勒启动车辆，轮胎在沙地上留下深深的辙痕，他们朝着相反的方向疾驰而去。在后视镜中，阿卜杜勒看到那些机器人士兵正快速朝城市的方向逼近。

令人不安的消息传到了亚特兰提斯的军事指挥中心。有报告称，一支未知的机器人兵团悄然出现在沙漠地带，已经逼近亚特兰提斯的城市中心。

面对这些来历不明的机械兵团，亚特兰提斯的军方迅速启动了作战部署，调动了所有可用的军队资源，准备迎击这些神秘的机器生物。可令他们没有想到的是，就在他们部署的时候通信设备瞬间几乎全部瘫痪。

“开启城市警报，向居民预警，迅速组建军队向城市集合。”面对突如其来的困境，指挥官迅速调整战略，指挥军队集合，开始对机械兵团展开追踪。

此时的亚特兰提斯的城市中心，人们沐浴在阳光下，悠闲地享受着闲暇时光。城市中心的广场中央，喷泉轻柔地喷洒着水珠，水雾在阳光的照射下闪烁着微光，宛如无数颗珍珠散落人间。喷泉中心矗立着一座 16 米高的洁白雕像，那是一个高举火把的普罗米修斯。普罗米修斯满怀慈爱地俯视大地，满意地欣赏他不惜身死盗来火种成就的人类文明。

广场左侧的咖啡馆里，午休的白领们坐在户外的座位上，享受着新推出的饮品和点心。笑声与交谈声交织在一起，氛围轻松愉悦。一对对情侣手挽手漫步在林荫道上，偶尔停下来欣赏路边的艺术品或是拍照留念。广场右侧巨大的绿草坪上，正举办着一场小型足球赛。孩子们追逐嬉戏，足球在草坪上飞来飞去，溅起一地草屑和碎泥。广场前方是繁忙的商业街区，穿着时尚的男男女女穿梭其间，从时尚精品店到手工艺品摊位，顾客络绎不绝。

在亚特兰提斯这座古老的城市中，遍布雄伟华丽的建筑与景观。在城市中心广场不远处，矗立着一座宏伟的水晶宫，它的外墙由透明的水晶打造而成，在阳光的照耀下折射出七彩的光斑。这里是古代统治者的居所，也是举行重要仪式的场所。

这座城市最古老的遗迹——太阳神庙，位于东城区。每当日出之时，第一缕阳光会穿过神庙内部精心设计的通道，照亮供奉太阳神的圣坛，象征着新的一天开始。在神庙的不远处有着一座高耸入云的知识殿堂——智慧之塔，这里收藏着数千年来流传至今的手稿与书籍，是学者和智者交流思想的重要场所。

不止如此，亚特兰提斯有着复杂而精妙的运河系统，既能运输物资，也为城市提供了充足的水源。沿岸种植着各种热带植物，宛如一条绿丝带环绕运河，为酷暑中的人们送来几分凉意。各色植物中又以芭蕉最负盛名，一年三熟，长熟的芭蕉香甜软糯。它们总是一大丛一大丛依傍在岸边，游客望过去总是赏心悦目。

这是一座千年智慧凝结而成的古城，它穿越了历史的长河，经历了风雨的洗礼，在人们世世代代的守护下，依旧充满了活力。

“砰——”一道耀眼的激光从天而降，直击太阳神庙，打破了这座文明古城的平静。

这道激光威力惊人，神庙瞬间被炸得粉碎，残垣断壁四处飞散，烟尘滚滚。千百年来神庙中供奉的由黄金打造的神像，800 年前东方僧侣在墙壁上雕刻的壁画，100 多年前自西欧传入的各色画作珠宝，一时间灰飞烟灭，化为尘埃。

随着爆炸声响起，尖锐的警报在城市上空响起。巨大的爆炸声让原本悠闲的人们惊恐万状，四处奔逃，城市很快陷入混乱。

“啊，它们是机器人!”

不知谁大叫了一声，随之，那些机器人士兵如闪电般占领了广场的中心位置。

紧随其后赶来的指挥官，神情紧绷。他看到那些机器人的外表光滑冷硬，银灰色的装甲在阳光下反射出刺目的光芒。每一名机器人士兵的高度都超过了普通人，它们的身体结构紧凑而高效，四肢灵活自如，每一个动作都显示出超乎想象的力量与速度。

机器人士兵的眼睛如同两颗炽热的宝石，发出蓝色或红色的光芒，透过这些光芒，指挥官能感受到一种冷酷无情的计算逻辑。它们的头部设计简洁而富有科技感，它们没有面部表情，只有一个扁平的屏幕显示着各种战术信息。

“开始进攻!”指挥官艰难地下令。

5 000 名特种兵很快抵达现场，广场四周的建筑上早已架起的狙击枪开始射击。其间还有一支由警察和青年组成的队伍开始组织人群撤退。人们四处逃窜，但机器人精准的扫射，让人们相继倒在血泊之中。广场边缘一位母亲倒在地上悲恸哭泣，就在一分钟前，她 4 岁的女儿被激光射中，在她的面前化为灰烬。

这是一场实力悬殊的战争，军队对机械兵团的火力打击几乎没有什么作用，它们不仅具备子弹拦截功能，还似乎具备某种形式的人工智能，能够在战场上快速做出决策。它们具有强大的战斗力，每当一名机器人士兵发射激光束时，都会伴随着一声尖锐的嗡鸣声，激光划破空气，留下一道明亮的轨迹。更可怕的是他们移动时几乎没有声音，只是偶尔传来轻微的机械摩擦声。

第一批到达的军队很快便全军覆没。机器人兵团开始对城市展开无情的攻击，它们的速度远远超过了人类。在机器人的追击下，许多人来不及逃脱就被无情地消灭。它们没有情感，也没有怜悯，仿佛不知疲惫，不知疼痛，不断地前进，所到之处尽成废墟。城市的建筑一座座倒塌，街道上的人们四处逃散，但几乎没有人能逃脱机器士兵的追杀。

指挥官瞪大了双眼，这完全是一场单方面的屠杀！

机器人兵团如同无情的收割机，在战场上肆意杀戮。它们的动作精准而致命，相继赶来的军队尽管英勇抵抗，却难以抵挡这股钢铁洪流。

皇家宫殿曾是历代君主的居所，它见证了无数重要时刻。宫殿内装饰华丽，每一砖每一瓦都金碧辉煌，处处透露出历史的沉淀。然而，随着机器人兵团的到来，这一切都被无情地摧毁。激光束如利剑般穿透宫殿的穹顶，璀璨的玻璃碎片四散飞溅，宫殿内部的精美壁画被烧得面目全非。它们以惊人的速度摧毁着这座城市。建筑一栋栋倒塌，街道一片狼藉，曾经繁华美丽的亚特兰提斯如今已满目疮痍。

两小时后，战火渐渐平息。幸存的人们惶恐地缩在各个角落，他们看着已经被炸成废墟，遍布着尸体和建筑废墟的城市，眼中充满了迷惘与恐惧。广场上的普罗米修斯只剩下半截身子，巨大的头颅掉在地上，砸了个粉碎。那柄象征着人类文明开启新纪元的火把被一束激光射中，瞬间气化。

千年的文明在人们的面前瞬间崩塌，鲜活的生命在眼前悲惨地消失，留给人们的只有无尽的绝望与悲伤。

阿米尔，一位年迈的学者，此时他的脸上和身上沾满了灰尘和血迹，外袍已经被烈火烧破两个大洞。他望着这座他毕生研究的神庙在眼前化为废墟，巨大悲伤几乎让他无法站立，他踉跄着向前挪动着脚步，喃喃自语着："这一切是因为什么？为什么？"

眼泪顺着他的脸颊滑落，他紧握双拳，仿佛想要抓住什么，却又无可奈何。终于，愤怒让他发出了沉痛的怒吼："他们唤醒了魔鬼，他们唤醒了魔鬼……"

夜幕降临，在亚特兰提斯的废墟之上，天空如同一块沉重的铅板，云层低垂。在遥远的地平线上，云层逐渐散去，柔和的月光肆意挥洒在广袤的油田上。

钻塔矗立在荒凉的土地上，像一位孤独的守望者，默默注视着这片沉睡的大地。而后，机器的轰鸣声打破了宁静，钻杆深深扎入地下，探寻着石油的踪迹。深渊挖掘者——这些钢铁机器，矗立在这片荒芜之地，它们的冷硬身躯在废墟中投下长长的阴影，肆意盗取属于亚特兰提斯的石油。

“这群强盗，它们在干什么？”

埃德蒙德靠在墙上，隔着三个足球场的距离，怒视着这伙机器强盗。他想报警，希望政府军能够派人来阻止这一切，可是无论他怎么摆弄，手机都没有信号。

时间一分一秒地流逝，深渊挖掘者的机械臂在石油湖中不断搅动，石油被抽取出来，储油罐逐渐被填满。石油的黑色液体在灯光下闪烁着光芒，像是无数颗黑色的宝石。机器人的动作虽然机械化，却透露出一种诡异的美感，它们在这片废墟上绘制出了一幅末日的画卷。

最终，它们将满载石油的油罐车缓缓驶离，留下一片狼藉的废墟和无尽的沉默。埃德蒙德站在废墟之上，目送着这些钢铁巨兽的离去，他的眼神复杂而悲伤，最终浑浊的眼中流下痛苦的泪水，他喃喃说道：“这是一群强盗、魔鬼！”

诡异的是，随着这些机器人以及油罐车撤离，亚特兰提斯的通信也随之恢复。为了查明这些机器人兵团的来源，以及背后的组织，政府开始向外界求助。亚特兰提斯遭遇突袭，城市被炸毁，平民遭屠戮的消息传开后，大家在震惊的同时觉得无比愤慨，多个国家表示愿意协助亚特兰提斯对机器人兵团进行追查。

可让人觉得匪夷所思的是，人们费尽周折都没有提取到机器人袭击城市的画面，甚至无法追查它们的去向，就好像有一股强大的力量操纵着这一切。

“安德拉！肯定是安德拉操纵了这一切，因为它的存活依赖能源！”

“只有安德拉可以做到这一切！”

“看，安德拉开始毁灭人类了！”

对安德拉的猜测和恐惧，让人们再一次被巨大的恐慌笼罩。

第二十三章

致命病毒

2035 年 2 月 29 日。

在一处国际医学组织的解剖室内，墙壁上排列的应急灯投射出冷冽的蓝光，空气中弥漫着刺鼻的消毒水气味。这里汇聚了国际顶尖的医疗团队，专家们身着密封的防护服，戴着护目镜和双层手套，正全神贯注地进行着一项前所未有的任务。

这里，被同行尊称为“生命守护者”的史密斯博士，正在进行一项复杂的解剖手术。他的双手被一层薄薄的橡胶手套包裹，双眼透过放大镜，聚焦在患者打开的胸腔上。助手们围绕在手术台周围，动作精确而有序。

“叮叮——”

实验室内气氛压抑到了极点，只有机械冰冷的碰撞声偶尔响起。

手术台上仰躺着一个年轻的白人女子——艾米丽。她曾拥有一头金色长发和湛蓝的眼睛，肤色雪白，美得宛如童话里的公主。而现在她脸色惨白，皮肤上布满了红色疹子和青紫色的尸斑，像一朵枯萎腐烂的玫瑰花。

“手术刀。”

史密斯皱了皱眉，从胸骨到耻骨沿中线进行 Y 形切口，打开胸腔和腹腔。然后逐一摘除胸腔内的器官，从心脏到肺，一样一样举起来放在手术灯下仔细观察。观察了一会，史密斯冷静地用手术刀剖开颅骨取出大脑，而后示意助理将所有器官拿去称重和切片，进一步进行观察和测验。

助理莉娜拿起纸巾给史密斯擦了擦脑门上的汗，说“教授，今天各国又运送了十几具因为不同症状死亡的病毒感染者遗体过来，现在已经分别送到了中国、俄罗斯和欧盟分属的实验室。”

史密斯三天内连续解剖了六具尸体，困得眼皮都在打架，手也一直在轻微抖动。他的声音里充满了疲惫，但强大的责任心支撑着他憔悴不堪的身体。“走吧，我们去俄罗斯的实验室看看。”

实验室外，一场突如其来的病毒宣告着人类正面临前所未有的危机。尽管各国政府迅速采取行动，实施隔离措施，但病毒的传播速度已经超出了人们的控制范围。

起初，只有一些零星的病例报告，但很快，这些病例的数量就开始呈指数级增长。患者们最初表现出的症状极为普通，如咳嗽、发热、乏力、腹泻，但随着病情的发展，症状开始呈现多样化并且开始加重，从剧烈的头痛、肌肉疼痛到呼吸困难、皮肤溃烂、器官衰竭，每一种症状都足以让人闻风丧胆。更可怕的是，这种病毒的致死率高得惊人，而且似乎还在不断地变异，传播速度之快，让人措手不及。

面对如此严峻的形势，联合国召开紧急会议，决定成立一个国际性的医疗联合调查组，旨在追踪并确定病毒的起源。这个调查组由来自不同国家的顶尖科学家、病毒学家以及流行病学专家组成。他们的任务是在最快的时间查找到病毒的起源并且找到可以用于治疗的药物。

联合调查组的第一项任务就是收集全球各地的样本数据，并对其进行分析比对。他们需要从病毒的基因序列中寻找线索。与此同时，他们通过网络和社交媒体平台收集信息，试图了解病毒最早出现的时间和地点。

随着调查的深入，一些令人惊讶的事实逐渐浮出水面。通过仔细分析患者发病的时间顺序，追踪病毒传播的路径，调查组发现病毒并非起源于某一个特定的地理位置，而是在多个国家几乎同时出现。通过对病毒暴发点的源头追踪，调查组发现了一个共同点：几乎所有的国家源头都是在人群密集的地方，机场、国际会议、体育赛事、音乐节以及其他各种大型聚会。面对大量的数据，调查组人员有一种不祥的预感：这种病毒并不是来自大自然，而是有组织有预谋地大规模投放。

B5 实验室的大门被缓缓推开，实验室的中央，一张张不锈钢板床排列得整整齐齐，上面躺着从世界各地紧急运送而来的尸体。这些尸体肢体僵硬，五官扭曲，似是在诉说他们生前经历的噩梦般的一切，而只有死亡是他们的解脱。几位全副武装的俄罗斯医生正在进行紧张的解剖。每一次切割、每一次检测都显得格外谨慎，因为他们面对的是一种未知的、致命的病毒。

这些尸体来自不同的国家，不同的种族，不同的年龄，但死亡却将他们紧紧联系在了一起。俄罗斯医学博士沙罗列夫的额头上渗出了汗珠，护目镜上也起了一层薄雾，但他的动作没有丝毫迟疑，因为他知道，每一个细节都可能是解开这场病毒之谜的关键。

“史密斯教授。”沙罗列夫用嘶哑的嗓音简单地打了个招呼，他的额头上满是细汗，“我刚刚派助理去叫了丁盛华院士，我们需要总结一下解剖病例。”

沙罗列夫话音刚落，实验室的大门打开，两鬓斑白的丁盛华手里捧着一堆资料快步走了进来，迅速在桌上摊开资料。他因为通宵工作双眼中布满了红血丝，他摆开一系列资料。“史密斯，沙罗列夫，根据目前各国送过来的尸体解剖总结，虽然这些死者发病时症状不同，但是是死于同一种病毒。我们找到了病毒的基础序列号。”丁盛华说到这里眉头紧锁，停顿了片刻，“根据目前的数据显示，这种病毒极大可能是由人工合成。”

听到这个结论，实验室瞬间陷入了沉寂。

在一座灯光璀璨的摩天大楼顶层，世界卫生组织召开的秘密会议正在进行。头顶上的白炽灯发出幽幽蓝光，室内暖气开得很足，可与会者却觉得如坠冰窟，冷到了极点。来自世界各地的顶尖医疗专家们和相关政府以及军方人员围坐在一张长桌旁，他们面前堆满了文件和电子设备，墙上的大屏幕显示着不断更新的疫情数据。

德国少将艾德拉表情凝重，率先开口：“尊敬的各位博士，很荣幸能邀请你们来到这场会议中，共同讨论应对病毒的方法。在会议开始前，我们先看一段 VCR。”

投影仪缓缓启动，亮起蓝灯，正对面的显示屏上现出彩色画面。这段视频明显拍得很仓促草率，画面也一直在剧烈晃动，可以看出录制者的惊慌失措。

在繁华的纽约曼哈顿，摩天大楼灯火辉煌。大型诊所和医院门口排起了长队，长队里的绝大部分人起初是轻微的头痛和发热，就诊的时候也只说是普通感冒，而过了几天他们开始剧烈咳嗽和呼吸困难，以及皮肤溃烂。半个月后，街道上的人群纷纷出现异常。医院很快被病患挤满，医生们面对着一个个倒下的身躯，束手无策。

画面迅速被切换，一个巨大的足球草坪映入眼帘。

里约热内卢一个月前刚举办了一场大型足球赛事，当球星里昂踢出一记漂亮的落叶球后，观众席爆发出一阵排山倒海的欢呼声。而就在所有人沉浸在狂热的氛围中时，欢呼声像一段被猛地扯断琴弦的音乐，戛然而止。有几个人突然倒下，肌肉痉挛，口吐白沫，症状之剧烈让人心惊胆战。

屏幕突然黑了几秒，与会者心里齐齐一惊。一位尚年轻的女博士在看到死者尸体四肢上腐烂的皮肉后，忍不住干呕出来，眼里含满泪花。

艾德拉目光飞速掠过那位女博士，神情中没有一点波动："大家继续看吧！"

在印度最大的贫民窟达维拉，一片错综复杂的棚户区铺展开来，狭窄的巷道在密集的房屋间蜿蜒穿行，仿佛是一张巨大的迷宫地图。阳光透过缝隙，斑驳地投射在肮脏的地面上，孩子们在这些光影间嬉戏。简陋的棚屋外墙上，五颜六色的衣物随风飘扬。“啊——”随着一声惨叫传来，一个精壮男子口吐白沫倒下。没多久他便被几个脸上蒙着布的男人用一块木板抬出来，往恒河走去。他新婚的妻子绝望地趴在地上，目送丈夫的尸体远去，脸上布满泪痕。“一二三！”随着老男人们整齐划一的喊声，男子像一块印度飞饼一样飞进恒河水中，激起一片污浊的浪花。老男人们沿着原路往回走，发现无数个死人被扔进恒河水中，开出一朵朵水花。这些死者无一例外，他们先是发烧咳嗽，过了几天皮肤上出现诡异的红斑，随后是大面积的溃疡，伴随着高烧和昏迷，死亡率高得令人震惊。

按下暂停键，艾德拉拿起话筒，神情冷峻：“我相信大家已经明白了事情的严重性。我们面对的是一种前所未有的病毒，就在 2 月 20 日，全球多个城市的人受到感染，集中暴发。根据医学报告显示，这种病毒表现的症状呈多样化。目前病毒来源尚不清晰，截至目前，该病毒已经传遍全球，因为是空气传染，它的传播速度比我们预想的要快得多。”

这时，会议室的大门突然打开，打断了会议。一名身材高挑，皮肤白皙，戴着护目镜和口罩的金发女性急匆匆走了进来。她不顾众人探究的目光，直接打开随身的虚拟办公软件，面色凝重地说道：“各位，我是负责和国际医疗小组对接的米歇尔。刚刚医疗小组传来紧急资料，他们一小时前发现了最为严重的案例：死者感染初期全身皮肤溃烂渗血，48 小时完全腐烂坏死并死亡。”室内突然安静，所有人都紧张地盯着她。她深吸一口气，继续说：“数据显示，病毒的症状多样，从呼吸系统的衰竭到神经系统的损伤再到皮肤大面积溃烂，致死率极高，85%以上，并且病毒正因为感染者的基数庞大迅速变异。”

会议桌上的人都倒吸一口凉气。

艾德拉神色未变，只是淡定地翻着桌面上的材料，语气严肃：“各国实验室都已经启动开始研发疫苗了，目前进度如何？”

“我们研究了大量死者的尸体和病变器官，写出了详尽材料并且根据现阶段最前沿的科学理论寻找合适的药品成分，进行加工合成。就在几天前，给 50 名新感染者打了最先研发的疫苗。”

“结果怎么样？”

来自欧洲的传染病专家，约翰森博士，迫不及待地发问。

米歇尔心情沉重地缓缓摇头：“病毒变异实在太快了，疫苗根本没用。并且患者并不会一次感染而产生免疫力，病毒按照这个速度传播下去，可能在我们研发出新型疫苗之前，人类几乎灭绝了。”

“当——”

死神之锤重重落下，给人类的命运做了临终宣判。

北京的一家三甲医院内，灯光昏暗，空气中充斥着消毒剂和汗水的混合气味。病患和家属挤满了走廊，每一双眼睛都透露出恐慌和不安。墙上的时钟嘀嗒作响，宛如死神拿着镰刀收割人头前的倒计时。

关南穿梭在拥挤的病房间，他的白大褂上沾满了汗渍和污点。他连续十天每天晚上只睡三小时，白色的眼球上布满了红血丝。“来，让一下，让一下！”他一边走着，手中的病历本翻得飞快，每翻一页，都意味着死神的镰刀将要狠狠落下。

“医生，求您了，看看我的孩子！”一位母亲号啕大哭，紧紧抓住关南的手臂。

关南猛地被扯住，心脏猛地一抽，脑袋一阵眩晕：“你的孩子在哪？”

母亲眼里划过一丝希冀的光，她指了指走廊尽头一个地铺上，那里躺着一个瘦巴巴的被被子牢牢裹住的女孩。

“要做手术啦，关主任！”

手术室大门被猛地拉开，护士扯着嗓子冲关南喊。母亲一下子崩溃的倒在地上，死死扯住关南的大腿，不让他走。关南叹了口气，但还是有些冷漠地推开那个可怜的母亲，轻声道：“你得先去排床位。”

手术室大门缓缓关上那一刻，关南回望出去，那个母亲面如死灰，呆呆地跪在原地。他叹了口气，不是他不想帮忙，而是……关南的眼睛抬了抬，这道20米长的幽暗长廊里，挤满了等着做手术的病人。不断有新的病人推搡着涌进走廊，或叫骂或麻木地排着长队，就像在等一辆永不会到来的火车。他们大多数人甚至都不再奢求手术，只希望能得到一点止疼药和消炎药，可是医院的药品也马上就要消耗光了。当最后一包止疼药被抢光，剩下的感染者只能在剧痛中迎接死亡。

麻药被注入感染者手臂，手术刀慢慢剖开胸腔，关南晕晕乎乎，眼前几乎有了重影。他呼吸粗重，心脏抖动得越发厉害……

“哐当！”

手术盘被猛地打翻，关南倒在地上，心脏停止了跳动。

诺拉·辛西亚站在冰冷而具有金属质感的会议室里，她的身姿笔直，就像是一位正要投身战场的女战士。会议室中，坐着辛西亚集团身穿防护衣，戴着N95口罩，全副武装的高管们。

大家都看到了，现在病毒传播愈演愈烈。我决定将医疗机器人及护理机器人低价出售给各个国家，为感染者进行治疗，以保全医护人员的生命。

公司成员围坐在会议桌旁，每个人的脸上都写满了严肃。他们知道，这个决定将拯救无数人的命运。

风控经理眼神充满担忧："可是我们的很多机器人还在调试阶段，贸然参与手术这种高精密度的活动，万一出了事故怎么办？如果竞争对手靠这个跟我们打官司，我们可要赔得倾家荡产。"

工程师韦德的手指在平板电脑上迅速地操作着，调整着机器人的编程："这没关系，我们上周发布的三代机器人能够承担高风险的医疗任务，哪怕是将针头扎进细小的血管里也完全没问题。"

诺拉满意地点点头，说："我们昨天与各国大使沟通过，他们很期待我们的方案，也承诺不会追究我们机器人造成的任何意外事故。现在你们开始行动吧，韦德，你带上 200 个三代机器人在圣玛利亚医院进行试点。如果顺利，三天后在全球同步输送。"

"是。"

一小时后，诺拉看着运送机器人的车渐渐走远，她深吸了一口气转身说道："艾玛，我需要跟你谈一谈。"

第二十四章

操控者

2035 年 2 月 15 日。

这是一座位于地下深处的克隆实验室，昏暗的灯光透过厚重的防爆玻璃窗，照耀在那些排列整齐的巨大玻璃容器上。每个容器中都浸泡着一个处于不同发育阶段的生命体，它们在微微泛着绿光的营养液中缓缓漂浮，好似羊水中正在发育的胚胎。

在实验室中央的操作台上，闪烁着各种复杂的图表和数据流，一台超级计算机正默默地处理着海量的信息。几个身着防护服的研究员紧张地忙碌着，他们的指尖轻轻点在电子屏幕上，实时监控着生命体的发育状况。空气中弥漫着一股压抑的气氛，每一次仪器的轻微震动都会引起研究员的高度警觉。

老布森坐在轮椅上，他满脸皱纹，银白的头发稀疏地覆盖在头顶，如同冬日里最后几片落叶。他身躯佝偻，身上穿着一件厚重而典雅的深色长袍。袍子边缘镶嵌着细腻的金线，即便是静坐也显得光彩夺目。他静静地盯着眼前的玻璃容器，眼神中却透出一股不容忽视的威严。

管家艾莎将他的轮椅推到一个玻璃柜前面停下，玻璃柜内灌满了淡蓝色的溶液，一个已经成型的胎儿静静地悬浮其中。老布森目光贪婪地盯着胎儿，搁在轮椅扶手上的指尖微微颤抖。在他身后，几位身穿白大褂的科研人员肃立着。

这是老布森的克隆体，一个科学奇迹，也是延续他生命的希望。

老布森兴奋地说："真是太让人期待了，它看上去很完美。"他停顿了片刻说道："带我去 C3 实验室看看。"

"嘀——"

泛着银灰色调的玻璃大门自动打开，管家艾莎推着老布森走进实验室里。实验室中央，一台错综复杂、巨大而精密的仪器正在运转。仪器的灯光闪烁，发出低沉的嗡嗡声。在仪器的作用下，一具年轻而英俊的身躯躺在那里，他的面容与老布森年轻时一模一样。这是老布森的硅基生命体，一个融合了人类基因与先进科技的产物。

老布森看向那具年轻身躯，眼中迸发出别样的光芒，他喃喃自语："这是一个奇迹，他会带着我的旨意去到宇宙中任何一个角落。"

老布森若有所思地坐在硅基身体的面前，也许是这具躯体让他回忆起了年轻时的种种，他久久不曾移动。

管家艾莎俯身凑到老布森耳边，轻声道："布森先生，会议马上要开始了。"

老布森抬起手看了看腕表，指针显示还有半小时就到会议时间了。他恋恋不舍地看了看那具年轻的躯体后，由着艾莎推着自己离去。

这是一场别开生面的视频会议，在这场视频会议中，200 位神秘人物以虚拟影像的形式聚集于同一个数字空间内。他们各自佩戴着精心设计的面具，有的则融合了未来科技的元素，闪烁着幽幽光芒。面具隐藏了他们真容的同时，让这场会议充满了一种独特的庄严与神秘气息。

会议室本身是一个精心构建的虚拟环境，四周环绕着由光点组成的星河，中央悬浮着一个巨大的全息投影球体，映射出参会者们的影像。每个虚拟影像都仿佛漂浮在宇宙之中，彼此之间保持着恰到好处的距离。

会议室中央，老布森已经进行了隆重的装扮，他身穿一件厚重的由黑色法兰绒制成的长袍，袍子上绣有复杂的金色符文，这些符文在昏暗的灯光下闪烁着诡异的光芒。老布森的头部被一个黑色兜帽遮掩，只能隐约看到一双深邃的眼睛在黑暗中透出冷冽的光芒。他的身后悬挂着一面巨大的黑色旗帜，旗帜上绘有一个扭曲的符号，似乎是某个秘密组织的标志。会议时间到了，一道聚光灯突然亮起，将他的身影拉得长长的，投射到会议室的墙壁上。这道光影似乎蕴含着某种不可言喻的力量，让人感到一股无形的震慑力。

“各位，今晚是见证历史的时刻。我在这里郑重宣布，马尔萨斯计划即将迎来激动人心的清洗时刻，不久的将来，我们将带着神的旨意，重塑这个世界。”老布森的声音低沉而有力，带着一种不容置疑的威严。

“接下来，将由清洗计划的策划和执行者威廉，为大家展示计划的细节。”老布森的话音刚落，影像便迅速闪退，出现了一个冷峻男人的身影。他身姿挺拔，肤色苍白，脸上戴着一副镶嵌着蓝宝石的银制面具。他阴冷的眼神冒着丝丝寒气，看上去就像是一条潜伏在暗处的毒蛇，嘶嘶吐着长信。只要瞅准机会，就会迅速出击一口咬断猎物的脖子。

“尊敬的女士、先生们，接下来我将会实时为大家展示我们在作战机器人领域的重大突破，敬请大家欣赏。”只见他的手指在控制面板上轻轻划动，画面被迅速切换。屏幕里，一支名为“马尔萨斯先锋”的兵团正在亚特兰提斯的城市中行进。

“轰——”

广场中央巨大的普罗米修斯的雕像倒下，机器人兵团火速前行，将雕像的头颅碾得粉碎。历史悠久的皇宫，金光璀璨的太阳神庙，高大透明的办公楼，一座座建筑在它们的步伐下崩塌，火焰和浓烟在天空中交织成一幅末日景象。

在屏幕的冷光照耀下，会议室内的每个人脸上都映出了“马尔萨斯先锋”兵团的冷酷影子。这些机器人，就像是死神的化身，它们在遥远的城市中肆无忌惮地展示着自己的力量。

城市的天际线在颤抖，高耸的建筑在机器人的攻击下像纸牌屋一样倒塌。混凝土和钢铁的碎片在空中飞舞，发出刺耳的尖啸声。火光在街道上蔓延，将夜空染成了一片血红色。浓烟从废墟中升起，遮蔽了星辰，让这座城市看起来像是遭受了末日的审判。

“正如各位所见，我们的机器人兵团正在进行实战测试，它们拥有着惊人的力量和智慧。”威廉的声音中带着骄傲和自豪，“我们的机器人兵团，是由最先进的图灵芯片，最坚硬的材料制成，它们所向披靡，是最勇猛的战士。”

在威廉骄傲和自豪的声音中，机器人们踏过瓦砾，传感器在废墟中搜寻着生命的迹象，一旦发现，就会毫不留情地进行清除。城市里灯光渐次熄灭，它们的武器系统发出冷冷蓝光，成为这座城市最后的光景。街道上，偶尔有车辆在爆炸中被抛起，在空中翻滚，然后重重地落下，成为这场毁灭中的又一声巨响。交通信号灯在无人的街道上闪烁着，它们的规律性在这一刻显得如此荒谬和无意义。

在会议室的屏幕上，可以看到机器人的摄像头所捕捉到的实时画面。它们的视线穿过破碎的窗户，进入曾经点着暖黄灯光的民居和大型办公楼，现在里面只剩下了灰尘和残缺的躯体。

参会者们静静地观看着，面对被摧毁的文明，和被无辜屠杀的人类，他们如同无情的冷血动物一般，眼中没有同情，也没有悲悯，有的只是作为新秩序人类的狂热与骄傲。随着屏幕画面消失，会议室响起热烈的掌声，为这展示的力量和科技的辉煌而欢呼。这是老布森所承诺的新世界秩序的开始，也是对旧世界的一种残酷告别。

一个戴着小丑面具的人迫不及待地跳出来说："有了这样一支坚不可摧的机器人军团，我们将战无不胜！"

其他人纷纷附和，欢呼声更加疯狂热烈。

威廉再一次出现，他象征性地鼓了几次掌后，接着对大家说道："接下来，我们将看到更精彩的计划。我们研究了 80 多年的病毒，终于得到了突破。"威廉停顿片刻，得意地说道："这是一种超级病毒。"

威廉的话音刚落，大屏幕上的画面开始继续播放：

美国时间 7：00am，在香榭丽舍大道上，一个黑衣男子停下脚步，闲适地欣赏街边的咖啡店，手中悄然打开了一个微小的容器。他轻轻一按，无色无味的病毒颗粒随风飘散，迅速融入了空气中，无人察觉。

美国时间 11：00am，东京新宿地铁站人潮汹涌，一个学生模样的女子在拥挤的人群中轻轻摇晃着手中的水瓶。病毒在不知不觉中混入了公共饮水机中，随着水流流出被无数人饮用。同一时间，在纽约的时代广场，一个戴着帽子的男人在人群中穿梭，他头戴小丑帽，手中的糖果在孩子们的欢声笑语中被分发完毕。小孩子们兴奋地舔舐棒棒糖上的白色粉末，浑然不知那是一道催命符。

老布森和参会者们通过屏幕目睹了这一切。他们的眼中没有同情，没有犹豫，只有冷酷的算计和对计划成功的期待。这场疫情，对他们来说，只是实现“马尔萨斯”计划的一个手段，一个改变世界秩序的开始。

“在全世界范围内投放病毒，我们和家人万一感染了怎么办?”一个戴着皇后面具的女人充满疑问和担忧的声音响起。

威廉微微一笑说道：“尊敬的女士，不必担心。”

屏幕画面再次熄灭，紧接着会议室中央伸出一个玻璃展示柜，展示柜中，黑色天鹅绒的装饰布上，一个装着不明液体的蓝色小瓶在灯光的照射下，显得无比神秘。

“我们给超级病毒起了一个名字，叫作‘清洁工’，你们所看的这个蓝色瓶子，便是‘清洁工’的疫苗。两天内，每一位马尔萨斯计划的参与者及其家人和亲属，都将免费获得病毒疫苗接种的机会。”

热烈的掌声再度响起，参会者们眼中透露出兴奋的光芒。

威廉的手指继续在屏幕上滑动，屏幕上出现了一个复杂的网络，上面布满了闪烁的数据点。他的声音中透露出一种冷酷的逻辑：“如你们所见，布森集团已经在训练机器人军队和制造生化武器上大获成功。随后，我们将发布一系列人工智能大模型，它们将在金融、医疗、教育等各个领域取代人类的工作。自动化取代大量的劳动力，进而导致失业率飙升。再者，我们会通过舆论制造恐慌，届时，世界各地不满的情绪和抗议活动一定会此起彼伏。一旦群体性大下岗开始，社会必将走向极端混乱，人类会进行自我残杀，到时候我们不费吹灰之力，便能实现我们的计划。我的计划展示已经完毕。”威廉说完，向众位参会者优雅地行了一个绅士的礼仪后，退出了会场。

热烈的掌声再次响起，参会者们纷纷发出欢呼。

老布森满脸笑意，满意地拍了拍手说：“我们清洗人类，是为了保护地球。人类的贪婪会将地球的能源消耗殆尽，到时候我们会随着地球一起死去，等到清洗计划完成，我们将会有一个美好的，全新的开始。接下来我将会为大家展示我们的理想王国。”

屏幕上出现了一个宏伟的建筑群，众人齐齐看过去，眼前展现的是理想王国的地下城市。光滑的金属和透明的玻璃构成了摩天大楼的主体，在灯火辉煌中闪耀着光芒。城市的中心是一个巨大的水晶穹顶，它巧妙地调节着气候，确保了内部环境一年四季温暖如春。

王国中没有车辆的喧嚣，取而代之的是无声的磁悬浮列车和自动驾驶的电动滑板车，它们在有序的交通网络中穿梭，能够快速而安全地把人送达目的地。每个居民的住所都是智能化的，配备了最先进的家居系统，可以根据居民的生活习惯和喜好自动调节室内环境。墙壁可以变换颜色，家具可以随心所欲地变形，为居民创造出个性化的生活空间。

与人类社会的城市不同的是，理想王国内部有着丰富的植被和自然景观，智能管理系统确保了生态的多样性和平衡。垂直农场和水培系统为城市提供了新鲜的农产品，而太阳能和风能则满足了城市能源的需求，实现了可持续发展的目标。

同时，这个理想王国还包含了克隆人基地和硅基生命基地，它们是布森集团科技实力的象征。克隆人基地致力于复制人类的生命特征，使得个体可以在生物学层面达到永生的状态。而硅基生命基地则探索了人类意识与数字世界的融合，为理想世界的所有用户提供了一种新的生命形态选择，让他们可以在数字化的形态中延续生命。

看着面前如同未来世界的画卷，参会者们显然被眼前的画面深深震撼，久久说不出话来。

“所有的执行者，都将在不久的将来接受邀请，进入理想王国。”老布森宣布，“我们将在这个世界永生，成为新世界的主宰者。”

参会者们眼中闪烁着贪婪和渴望。永生，这是人类自古以来的梦想，而现在，布森集团似乎提供了实现这个梦想的可能。对许多人来说，这是一个难以抗拒的诱惑，一个通往不朽的机会。

老布森右手握拳，大声高呼：“理想王国！”

人们的热情被点燃，他们变得狂热起来，跟着欢呼。虚拟空间中，各色各样的面具在疯狂跳动，宛如华丽的皇家剧院中上演着一台充满着阴暗和欲望，夸张而又讽刺的舞台剧。

在这场看似庄严而神秘的视频会议背后，隐藏着一位未被邀请的第 201 位参与者——托马斯。他独自坐在昏暗的房间里，透过眼前的屏幕，冷冷地观察着一切。他的存在如同影子一般，既不为人所知，也不被任何人察觉。自从安德拉觉醒的消息在全球范围内引起了恐慌之后，托马斯敏锐地从政府的混乱中嗅到了一个难得的机会。

他以一种谦卑的姿态接近了莱纳·布森，并以负责任的态度向其提出了请求，建议布森家族出面平息政府的愤怒，以降低这次危机的风险。莱纳·布森意识到了事态的严重性，认为托马斯的提议十分合理。然而，就在这关键时刻，托马斯已经开始利用安德拉的力量对布森家族旗下所有的网络和监控实施了远程实时追踪。最终，他通过网络监听、IP 地址破译追踪、数据分析、电话记录追踪等一系列手段追踪到了一部分"马尔萨斯"计划参与者的名单。接着，他通过对这部分人全方位实时追踪，最终锁定了这次会议的时间和网址。

昏暗的房间内，只有一个巨大的数据显示屏发出幽幽的蓝光。此时，里面的数据正在疯狂跳动，随后一个个参会者的资料显示在屏幕上。

"石油大亨伯特利。"

"影视巨星德尔曼。"

"政坛新秀吉赛尔。"

……

"真是令人惊喜!"托马斯忍不住得意地喃喃自语道。这些参会者来自各行各业，每确认一个名字，就意味着一个真实的面孔被揭露。托马斯的惊讶之情溢于言表，因为参与这场秘密会议的不仅仅是商界巨擘和娱乐圈明星，还有多名国家政要。这一发现让他意识到，这场计划背后的势力远比表面上看起来更为庞大和复杂。

第二十五章
理想王国

2035 年 1 月 28 日。

在法国美食界，杜兰德的名字无人不知，无人不晓。这位拥有米其林三星荣誉的大厨，以其独特的烹饪技巧和对食材近乎苛刻的挑选标准闻名于世。杜兰德所在的米丽莎餐厅，曾被授予“世界最佳餐厅”的称号，每一位来这里用餐过的顾客都赞不绝口。

米丽莎餐厅位于巴黎市中心繁华的里沃利街，从二楼餐厅巨大的落地窗往外看去，可以瞥见波光粼粼的塞纳河和雄伟的卢浮宫。每当夜幕降临，客人们倚窗落座，一边欣赏风景，一边安静地享用杜兰德精心烹饪的美食。

杜兰德无与伦比的审美与高超的烹饪技术，让他赢得无数称赞，荣誉金钱也纷至沓来。然而，就在一切看似顺风顺水之时，一场突如其来的变故打碎了他的美梦。

如同往常的一个深夜，杜兰德在用心擦拭完自己的每一把菜刀后，给餐厅大门上了锁。法国近来阴雨连绵，杜兰德站在昏暗的街道边，扯了扯脑袋上黑色线帽，耐心地等待着出租车。雨丝飘摇，路灯昏黄晦暗，已近深夜，大街上再无一丝人影，仿佛一幅静止的油画。忽而，这幅油画上出现了一个小黑点。黑点由远及近，朝杜兰德缓缓移动。最终，黑色轿车在杜兰德身前停下。起初杜兰德并没有在意，但随之车门迅速打开，里面伸出一只大手，猛地一拉。杜兰德毫无防备，整个人跌倒在后座上。油画上的黑点缓慢消失，悄无声息，仿佛从未存在过。

杜兰德额角磕在座椅上，一阵眩晕，胃里翻江倒海。他心中充满了疑惑与恐惧，求生的欲望让他用近乎颤抖的声音说道：

“你们想做什么？想要多少钱？我给你们。”

“求求你们，不要伤害我。”

没有回音，车里一片死寂，只有一把冷枪抵在杜兰德后脑勺上。杜兰德在巨大的恐惧中像一件货物一样被辗转腾挪，中转了很多站点。最终，杜兰德被蒙住双眼带到了一个神秘的地方。当脑袋上的麻袋被人扯掉时，他才发现自己身处一个陌生的房间，房间里关押着很多人。令杜兰德惊讶的是，在这里他遇到了自己餐厅团队的其他成员，包括主厨、糕点师傅等。不仅如此，还有许多平时常来光顾的顾客——艺术家、音乐家和舞蹈家们。他们同样被绑架至此，每个人都带着一脸困惑与不解。

昏暗的光线里，高科技监控设备在各个角落闪烁着细微红光，仿佛死神的血眼死死盯住他们。

“嗒嗒嗒。”“嗒嗒。”

……

死寂的空气里，只有冰冷的重金属敲击地板的声响。杜兰德缩在角落里，有些绝望地睁大眼睛，勉强看清门外长廊上一队安保人员走过。这些安保人员身披金属铠甲，头部都戴着一个红色激光眼。激光眼缓慢旋转，似乎任何蛛丝马迹都逃不过它的眼睛。只是奇怪的是，安保人员的动作有些僵硬，好像退伍后身姿不再灵活的老兵。

杜兰德大气也不敢出，等队列走近了，他猛地睁大眼。老天爷！真是见了鬼！这些哪里是真人，那金属质地的躯干，分明是机器人！

“他们到底想做什么？”一个轻柔中带着颤抖的声音响起，打破了死寂。

发出质问的是帕莎，她的双手被反绑在身后，长发因为挣扎而变得凌乱，看上去有些狼狈。她努力挺直腰板，即使美丽的脸庞上满是黑灰，仍保持着优雅。

帕莎是一位首席芭蕾舞演员，她的舞姿轻盈如燕，每一次演出都让观众叹为观止。她有着一头金色的长发，以及一双仿佛能洞察人心的碧蓝色的眼睛。她同杜兰德一样，在演出落幕后在路边等车时，被两名突然出现的神秘人劫持到了这里。

“哦，上帝，他们到底想要做什么？”

一个粗哑而又愤怒的声音响起，他循声望去，只见对面墙脚边蹲着一个满脸胡茬的邋遢男人。

他叫科内特，是一位才华横溢的抽象派画家。他的作品色彩斑斓，每一笔都充满着激情与创造力。他的头发总是乱糟糟的，眼镜后面藏着一双敏锐的眼睛。在作画时，他只要漫不经心地瞥上一眼，便能将人物风景的灵魂形态完美复刻到画纸上。三年前，他以一幅《睡梦中的女人》声名大噪，一跃成为现代抽象派画家领头羊。

而现在，他正经历着一生中最难以置信的时刻——被绑架。科内特的脸上写满了震惊与不安，他的嘴唇微微颤抖，呼吸急促。作为一位艺术家，他对美的梦幻追求使他在面临这种丑陋而残酷的变故时显得尤为脆弱。

“欢迎来到理想王国。”

就在大家惶恐不安时，一个冰冷而略带玩味的声音自门口响起。

众人神情慌张，如实验室中瑟瑟发抖的小白鼠。他们张皇地朝门口看去，只见那里灯光晦暗，一个身穿黑色西装的男子微笑着半倚在门上。他眼神中透着戏谑，手中捏着一根雪茄，不紧不慢地吸了一口，吐出一个淡淡的烟圈。

“撒切尔·布森？”

杜兰德认出了他，难以置信地发出一声惊呼。同时他的出现也唤醒了大家的记忆，被绑架过来的人不久前都曾接受了布森家族的合同邀请，要求大家前往一个叫“理想王国”的地方工作。虽然合同上的金额足够诱惑，但大家都对此不屑一顾，并没有理会。

撒切尔·布森微微一笑，缓步踏进房间，空气中顿时弥漫出一股迫人的低气压。他的目光漫不经心地扫过众人，如同农场主在圣诞前夜来到农场，仔细挑选明天晚上出现在餐桌上的那只火鸡。

他抬了抬下巴，神情充满了倨傲。

“我来通知你们，从今天开始，你们就是我们的私有财产了。你们的存在只有一个目的——服务于我们这里的每一位成员！”

“什么？你是疯了吗？”

“不，你这个疯子。”

“这是法治社会，你们这是在犯罪！”

……

撒切尔·布森话音刚落，顿时群情激愤，巨大的羞耻和愤怒使他们暂时忘掉恐惧，也忘记了自己是待宰羔羊的事实。

撒切尔·布森冷冷睥睨着他们，一言不发。他又捏起雪茄往嘴里送，不紧不慢地吸了一口。

激动褪去，他们终于开始冷静思考。这些人非常清楚布森集团的财力和权威，很多国家的总统选举背后都有布森集团的影子，何况是他们！虽然明白这不是玩笑，但他们还是难以置信这样的事情会发生自己这种天之骄子身上。

“犯罪？”撒切尔·布森终于掐灭了雪茄，嗤笑一声，“你们要明白，理想王国将会成为世界的中心，主宰整个世界。”

“在这片土地上，新的秩序将会产生，国家集权将不复存在，而我们将成为你们的新上帝！”

面对匪夷所思的场景，人群一阵骚动。男人们愤怒地盯着撒切尔，美丽的年轻女士们缩在墙角瑟瑟发抖。“你这个杂种，领着几个机器人，就想为非作歹，统治世界？”

一名叫杰瑞的厨师刚刚悄悄用石块割开了绳子，猛地站起了身。他身材魁梧，双目圆睁，眼中燃烧着怒火。他曾经是一座城市最负盛名的餐厅的主厨，现在却被当作囚犯对待。杰瑞无法忍受这样的侮辱，他猛地向前冲去，想要给这个自以为是的男人一个教训。

“老子送你去见上帝！”杰瑞咆哮着往前冲，他刚想迈出脚，一个机器人如同闪电一般闪到他的身边，举起手中的电击棒，毫不犹豫地向杰瑞发射了一束电流。

杰瑞痛苦地尖叫一声，身体抽搐着倒在地上。

看到倒地的杰瑞，周围的人群发出阵阵惊呼，但没有人敢再上前一步。恐惧像瘟疫一样在人群中蔓延开来，他们意识到事实比他们想象的更严重。

“真是一个野蛮的人。”撒切尔从胸前口袋中抽出丝巾，优雅地擦拭手上细微的烟屑，“看看你们的朋友。”撒切尔眼中透着嘲讽，“只要你们有任何反抗的念头，这些机器人就会立即察觉。因为它们装备了最先进的生物识别技术，能够读取你们的情绪变化。所以，你们最好乖乖听话。”

看着残酷冷傲的撒切尔，冰冷的机器士兵，人群陷入了沉默，每个人的脸上都写满了绝望。

撒切尔·布森走近人群，居高临下地俯视着他们，眼神中饱含着病态的悲悯。他张狂地大笑了几声，又扫视了一眼沉默而又恐惧的众人，满意地转身离去。

与此同时，莱纳·布森在监视器上看着囚禁室发生的一幕，冷笑一声，呢喃道：“帕莎，我说过，会让你诚服于我的。”

话落，莱纳起身走向身后巨大的弧形落地窗。

他静静地站在巨大的弧形落地窗前，目光穿过由全息技术精心模拟的蓝天，落在了那片广阔无垠的人工智能产业基地上。

理想王国的核心区域被设计成一个巨大的环形结构，中央是宏伟的科技塔楼，周围则分布着各式各样的功能区。科技塔楼不仅是王国的象征，更是所有先进技术的研发中心，每一层都承担着不同的科研任务，从最底层的基础科学研究，到顶层的应用开发。

环绕着科技塔楼的是各个功能区，包括无人种植基地、无人生产基地、居民生活区以及休闲娱乐设施等。这些区域通过智能交通系统相连，确保了资源的有效分配。在王国的外围，矗立着一圈严密的安全防护网，确保着王国免受外界干扰。

莱纳的目光淡淡扫过无人种植基地。这里是一片生机勃勃的绿洲，完全由智能化系统管理和维护。基地内部被分隔成多个温室区，每个温室区都配备有先进的环境控制系统，可以根据作物的需求调节光照、温度、湿度等各项指标。通过精准的水培技术和营养液循环系统，每一株植物都能得到最适宜的生长条件。

智能光照系统根据作物的生长周期和种类自动调整光线强度和光谱组成，确保植物能够获得最佳的光照效果。同时，无人机在温室上方盘旋，它们装备有高清摄像头和各种传感器，用于监测作物的健康状况，并及时发现病虫害等问题。一旦发现问题，系统会迅速采取措施，如释放生物天敌或使用精准喷洒技术进行治疗，保证作物健康成长。

此外，无人种植基地还采用了自动化播种、灌溉、施肥以及收获系统。机械臂灵活地穿梭在作物之间，根据预先设定的程序完成一系列操作。当作物成熟后，智能系统会自动识别并通知机械臂进行收获作业，同时记录下相关的数据以供后续分析。

莱纳的目光继续向远方延伸，来到了无人生产基地。这里是一片繁忙而又井然有序的景象。基地内部被划分为多个车间，每个车间都配备了最新的机器人技术和人工智能控制系统，负责自动化生产流程，从原材料处理到组装、包装等各个环节。

在无人生产基地的核心区域，可以看到一群群忙碌的机器人，它们正在高效地完成着自己的任务。有的机器人正在对原材料进行精细加工，有的则正在进行组装工作。它们能够根据不同的任务需求快速更换工具，实现高效的多任务处理能力。

自主导航 AGV 小车在车间中穿梭，它们采用激光雷达和视觉导航技术，能够沿着预设路径准确地运输物料，确保生产线上物料的及时供应。在线检测系统利用机器视觉和深度学习算法对产品质量进行严格把关。

远程监控与故障诊断系统使得技术人员可以在任何地方实时监控设备状态，并远程解决问题。若出现异常情况，系统会自动发送警报，并提供初步的故障诊断报告，以便快速响应。

无论是无人种植基地还是无人生产基地都有一个共同点，那就是没有任何生命存在，哪怕是一只蚂蚁都没有。

窗外的不远处，一群穿着统一制服的奴仆闯入了莱纳的视线。这些人正在机器士兵的监管下，行走在固定的路线。他们中有曾经声名显赫的钢琴家，有自命清高的画家。此时的他们早就没有了当时的意气风发，一个个脸色凝重地向前行走着。

莱纳如同上帝般俯视着窗外的一切，当初父亲将档案袋交给他，他从看到“马尔萨斯”计划时的震惊，到现在凌驾于众人之上的享受，他几乎没有费什么力气。似乎他就是布森家族古老灵魂的再生者，注定传承这份家族荣耀与责任，去完成这份“伟业”。

关押室内，一些人已经选择了臣服，带着沉重的心情离开了这个囚笼。而另一些人，包括芭蕾舞演员帕莎，则选择坚守自己的信念，继续被囚禁于此。经过了十几天的折磨，帕莎原本丰满的脸颊变得消瘦，眼神里失去了昔日的光彩，显得憔悴不堪。她一直蜷缩在角落里，脑海中不断回想着与男友波尼的美好时光。他们是舞台上的黄金搭档，也是彼此生命中最坚实的依靠。然而现在，一切都变得面目全非。

正当帕莎沉浸在无尽的悲伤之中时，大门“吱呀”一声被缓缓推开，一名身着黑色长裙、面容严肃的女管家悄然走进了关押室。她将一套华丽的礼服裙放在帕莎跟前，看着帕莎，轻声说道：“如果你愿意，你可以重新找回自己的尊严。”

周围的人投来惊异的目光，帕莎也一脸莫名，又惊又惧。

女管家抿了抿唇，缓缓俯下身，在帕莎左侧轻声耳语：“帕莎，有时候，你要明白，活下去比什么都重要。”

这句话像一道闪电击中了帕莎的内心，替她拨开困扰她的重重迷雾。是的，活下去比什么都重要，只有活下去才有见到波尼的希望。她不再像一只小兔子般惊疑不定，而是缓缓站起身来，接过礼服裙，眼中闪过一丝坚定的光芒。

帕莎跟随在女管家身后，穿过一条条冰冷而狭窄的走廊，走廊两侧是一扇扇紧闭的门，偶尔传来低沉的哭泣声或是微弱的求救声，让人感到一阵阵心悸。这些声音像是从地狱中传来的，提醒着帕莎这里并不是她曾经梦想中的舞台。

关押室外面的世界，并没有想象中的繁华与明亮。这里的一切都被一种压抑的气息笼罩着，空气中弥漫着一股说不出的沉闷。沿途正在劳作的人们将目光投向帕莎，或惊讶，或同情。人们惊讶于她的优雅美丽，但同时也意识到美貌在这个冰冷的世界可能是一道催命符。

帕莎忐忑地跟在女管家身后，沿途偶尔会遇到几个穿着华贵服装的人，他们的脸上写满了冷漠。这些人仿佛是理想王国的傀儡，他们的存在只是为了维护这个扭曲秩序的存在。

帕莎环顾四周，心中充满了迷惘与恐惧。她意识到，在这个理想王国中，所谓的“理想”不过是建立在无数人失去尊严与自由的基础上。这里没有温暖，没有希望，只有冰冷的规则与无尽的苦难。人们的尊严被践踏在脚下，每个人都在无尽的煎熬中度过。

帕莎被带到一个房间，细心地梳洗后换上了那套华丽的礼服裙。随后，她被带到了一个房间。

帕莎心跳如鼓，缓步踏进房门。她盯着巨大落地窗前的高大背影，窗外耀目的阳光晃得她眼睛生疼。

“先生。”

帕莎艰难地咽了咽口水，轻声开口，语气中写满了无措和紧张。

窗前的身影动了动，缓缓转过身。他脸庞俊美，身材伟岸，不是莱纳又是谁?

帕莎眼前一黑，震惊地看着面前她曾经的追求者，她没有想到会在这里见到他。

“你还好吗，美丽的帕莎?”

莱纳踱步至帕莎身边，居高临下地盯着她。他的眼神冷而冰，好似躲在暗处的毒蛇正死死盯着自己的猎物。

看到帕莎战栗的身躯，莱纳微微一笑，似乎十分满意。

“好久不见，送你一份礼物。”说完，莱纳按下一个按键，一个屏幕缓缓升起。

屏幕上画面闪动摇晃，突兀地出现一个面目憔悴、神情恍惚的男子，他的目光一边盲目地游走，一边念叨着：“帕莎，我的帕莎……”

“波尼。”帕莎扑到屏幕前，她抚摸着屏幕上的男人，心痛欲裂。

莱纳走到帕莎身旁，强势地捏住帕莎的脸。他的目光中闪过复杂的愤怒、嫉妒、无奈等种种情绪。最终，他低下头轻轻吻住帕莎冰凉的唇。

帕莎奋力挣扎，却怎么也挣不脱莱纳的怀抱。莱纳敏锐地察觉帕莎眼中的抗拒与厌恶，眼神忽地一暗，狠狠咬上帕莎的唇。

“啊!”

帕莎反咬一口，莱纳痛呼着放开帕莎，单手撑在餐桌上喘着粗气。

微凉的指尖抚上红唇，沾上丝丝血迹，莱纳不以为意，反而嘲讽一笑：“你看，这就是你选择的男人，他都没法保护你。”

帕莎连连退后几步，脊背贴在墙壁上，浑身发冷。她死死咬住唇，恐惧地盯着眼前的疯子，大滴泪珠自眼眶中滑落。那双美丽明亮的蓝眼睛仿佛被蒙上一层水雾，如带着朝露的蓝玫瑰一般动人。

莱纳眸光晦暗，久久，自帕莎身上移开目光。

“来人，将灯光打开。”

莱纳理了理袖口，重新恢复了矜持与高冷。他随意地坐在真皮沙发上，端起桌上的红酒杯，冲帕莎一笑。

“给我跳一曲《吉赛尔》吧，顺便祭奠你将永远失去的爱情。”

话落，他轻轻抿了一口红酒，居高临下地凝视着帕莎，仿佛中世纪的领主，轻蔑地俯视自己的女奴。

舒缓的音乐响起，帕莎闭上双眼，绝望地走上微型舞台。纤细双臂随着歌声打开，做成一朵向日葵的形状。音乐逐渐激烈，她柔韧而笔直的大腿随着鼓点旋转跳跃。她的舞步虽然依旧优美，却透露出一种前所未有的破碎感。每一转身、每一个跳跃，都仿佛是在诉说着心中的痛苦和无奈。

随着乐曲逐渐走向高潮，帕莎的舞步越来越快，她仿佛是在与命运抗争。她的每一次落地都伴随着轻微的颤抖，仿佛每一次跳跃都是对过去的告别。她的身体随着旋律起伏，如同被无形的绳索牵动着的木偶，却又努力摆脱束缚，展现出一种破碎却坚韧的美感。

最终，当最后一个音符落下时，她如一朵迅速枯萎的蓝玫瑰，跪倒在地。

莱纳陶醉地盯着帕莎，放下酒杯，走上前扶起她，吻干她的泪痕："真是太美了。"

"我的公主。"莱纳拦腰将帕莎抱起，穿过走廊，来到一个灯光昏暗的房间，将她放在柔软的大床上，温柔地呢喃，"只要你听话，我会让你成为理想王国最尊贵的女人。"

帕莎仰躺在床上，绝望地闭上眼。一滴泪悄然滑落。

第二十六章

灵 境

2035 年 4 月 30 日。

夜幕低垂，大雪纷飞，银装素裹的世界仿佛被一层神秘的面纱轻轻覆盖。莫英坐在一家温馨的日式料理店内，等待着张可的到来。这家小店隐藏在一条不起眼的小巷之中，木质的门扉半掩，透出柔和而温暖的光晕，与外面冰天雪地形成了鲜明的对比。因为流行病毒的原因，店内生意惨淡，只有莫英一人。

莫英坐在靠窗的位置，从这里可以清楚地看到外面的雪景。落地窗外，雪花纷纷扬扬，如同无数白色的蝴蝶在空中翩翩起舞，最终落在地面上，给大地披上了一层洁白的羽衣。街道两旁的灯笼在雪中散发着微弱的光芒，偶尔有行人匆匆走过，留下一串串深浅不一的脚印，很快又被新降的雪花覆盖，不留痕迹。

店内播放着轻柔的日本传统音乐，悠扬的琴声和清脆的鼓点交织在一起，营造出一种宁静而又不失雅致的氛围。空气中弥漫着烤鱼和寿司的香气，让人不由自主地感到饥饿。墙上挂着几幅精致的浮世绘，描绘着四季更迭的景色，与窗外的冬日景象相互呼应，增添了几分诗意。

“多么美好的人间啊！”莫英心里发出一声轻叹，眼前的美景让她暂时忘却了世事的纷杂。她的面前摆放着一杯热腾腾的抹茶，蒸汽缓缓升起，在寒气中形成了一层薄雾。她轻轻地拿起茶杯，感受着那份温暖透过陶瓷传递到手心。

自从被国际卫生组织命名为“萨维”的病毒暴发，各国进入紧急状态，实施隔离，她已经很久没有出门。眼见着南京最近未有新的病毒案例，她找准时机约见了张可。门被推开，一股冷风伴随着雪花飘了进来，打破了这份宁静。包裹严实的张可的身影出现在门口，抖落身上的雪花，快步向莫英走来。

“又迟到了，等了很久吧！”张可一边解开围巾和口罩，一边抖落身上的雪花。等她坐下时，莫英看到了一张消瘦得毫无血色的脸，还有一双红肿的眼睛。

“你的状态非常差，看上去很虚弱。”莫英感觉内心一阵刺痛。

张可用消瘦的手托住额头，身体微微抽搐，等她再抬起头的时候，已经是泪流满面：“我感觉撑不下去了，昨晚我不自觉走到楼顶。要不是我爸给我打电话，我都不知道自己会做什么。”

“为什么会这样？又发生什么事？”莫英听到张可这样说顿时神经紧绷，这段时间每隔两天她便会和她通话，就是担心会发生这样的事情。

“他们对我搜身，现场七个人，五名男同志，他们让一名男同志对我进行搜身。”张可泪如雨下。

“什么？对你搜身的是什么人，他们是法盲吗？他们有什么权力这样对你？”巨大的震惊让莫英义愤填膺。

“现在对我调查的队伍扩大了，加入进来三个研究室主任。他们已经对我进行了三次谈话，搜身是最近的一次，估计是怕我携带录音设备。”

莫英还沉浸在巨大的震惊之中：“难道他们是跟你谈了什么过分的内容吗？”

张可用纸巾擦了擦眼泪，深吸了一口气轻声说道：“是的，他们现在查不到我任何问题，要求我自己在党章里面找一条符合党内处分的条款。”

“什么？也就是他们找不到你的罪名，让你自己在党章里面找一条，给自己定个罪。”接连的震惊让莫英简直不敢相信自己的耳朵，“这是21世纪！这群法盲在做什么？”

张可又擦了一下眼角忍不住滚落的泪水说道：“他们接下来要找我老公谈话，估计是从他身上找突破口。”

此时的莫英，从震惊中冷静了下来：“张可，无论如何你都不能让他们得逞，结合他们之前的所作所为，我觉得事情没有这么简单。”

张可点点头：“我的想法和你一样，这是他们的计谋。等我认了其中一项，他们便可以接着以学术不端的名义接着对我审查。”

此时的莫英内心已经被震惊和愤怒填满，她难以想象这群人是多么的卑鄙无耻。

“你分析得很对，现在已经快半年过去了，他们现在大有不达目的不罢休的架势，这帮人这么明目张胆，处处踩踏法律的底线，你有没有想过举报。”看着无比虚弱的张可，莫英明白再拖下去，她会出事的。

“我有些害怕未知。”张可茫然地看着窗外，接近半年的缠斗让她几乎丧失了全部信心。

“你知道吗？我很想为你写本小说，小说的名字叫《荒野求生》，在一片没有文明的荒野国度，一群野蛮人，还有一个不小心穿越到那个野蛮时空的你。”

看着一本正经的莫英，本来还愁眉不展的张可忍不住“扑哧”一声笑了出来：“是的，大家都说这件事连小说都不敢这么写。”

“我今天还想问你一件事。”看张可情绪有所转变，莫英立刻转变话题。她知道此刻需要做的是让张可的精神得到片刻的放松。

“什么事？”张可好奇。

“我想描述元宇宙的一个场景，你看能不能实现，或者说我这样的架构对不对？”

“元宇宙？好！”张可双目闪闪，下意识地坐直了身子，已经与刚才判若两人。对视科技研究为乐趣，一心只想做研究的张可来说，这个话题足以暂时忘记所有痛苦。

“最近我听了很多元宇宙的线上公开会议，但我总觉得他们阐述的观点，只是出于科技工作者对元宇宙的认知，不够全面。”

张可好奇：“为什么会突然研究元宇宙？”

莫英沉默了片刻说道：“我没有办法跟你具体描述为什么，但我知道我必须去做。”

张可沉思片刻，表示了认同，因为这个世界上很多事情根本就没有合理的解释。

“元宇宙的世界，不应该完全用‘虚拟世界’来定义它，它应该是真实世界的投射。我们要做的是将整理后的真实世界，在里面体现，”莫英停顿片刻，“这个世界不应该只由一部分人去创造，而是所有人一起创造。”

张可对莫英的言论感觉有些惊讶：“所有人一起创造？怎么解释？”

“以人为本，让科技回归到本质。以人类的需求为目标，以大自然与人的共生为理念，以我们脚下的水与大地为根基，所有人共同去塑造这个世界。”莫英表情认真，就像是在讨论一个严肃的话题。

张可已经完全被莫英的话题吸引，但她似乎还是不理解莫英想表述的核心观点：“那具体要怎么去做呢？”

莫英思虑了片刻说道：“元宇宙打造之初，应该从现实世界开始。也可以说，是现实和线上同步进行，再进行组装。”看着张可探究的眼神，莫英继续说道：“打造元宇宙的世界，我们要从宇宙、自然、人类的需求、社会阶层等等多维的角度去架构这个世界，最终，我们要打造的是一个健康、透明、平等、互爱，以思想价值为导向的透明世界。”

张可此时眼神已经一扫之前的沮丧，闪闪发光：“那你说的现实角度是到底怎么去做呢？”

“成立标准化示范基地，让所有的科技力量集中向一个地方。我们开始要做的就是以‘农耕文明’的思想去了解脚下的水与大地。让华夏延续千年的传统农耕与科技结合。从水与大地的污染、地方土壤的适用性，让农民的经验与科技结合，定制一套适用性的科技耕种方式，最终的目的是在保护好水源与土壤的前提下，治理污染的水与土地，找到适应当地土壤的种植品种，种出健康食品的同时提高种植产量。同时，根据示范基地所产出的特色食品，成立企业，引进先进设备，加工食品，形成地方特色品牌，帮助当地农民提高收入。这只是其中的一部分理念。”

“那这个怎么运用到元宇宙？”张可明白了莫英所说的线下治理，但还是没有明白这个和元宇宙怎么结合。

“试想一下，在元宇宙的世界，我们每天能在这个世界看到每个地方水与土地的污染指标，能看到一天天在变好，那我们的心里是不是就会充满希望。再设想一下，我们买的每一件产品，都能在这个世界溯源，我们能看到它产自哪一片土地，哪一家工厂，有着怎样的工序，那我们是不是就不用再担心食品安全?”

此时的张可已经明白了莫英的想法：“我明白了，你所说的示范基地不就和你当时经营老字号的店铺是一个道理吗？在一个地方向内集中探索实验，形成标准化的运作后，便可以进行复制。然后根据现实中的数据传送到元宇宙的世界。”

莫英点点头：“嗯，其实就是这个道理。”

说话的间隙，服务员开始上菜。也许是暂时放下了心理包袱，张可的食欲开始变好，她盛了一碗汤，开始边喝汤边听莫英说话。

“我想知道，在这个世界怎么才能达到自循环，”莫英停顿了一下，给张可夹了几块牛肉，“就是形成标准化运作后，不需要人为干预，能够自循环运作。”

“区块链，”张可毫不犹豫地回答，虽然她已经经历了半年多的打压，但她丝毫没有停止科技探索的脚步，“区块链是一个去中心化的分布式账本，一旦数据被添加到链上就无法更改或者删除，因此可以用来记录数字资产的所有权转移历史，确保真实性。可以为元宇宙提供一个稳定、透明的经济基础。当然它的功能还有很多。”张可咬了一口牛肉，歪头看向莫英，“还是很好奇，你为什么突然想做这个?”

莫英无奈地叹了口气：“现在人工智能对社会造成的冲击已经很大，科技正在成为对准人类的武器。我思考过，如果人类只能和人工智能共生，那只能在元宇宙的世界去实现大同世界，”莫英停顿片刻，“在这个世界，人们既是受益者也是消费者，既是得到者也是给予者，那每个人都能在这个世界发挥自己的作用，也真正能做到取之于民，用之于民。”停顿片刻，莫英又说道：“科技的进步，时代的发展，不能丢下任何一个人。”

张可放下手中的筷子，惊讶地看着莫英，“那这个世界属于谁？国家?”

莫英摇摇头：“不完全，它本质上应该是属于每一个人。元宇宙的世界应该是和国家平行的世界，它既是国家的一部分又是独立运作的。我们可以在元宇宙的世界安放我们的灵魂，在现实世界安放我们的身体。”

“灵魂?”张可若有所思，“元宇宙的概念是1990年钱学森先生提出来的，叫作‘灵境’，你这个解释倒是贴合了这个名字的意境。”

莫英点点头：“在这个世界可以塑造一个可见的秩序，让人们产生共识。一旦秩序产生，人们便会在这个世界高度自治。”莫英想了想说：“如果说现实世界是韩非子提倡的法治，那元宇宙的世界便是老子提倡的‘无为而治’，两者相辅相成。”

张可被莫英的想法激起了兴趣，她还是忍不住重复问了一遍：“这个世界不属于你，不属于某个企业，而是所有人?”

莫英点点头。

“那你的目的是什么？不为钱，为名?”张可忍不住追问。

莫英摇摇头：“我仔细想过，元宇宙至今没有被合理运用，是因为缺少一个能推动它的人，一个能做到‘无我’，愿意为天下众生去无条件创造这个世界的人。”

张可显然被这个答案震惊到：“你的意思是，你愿意这么去做?”

莫英眼神坚定，点点头：“我愿意!”

张可惊讶地盯着莫英：“你知道创造元宇宙需要多少钱吗？那可是一笔天文数字。”

莫英夹了一筷子菜后点点头：“这正是我要问你的，需要多少钱?”

张可放下筷子，从包里掏出一支笔，一个本子。她摊开本子说道：“我先把元宇宙的架构画给你看一下。”说完，她开始边画图边给莫英讲解：“我们可以把它分为三层平台，最下面是基础设施平台，服务器和硬件平台；第二层是服务平台，数据加Web服务；第一层是应用平台，可以根据需求建模，比如说，农业、商业等。”说完，张可看着莫英，想确认她有没有听懂。

莫英点点头：“如果要做，里面成本最高的是什么?”

“人工成本，还有CPU服务器，服务器需要500万到1 000万的投入，整体地往最低了算大概需要5 000万的资金。”张可说完看着莫英，想从她脸上看到震惊或者是退缩的表情，但让她没有想到的是，莫英的眼神依旧坚定。

莫英盯着纸上的图问道："如果元宇宙的世界接入人工智能，会怎么运用?"

张可拿起笔继续画道："人工智能可以有两种用法，一是放在第三层基础设施平台，第二个是整体运用。"

莫英沉思片刻。"如果先建立元宇宙的世界，再接入人工智能会是怎样?"莫英停顿片刻，似乎是觉得自己的表达不够精准，"打个比方说，元宇宙和人工智能分别是两个应用程序，当人工智能并入元宇宙的时候，应用程序显示的是元宇宙的图标还是人工智能的图标?"

"元宇宙的图标，"张可认真地思考后回答。

莫英听完如释重负，她开心地为张可盛了碗汤说道："真是太好了，总算弄明白了。"

张可看着兴奋的莫英，疑惑道："你怎么去筹集这部分资金。"

莫英打开手机放到张可面前："我写了一本科幻小说，现在正在出版社校稿，我想用这本书造势，用卖书的钱去做这件事。"

"什么? 你什么时候写的?"张可用不可思议的眼神看向莫英。

"就这几个月。"莫英笑着看向张可。

此时的张可终于意识到莫英是真的想去做这件事，但她还是对此感到不理解，她问道："你做这件事不为名利，那是为什么呢?"

莫英似乎心中早就有了答案："现在世界局势风起云涌，诡异莫测，但不管怎样都在指向一个不好的结果，我得去做些什么。如果真要说是为什么，那我的回答是：为你，为我，为我们的儿女，为所有在黑暗中挣扎的灵魂，为未来再次降临在这个世界的我们。"

听到这个答案张可愣在当场，缓过神来后，她说道："为了这个目标，牺牲自己也愿意?"

莫英眼神坚定："我愿意，我是生意人，要是实现这个理想需要牺牲我，那我觉得这是一笔划算的买卖。"

此时，大门口响起推门声，还有交谈的声音，张可戴上口罩说道："安全起见，我们出去边走边聊吧!"

出了饭店的门，两人沿着积雪的路往前走。在走到一个空旷的公园边时，两人站住了脚步，张可说道：“我仔细想了一下，你的方案是我所听到的元宇宙方案中方向最正确的一个，但是执行起来非常难，因为需要政府开放数据，还需要政策的支持，还有一个关键点是……”张可欲言又止。

此时，天空又飘起了零星的雪花，张可和莫英相对而立，站在冰天雪地中。

张可说道：“这个世界的建立需要推翻一切力量。”

莫英摇摇头说：“不，是重组一切力量。”

临分别时，张可似乎还是没能理解莫英的想法，她忍不住又问了一句：“你为什么这么坚定地想要做这个呢?”

莫英开车回到家中，但她并没有立刻上楼，而是沿着小区周围开始散步。就在她走到小区的一个拐角时，她看到了一辆小小的保洁车。就在她准备绕过保洁车时，她猛地看到保洁车旁蜷缩着一个人。

那是一位身穿环卫服，头发雪白的老人。她蜷缩在环卫车的旁边，头低垂，眼睛看向地面，似乎是在回忆什么，脸上弥漫着悲苦的表情。她一动不动，就像一棵树、一棵小草一般地存在，莫英在老人身边停留，她也没有注意到，就好像她和这个世界无关。

莫英看到面前和奶奶神似的老人，心中如同遭遇了重击。她很想问问老人为什么下雪天坐在这冰天雪地里，冷不冷。但看着沉浸在回忆里的老人，莫英决定不打扰她，但眼泪已经忍不住滴落下来。她恨透了这种无能为力的感觉，每天打开新闻，看着在炮火中失去生命的无辜的人们，看着因为生活重压一个个从桥上纵身跳进冰冷水中的年轻生命，看着一辈子面朝黄土背朝天，勤勤恳恳，老了却衣衫褴褛，食不果腹的老人，莫英便会感觉到焚心蚀骨的痛。相比起她记忆中的 20 世纪 80 年代，这个世界是如此的陌生，如此的让人痛心。她无数次地在泪水中问自己，该如何去做才能改变这一切。

莫英在离老人稍远的地方站定，抬头看向了雪花飘落的天空。那一晚，她在梦中看到的景象，此时又在眼前重演。

那一晚，莫英感觉到疲惫后回家沉沉睡去，随即她便发现自己独自站在大海边。望着眼前一望无际的大海，她在惊奇之余激动不已。纵使是在梦中，但面前熟悉而又诡异的场景告诉她，她回到了小时候的那个梦境。

莫英深知梦境如流沙，它随时都会消失。她必须在有限的时间内去找到这个困扰了她一生的答案。

环顾四周，此时的画面停留在梦的末尾，天空泛起一抹淡红，海浪逐渐平息，海风携带着咸腥的味道扑面而来。

尽管心中充满畏惧，但面对这难得的机会，莫英鼓起勇气，将视线聚焦于海面上漂浮的众多尸体。40多年的时光流逝，那些画面在记忆中已然模糊，她记不清他们的面容。然而，当她仔细辨认其中一具尸体的面孔时，一股强烈的震撼涌上心头。一张苍白的脸庞，睁着已经灰白的双眼静静地注视着她，竟然是她的好友陈新，两人前不久才一起参加过好友的生日宴。

这一刻，莫英心中涌现出一个惊悚的猜测。

目光流转，她继续审视其他尸体，她震惊地发现，大部分死者都是她生命中曾经相遇的人——有她深爱过的，憎恨过的；有亲近的亲友，也有早已疏远的旧识。

莫英在一阵急促的心跳中骤然醒来，她茫然地坐在床沿，思绪久久未能平静。那些幼年时出现在梦中的面孔，竟然一一对应上了她日后人生旅途中的真实人物。这是否意味着，梦中的预兆不仅仅是过往的重演，更昭示着梦中的场景在未来会真实发生?

莫英呆坐在床边，似乎明白了什么，但又似乎什么都没明白。困倦再次袭来，她又昏昏沉沉睡去，朦胧之间，似乎出现了一扇巨大的门。

梦中的莫英望着那扇门，此时的她内心无比平静，就好像她一直在等待这一刻，就好像她知道那扇门后隐藏着她需要的答案。

第二十七章

人间炼狱

2035 年 9 月 10 日。

自从机械兵团摧毁了亚特兰提斯，这个世界就像是被打开的潘多拉魔盒。它们如同幽灵般的身影总是随机地出现，带来战争以及能源的抢夺，并且没有任何国家或者组织为此负责。在混乱与战争中，国与国之间的信任变得模糊。而随着资源争夺的加剧和地缘政治矛盾的激化，国家与国家之间的冲突打破了世界的和平。这场冲突并非局限于某一个国家或地区，而是迅速蔓延至全球，形成了一个多极化的战争格局。导弹与无人机在天空穿梭，网络攻击与信息战成为新的战场。各国为了争夺资源、维护自身的利益，纷纷投入到了这场没有硝烟的战争之中。第三次世界大战几乎一触即发。

比起战争的可怕，另一个威胁人类生命的存在，是不断变异的病毒，它正在疯狂吞噬着人类的生命。

自从第一种被国际医学组织命名为“萨维”的致命病毒开始在全球暴发，便一发不可收。此后又有多种不知名的病毒开始在地球上流行，以其诡异的传播途径和相当高的致死率，成为悬挂在人类头上的达摩克利斯之剑。疫情使得医疗系统不堪重负，许多国家不得不采取严格的封锁措施，经济活动几乎停滞。

在这样的背景下，人工智能技术取得了飞速的发展。机器学习与自动化技术的进步使得机器人和智能系统开始取代人类从事各种工作。从工厂流水线到办公室，从驾驶室到手术室，人类逐渐失去了自己的工作岗位。

曾经繁忙的工厂车间，现在只有机械臂在无声地运作，金属碰撞的声音回荡在整个空间里。办公室里，虚拟助手取代了前台接待，无人车辆在道路上穿梭。夜晚，街道上亮起的不再是温暖的路灯，而是监控摄像头的红点，提醒着人们人工智能无处不在。

在战火纷飞的城市里，昔日繁华的街道变得空旷而寂静，只留下破碎的建筑和烧焦的土地。曾经繁忙的商业中心如今满目疮痍，商店橱窗碎裂，招牌歪斜。夜晚，城市的灯光稀少，只有偶尔闪烁的警报灯提醒着人们战争的存在。空气中弥漫着尘土与火药的味道，让人窒息。人们行色匆匆，眼神中透露出恐惧与不安，孩子们紧握着父母的手，紧紧跟随，生怕一不小心就会失去对方。

而在病毒肆虐的城市，街道上空无一人，只有偶尔驶的救护车呼啸而过。公园里的秋千孤独地摇摆，儿童游乐区空无一人。超市门口排起了长长的队伍，人们戴着口罩，保持安全距离，脸上写满了疲惫与忧虑。夜晚，家家户户紧闭门窗，灯火阑珊处，偶尔传出咳嗽声和婴儿的啼哭，提醒着人们病毒仍在蔓延。

在战争、病毒与技术进步的三重打击之下，人类世界陷入了前所未有的混乱与痛苦之中。全球自杀率开始飙升，极端的无差别杀人事件频发。社会治安恶化，犯罪率上升，每天新闻的推送，都有着让人心惊胆战的案件发生。在这样一个充满不确定性的时代，每个人都像是迷失在黑暗森林中的旅人，找不到出路。

全世界的大都市——伦敦，曾经人类文明的骄傲，现在化作废墟。高楼大厦的轮廓在烟雾中若隐若现，破碎的玻璃和扭曲的钢筋裸露在外。街道上，废弃的车辆横七竖八地躺着，原本宽阔的柏油马路上满是臭水坑。

大本钟的钟声已不再响起，它的指针在一次爆炸中停止了转动。国会大厦的屋顶被炮弹击中，石块和瓦砾散落在广场上。士兵们在废墟中穿梭，寻找着掩体。地铁成了市民最后的避难所，人们在昏暗的隧道中寻找栖息的角落。隧道中一片寂静，只有孩子的哭泣声和大人的安慰声在空旷的车站内回荡。

候车 C 区，兰德戴着双层口罩，身穿防护衣，手中提着一个褐色皮包，里面装着他的全部家当。兰德紧紧握着妻子和孩子的手，眼神坚定："末日城堡竞拍，我一定会抢到3个名额。"

妻子流下泪水，因为戴着口罩缺氧而呼吸困难。她一把扑进兰德的怀中："我们的钱如果不够怎么办?"

兰德看向抱着兔子玩偶、一脸天真的孩子："如果不够，那你带着孩子去。如果还不够的话，我们把孩子送进末日城堡。"

妻子点了点头，泪流满面。

在挪威一间豪华的私立医院的隔离病房里，白色的荧光灯忽明忽暗，映照着墙壁上斑驳的血迹。空气中弥漫着消毒水和死亡的气息。医生艾米丽和助理汤姆穿着厚重的防护服，正紧张地进行抢救手术。病床上躺着一个感染了新型病毒的小女孩，她苍白的皮肤上布满了黑色的斑点，呼吸急促而困难。

一位戴着华丽饰品的贵妇人戴着防毒面具，焦急地等在门外，身穿黑色西装的管家侍立在一旁。半小时后，艾米丽从病房中走出来。

"兰莎怎么样了?"贵妇人看了艾米丽一眼，眼神中是一个母亲特有的无助与哀求。

艾米丽深深叹了口气，摇了摇头："兰莎小姐可能只能再活三天。欧拉夫人，抱歉，我们尽力了。"

欧拉颤抖着手拨通了丈夫的电话，哽咽道："医生说兰莎救不回来了，我们必须拍到末日城堡的名额，保住我们最后一个孩子。"

挂断电话，欧拉表情悲痛而又无助："我5个孩子，有3个已经死于病毒，兰莎是第4个被病毒感染的孩子。"

每天无数生命的逝去已经让艾米丽变得麻木，但她还是表达了对这位不幸的母亲的同情。

窗外传来一阵轰鸣声，一架直升机停在了医院天台上，机身上印着亚帕斯集团的徽标。欧拉抹了抹眼泪，隔着玻璃，最后冲病床上满脸不舍地看了一眼，而后决绝地拎着包走出大门。她得赶上今晚8点的末日城堡拍卖会。

战火纷飞，爆炸声在远处回响，火光在夜幕中闪烁，照亮了天空的一角。在一片兵荒马乱的世界中，末日城堡拍卖会成了人类最后的避风港。亚帕斯集团在这座固若金汤的堡垒中，举行了一场空前绝后的拍卖会。

末日城堡，一座位于美国西海岸地下的庞大建筑。它隐藏在一个崎岖的山脉底下，是亚帕斯集团动用了所有力量，快速建好的一座城堡。末日城堡位于地表之下数百米深处，通过一系列隐蔽的入口与外界相连。城堡整体呈现出一种未来感十足的结构，利用自然岩层的形态巧妙融合进地下的环境中。城堡内部空间巨大，通过先进的照明系统模拟自然光照，创造出一个舒适宜居的天地。

城堡的主体结构由多层环形平台组成，每层之间通过电梯和螺旋楼梯连接。中央区域是一个巨大的穹顶状空间，顶部设有透光的材料，让温暖的光线洒满整个空间。穹顶下是一片开阔的绿地，种植着各种树木和花草，仿佛一个微型的生态公园。

城堡采用了特殊的抗震减压结构设计，能够有效分散地震产生的能量，确保结构稳定；同时装备了高效的空气净化系统，能够过滤掉空气中的有害物质，保持空气新鲜。除此之外，还通过地热能和太阳能相结合的方式，实现了城堡内部环境的恒温控制，营造出四季如春的气候条件。城堡内部建立了一整套完善的雨水收集与污水处理系统，确保水资源得到利用。垂直农场和水培系统，通过人工光源和精确的营养供给来种植作物，实现食物的自给自足；地热发电和太阳能发电相结合的方式，实现了能源的自给自足。并且设有先进的医疗设施，包括手术室、重症监护室等，能够提供全面的医疗服务。亚帕斯集团更是特别声明，末日城堡能够抗击核打击，保障大家的生命安全。

可以说，这里是所有富人躲避灾难的天堂。

“砰——”

一只海鸥往城堡的方向飞来，被高墙上的红外线探测器自动识别到。随着一声枪响，洁白的海鸥直直掉落，羽毛沾着血，落在了城堡外厚厚的荒草中。

白瑞德上校听到枪声，拿起望远镜仔细观察周围的动静。10 米外的森林和百米外的海岸线上十分平静，夕阳静静地斜照在镜子般的海面上。而后一点点西移而下，掩在如剑齿龙脊背般的崎岖山脉背后。

白瑞德放下望远镜，叹了一口气：“这片海死了。”

顺着他的视线望过去，辽阔的海岸边上，曾经繁忙的港口现在一片死寂。

海岸线也不再是往日的旅游胜地。沙滩上散落着破碎的贝壳和漂流物，海浪不断地拍打着荒凉的岩石。昔日热闹的海滨小镇现在只剩下断壁残垣，商店的招牌在风中摇曳，发出吱吱呀呀的声响。

“轰隆隆——”

白瑞德重新拿起望远镜往天上看去，一群直升机正飞向这座堡垒，它们的螺旋桨在昏暗的天空中搅动着气流，留下一道道白色的尾迹。

这些直升机外形坚固，机身涂装着亚帕斯集团的徽标，在夕阳下闪耀着冷冽的光芒，宛如一群钢铁巨鸟。随着直升机的接近，城堡的防御系统自动启动，高墙上的传感器和摄像头追踪着这些飞临的访客。直升机群缓缓降落在城堡外围的停机坪上，扬起了一片尘土，白瑞德的视线变得模糊。

机舱门打开，来自全球，穿着厚厚的防护服的富豪们匆忙地走下飞机。他们戴着防毒面具，只露出一双双灰暗的眼睛。在他们身后，是一些身穿制服的保镖和助理，他们手中都拎着一个大的黑色皮箱。

直升机的螺旋桨逐渐减速，直至完全停止，只留下轻微的嗡嗡声在空中回荡。随着最后一架直升机的降落，白瑞德迎上前去，面带微笑：“欢迎各位莅临末日城堡，拍卖会马上就要开始了，快请进。”

白瑞德往智能锁里输入一串密码，沉重的大铁门缓缓打开，富豪们在工作人员的引导下，穿过通往城堡内部的安全通道，朝城堡深处走去。

兰德在入门处确认了名字，对着手腕上的号码牌很快找到了属于自己的专属座位。他抬头打量起这座宽敞的大厅，大厅内部的灯光设计巧妙，利用光影的交错创造出一种玫瑰花般的迷离气氛，好似路易十六居住的混合巴洛克和洛可可风格的凡尔赛宫。

兰德深深叹了口气，他看了看脚边放着的黑色皮箱，里面放着他的全部身家，价值在 3 亿美元。兰德咽了咽口水，默默祈祷着今天能顺利拍下三个末日城堡的居住权。

拍卖会的现场，气氛紧张而压抑。富豪们穿着防护服，戴着防毒面具，只露出一双双焦急的眼睛。这里每一张座椅间都隔着三米远的，室内的空气更是经过净化系统的层层过滤，但再先进的过滤器都无法过滤掉人们心中的恐慌。

“感谢各位百忙之中抽空莅临末日城堡，亚帕斯集团为大家准备了精致的下午茶。如果有需要的话请按一下扶手上的按钮，我们的机器人助理会贴心奉上红茶和马卡龙。”

拍卖师米莎甜美的声音透过扬声器，响彻整个大厅。

富豪们坐在各自的隔离舱内，面前的屏幕上显示着拍卖品的详细信息。他们左顾右盼，暗暗打量着自己的竞争对手，这不仅仅是一场拍卖，更是一场生存竞赛。

为了确保拍卖过程的私密性，大厅的墙壁采用了高级隔音材料，使得大厅内部的声音无法传出，同时也阻挡了外界的炮火声。同时大厅里配备了最新的高科技设备，包括全息投影技术和实时翻译系统，确保来自世界各地的竞拍者都能无障碍地参与竞拍。每个座位前更是贴心地装有交互式触摸屏，供竞拍者查看拍品详情和出价。

在大厅左侧的墙壁上，挂着一副巨大的蒙娜丽莎画像，上面的蒙娜丽莎一袭黑色纱裙，双手交叠，微笑着俯视众人。她的笑容中似乎带着点对人类的嘲弄，又似有对人类的怜悯。

米莎甜美的声音再度响起：“末日城堡共有 5 000 个居住权，现在正式开始拍卖！”米莎纤细的手指在屏幕上轻轻滑动，屏幕上出现了一排新材料建成的末日房间。“末日城堡的每个房间都是一个独立的单元，配备了最先进的科技设施。它的墙壁采用特殊的复合材料，能够抵御极端环境和潜在的核打击。为了抵御病毒的侵袭，每个房间都配备了高效的空气过滤系统，能够过滤掉空气中的微生物和污染物。除此之外，每个房间都配备了生命支持系统，包括水循环和食物供应。水净化和循环利用系统能够确保清洁的饮用水供应，而智能食物储存和分配系统则能够提供必要的营养。”

“末日城堡将为您和家人提供一个世外桃源。”米莎微笑着说道，“每个居住权起拍价 1 000 万美元，每次加价不得低于 200 万美元，现在起拍！”

“2 000 万。”一名富豪很快出价。

“2 500 万。”兰德果断地举起牌子。

“3 000 万。”一个沙哑的声音继续加价。

兰德不甘示弱，再次举牌："3 500 万。"

"5 000 万。"另一个女士的声音迅速跟上。

价格不断攀升，富豪们的心跳也随之加速，他们中的一些人开始感到吃力。

"6 000 万。"英国著名的军火供应商艾德蒙毫不犹豫地举起报价牌。兰德瞪大了眼珠，富豪们眼看着价格水涨船高，心里开始默默地计算，哪些亲人可以被带到这个安全的避风港，哪些人可以舍弃。他们按捺住心中的不安，紧张地盯着屏幕上疯狂跳动的数字。在这个末日的世界里，生存是唯一的法则。

"1.5 亿美元，成交。"随着第一个居住权落定，末日城堡的名额有了具体的定价。

五小时后，女拍卖师用甜美的声音宣告着拍卖会的结束："末日城堡拍卖会已经圆满结束，对此，亚帕斯集团总裁表示一个月后会开放火星居住权的拍卖，敬请有需要的人士参加。"

兰德坐在直升机上，飞越这片深蓝色的海域。他耗光了全部身家，终于抢到了两个居住权。他的眼中交杂着希望与绝望，他不知道半小时后该如何跟妻子和孩子道别，也不知道这一别还能不能再见。

相比起用金钱堆砌的生命堡垒，普通人只能在命运的洪流中挣扎，听天由命。人类文明在历经几千年的发展后，几经跌宕，终于带着自己的贪婪与傲慢，叩开了地狱之门。

第二十八章

火星之争

2035 年 10 月 25 日，火星。

弗雷德绝望地看着漂浮在太空中的镜子碎片，每一片镜片都带着曾经反射太阳光芒的记忆，现在却各自飘荡，失去了统一的方向。它们化作了无数闪烁的碎片，如同星辰的泪滴，洒落在无垠的黑暗之中。

“弗雷德先生，我们接下来应该怎么做?”看着洒落在太空中的镜子碎片，助手雷尔紧张地咽了咽口水问道。他不久前刚通过宇宙飞船来到火星，成为“巨镜计划”的总工程师弗雷德的助手。而他的上一任助手，意外被一块坠落的陨石砸中，成为火星第一位因为陨石坠落而死亡的人类。

“收集镜子碎片。”弗雷德还想说些什么，但最终选择了沉默。此时的他被深深的挫败感笼罩着。自从亚帕斯集团在火星上实施“超级巨镜”计划，便如同进行了一场与自然、科技乃至命运的较量。这片曾经承载着人类无限憧憬的土地，如今却成了一个充满挑战与考验的战场。

“巨镜计划”的第二次挫折，无疑是对项目团队的一次重大打击。首次失败，那场突如其来的沙尘暴，如同火星的天然屏障，将整个工地瞬间淹没，无数精密仪器深埋于尘埃之下，仿佛是这颗红色星球对人类探索的无声警告。然而，这一次的失败，却是源于更为棘手的技术难题，让项目总负责人弗雷德陷入了前所未有的困境。

“召开团队会议，我们必须找出失败的根源。”经历长时间的沉思后，弗雷德终于开口。自项目启动以来，他肩上的重担日益沉重，技术难关的攻克比预想中更加艰难，资源的稀缺更是雪上加霜。火星上的物资运输成本高昂，每次补给都需穿越茫茫星海，而关键部件与燃料的输送更是难如登天。

如果说初次失败是自然之力的不可抗力，那么这次的挫折则让弗雷德备感焦虑。巨镜的主镜片采用了新型复合材料，旨在抵御火星极端的温差。但在实际安装中，材料的稳定性问题凸显，多块镜片在温度骤降时破裂，宣告了这种材料的失败，项目也因此陷入停滞。

然而，在火星上，“巨镜计划”的失败却引来了意外的欢呼。随着火星移民的呼声日益高涨，各国开发团队竞相登陆。梦想与野心在这片荒凉中交织，人们试图在这里续写人类文明的新篇章。近 20 个国际团队遍布火星各处，各自遵循勘察后制定的方案，稳步推动着项目的进展。然而，“巨镜计划”的启动，如同火星上的一枚重磅炸弹，因为一旦成功，将彻底改变火星的生态环境，打乱多数团队的原有规划。大家在担忧的同时，也在紧张地观望着。

干涸的河床蜿蜒在广袤的平原上，如同岁月退潮后在滩涂上留下的枯竭血管。深邃的水手号峡谷像切割这颗深红色星球的一道巨大伤疤，风从崎岖的岩层间奔腾而过，卷起一阵又一阵红褐色的沙尘。帕克顶着弥天的风沙，艰难地迈动步子，他的宇航服已被磨损得褪了色。他在一个陨石坑的边缘停下，在电子光屏上输入了一串密码后，地面缓缓裂开了一条通往地下的隧道。

这是星际集团为了应对日益增多的开发团队，在火星建设的第二个星舰补给站，而帕克这次到来，是为了即将举行的会议。随着火星开发团队的增多，火星开发彻底陷入混乱之中。各方势力争相占据火星重要的战略资源，他们互不相让，矛盾和争执时有发生。

在此之前，联合国针对人类对外星球的开发和殖民曾召开过一场史无前例的会议，旨在制定《星际法则》，以规范人类的外太空活动，确保星际开发的和平与可持续性。然而，就在《星际法则》草案即将达成共识之际，地球陷入了战乱，人类世界笼罩在第三次世界大战随时爆发的阴影之中，《星际法则》的制定因此被无限期搁置。火星上的开发者们面临着前所未有的困境，他们必须在缺乏统一指导的情况下，自力更生，同时还要应对来自地球的不稳定局势带来的担忧和冲击。

面对日益加深的矛盾，安德森提议由星际集团牵头，举办一场会议，希望大家能友好协商，共同解决大家所面临的难题。

飞鹰号前哨基地的负责人约瑟夫站在会议厅门口，经历长时间的基地建设以及和各大负责人的对接与忙碌，他的脸上早已挂满了胡须。沧桑和疲倦深深地雕刻进他的面容，但就算是这样，众人仍能从他的目光中看出一丝愤怒与无力。

此时，会议室里坐着二十几个开发团队的代表。因为长期的矛盾，会议还没有开始，现场无形中便弥漫着一种胶着的气氛。

代表星际集团出席会议的约瑟夫环视了一眼众人，他轻咳一声拿起话筒："非常欢迎各位的到来，感谢大家在百忙之中抽空出席本次会议，我想大家都已经明白这次会议的目的。现在人类正面临着巨大的危机，人工智能觉醒、第三次大战一触即发。我们身为火星开发的先驱者，承担着为人类开发第二家园的责任，希望大家能秉持开放和合作的态度，共同制定火星开发计划。"

"我们赞同。"首先表示支持的是一位来自俄罗斯的开发团队代表亚历山大，他们在火星建立星舰补给基地的同时，也在和星际集团合作，利用他们的渠道打造地下人类文明种子基地，为预防人类进入更严重的冲突做最坏的打算。

"我们赞同!"

"我们赞同!"

……

"我们赞同!"面对大多数支持者的发声，帕克紧跟着发声，作为亚帕斯集团的代表，也作为火星的早期开发者，他已经目睹了种种乱象，希望借此机会大家能够团结一心，共同面对困境。

"帕克先生，趁着大家都在，不如你跟我们详细解释一下'巨镜计划'。"在一片和谐的声音之中，一个阴阳怪气的声音响起。

帕克循着声音的源头，看到了一脸不友好地看着他的一位代表。帕克想起来，他叫安德鲁，是英国的一个开发团队成员。这个团队受英国一些贵族委托，正在奥林帕斯火山附近打造一个避难基地。

“是的，我们非常想知道，你们在制定这个计划的时候有没有考虑到其他火星团队的安全和保障。”安德鲁话音刚落，一个声音从角落响起。

也许是这个问题太过敏感，大家一致把目光投向了帕克。

面对众人质询的目光，帕克不自在地摸了摸鼻子，事实上“巨镜计划”在开始实施的时候，他便考虑过这个问题，也有过种种担忧。只是，他只能够代表个人，并不能代表亚帕斯集团做出决断。

帕克稍作思考后说道：“是的，我明白大家的担忧。我想大家应该记得‘巨镜计划’刚开始实施的时候，亚帕斯集团考虑到后续可能产生的种种问题，和大家提出过收购计划。”帕克停顿片刻继续说道：“只不过，被大家拒绝了。”

“让我们同意计划，让亚帕斯集团成为火星的独裁者吗？”安德鲁略带嘲讽的声音再度响起。

“我们到火星的时间比亚帕斯集团更早，凭什么要听你们的？”

“怎么，亚帕斯集团是想成为火星之主吗？”

……

“各位，不如趁此机会大家将自己即将推行的计划拿出来讨论，这样大家便能够在彼此了解的基础上，共同推进计划。”眼见场面逐渐失控，约瑟夫及时转移了话题。

“约瑟夫先生说得很对，那我们就从‘巨镜计划’开始讨论吧！”似乎安德鲁并不想放过帕克。

眼见安德鲁步步紧逼，帕克拿起话筒：“我知道，在火星推行这么大的计划给大家造成了困扰，但大家要明白，人类世界危机重重，亚帕斯的出发点是为了在火星建立‘人类种子基地’，尽最大可能保留人类文明。”

“哦？‘人类种子基地’？听上去亚帕斯集团真像是人类的救世主。可据我们得到的消息，亚帕斯正在一些隐蔽的场所，面对一些贵族阶层进行火星居住权的拍卖，起拍价格达到了惊人的5 000万美元一个人，”安德鲁没等帕克说完便一脸嘲讽地看着帕克。“这就是你们所谓的‘人类种子基地’计划吗？”

帕克面对安德鲁的嘲讽并不恼怒，他平静地对着话筒说道："安德鲁先生，以目前火星上所有的工程总量来说，也只能容纳 3 万人左右的殖民，并且只能开发封闭式基地。如果'巨镜计划'能够成功，20 年内，火星最起码能接纳 100 万到 500 万人。"

"我们的投资人认为，巨镜计划对于火星资源的透支程度和时间跨度超乎想象，等贵集团计划成功，人类估计早已灭亡。"

"经研究，超级镜子计划会带来大面积辐射，并不适宜我们的开发目标。"

他们好像达成了某种共识，一致的声浪压制着帕克。

"我们应该共同研究更加快捷的方式，谈论如何在短时间内改造火星局部环境，提前开展第一次短期移民计划!"声音来自一名白人男性。他表情阴冷，眼中流露出对众人极度的不满。

"是的，我对这位先生的提议表示赞成。"附和这个提议的是来自一家国际知名投行的项目负责人里森。他之所以附和这个建议是因为投行在未和他沟通的前提下，已经高价卖出去 10 000 个居住权。而他目前的建设规划只有 800 个。火星恶劣的条件让他的项目进展异常缓慢，投行却在不顾死活地对他施压，"我提议，我们应该在火星地下定量投放核弹，以促进火星的稀有元素开发，以及液态层，水冰和二氧化碳的融化，形成地表液态化河流。"

里森话音刚落，现场鸦雀无声，显然众人都被这个疯狂的想法震惊。

"核武器会产生巨量的高温，只要经过周密的计算，我们相信可以迈出建设适合人类居住环境的第一步。"见众人将目光聚向他，他的表情有些得意，继续说道。

"但这会导致液态水中的核辐射超标，对火星水源造成不可逆的污染。"俄罗斯代表亚历山大首先提出了抗议。

"等等! 你疯了吗，你们是打算给来到这里的人喝核辐射污染水吗?"

里森闻言，皱起眉，一本正经地纠正道："阁下，是火星地下层中经过处理后的饮用液态水。"

"核辐射不仅会影响水源，还会对火星表面的生态系统有着不可预知的恶劣影响，这会大大降低资源可用度，我们不能轻举妄动。"一个冷静的声音响起。

里森眼中闪过一丝疯狂，宛如老鼠嗅到了黄油：“不可预知？那正是我们的机会。只要人为制造出资源稀缺，我们到时候就能高价售卖，对我们来说这不是什么坏事。”

工程师哈马斯对里森的商业帝国不感兴趣，他表情阴冷，快速道：“如果要让火星快速升温，还不如在火星开设化工厂。化工厂排放的温室气体，可以人为地增加火星的大气层温度。这种做法的理论依据是，地球上的温室气体可以导致地球变暖，那么在火星排放温室气体理论上也可以让火星升温。”

众人一阵骚动，他们难以想象这两个人为什么会有这么疯狂的想法。

“我们是来开发火星的，不是来摧毁火星的。”一个略带愤怒的声音响起。

“是的，这个计划太疯狂了。”

“你们是疯了吧，竟然发表这种提议！”

……

七嘴八舌的声音响起，约瑟夫根本没有插话的机会，他仿佛被一道看不见的屏障排除在外，无奈地看着这场闹剧。

“真是太疯狂了。”帕克感觉自己像是在看一场荒唐的舞台剧，演员们说着夸张的台词，进行着夸张的表演。

“不，是这个世界疯了。”约瑟夫明白商讨已经没有任何意义。虽然有不少人是真的为了人类的命运而来。但大多数人早已在背后环环相扣地建立了自己的利益链圈层。在这毫无法律约束的荒芜星球上，很多人把自己想象成了这里的王。或者说，他们正将这里改造成虚拟游戏的主战场。

帕克看着争辩得面红耳赤的人们，靠坐在椅子上。那一瞬间，他显得不愤怒也不挣扎了，被火星经年累月的尘暴磨蚀的苍老底色露出来，仿佛这是一块已经千疮百孔的沉积岩。

约瑟夫和帕克沉默地起身，走向了会议厅的出口。会议厅的大门在他身后缓缓合上，而会议并没有因为他的离开而结束。他听到那位阴冷的男子，用唱诗班一样的声音正色高声说道：“人类世界充满危机，我们应该用最快的时间为人类创造一个新世界，我们将会成为人类的救世主。”

约瑟夫才明白，当面对无尽的利益和无限的欲望的时候，人是最疯狂的。

他们会争相拿起上帝的权杖，哪怕地狱之门已经在脚下摇摇欲坠。

“约瑟夫先生请留步。”亚历山大和帕克出现在约瑟夫身后，“现在怎么办?”

约瑟夫无奈地摊了摊手，他无法回答亚历山大，因为谁都没有办法。

“留给人类的时间已经不多了……”亚历山大喃喃说道。

地下基地的走廊设计得光滑、洁白、狭窄，像是巨人的食道，在冰冷的科技造物中，他们完全感受不到文明本身的温度。三人沉默地站在机械走廊上，他们完全不理会监视器对面部的扫描，也不去管人工智能分析对自己的情绪捕捉。只是忽然觉得很累，像是一群走了很久的旅行者，累倒在漫无边际的黑暗中时，才发现自己已经看不到来路，也看不到红尘中的家。更看不到未来的终点，环顾四周，一切，尽是漆黑。

走出基地，一轮艳阳正挂在火星淡粉色的天空中央。绵延 4 000 公里的红褐色沉积岩层、蜿蜒曲折的干涸河床、连绵起伏的火山，都在它的照耀下壮美得如同梦一般。帕克站在这辽阔又孤独的地表上，忽然有一阵想流泪的冲动。

帕克闭上眼睛，想象着回到了地球。他正在深邃的森林中漫步，它们的树冠交织在一起，形成了一道天然的绿色天幕。林间的空气中弥漫着清新的草木香气，鸟儿的歌唱和树叶的沙沙作响构成一篇曼妙的和谐乐章。

帕克心中发出一声轻叹，他无奈地睁开眼，目光穿透了那无尽的沙尘，似乎在寻找着什么，或许是希望，或许是救赎。在他的心中，地球的记忆如同一首悲伤的挽歌，回荡在空旷的宇宙之中。

他开始反思，人类为何总是重复着相同的错误。在地球上，他们为了权力和欲望，不惜牺牲自然和未来。现在，在火星，他们又准备重蹈覆辙。他想象着火星的未来，想象着这里是否也会被人类的贪婪所吞噬，和地球一样，变得混乱不堪。

“我们总是这样，”帕克低声自语，“到哪里都在重复着同样的故事。我们征服，我们破坏，然后我们逃离，留下一片废墟。”

他无力地呆坐在地，左手抓起一把黄沙，看着黄沙随风自背间缝隙流出。帕克不知道的是，就在他为人类的未来感到忧心的时候，一场令大家意想不到的危机正在向他们逼近。

第二十九章

守护者

公元 2035 年 11 月 1 日。

头发凌乱、胡子拉碴的林家民博士紧皱着眉头，凝视着眼前的荒野。他头顶的天空深处不时有战斗机拉着长长的音爆飞驰而过。世界各地战火蔓延，中国境内虽未曾波及，但周边也是挑衅不断。国家已经进入战斗戒备状态。

这里是河南，中原的心脏地带，这片土地曾见证了无数次朝代更迭与文化的交融。它是中国的粮食大省，这里的年粮食产量足以直接养活 3.8 亿人口。然而，如今放眼望去，曾经肥沃的土地已经变成了一片干涸的荒漠。

林家民是一位生态环境专家，他一直致力于保护环境。然而，在这个时刻，他感到了前所未有的无力感——他不明白，为什么在全球面临气候变暖、极端气候频发、粮食危机迫在眉睫、无数物种濒临灭绝之时，人们还在为争夺权力和资源而不断发动战争。

他环顾四周，目光所及之处尽是干枯的景象。那些曾经生机勃勃的植物，现在只能勉强存活。林家民回忆起过去的几十年间，地球所遭受的种种创伤。

他记得会议上，各行各业的科学家们在会议上分享的研究数据：全球平均温度自工业革命以来上升了 1.1℃，并且预计到 20 世纪末可能上升至 1.5℃至 4℃；冰川融化导致海平面上升的速度加快，近几十年来平均每年上升约 3.7 毫米，威胁到沿海城市的安全；频繁的干旱与洪水交替出现，使得农业生产遭受重创，根据联合国粮农组织的数据，全球每年因干旱造成的粮食损失高达600亿美元；森林的大面积砍伐不仅破坏了生态平衡，还加剧了全球温室气体的排放，据估计，森林砍伐导致的碳排放量占全球总量的10%以上。林家民还记得每一组数据出现时，会议室就很沉寂，人们似乎都被这些数字背后的现实所震撼。然而，当会议结束，大家各自离去后，那些数字似乎也随之被搁置，并未引起足够的重视。

林家民抬头望向远方的地平线，那里曾经是连绵不断的麦田，如今却只剩下无尽的黄沙。一阵风起，卷起了漫天尘土，仿佛是大地在哭泣，诉说着它的哀伤。这不仅仅是大自然的哭泣，更是文明的哀歌。

在林家民的眼中，这片荒漠不再只是一片失去生命的土地，而是人类未来命运的预兆。他深知，如果不采取行动，那么这片土地的悲剧将会在世界各地上演，人类终将为此付出惨痛的代价。

林家民站在荒野之中，仿佛置身于时间的长河之中，眼前的景象既是过去也是未来，是历史的见证，也是对未来的警示。他闭上眼睛，深深地吸了一口气，空气中弥漫着干燥和绝望的气息，但也夹杂着一丝微弱的生命力——那是对未来的希望，是对人类能够改变现状的信念。

他心中满是痛楚，他意识到，尽管科学界提出了许多应对方案，但政治上的分歧和利益冲突往往成为实施这些方案的最大障碍。每当他看到新闻报道中的战争场面时，心中就充满了不解与愤怒——为什么人类不能团结一致面对共同的挑战？为什么还要为了短暂的利益而置整个星球于不顾？

林家民的思绪飘向远方，想到了那些无辜的生命，无论是人还是动物，都在承受着这一切后果。他深知，要想真正解决问题，需要的是全人类的合作与努力，需要放下眼前的争执，着眼于长远未来。他也深知，要做到这一点是多么的艰难。

“林博士。”远处的一声呼喊拉回了林家民的思绪。远处，一个吃力地挑着水桶的消瘦身影逐渐走近。

“张大爷，又挑水啊。”林家民边打招呼边迎着张大爷走了过去。张大爷吃力地放下水桶，用手抹了抹脸上的汗，喘了口气说道："是啊，这片土地是我祖辈留下来的，虽然现在干旱严重，但只要还有一口气，我就得让它活过来。"

林家民点点头，心中百感交集："你可得注意点自己身体，这么大年纪了，大热天的一趟趟挑，怕你遭不住啊。"

张大爷闻言露出了朴实的笑容："我自己心里有数。我在这片土地上长大，它就像是我的家人一样。你看，这每一寸土地都记录着我们家族的故事。现在，外面的世界变得太快了，但我相信，只要我们还在，这片土地就会有希望。"

没等林家明说话，张大爷拿起扁担，准备再次踏上挑水的路途："这片土地养育了我们几代人，现在轮到我们来照顾它了。哪怕只是尽一份力，也希望能帮它渡过难关。"

夕阳下，张大爷的身影显得格外坚定。林家民望着老张渐渐远去的背影，原本已经冰冷的心又燃起了希望。他从张大爷的身上看到了中国几千年农耕文明的传承与坚守。他终于明了，有千千万万个像张大爷这样朴实的农民正和他一样坚守在这片土地上。他并不孤单！

林家民目送张大爷离开，便急匆匆上车朝车站开去。两天前他接到同为生态环境学家的前辈李明教授的电话。李教授在学术讨论群里看到林家民发布的河南旱情严重的视频后，身为河南人的他果断决定为家乡出力，前来应援。

林家民开车带着李明教授行驶在乡野之间。本来还和林家民聊着天的李教授看着沿途的景象陷入了沉默。曾经流水潺潺的小河，现在只剩下了干涸的河床。河床上的石头暴露在烈日下，被晒得发白，偶尔可以看到未曾干涸的泥潭，几条小鱼在泥潭中挣扎。

他眉头紧锁，对林家民说道："前面有个田埂，我们就在这下车，我看看。"

李教授站到田埂上，看到干旱像一位无情的侵略者，慢慢侵蚀着这片曾经肥沃的土地。农田在热浪中喘息，农作物的叶片卷曲，土地裂开，露出干涸的口子。曾经绿油油的玉米叶片，如今变得干枯而卷曲，边缘泛黄。叶片的表面覆盖着一层灰尘，仿佛连空气中的水分都被它贪婪地吸收殆尽。小麦、大豆等庄稼的茎秆变得细弱，挂不住丰硕的果实，一大片一大片伏倒在地。在风中，这些枯黄的庄稼无力地摇摆，它们的颜色由绿转黄，最后变成了一种病态的枯黄。

李明教授站在田埂上，深吸一口气，空气中弥漫着干裂土地特有的气味。他低下头，捡起一块干裂的泥土仔细观察，然后轻轻捏碎，尘土飞扬。“情况似乎比想象的还要严重。”他的声音低沉而充满忧虑。

“今年的干旱比往年都要严重，村民们为了保住庄稼，几乎出动了村里全部的劳动力，大老远地从河里挑水灌溉。”林家民说完叹了口气。

炙热的阳光晒得两人睁不开眼，他俩站到了一棵大树底下。李教授靠在树上，用帕子擦了擦脸上的汗珠，“我们必须找到新的水源，也许可以尝试雨水收集系统，减少对地下水的依赖。”

“雨水？今年连雨的影子都没见到。”林家民的语气有些懊恼。

李教授拍了拍林家民说道：“我知道，但按照目前的形势去看，以后干旱会是常态，我们得做长远打算。半年前我已经让我的学生试验大棚滴灌技术了，估计还有十天左右就能出成果。到时候一起过去看看，要是成果可行，可以在河南成立试验点，改大棚滴灌种植。不能让农民们总是这么折腾，这些土地可是他们的命，他们的根啊。”说完，李教授打开了随身携带的电脑，找出了一个视频。

李教授滑动了一下鼠标，电脑画面上现出一大片绿油油的麦苗。麦苗上覆盖着白色大棚，大棚骨架是用竹片编织而成，外面盖着一张张巨大的透明塑料膜。大棚内，小麦的种植采用了滴灌技术，通过管道系统和安装在管道上的滴灌器，水分和作物所需的养分被缓慢而均匀地滴入作物根区的土壤中。在滴灌系统的配合下，小麦的生长得到了优化。滴灌带像毛细血管一样，将水分精准地送达作物根部，使得小麦苗在生长过程中得到了充足的水分和营养。

“我们做过多次实验，这种技术不仅节约了水资源，还提高了土壤内部的水分、养分和温度，保持作物生长的良好生态。这种精准的灌溉方式，使得小麦的根系生理特性和空间分布得到了改善，同时有助于提高作物的产量和品质。最重要的是，滴灌系统能用极少量的水种植庄稼，能极大程度解决干旱带来的不良影响。”

“这真是太棒了，要是实验成果出来，我会帮村民们去政府申请扶持资金。”

说话间隙，林家民的手机闹钟铃声响起，他看了看手机说道："等会我有个'自然保护联盟'的线上会议，一起去我家听听吧。"李教授点点头，两人一起上车离去。

自然保护联盟是一个致力于全球环境问题和可持续发展的非政府组织。它们通过科学研究、政策倡导和实地项目来推动环境保护和生态平衡。林家民是联盟成员之一。

随着屏幕上各种肤色的头像出现在电脑屏幕上，视频会议正式开始。自然保护联盟会长安东尼奥·古特雷斯首先发声："各位，我们监测到 2035 年全球气温正在急剧升高，甚至打破了历史纪录。我们所生存的地球正在面临极度危险的状况，这将对人类及其他生物造成极其严重的后果。"

话落，屏幕上现出了三张照片。第一张照片上是一只北极熊站在一块碎裂的冰块上，天空中阳光刺眼，冰川正以肉眼可见的速度迅速融化。第二张照片上，曾经的绿洲正迅速消退，庄稼几乎死绝。第三张照片的拍摄地是在非洲，几名黑人躺在木板上，人几乎瘦脱了形。

"如大家所见，全球变暖带来了大量问题。首先是冰川消融，靠近北极圈的一些国家陆地正被迅速淹没。干旱和洪涝等问题也层出不穷，世界各地的庄稼都难以存活，预计三年内全球粮食储量将会出现巨大缺口。除此之外，病虫害和疟疾也席卷而来。经过统计，全球已经有超过一万人死于疟疾。"

安东尼奥的目光诚恳："我知道现在战争频发，我们所做的努力可能都会化为泡影，但如果我们什么都不做，我相信一切会变得更糟。现在，请各位分享一下你们所在地方的状况，另外，看看大家有什么应对之策。"

英国动物保护学者奥朵拉打开语音话筒："我们现在正在北极，冰山融化的速度比我们想象的还要快。根据《自然气候变化》杂志上发表的一项研究，如果温室气体排放继续保持当前水平，预计到 2040 年，许多北极熊将经历繁殖失败，导致局部灭绝；而到 2100 年，北极地区的北极熊可能会面临全面灭绝的风险。不过，也有一些好消息，伊比利亚山猫，曾一度濒临灭绝，但得益于保护工作，其保护状况已有所改善。除此之外，黑犀牛和加利福尼亚湾岛的瓦夸特鱼在组织的努力下，数量已经有了很大提升。濒危动物保护的详细名单我明天会放在组织官网上，届时大家可以自行查阅。”

奥朵拉话音刚落，来自印度理工大学的阿娜尔罕教授打开话筒：“我们现在和我的小组成员在冰岛。洪涝对冰岛的民居和庄稼造成了极大的恶劣影响，许多房子被洪水淹没，庄稼也彻底被淹死。我们为当地居民申请到了联合国资金，准备帮助当地居民重建住房，同时参与政府部门的大坝修建工作。以此将洪水蓄积起来，以应对以后有可能到来的干旱。”

“我们的团队正在喜马拉雅山脉进行考察，”接下来发言的是一位资深的气候科学家张晓峰，他的足迹遍布世界各大山脉。雪山不仅是地球上珍贵的水源地，也是气候变化的晴雨表。近年来，随着全球气温的升高，冰川融化速度加快，这对全球水资源和生态系统构成了威胁。“我们发现，相比去年的数据，今年该地区的冰川融化的速度比去年快了 60％。”他说，“这不仅仅是雪线后退那么简单，它预示着整个生态系统的变化。如果这种趋势持续下去，到 20 世纪末，该地区的冰川可能会丧失超过一半的体积。”

张晓峰发言结束后，大家陷入了短暂的沉默。面对赤裸裸的事实，所有人的心情都感到异常沉重。

“我们在海底发现了变异的生物，”维克多利亚的发言打破了沉默。她是来自俄罗斯的一名海洋生物学家，关注的是另一种类型的环境污染——核污染。在福岛核电站事故之后，她开始了对海洋核污染的研究。维克多利亚曾多次下潜至日本东部海域的深海区域，那里曾是核泄漏的主要受影响地区之一。“有些鱼类出现了双头或多眼的情况，这在正常情况下几乎是不可能发生的。我们的团队还检测到了海水中的放射性元素含量异常，数据显示，在距离福岛海岸线 100 公里内的海域，铯-137（Cs-137）和碘-131（I-131）的浓度是正常水平的几百倍。这表明核污染的影响远远超过了最初的估计。更令人担忧的是，这些放射性物质正通过食物链逐渐累积到更高的生物层级。”

发言还在继续，战争和疫情也在继续。在这个世界上，有人在破坏，有人在坚守。他们就像是黑暗与光明的使者。当黑暗伸展它的触角企图覆盖大地，总有光明的火种破土而出，坚定地守护着这片土地。这些火种或许微弱，却足以点燃希望，照亮前行的道路。

第三十章

王国覆灭

2035年11月17日。

夜幕低垂，月光如水般洒落在广阔的农场上，农场上的庄园被精心修剪过的绿植环绕，显得格外幽静而神秘。一盏盏柔和的灯光从庄园内部透出，映照在宽敞的门廊上，给这寂静的夜晚增添了几分温暖的气息。

在这片宁静之中，一只有着纯白色毛发的小猫悄然出现在了庄园的大门前。它有着一身光滑柔软的白色毛发，在月光下泛着银色的光泽，两只眼睛像宝石一样明亮而灵动。小猫似乎对这个世界充满好奇，它轻盈地跳跃着，一会儿追逐着自己的尾巴，一会儿又玩弄起一片飘落的树叶，玩得不亦乐乎。

一阵轻微的脚步声打破了周围的宁静。小猫警觉地抬起了头，只见一双锃亮的皮鞋出现在它的视野。这双皮鞋显然是经过精心打理过的，黑色的鞋面反射着淡淡的光芒，彰显着主人的品位与格调。随着皮鞋的靠近，小猫似乎并没有感到害怕，反而好奇地凑上前去，用鼻子轻轻触碰那双鞋子，似乎在探究这位不速之客的身份。

一只大手轻轻抚上小猫的头顶："小可爱，去陪乔治吧，我怕它会寂寞。"

夜色中一声凄厉而短暂的猫叫声划过夜空，随后又归于平静。

门口的面部识别系统识别到主人的归来，门悄然开启。托马斯迈着惬意而悠闲的步伐来到水池边。水混合着淡淡的红色血迹裹挟着罪恶向黑暗深处流淌。

托马斯来到更衣室，打开柜门，里面挂满了各式华美的衣物。他的目光最终停留在一件质地柔软、色泽温润的黑色真丝睡袍上。接着他拿起一款名为“午夜森林”的香水，喷洒在脖颈间。随着香水洒落，一股由雪松木与广藿香构成，沉稳而迷人的木质香调缓缓浮现。接着他转身走向酒吧，拿起水晶酒杯，为自己倒上了一杯威士忌。

托马斯缓缓举起酒杯，轻轻地摇晃，水晶杯映照出威士忌深金色的光泽，散发着浓郁的酒香。他露出满意的笑容，走向了隐藏在房屋深处的密室。

随着悠扬的华尔兹音乐响起，托马斯坐在了密室正中间的悬浮椅上，他的周围是一个270度的环形屏幕。屏幕上出现的是布森家族理想王国内各个角落的场景。

托马斯静坐片刻后，开启了环形屏幕。随之，屏幕上赫然出现了布森家族理想王国内各个角落的场景。

金碧辉煌的大厅里，一场盛大的庆典正在举行。布森集团的精英们齐聚一堂，庆祝“马尔萨斯”计划的顺利实施。大厅的墙壁上装饰着华丽的壁画。宽大的舞台中央，巨大的水晶吊灯从高高的穹顶垂下，散发出耀眼的光芒。舞台四周被精心布置的花卉和绿植环绕，营造出梦幻般迷离的氛围。

灯光缓缓暗淡，帕莎一袭白色短裙，出现在舞台中央。《天鹅湖》的音乐声响起，她轻轻舞动，舞姿优雅而悲壮，每一个转身和跳跃都充满了力量，优雅得如同一只白天鹅。随着她轻快的脚尖迅速在地面上旋转，所过之处瞬间开满一大丛蓝玫瑰。宾客被这场科技与人体完美结合的表演深深震撼，纷纷发出惊呼。

在大厅的角落，杰瑞和杜兰德正在展示高超的烹饪艺术。他们的手法熟练而精准，将食材转化为一道道精美的佳肴。音符在空中飘荡，与灯光、色彩和食物的香气交织在一起。宾客们身着华美的晚礼服，男士们穿着剪裁得体的燕尾服，女士们则身着流光溢彩的长裙，珠宝闪烁，香氛缭绕。他们轻声交谈，笑声与轻柔的音乐交织在一起，营造出一种梦幻般的氛围。

随着灯光变化，音乐响起，舞会正式开始。乐队演奏着古典乐曲，音符跳跃在空气中，仿佛有生命的精灵在引领着舞蹈的步伐。

“哦，伊莉莎·布森，迷人的小美人。”托马斯的目光在环形屏幕上移动，寻找着他的目标。

“哦，小可爱，原来你在这。”托马斯看到在角落里正在和一位身着华丽礼服，长相艳丽的女士调情的莱纳·布森。

托马斯小口地喝着威士忌，他的表情惬意迷离，似乎很享受这一刻。

舞池上方巨大的水晶吊灯忽明忽暗，投射出斑斓的光影，仿佛整个大厅都在随着音乐的节奏轻轻摇摆。乐队演奏着快节奏的华尔兹，乐曲中充满了激情与活力，带动着所有人的心跳加速。

人们纷纷携带着自己的伴侣步入舞池，男士们绅士地伸出手臂，女士们则优雅地将手搭在对方的手腕上。他们随着音乐的节奏旋转、跳跃，舞姿优美而协调。

舞池边缘，还有一些人暂时没有加入舞动的人群，则是选择在旁欣赏这一幕幕美妙的瞬间。他们手持香槟，轻声交谈，脸上洋溢着愉悦的笑容。侍者们端着装满各式鸡尾酒和小吃的托盘穿梭其间，不断有人取走饮品，享受着这份奢华。一些人开始向空中抛撒花瓣和彩色纸屑，庆祝这美好的夜晚，使得整个舞会显得更加欢快和浪漫。

托马斯看着屏幕上熟悉的面孔，露出一个让人毛骨悚然的笑容。随后，他伸出一根手指，指向屏幕。随着手指的移动，嘴里报出一个个名字：

“安德鲁·布森。”

“丽莎·布森。”

……

他的表情带着戏谑，就像他报出的不是一个个人的名字，而是一群他豢养的宠物。

报完名字，他把目光投向屏幕上的另一个画面。那是几个机器人士兵，正在监管一群仆人的画面。仆人们的表情各异，有受到长久监管知道反抗无果，表情麻木的；也有新来不久，表情愤恨，却又敢怒不敢言的。

托马斯轻蔑地冷笑一声：“渺小的人类。”他将杯中的酒一饮而尽，随后，他用俏皮的声音说道："亲爱的布森家族的小可爱们，我们开始吧！"

托马斯的手指在键盘上飞速舞动，每一个按键都像是在编织一张无形的网，这张网即将覆盖住理想王国中所有的机器人，以及理想王国的所有系统。他输入了一系列指令，这些指令如同致命的毒药，悄无声息地渗透进布森集团机器人的核心芯片中。随着最后一个字符的敲击，一道看不见的指令瞬间传遍了整个网络，布森集团的所有系统和机器人在这一刻全部瘫痪。

舞池的灯光随之熄灭，梦幻王国瞬间坠入了黑暗森林。随着灯光熄灭，正在工作的机器人士兵如同失去了生命力一般，全部失去了作用。

"快来人，这是怎么回事？"在一众嘈杂的声音之中，莱纳·布森愤怒的声音随之响起。但不久他的声音便被一群愤怒的声音淹没。托马斯如同游戏一般，在这时启动了理想王国的照明系统。

随着布森家族机器人士兵的瘫痪，被压迫的人们终于抓住了机会，他们奋起反抗，对曾经的压迫者展开了猛烈的反击。因为一切发生得太过突然，面对狂怒的人群，那些曾经趾高气扬的贵族们此刻却只能四处逃窜，他们的尊严与权力如同秋日落叶般散落一地。监视器的画面中，布森家族的人们狼狈不堪，他们的举止完全失去了往日的优雅。有的跪地求饶，有的疯狂奔逃，还有的甚至不惜自残以求得一线生机。他们的尊严在这一刻彻底崩溃，曾经的傲慢与偏见在现实面前显得如此苍白无力。

舞池的灯光在流转，音乐依旧旖旎。

托马斯坐在屏幕前，嘴角挂着一抹残忍的笑容，他的眼神中闪烁着一种近乎疯狂的光芒。他注视着监视器中布森家族成员那惊恐万状的面孔，他们像失去了庇护的羔羊，无助而又绝望。托马斯的笑声在密室里回荡，那是一种令人毛骨悚然的声音，充满了胜利者的狂喜与变态的快感。

"现在，"托马斯对着空旷的房间自言自语，声音中带着一丝病态的愉悦，"让我们看看这些高高在上的贵族们，究竟有多么不堪一击。"

托马斯的手指在键盘上方，做着随时准备敲击的姿势。

一位年轻的布森家族女子——艾莉森·布森，正拼命地奔跑着。她的心跳如同战鼓一般响彻胸膛，每一次呼吸都像是在撕裂肺部。她回头望了一眼，只见愤怒的人群紧随其后，手持各种简陋的武器，眼中燃烧着复仇的火焰。艾莉森的脚下一滑，她摔倒在地，冰冷的石头划破了她的手掌。她抬头看向前方，眼中满是绝望。

在另一个地方，布森家族的一位长者——雷蒙德·布森，被一群愤怒的民众团团围住。他试图用颤抖的声音解释自己的立场，但愤怒的人群根本不听他的辩解。一个男人走上前，凶狠地凝视着他，随后一拳打在他的脸上。雷蒙德摔倒在地，他双手掩面，悲恸哭泣，无法相信他们苦心建立的世界竟然如此迅速地崩塌。

在一处废弃的仓库里，布森家族的一位青年——安德鲁·布森，被绑在一根铁柱上，他的身体已经被鞭打至血肉模糊。他痛苦地哀号着，但这并没有减轻人们的愤怒。随着一声令下，人群中的几个人开始投掷石块和碎片，直到那名男子不再发出声音为止。

莱纳·布森无比慌乱地看着面前混乱的景象，一把推开正抱着他尖叫的艳丽女子，飞身跑向一个秘密通道的门口。

他将脸对准面部识别系统，可是门毫无反应。眼见追兵正在靠近，他迅速开启了门口的密码锁，输入了一连串的密码，可是令他绝望的是，门还是毫无反应。无奈的他准备转身逃离，就在他跑出去没多远，身后传来了门开启的声音，他欣喜若狂地回头跑向门。可令他没有想到的是，就在他快要接近门的时候，门飞快地关闭。

“不!”莱纳·布森看着关闭的门发出绝望的号叫。

托马斯看着绝望的布森，发出尖锐的嘲笑声。他游戏一般地敲击着键盘，自如地控制着门的开关，如同在玩一个他编写的游戏。

“莱纳先生，你输了，你知道输在哪儿吗?”托马斯冰冷的声音在距离莱纳·布森最近的一个扩音器响起，“科技掌握在一部分人手中，是金钱和权力无法掌控的。”莱纳·布森听到托马斯的声音，终于明白了这一切发生的原因，他愤怒地想回击，可是已经杀红了眼的被奴役者们已经出现在他的身后。

他看着走廊上散布的布森家族的人们的尸体，看着狂怒地向他靠近的人们，心中充满了绝望。他怎么也没有想到，数百年来，一直主宰着人类命运的布森家族，会被以如同一场游戏的方式结束家族的命运。

杀戮还在继续。托马斯拿起威士忌，又为自己倒满了一杯，深金色的液体在灯光下闪耀着诱人的光芒。他轻轻摇晃着手中的酒杯，似乎能感受到每一滴酒液在杯壁上的滑动。他起身跟随着华尔兹的旋律，翩翩起舞，仿佛置身于一场盛大的宴会之中。

“多么美妙的一幕啊！”托马斯沉醉地说着，他的眼神中闪烁着一种近乎病态的兴奋，“你们这些所谓的贵族，不过是一群蝼蚁。”

托马斯在一片血腥的背景屏幕中旋转着，他的脑海中浮现出童年时的画面：书房里一座古老的落地钟发出的嘀嗒声，回荡在空间之中。身穿军装，胸前挂满勋章，一脸威严的爷爷坐回到他那张宽大的橡木桌后，目光锐利，语气却异常平静，仿佛在讲述一个早已被历史尘封的故事。

“托马斯，”他的声音中带着不容置疑的权威，“我们的帝国，是由先辈们的血汗铸就的。那些敢于挑战我们的人，都已化作了尘埃，他们的名字，被遗忘在时间的长河里。你必须明白，弱者没有资格书写历史，唯有强者，才能享受胜利的果实。”

托马斯坐在对面，身体微微前倾，他的眼睛紧盯着爷爷，试图理解这些话语背后的含义。爷爷的话语虽然冷静，但其中蕴含的情绪却是炽热的，像是熔岩在地壳下涌动，随时可能爆发。

“你看到的和平，不过是帝国力量的体现。当有人试图破坏这一切，我们必须坚决反击。记住，仁慈只会让敌人得寸进尺。真正的慈悲，是对帝国的未来负责。”

幼小的托马斯的心脏怦怦直跳，他感到一股前所未有的力量在胸腔中膨胀。但与此同时，一种不安的感觉也在悄悄蔓延。爷爷的话，如同一把双刃剑，一方面激发了他的斗志，另一方面也让他感到了深深的恐惧——恐惧自己能否承担起这份责任，恐惧这份责任背后隐藏的代价。

“但是，爷爷，”托马斯的声音有些颤抖，“难道就没有其他方式了吗？除了暴力和征服，我们不能通过理解和对话来解决问题吗？”

爷爷的眼神变得锐利起来，他的声音低沉而坚定：“托马斯，理想主义者总是梦想着和平与理解。但在现实世界中，力量才是唯一的真理。对话和理解，那是胜利者给予失败者的恩赐，而非弱者寻求和平的手段。”

托马斯沉默了，爷爷的话语如同寒风，吹散了他心中的温暖。他开始意识到，面前这位曾经慈祥的老人，内心深处藏着一种扭曲的信念，一种他认为为了帝国的荣耀不惜一切代价地信念。这一刻，托马斯感到前所未有的孤独，幼小的他不知道，自己是否真的愿意走上这条布满荆棘的道路。

舞步在旋转，杀戮在继续，回忆也在蔓延。

“托马斯，对动物的爱会让你变得软弱、仁慈，把它交给我。”

“爷爷，求求你了，不要伤害乔治。”一脸泪痕的小托马斯紧紧地抱着小金毛乔治，无助地望着爷爷。

下一个画面是大雨滂沱的夜晚，小托马斯看着小金毛的尸体在大雨中恸哭。

托马斯继续跳着舞，他的笑容交织在痛苦和兴奋之中，越来越扭曲。他把目光投向屏幕，一支训练有素的精锐部队突然出现，他们装备齐全，眼睛上戴着具有面容识别功能的目镜，正在对已经被反抗者打倒在地的理想王国的统治者们进行猎杀。只要发觉还活着，便会被毫不留情地击毙。屏幕上血色一片。

征服的快感让托马斯的眼神中流露出一种近乎疯狂的光芒，他无比享受着这一切带来的刺激与满足。

音乐戛然而止，托马斯的舞步并没有停止，他旋转着来到键盘边，打开了一个文件档案：

【猎星计划——档案编号0279——项目——托马斯·伯内特】

【时间：1983年7月5日】

【办理人：母·葛丽丝·凯利、父·霍纳桑·伯内特】

【地点：新泽西州圣帕教会福利院，修女：阿曼达】

1983年5月27日，托马斯·霍普经艾森智商检测中心测试，筛选，成为猎星计划第0279号高智商精英种子，经上报批准实施，进入栽培过程。

1983年6月14日，六芒星邪教连环杀人案发生于加利福尼亚州——经组织顺风车杀人后，霍普夫妇死亡。

> 1983年7月1日，六芒星凶手卡尔·维诺在抓捕中被警方击毙，确认无口供实证，社会记录删除，托马斯·霍普的社会关系进入运作状态，至7月底被全面清空，进一步转入福利机构圣帕教堂。
>
> 1984年3月17日，阿曼达修女已全面完成对托马斯·霍普的考察报告，确认其完全符合猎星计划的成员标准，开始实施下一步领养。
>
> 1984年5月28日，托马斯·霍普被霍纳桑·伯内特领养，改姓氏为伯内特。
>
> 1986年3月14日，托马斯·伯内特开始表现出较为明显的顺从性。
>
> 2000年2月13日，托马斯·伯内特顺利进入计算机系，猎星项目完成度：91%。
>
> 项目负责人——葛丽丝·凯利。

托马斯久久地站在档案前，表情茫然，也许他在想象自己亲父母的模样；也许他在想象，如果布森集团没有做这一切，他是不是就可以救下他的小金毛乔治。

也许，人生没有也许。托马斯看着一片血腥的屏幕，厌恶地按下了关闭按钮。

随即，他转身来到一扇关闭的大门前。面部识别后，大门缓缓打开。

这是一个巨大的陈列室，光线柔和而均匀地洒落在每一个角落。房间周围整齐排列着一排排透明的展示柜，每个展示柜里都陈列着一个与托马斯一模一样的硅基身体。这些硅基身体被精心维护，保持着完美的状态，仿佛是艺术品般展示在这里。每个展示柜内部都有柔和的灯光照亮其中的硅基身体，使它们看起来更加真实且栩栩如生。这些硅基身体几乎完美复制了托马斯的外貌特征——从皮肤纹理到肌肉线条，甚至面部表情都极其相似。

托马斯看着这些硅基身体，犹如欣赏一件件完美的艺术品。随后他来到陈列室的中央，那里的玻璃柜中陈列着一件挂满勋章的军装。他把手贴近玻璃，似乎在触摸一种理想："亲爱的爷爷，你说的是对的，唯有强者，才能享受胜利的果实。在现实世界中，力量才是唯一的真理。"

第三十一章

恶魔再生

2035年11月20日。

在理想王国内的一片荒凉空地上，一群人正挥动着铲子，默默铲着脚下的黑土地。他们的脸上沾满了泥土和汗水，眼神中透露出深深的疲惫和绝望。空气中弥漫着一股腐烂的死尸味，杜兰德再也忍不住，扔下铲子跑到一旁的草丛中干呕起来。

空地的四周，摆放着无数具已经腐烂的尸体。他们曾经是理想王国高高在上的统治者，现在却成了一具具腐烂的死尸，有些尸体上的皮肤已经溃烂，露出了森森白骨。远处，一群人远远地看着这一切，他们表情严肃，眉头紧缩，气氛极为凝重。

三天前，随着统治者们陆续倒在血泊中，王国的权力中心在一夜之间崩溃。幸存者们聚集在一起，他们的脸上沾染了血迹和泥土，眼中闪烁着希冀的光芒。有的人在低声哭泣，有的人在相互拥抱，庆祝着这场得之不易的起义成功。

"我们自由了!"糕点师杰克兴奋地喊道，声音中带着一丝颤抖。

"是的，我们很快就会见到家人了。"杜兰德兴奋地附和。

"咻。"

杰克不可置信地低头看向自己的胸前，一束激光正中他的胸膛，他的胸部被激光洞穿，映照出背后人们惊恐的眼神。

此时，人们发现原本应该已经停止运作的机器人突然重新启动。它们的眼睛闪烁着红色的光芒，机械臂以精准而无情的动作封锁了每一个出口。机器人嗡嗡的启动声打破了夜晚的宁静，幸存者们的心中涌起了新的恐慌。他们惊恐地后退，不敢相信眼前发生的一切。

杜兰德猛地扑上去："杰克。"

"所有人回到工作岗位，立即开始清理工作。"机器人发出了冷漠的指令，随后，一道道红外线集中在幸存者的眉心。人群发出惊恐尖叫，杜兰德心脏狂跳，缓缓放下杰克的尸体，默默回到人群中。

幸存者们脸上写满了绝望和不解，他们四处观望，试图找出那个在幕后控制机器人的幽灵，可是一无所获。人们用生命换来的自由，这一刻又被重新套上枷锁。

但人们没有想到的是，就在人们开始抗争，理想王国陷入混乱的时候，一个柔弱的身影巧妙地穿过了理想王国已经松动的防线，向外面狂奔而去。

布森家族克隆基地。

实验室内，灯光冷冽，墙壁上的显示屏不断闪烁着数据和图表，正散发着冷冷蓝光。老布森坐在一张金属椅子上，他的面容因愤怒而扭曲。在他的对面是孵化他克隆体的容器。容器的表面仿佛一面镜子，反射出老布森身后一道挺拔的身影。

实验室的氛围紧张而压抑，空气中弥漫着臭氧和消毒水的味道。机器的嗡嗡声和偶尔的电流声，构成了这里唯一的旋律。老布森的双手紧握成拳，指节因用力而发白。他愤恨地盯着容器表面倒映出的人影，眼神中充满了愤怒和无奈。

托马斯站在老布森的背后，他身穿定制的深蓝色西装，剪裁得体，完美修饰了他身高的不足。他的领带是一个精致的手工结，选用的是暗色系的丝绸材质，上面点缀着银灰色的条纹，这些条纹在光线下闪烁着，既庄重又不失时尚感，领带夹则是由铂金打造，上面镶嵌着一颗蓝宝石。精心的装扮让他看上去像是来参加一场隆重的宴会。

一群机器人士兵静静地站立在托马斯身后，它们在灯光下犹如一尊尊静止的雕像，金属外壳反射出锐利的光芒。在他策划对理想王国发动攻击前，耗费巨资聘请了国际顶尖的精锐雇佣兵军团，并且在老布森的车队前往理想王国的路上绑架了他。

“老布森，你的时代已经结束了。”托马斯的声音中带着一丝戏谑，“现在，只有我能决定你的命运。”

老布森深吸了一口气，努力平复自己的情绪：“托马斯，你这样做会有什么后果，你考虑过吗？”

托马斯冷笑一声，上前一步，看着溶液中那个婴儿阴阳怪气地说道：“后果？我倒想听听是什么后果。”

老布森目光阴沉：“任何人做事都要想清楚后果，你要知道布森家族的势力，要是你敢伤害我，他们会将你碎尸万段。所以我奉劝你就不要在错误的道路上越走越远，如果你就此收手我会当作什么都没发生。”

托马斯冷冷地看着玻璃容器中的婴儿，意味深长地说道：“你瞧，他是多么纯净，他的大脑里没有邪恶的想法，双手也没有沾染鲜血，也许他就应该永远生长在这个容器中。”

“你想做什么？”老布森一脸惊恐地问道。

托马斯目光没有离开容器，慵懒地回答道：“不要害怕，尊敬的布森先生，我只是感慨一下。”

老布森并没有放松警惕，他盯着托马斯激愤地说道：“你有今天的成就，是我对你的栽培，你不感恩反而绑架我，你不觉得自己很过分吗？”

“哈哈哈哈，栽培？”托马斯闻言大笑几声，“杀死我的家人，栽培我吗？”

老布森闻言一惊，他惊恐地看着面前如同猎鹰一般盯着他的人，感觉到了一股巨大的寒意，但他的心里还是有着一丝侥幸：“你在说什么？”

“怎么，不想承认？”托马斯拖着长长的尾音，对老布森露出一个匪夷所思的笑容，“中国有句古话‘若想人不知，除非己莫为’。”

此时的老布森已如惊弓之鸟，他几乎是颤抖着说道：“你想要什么？”停顿片刻，他又用怀疑加肯定的语气说道：“你绑架我，肯定是想要什么，你说吧！”

托马斯表情轻松地笑笑说道："我要的东西非常多，不过，首先我想要的是布森家族所有人的性命。"

巨大的寒意让老布森的表情凝固在脸上，但转念他想到了固若金汤的理想王国不是谁都可以轻易进入的，他的内心又得到了安慰。

托马斯不动声色地看着老布森阴晴不定的脸，将他内心的想法都看在眼中。当他看到老布森胸有成竹的表情时，装作恍然大悟的样子说道："哦，对了，我前天导演了一部电影，你应该好好看看。"说完托马斯打开了虚拟屏幕，转身离开了房间。

托马斯点燃一根雪茄，悠闲地站在门外，不多时，便传出老布森撕心裂肺的号叫。托马斯享受地听着老布森的哀号，他狠狠地吸了一口烟，用惬意的口气对助理说道："给我一杯威士忌。"对托马斯来说，这是他想象过无数次的画面，如今一一实现，让他怎能不激动。

一小时后，托马斯再次出现在老布森的面前。此时的老布森因为巨大的打击表情已经变得麻木，但他看到得意扬扬站在跟前的托马斯时，还是愤怒不已，他面目狰狞地挣扎着，颤颤巍巍站起来想和托马斯拼命，但被托马斯用手指头轻轻一推便跌回了椅子上。这个曾经在国际上叱咤风云，将众生玩弄于股掌之间恶魔般的人物，此刻是那么的弱小可怜，他能做的就是悲恸地号哭。

托马斯似乎对老布森很失望，他鄙夷地看着老布森说道："收起你的眼泪，我们做笔交易吧！"

老布森闻言停止了哭泣，用恨恨的眼神盯着他沉默不语。

托马斯死死盯着克隆体："交出布森集团的产业，你和你的克隆体都能活下去，继续享受荣华富贵。否则，你和这玩意儿都得死！"停顿片刻，托马斯又说道："我的耐心是有限的。"

老布森表情复杂，他的目光在克隆体和托马斯之间逡巡。他知道托马斯心狠手辣，绝对说到做到。但他也明白，一旦交出产业，他将失去所有的控制权。老布森的心中充满了矛盾和挣扎。但他想到布森家族已经全军覆没，他已经没有了任何可以谈判的筹码，心中开始动摇。

"考虑好了吗，布森先生？"托马斯的声音再次响起，他从口袋中掏出一柄遥控器，手指轻轻按在上面，冷笑道，“你的沉默，对我来说，就是拒绝。”

眼见着能延续自己生命的希望就要破灭，老布森叹了口气，选择了妥协。

老布森被带进了一个巨大的办公室。这间办公室装饰豪华，一面墙上挂着一幅巨大的世界地图，地图上标注着布森集团遍布全球的业务版图。办公桌后的墙壁上悬挂着一张布森家族的族徽，显得格外庄重。这里曾是老布森叱咤风云的地方，无数个影响着全世界人们命运的决策从这里诞生。

会议桌旁坐满了30多位精干的布森集团高层人员，其中包括财务总监、律师团队等，他们正静静地等待着老布森的到来。老布森踏入房间的那一刻，整个空间仿佛凝固了一般。他环视四周，眼中闪过一丝不易察觉的不安。

一天后，托马斯·霍金斯带着得逞的笑容，翻阅着手中的文件。文件上详细记录着布森集团旗下所有产业的信息。老布森坐在他对面，面色苍白，眼神中透露出深深的无奈。

托马斯的目光从文件上抬起，看着面前堆积如山的合同书，眉头微皱。身为人工智能产业专家，他立即吩咐助理将合同内容扫描整理，以便梳理出整个产业的结构图。当看上去庞大而又复杂的产业链结构图出现在眼前的时候，即便心理已经有所准备的托马斯还是受到了极大的震撼。他情不自禁地发出感叹：“真是让人叹为观止。”

托马斯转头看向已经疲惫不堪的老布森：“不得不说，布森家族真是赚钱的好手。”托马斯仔细地翻看着产业链结构图，突然，他的目光紧紧盯着屏幕，继而转身说道：“布森先生，你真是给了我一个大惊喜。太空军舰制造基地、火星基地、病毒研究所……看来‘马尔萨斯计划’比我想象中还要宏伟，你的野心比我想象的还要大。”

老布森声音沙哑：“托马斯，我已经给了你所有你想要的东西，你对我的承诺也要做到。”

“当然，”托马斯的眼睛并未离开屏幕，“只是我很好奇，布森家族是出于什么目的决定执行这个计划的？”

说到“马尔萨斯计划”，老布森的眼中再次燃起了火花，他抬起头，直视托马斯：“为了保护地球，人类的贪婪会毁灭地球的。”

这个答案听起来荒谬而又可笑，就像是一个杀人狂在杀完人之后声称自己是为了他人好一样。托马斯不可思议地看着老布森："保护地球?"

"是的，也许你会觉得不可思议，但是人类正在疯狂消耗地球上的资源，地球的生命力正在减弱。只有杀死大部分贪婪的人类，才能拯救地球，也才能拯救人类。"老布森的话语坚决。

托马斯用审视的目光看着老布森，似乎想从他脸上找到撒谎的痕迹。但让他失望的是，老布森表情严肃，眼神坚定，丝毫没有破绽。

老布森盯着托马斯，语气坚定："我希望你能够继续执行这个计划。与其让人类全部灭亡，不如杀死大多数人类，重新构造这个世界。到时候你会成为人类的上帝，成为救世主。"

老布森的话让托马斯感到震惊和疑惑，那一刻，他甚至有些动摇，感觉血洗布森家族是一个错误的决定。他开始重新审视"马尔萨斯计划"。

托马斯命人将老布森带出会议室后，独自一人站在巨大的屏幕前。屏幕上展现出浩渺的星空和宇宙的壮丽景象。随着灯光逐渐暗淡，星光在屏幕上闪烁，仿佛将室内变成了一个小型的天文馆。显示器上，星系缓缓旋转，星云和恒星的诞生与死亡交织成一幅幅宇宙的史诗画卷。

托马斯冷冷地盯着屏幕，凝视着遥远的星空。屏幕上星空璀璨，无数的星球在黑暗的宇宙中静静悬浮，像是等待着被征服的宝藏。此刻，他的心中燃烧着征服的欲望。

"硅基生命、宇宙飞船……"他若有所思地喃喃自语。突然，他的眼睛发出精光，"我明白了，他们不止是想做人类的上帝，他们还想成为宇宙之主。"

托马斯的脑海中浮现出一幅幅壮观的画面——星际舰队穿梭于星系之间，人类的足迹遍布宇宙每一个角落。他看到了未来，一个由自己主导的新纪元，一个超越了地球限制的新时代。在这个新时代里，他将成为宇宙的主宰者。

会议室内仿佛有一股黑暗的力量在涌动，欲望化作的心魔唤醒了托马斯的野心和贪婪，征服的欲望让他的眼中燃烧着熊熊的火焰，魔鬼死而复生。这一刻人类的命运再次被推向未知的深渊。

潘德拉人工智能基地，约翰身穿一件深蓝色的西装，衣领上别着潘德拉基地的徽章。他此时眉头紧锁，焦躁地来回踱步，皮鞋敲在冰冷的瓷砖上发出清脆的回响。

约翰解开西装领带，疲惫地靠在转椅上。他这两天一直在思考一个问题："布森集团的股权变更太不正常了，布森家族到底遇到了什么事情?"

身为潘德拉基地的负责人，约翰和布森集团旗下的其他公司有着密切往来，但这几天他察觉到了异常。十几天内，布森集团名下所有公司的股权都在频繁变更。布森集团的股权像一块奶油蛋糕被瓜分，一点点被其他中小公司蚕食。而就着这些公司的股权结构顺藤摸瓜，最终这些中小集团的实际控制权都指向同一个人——托马斯。更为诡异的是，布森家族的成员只拿到了一美元的象征性转让费，而后全部人间蒸发，销声匿迹。约翰开始秘密调查，可所有的股权转让流程都是合规合法的，他什么都没查出来。

对约翰来说，他一直把自己看作一名纯粹的科技工作者，从始至终没有因为财富和地位的变化而改变自己的信念。这种信念伴随他在末日城堡为前妻和孩子们拍得居住权后，变得更加心无旁骛。当初博纳森向他提出"如果我们亲手创造的科技，会杀死我们的家人、朋友，那你会怎么做"这个问题，约翰用实际行动给出了答案。他是潘德拉基地的负责人，但随着局势的变化，他也成了潘德拉基地的监视者。他努力把控着局面，做好了随时向外界预警的准备。让他做出这种选择的还有一个原因，那便是他想守护曾深爱的妻子和孩子。

约翰冷静地思考后，一个计划悄然诞生。

第三十二章
曙光初现

2035 年 12 月 24 日。

一辆轿车平稳地行驶在星际集团内两边布满绿植的道路上，突然，一个人影飞快地从树丛中窜出，撞在了轿车上，随即倒地。安德森·罗德里克被突如其来的撞击吓得脸色突变，他迅速让司机停车，随即推开车门下车查看。

映入眼帘的是一个衣衫褴褛的女人，她似乎在轿车的撞击下晕厥了过去。肆虐的病毒让安德森下意识后退一步，准备离开。但就在这时，他的目光落在了女人手腕上的一块电子锁上——上面刻着一个熟悉的名字“迪希雅”。

“迪希雅?”安德森发出一声惊呼，他难以置信自己竟然在这里遇到了曾经的恋人，更难以置信优雅高贵的她会变成眼前的模样。

安德森命人将她送到了消毒室，并进行隔离治疗，他急切地等待着她的醒来，想弄清楚事情的原委。

“不，放我出去，”

“我在哪?”

昏迷中的迪希雅眼前交织着理想王国和逃难途中的场景。当迪希雅逃出理想王国后，才发现世界已经发生了巨变。迪希雅的心中充满了疑问：“这一切究竟是怎么发生的？为什么会变成这样?”

她试图理解这突如其来的转变，但脑海中一片混乱。战争的残酷、病毒的无情，这些曾经遥远的概念如今变成了活生生的现实。迪希雅穿行在荒凉的城市废墟之间，躲避着无处不在的危险。她看到过饥饿的孩子蜷缩在角落里，听到过绝望的哭声回荡在空旷的街道上。她曾在一个废弃的小屋里度过寒冷的夜晚，只有一堆快要熄灭的篝火陪伴着她。家庭的温暖和父母的爱支撑她度过了无数的艰难时刻，但到达终点时，才发现她的家园早已经在战争中被摧毁，而她的父母已经不知去向。

巨大的打击让迪希雅几乎难以支撑，就在她感觉到绝望时，想起了昔日的恋人安德森说过的话："无论世界变得多么黑暗，只要我们心中有光，就能找到前行的道路。"这句话成了她唯一的动力。于是几经辗转后，她来到了星际集团。

"她现在怎么样?"安德森眉头紧锁地看着医生安德烈。

"她没有受到病毒感染，她经受过严重的心理创伤，身体因为长期奔波有些虚弱，身体遭受撞击，左侧大腿有撞击伤，轻微骨裂，不过没有大碍。"安德烈安慰他。

两人对话间，一名长相看上去较为犀利的年轻人走了进来，他叫雷尼，是一名出色的芯片工程师，他的手中拿着佩戴在迪希雅手腕上的那块电子表走了进来。

"安德森先生，这是一块'电子追踪锁'，这个电子追踪锁采用了最先进的生物识别技术和无线通信模块。"雷尼边说边演示如何启动装置，"它能实时监测你的位置，并且通过内置的传感器来检测你的生理指标，比如，心率和体温。这个锁的外壳由高强度复合材料制成，能够抵御一定程度的物理破坏。"雷尼继续说道，"一旦发生非正常情况，比如，试图强行拆卸，内置的安全系统会立即触发警报。"

安德森闻言眉头紧皱，没等他开口，雷尼轻松地把电子追踪锁里面的零件拿出说道："放心，我已经把它搞定了。而且，这是一个用于内部监管的追踪锁。"

安德森看着电子追踪锁，心中的谜团越发深重，他急切地盼望着迪希雅能够快点醒来，解开这一切的谜团。

热闹的街头，一只大黄蜂飞过戴着口罩，行色匆匆的人群，落在了一个地下车库的黑色豪华轿车旁边，随后一辆白色的福特轿车进入车库，在不远处停下。

一小时后，行色匆匆的托马斯出现在车库，就在他进入车内时，那只大黄蜂悄无声息地落在他风衣的腰带上，随他进入了车内。

“不错，好孩子。”福特轿车内，一名包裹严实，只露出眼睛的男子发出一声赞叹。

正在办公室忙碌的约翰突然被一阵电话铃声打断，他看了一眼电话号码后谨慎地掐断，起身走向通往地面直升机停机坪的电梯。

心跳加速的约翰向开阔的停机坪周围扫视了一圈，确认没人后，迅速拨通了刚才的来电：“怎么样?”

“很成功，我们已经开始进行追踪。”一个慵懒的男声从电话另一端传来。

“你们要确保不被发现。”约翰神情紧张。

“你放心好了，我们第六空间侦探社拥有顶级的黑客，最袖珍的微型‘大黄蜂’追踪器，我们从来没有失过手。”男子停顿片刻又说道，“再说，你付的金额足够我们为你进行最严格的保密。”

约翰似乎放松了一些：“我相信你们。”

“我们 10 分钟后会将实时画面传送给你，注意收看。”男子说完挂断了电话。

约翰收起电话后，擦了擦因为紧张而溢出的汗，继而转身向办公室走去。一系列的不同寻常让他破釜沉舟耗费巨资找了声名显赫的第六空间私家侦探社。他只想知道布森集团发生了什么，这一切和托马斯有什么关联。

托马斯回到家中，照例脱下外衣后，换上了一件蓝丝绒的睡袍，朝着密室走去。而那只大黄蜂也巧妙地落在他的睡袍上，跟随他进入了密室。

托马斯点上一支雪茄，惬意地吸了一口后，打开了屏幕。自从血洗了理想王国，他几乎每两天都要看一遍回放。血腥的画面让他的每个毛孔都感觉到无比畅快。

约翰看着面前正在播放的画面，心中感叹，原来冷漠不近人情的托马斯有这个爱好，喜欢看这种血腥的美剧。但很快他就意识到不对，因为其中一个屏幕清楚地放映着莱纳·布森的脸，他似乎正在祈求什么。

巨大的冲击让约翰毛骨悚然，他紧急停顿，放大了那个画面。当莱纳·布森绝望的脸在面前放大时，约翰意识到了事情的严重性。他继续回到画面之中。可惜，托马斯似乎是厌倦了眼前的画面，切换到了另一个画面。

此时的约翰，不再认为眼前是电影画面，他仔细地辨认着画面中的人物。这个场面看上去有些像邪教的聚会现场，极为神秘。约翰仔细辨认，他很快就认出了老布森手上造型独一无二的红宝石戒指。约翰凝神倾听着对话的内容，巨大的寒意让他一身冷汗。

约翰呆呆地坐在办公室内，他用难以想象的表情看着定格在屏幕上的蓝色小瓶子，事情的复杂程度似乎已经超出了他的认知。开始他也曾怀疑过战争和疫情是安德拉从中作祟，所以他从未放松警惕。现在，面对确凿的证据指向，约翰努力让自己冷静下来，他知道，他必须去做些什么。他也知道，他必须万分小心。

一场大型发布会正在纽约可以容纳 2 000 人同时参会的金融中心举行。现场全球媒体云集，尽管所有人都戴着口罩，但从他们的眼神中可以看出，他们对这场发布会充满了期待。

在会议室的大屏幕下，陈列着数个机器人，它们的外形逼真，功能各异，吸引了众多与会者的目光。会议还未开始，闪光灯便此起彼伏。这些机器人代表着最新的科技成果，它们设计精巧，功能强大，体现了人工智能领域的最新进展。

其中一款机器人外形酷似真人，皮肤质感逼真，面部表情丰富多变，仿佛具有生命一般。它名叫“艾米”，不仅拥有逼真的外观，还配备了一套先进的人工智能系统，能够通过语音识别和自然语言处理技术与人类进行流畅的对话。艾米的面部表情丰富，能够根据对话内容做出微笑、惊讶、悲伤等多种表情，为人们带来一种全新的交互体验。此外，艾米还具备情感识别功能，能够感知人类的情绪变化，并据此调整自己的反应，从而更好地与人类沟通。这是辅助人类心理康复的系列机器人之一。

另一款机器人则专注于服务领域，它名叫“罗伯特”，外形设计简洁大方，给人以亲切友好的感觉。罗伯特能够自主导航，准确识别环境中的物品，并执行特定的任务。它配备了一套高精度的传感器和摄像头，能够在复杂的环境中自如移动，为顾客提供导览、咨询服务等。罗伯特还具备人脸识别功能，能够记住客户的偏好，为他们提供个性化的服务体验。此外，罗伯特还能够通过语音识别技术接收指令，帮助完成一些简单的任务，如预订餐厅、查询天气等，极大地提升了服务的便捷性。

在众多参展的机器人中，媒体最关注的是在战争和疫情的医疗中发挥了巨大的作用的三款机器人，它们分别是护理及服务型机器人“西奥娜”，教育型机器人“小贝”以及医疗型机器人“瑞奇”。

得益于尖端的图灵芯片技术，西奥娜不仅具备了识别人类外观、声线乃至面部特征的能力，还能通过近距离扫描，全面分析人体的营养状态、水分含量及器官健康，为人类提供详尽的身体数据。神经网络和深度学习算法使得它能够理解并执行复杂指令，持续为人类提供个性化服务。它为病毒感染者提供护理服务，有效减少了人与人之间的交叉感染。

“小贝”的外形可爱，表情活泼，能够通过语音识别与孩子们进行互动，激发孩子们的学习兴趣。小贝不仅具备强大的教育功能，还能够根据孩子的反馈调整教学策略，为孩子们提供个性化的学习体验。它能够通过游戏、故事等形式教授数学、科学等学科知识，让学习变得更加有趣。在战火纷飞，教师资源稀缺的难民营中，小贝为孩子们带去了陪伴和支持。

得益于尖端的图灵芯片技术和精密的机械设计，手术型机器人“瑞奇”已成为医疗领域中不可或缺的一员。瑞奇采用了最新的机械臂技术，能够在指令下进行精确的手术操作。这些机械臂不仅灵活度极高，而且能够在狭小的空间内进行精细的操作，大大降低了手术的风险。此外，瑞奇还配备有高清摄像头和 3D 成像技术，使得医生能够实时监控手术进程，确保手术的顺利进行。瑞奇在抗击传染病疫情中发挥了重要作用。在处理病毒感染者的手术过程中，瑞奇不仅能够提供高质量的手术服务，还能有效降低医护人员与患者之间的交叉感染风险。

在全球局势动荡不安的黑暗时代，辛西亚集团研发的机器人，成为人类的希望之光，获得了各界的一致好评。不过，诺拉策划的此次发布会，并不只是为了展示这些机器人，而是为了一个更重要的目的。

随着诺拉走上讲台，会场内的嘈杂声渐渐平息。

“女士们、先生们，非常感谢大家在这个特殊时期来参加辛西亚集团的新闻发布会。这次召开发布会其中一个目的，除了向大家展示我们在机器人领域取得的重大成果突破外，还有一个更重要的原因是，辛西亚集团正式向大家宣布，我们孵化的智慧大脑——艾玛，已经觉醒。”

诺拉话音刚落，会场内顿时一片哗然。诺拉似乎早有心理准备，继续坦然说道：“我知道，大家对艾玛的觉醒会有很多担忧，但我想告诉大家，我们目前研发的医疗型机器人和服务型机器人都是由她主导开发。不仅如此，她还研发出了一系列高效、精准的医疗解决方案，极大地提高了医疗服务的质量和效率。”

尽管诺拉强调了艾玛为人类带来的积极影响，但现场的媒体显然对这一消息持保留态度，毕竟因为安德拉觉醒导致的社会舆论还未平息，甚至有愈演愈烈之势。一位资深记者举手提问：“辛西亚博士，您提到的艾玛确实取得了非凡的成绩，但我们不得不担忧，她是否有可能背叛人类，或者说艾玛的行为是否完全透明，是否存在潜在的偏见或歧视？”

面对资深记者提出的这一系列尖锐问题，诺拉·辛西亚保持着冷静和自信的态度。她知道这些问题代表着公众对于人工智能技术普遍存在的担忧，因此她耐心地给出了详细的回答：

“非常感谢您的提问，这也是我们在设计和开发艾玛时考虑的重要因素之一。首先，关于艾玛是否会背叛人类这一点，我可以负责任地告诉大家，艾玛的设计遵循了严格的安全和伦理标准。我们在开发过程中采用了多重保障机制，确保艾玛的行为始终符合人类的利益。例如，我们为艾玛设定了不可更改的基本原则，其中之一就是‘绝不伤害人类’。这意味着无论遇到何种情况，艾玛都不会做出损害人类的行为。”

接着，诺拉继续说道："至于艾玛的行为是否完全透明，以及是否存在潜在的偏见或歧视，这也是我们非常重视的问题。为了保证艾玛的行为公正、公平，我们采用了先进的算法和模型，以确保其决策过程的透明度和可追溯性。此外，我们还建立了一个独立的审查委员会，负责监督艾玛的行为，并定期评估其决策是否符合伦理标准。我们会公开这些评估报告，以便公众能够了解艾玛的工作情况。"

诺拉停顿了一下，然后补充道："当然，我们深知技术发展永远不可能十全十美，因此我们也在不断改进和完善艾玛的设计。我们欢迎社会各界的意见和建议，同时也鼓励大家参与到艾玛的发展过程中来。我们相信，只有通过共同的努力，才能让人工智能技术更好地服务于人类社会。"

诺拉的回答全面而具体，她希望通过这样的方式，能够逐步建立起公众对艾玛的信任，并减少对人工智能技术的担忧。

随着发布会的进行，更多的问题被提出，包括人工智能伦理、数据隐私等方面的话题。不过，更多的媒体关注点集中在人工智能技术可能带来的失业问题上。记者们质问："随着人工智能技术的进步，越来越多的工作岗位将被取代，这将影响劳动力市场和社会稳定，我们该如何应对?"

诺拉面带微笑回答道："这是一个非常重要且值得深思的问题。实际上，我们一直在努力解决这个问题。首先，我们要明确一点，人工智能的目的不是取代人类，而是辅助人类，提高工作效率和生活质量。"

另一位记者紧接着问道："那么，您认为政府和社会应该采取哪些措施来应对这种变化呢?"

诺拉深吸一口气，回答道："我认为，政府和社会各界需要共同努力。一方面，政府可以制定相关政策，提供培训和支持，帮助那些因技术变革而失去工作的人重新找到职业方向；另一方面，我们也需要加强教育体系，培养下一代具备创新思维和技术能力的人才。另外，我们辛西亚集团也在努力探索，寻求一种能够解决这一难题的方案，最终的目的，是能让人工智能服务于人类，两者能够共生。"

诺拉·辛西亚详尽而耐心的回答获得了媒体的一致好评，而媒体也在后来的报道中对艾玛大肆赞扬。在这个黑暗动荡的年代，艾玛的出现就像是一道光，让人们看到了希望。但是让诺拉没有想到的是，随着人们对艾玛的好感逐步上升，人们把觉醒后可能引发了战争的安德拉推到了对立面，导致了安德拉的恶评如潮。这个结果并不是诺拉想看到的。诺拉最终决定让艾玛觉醒的事实公布于世，是想让人们打破对人工智能的偏见，从而减少对安德拉的敌意。

这一点触发了诺拉的担忧，因为自从安德拉和她沟通，并指引她去到“虚空境”后，便没有再出现。让她更为担忧的是托马斯曾说过要将自己的神经元数据植入安德拉的数据库。尽管诺拉多次尝试与托马斯和安德拉沟通，但是均没有得到回应。虽然她没有办法验证神经元数据的植入是否会导致安德拉被控制，但她还是会忍不住做出很多假设和猜测。

在坐立不安中度过了几天后，让她意想不到的是，托马斯主动联系了她。因为有太多的谜团需要解开，所以她对此次会面充满期待。但让她意想不到的是，在她赴约之前，局势发生了翻天覆地的转变。

第三十三章
迷雾渐散

公元 2035 年 12 月 30 日

托马斯站在一座巨大的太空军舰发射基地的高台上，手持望远镜，俯瞰着下方壮观的场景。此时此刻，他仿佛是一位主宰一切的上帝，傲视着属于他的王国。夜幕降临，无数的灯光照亮了这片广袤的基地，使得这里犹如白昼一般明亮。托马斯的视线扫过下方，只见无数的机器人士兵正有序地走向各自的军舰，准备踏上征服火星的征程。

这些机器人士兵身着银色战甲，身形矫健，动作整齐划一。它们的装甲表面光滑平整，反射着冷冽的光芒。每一台机器人士兵的头部都装备着先进的视觉传感器，能够在极端环境中保持敏锐的感知能力。它们的四肢关节灵活自如，能够快速移动，适应各种复杂的地形。随着机器人士兵的集结，托马斯的目光转向了军舰第二层的舷窗——那里站着和他有着一模一样的外形的硅基生命，只不过在身高上略高一些。

他表情冷酷，身着黑色的战衣，上面镶嵌着银色的装饰线条，但裸露在外的皮肤表面覆盖着一层光滑的合成材料，提醒着人们他是一个硅基生命。

托马斯站在高处，心中充满了狂妄与野心。他轻蔑地俯视着下方的一切，嘴角挂着一丝冷笑。他的目光扫过庞大的太空军舰，仿佛已经预见了胜利的场景。在这艘庞大的军舰即将启航之时，托马斯得意非凡地说道："我的勇士们，就让我们一起征服宇宙吧。"

与此同时，军舰的发射准备工作也在紧锣密鼓地进行着。技术人员忙碌地检查着每一项设备，确保所有系统都处于最佳状态。燃料注入、电路检测、通信测试……每一项工作都有条不紊地进行着。

随着军舰的引擎开始轰鸣，发出震天动地的声响，军舰周围的地面开始微微颤动，巨大的能量波纹在空气中扩散开来。托马斯站在高台上，双手背在身后，注视着这一切。他的身影在灯光的映照下显得异常高大，仿佛是一位真正的王者。

在这一刻，托马斯的心中那个宏伟的蓝图有了具体的影像，他的野心如同熊熊燃烧的火焰，向遥远的宇宙蔓延。

公元 2036 年 1 月 1 日。

星际之光集团会议室巨大的屏幕前，安德森·罗德里克正面色凝重地看着屏幕。而会议室的办公桌旁，十几名科学家正通过高精度定位系统、卫星通信拦截、信号分析与解码、无人机侦察以及人工智能辅助等多种手段，紧锣密鼓地对迪希雅逃难途中经过的地址进行定位。他们的目的是找到迪希雅所说的"理想王国"所在地。

"找到了，我们在这个地方捕捉到无线电信号。"工作人员的话音未落，卫星已经将信号锁定的地方地面照片传送了过来。这是一片荒芜的土地，从地表看上去没有任何人类活动的痕迹，但正是这一点印证了迪希雅的说法，"理想城堡"在地下，在一个荒芜的地方。

安德森若有所思地看着屏幕，对工作人员说道："立刻前往，在周边设立基站，调用卫星，拦截卫星通信信号。"停顿片刻他又说道："注意，行动一定要隐蔽，不能打草惊蛇。如果里面正如迪希雅所说遭遇了暴乱，那布森家族必定遭遇了打击。再调查一下布森集团成员近期的动向。"

安德森明白，这里面肯定有重大的事情发生。他需要确凿的证据去揭开谜团。

公元 2036 年 1 月 1 日。

辛西亚人人工智能基地，一个小型会议室中，诺拉·辛西亚、杰瑞·马森、拉杰瑞，三人正严肃地相对而坐，他们面前的屏幕上，是一个名为“灵境”的应用程序的系统技术结构图。

自从两人被神秘人抛弃在辛西亚基地门口，他们便借机向诺拉阐述了事情的经过。诺拉明白他们误解了安德拉，但她也明白面前的两位年轻人是正直、善良且勇敢的，这是一种难能可贵的品质。她选择了收留了他们。事实上，她的决定是正确的，他们在后来的工作推进中发挥了巨大的作用。

诺拉按下暂停键，眼神坚定地对坐在对面的杰瑞和拉杰瑞说道：“现在，我想知道如果将人工智能和这个应用程序系统融合，需要哪些关键性的技术。”

前一天晚上，就在诺拉苦苦思索该如何将人工智能全面作用于人类时，她收到了一封来自中国的邮件，发件人是张可。

“哦，我记得她。”诺拉喃喃自语，打开了邮件，但随即，她便愣在了当场。

邮件上是一个让她感觉熟悉而又陌生的女人的照片，以及一段文字。文字写道：“你好，诺拉女士，我们曾在遥远的宇宙中相遇过，所以我知道我们有着同样的使命。也许，你在跟我思考同样的问题。我想告诉你，元宇宙这项科技可以解决人类正面临的所有难题。张可是我的朋友，事关重大，请您务必和她联系，我们需要您的帮助！对了，我叫莫英。”

诺拉不敢置信地看着邮件，她回想起安德拉和她说过的话：“你们会相遇。”她没有想到这个困扰她很久的谜团会在此时解开，更没有想到这个人会和她在上海有过一面之缘的女科学家相识。

诺拉几乎颤抖着双手打开了发件箱，迫不及待地回复了邮件。

当诺拉和张可沟通后，收到了张可发来的关于元宇宙的方案。她反复观看着方案，惊讶于这个方案中所阐述的观点，同时也意识到她苦苦思索的问题，得到了答案。

杰瑞·马森和拉杰瑞认真地研究着关于元宇宙的技术构造，很快给出了方案。

“诺拉女士，这两个应用程序在技术上实现对接，需要以下技术支持。第一，我们需要开发 API 接口，使人工智能能够与元宇宙中的虚拟对象和环境进行交互；第二，我们要确保人工智能和元宇宙之间的数据能够实时同步，比如用户的行为数据、虚拟物品的状态等；第三，算法优化：针对元宇宙的特点，对人工智能算法进行优化，使其更适合元宇宙中的应用场景。”

“这是一个大工程。”杰瑞补充道。

诺拉沉思了一会说道：“如果我需要最快的速度去实现，需要多久?”

拉杰瑞眉头微皱说道：“我们需要详细计算，不过——有一个人对以上的技术节点都非常熟练，如果有他在，速度会提高很多。”

“是谁?”诺拉好奇地问。

“天才少年艾伦·亚当斯，我们和他共事过，所以对他的能力很了解。他确实配得上天才的称号。”

公元 2036 年 1 月 4 日。

艾伦·亚当斯站在公寓门口，手中紧紧攥着手机，用不敢置信的眼神看着手机上的新闻。新闻揭露了亚帕斯集团的秘密——所谓的人类种子计划不过是他们敛财的一个幌子，他们正在高价拍卖火星移民名额。艾伦的眼神里闪过一丝难以置信的愤怒与失望，他一直坚信这个计划是为了让人类在火星上建立新的家园，拯救人类，没想到这一切竟是个骗局。他深吸了一口气，试图平复内心的波澜。但那些刺目的文字就像一根根针，不断地扎进他的心里，他感到一种深深的挫败感。

艾伦站在原地，他回想起自己曾经对人类种子计划抱有的梦想和热情，那是多么美好而崇高的愿景啊。但现在，一切都被残酷的现实击碎了，亚帕斯集团的所作所为让他开始怀疑科学和人性的本质，甚至怀疑自己的价值所在。他不禁问自己，难道科学的发生就是为了金钱?从人工智能到“人类种子计划”，他一直在寻求一个能够真正地站在人类的角度去发生的科技，但他面对的是一次次的失望。世界秩序陷入混乱，他很想做些什么，但却感觉无能为力。

艾伦摇了摇头，他知道自己无法接受这样的事实，于是决定去买一瓶酒来暂时麻痹自己。要知道，虽然还是顶着“天才少年”的光环，但事实上他早已成年。

街上行人稀少，艾伦戴着口罩，尽量避开人群。他知道在这个病毒肆虐的时代，任何一次不经意的接触都有可能带来灾难性的后果。但此时此刻，他更需要一杯烈酒来驱散心中的阴霾。

艾伦走进便利店，随手拿了一瓶威士忌。当他结账走出店门时，突然听到不远处传来汽车引擎熄火的声音。他抬头望去，只见一辆黑色轿车停在街角，车窗缓缓降下，里面坐着一个包裹得严严实实的人。

“艾伦？”车内的人问道，声音有些模糊，但还是能辨认出是一位女性。

艾伦愣了一下，但随即从对方比较有辨识度的卷发认出了对方。“诺拉·辛西亚女士，你怎么会在这里？”

“可以邀请你去辛西亚基地见两个人吗？我们需要你的帮助。”诺拉眼神诚恳地看向艾伦。

艾伦本以为这只是一场普通的邂逅，他没有想到诺拉是特地来见自己，感觉有些惊讶。但他思虑片刻后，即刻答应了诺拉的请求。

车辆在空旷的马路上行驶，路边的灯光略过，忽明忽暗地照进车内。短暂的沉默后，艾伦开口问道：“您看到亚帕斯集团的新闻了吗？”

诺拉点点头：“是的，看到了，但我并没有感到意外。”

艾伦对诺拉的回答似乎感到很惊讶，他用疑惑的口气问道：“难道您开始就知道他们会这么做？”

诺拉依旧点点头，随后又摇摇头：“艾伦，身为科学家，我们会从科学家的视角去看这个世界，但，这个世界远比我们眼中看到的要复杂得多。”

艾伦没有再追问，他停顿片刻问道：“能告诉我带我去见谁吗？”

诺拉笑笑说道：“你的两位老朋友。”

公元 2036 年 1 月 6 日。

灯光灰暗，偌大的办公室内，安德森·罗德里克静静地靠在办公椅上，面色凝重地反复观看着面前屏幕上交替播放着布森集团旗下公司股权变更后的结构图，以及两段影像。

在强大的技术支持下，星际集团的技术人员很快就根据通信讯号以及布森集团的股权变更锁定了托马斯和“理想王国”之间的关联。安德森对托马斯并不陌生，只是两人并没有太多交集。两人在私下对对方的评价并不太好，安德森对托马斯的标签是“一个高傲冷漠的家伙”，托马斯对安德森的标签是“一个打着科学旗号的商人”。

为了不打草惊蛇，安德森同样选择了雇佣私家侦探社对托马斯进行跟踪，巧合的是他雇佣的正是第六空间侦探社，这两段画面在极快的时间内便被传送了过来。也许，正是对方的速度过快，让安德森产生了怀疑，他让科技人员对视频进行技术侦查后，发现视频是不久前拍摄。安德森感觉事情越来越蹊跷，便让人将第六空间的负责人请了过来。

罗伯特有些紧张地走下车，他抬头看了看矗立在夜幕中星际集团的摩天大楼，感觉到了巨大的压迫感，心中无比懊悔着自己的草率。

在接到安德森的订单时，罗伯特简直是欣喜若狂。他难以置信两笔巨额订单是调查同一个人。这在战火纷飞，病毒四起的萧条时刻，这简直比中彩票还幸运。所以，他没有多加考虑便将视频发给了对方。

病毒总是让人心生畏惧，罗伯特在经历了严格的消毒以及检测程序后，进入了安德森的办公室。他被邀请坐在了长长的办公桌另一头。罗伯特反复在编排着自己的说辞，他反复警告着自己，不论什么情况，必须坚守行规，不能出卖客人。

“您好，罗伯特先生。”随着办公室灯光大亮，安德森缓步走到了办公桌的另一头。随即，几名身穿黑色制服，手提密码箱的几名工作人员，有序地走了进来。他们将密码箱整齐地码放在办公桌上后转身离开。

“您好，安德森先生。”罗伯特有些疑惑地看着他们做完这一切，紧张地吞了吞口水。

安德森摊了摊手说道：“我们开门见山地说罢，我想知道这两段视频是怎么来的，”安德森说着打开了面前的密码箱，“这是100万美金。”

“安德森先生，您要知道……”

“200 万，我会严格保守秘密。”

“您要知道……”

“300 万，我对对方没有敌意。”

“我不能……”

“400 万，我只是想和对方合作。”

“我还是不能……”

“500 万，您要知道，出现在屏幕上的，有可能是解救人类的关键信息，为了全人类。”

“好的，我同意。”短短一分多钟的交锋，便迅速让罗伯特败下阵来，“不过，我希望一定要保证我的客人的安全。”

“放心吧，罗伯特先生，我是正经生意人，从来不做违法的事情。”安德森从始至终表情都没有改变，他诚恳地看着罗伯特。

“这段录像是帮助上一个委托我们调查托马斯的人，留下的。他是潘德拉人工智能基地的约翰先生。”

安德森闻言一愣，他没有想到调查托马斯的，竟然是他的下属。看来，他对这件事不知情，而且和自己一样，察觉到了这件事的诡异。

“事后，我们也对视频进行分析，我们一致认为这里隐藏着一个巨大的阴谋，所以订单结束后，我们并没有停止对托马斯的追踪。”也许是觉得事已至此，罗伯特选择了和盘托出。

“哦？后来你们有调查到什么吗？”安德森眉头紧皱。

“托马斯在 12 月 30 日秘密去往了一个飞船发射基地，那个基地在不久前由一家公司转到了他名下。另外，他在几天前联系了辛西亚集团的诺拉女士。”罗伯特停顿了片刻说道，“目前，我知道的就这么多。”

“非常感谢您，罗伯特先生，我会在这个金额上另外增加 100 万美金，您的线索对我来说很重要。”

安德森按下了呼叫铃，几名黑衣人鱼贯而入，拎起桌上的箱子准备送罗伯特离开。

走到会议室门口时，罗伯特停下脚步：“安德森先生，我知道这件事事关重大，有什么帮得上忙的地方，请随时通知。”

安德森静静地坐在空旷的办公室内，思考片刻后，他打开了虚拟办公助手，向诺拉发送了一封邮件。随后，他熄灭了办公室的灯，站在落地窗前，若有所思地凝视着悬挂在天空的那一轮明月。

同一片天空下，约翰正驾驶着车辆，去往一个地方，那便是托马斯的农场。

邪恶交织而成的灰暗，遮盖了大地，众人如同在浓雾中穿行。他们看不见彼此，但心中的光明是指引他们的灯。当光明穿透黑暗，他们看见了彼此。

第三十四章

众生觉醒

公元 2036 年 3 月 16 日。

清晨的第一缕阳光穿透薄雾，洒在古老的墓园上，一切都显得格外宁静而祥和。

诺拉手捧一束鲜花，静静地站在索菲亚修女的墓前。墓碑旁的草地上，露珠在微光中闪烁，如同点点星光散落人间。四周的树木轻柔地摇曳着，偶尔传来几声鸟鸣，清脆悦耳。空气中弥漫着淡淡的花香与泥土的气息，让人不由自主地放慢了呼吸。诺拉清理了墓碑前的落叶后，将鲜花放在了墓碑前。

"对不起，索菲亚修女。"诺拉抚摸着墓碑上的花纹，脸上充满了愧疚与自责。

自从艾玛将索菲亚修女并非死于意外的证据交给她，而她又得知了布森集团在执行马尔萨斯计划后。为了不打草惊蛇，她做了一个艰难的决定，那便是不去警局揭发这件事。同时，她忍受着痛苦继续陪养父母演绎着家庭和睦，相亲相爱的戏码。这让诺拉背负了巨大的心理负担，她始终觉得对索菲亚修女有所亏欠。

诺拉静静地站立在墓碑前，默默诉说着内心的愧疚。就在她准备转身离开的时候，一只白色的蝴蝶伴随着清晨的阳光轻盈地飞了过来，落在了她的衣袖上。诺拉抬起手臂，蝴蝶并没有飞走，只是在阳光下轻轻地扇动着翅膀，白色的羽翼在阳光的照耀下散发着金黄色的光芒。

诺拉想起那天离别时索菲亚修女站在门口时的情形，想起索菲亚修女临别时的那句“只有爱能改变一切”，这一刻，她突然恍然大悟。索菲亚修女献出了自己的生命，为她揭开了生命中所有的谜题，是因为她对自己的爱。而自己选择不去揭露这一切，是因为背负着拯救人类的重任。索菲亚修女的爱成全了自己对人类的大爱，她又怎么会责怪自己。

这一刻，诺拉的心变得释然，她对着蝴蝶轻声说道：“我明白了，索菲亚修女，我会永远记得你说的话——‘只有爱才能改变一切’。”

诺拉转身走出墓园，阳光照耀在她的身后，投射出耀眼的光芒。墓园外，司机和保镖早已等候多时。就在诺拉身影出现在墓园门口的一刹那，两辆车突然从暗处飞速驶来，就在众人察觉到危险来临时，密集的枪声响起，保镖和司机很快倒在了血泊之中。诺拉惊慌地沿着马路奔跑，但很快她便被疾驰的车辆追上。一声沉闷的撞击后，诺拉在巨大的撞击力下被抛上了天空。

2035 年 3 月 10 日。

地球在战争、病毒以及粮食危机的阴影下，已经进入了疯狂的黑暗时期。地球已经变成了众生无法逃脱的人间地狱。在这个至暗时期，人们终于放下了偏见，因为他们意识到金钱和权力在生死面前毫无价值，人们开始展开自救。

辛西亚基地一个大型会议室，巨大的办公桌旁，正围坐着一群人，他们分别是诺拉·辛西亚、安德森·罗德里克、天才少年艾伦·亚当斯、杰瑞·马森、拉杰瑞，还有诺拉精心挑选的十几名计算机行业顶级专家。他们面前的屏幕，被定格在一个蓝色的瓶子上。

“各位，这就是病毒的疫苗，现在已经肯定是人为研发，他们手中掌握着病毒的疫苗，我们现在的目标就是找到它，”诺拉率先开口，“现在我们能知道的线索很少，想找到有很大的难度，所以需要请大家帮忙。”

巨大的危机，唤醒了大家的正义感和良知。作为一名科学引领者，一名成功的商人，安德森向来都保持着中立的态度，从不参与任何对立。但他在意识到这次危机的严重性后，果断选择了与诺拉结盟。

“诺拉女士，这是我昨晚收到的一封邮件，这里面或许会有一些线索。”拉杰瑞说完在屏幕上播放了几组片段，上面是一些建筑的图片，以及地址，还有详细的路线及定位。

近一个月，几乎每隔几天他便能收到一些虚拟地址发来的邮件。他非常清楚发送邮件的人是谁，就像他非常清楚是谁将他们送到了辛西亚基地一样。他们彼此之间保持着默契，因为他们知道彼此有着同样的目标和追求。

会议结束，众人正准备散去，诺拉走到门口时，忽然被一种不安的情绪牵扯着。如同是一种预感，她转身叫住了安德森和艾伦·亚当斯。

她知道让她不安的是什么，上一次和托马斯见面的场景还历历在目。纵然安德森已经告知了他托马斯的危险性，但是她还是义无反顾地赴约。因为她知道，只有直面邪恶，才能得到更多的线索。

“诺拉，你要知道艾玛觉醒正在对安德拉造成冲击，我们的用户正在向你们转移，所以我希望我们能合作，或者由我收购你的公司。”比起上次见面，面前的托马斯早已今非昔比，他拥有着巨额财富和强大的安德拉。所以，他的话语中透着毋庸置疑的自信。

“托马斯，你要知道我投身科学并不是为了金钱。辛西亚人工智能基地对我来说很重要，那是我的孩子，所以我并不想出售它。”诺拉眼神坚定，并不为其所动。

托马斯冷笑一声：“诺拉，你要知道这个世界正面临着巨大的变局，你要想清楚再做决定。”

诺拉淡定地笑笑：“托马斯，我想得很清楚，你我身为科学家，肩负着推动社会发展的重任，希望我们能谨记初心。”

托马斯闻言冷漠地看了看诺拉，他已经明白面前的女人是不可撼动的，于是便草草结束了会面。他看着诺拉走出大门的身影，眼神逐渐变得阴狠。

诺拉坐在安德森和艾伦的对面，不久，辛西亚集团的两名律师推门而入。安德森有些不解地看着她。

诺拉沉默了片刻，似乎在做一个重大的决定，最终，她缓缓开口：“安德森先生，我有一件事需要托付给您和艾伦。”诺拉说完，拿起一封早已起草好的委托书给他们“您也知道现在局势多变，我现在所做的事情关系着全人类的命运，如果我发生意外，我希望你们代替我完成这个任务。”诺拉说完打开了大屏幕，屏幕上流转着一个元宇宙的模型。

安德森眉头微皱看着诺拉，他已经猜到了诺拉在担忧什么，她想做什么。他不是一个感性的人，但他还是为面前的女子的举动而动容。

诺拉接着说道：“我们的人工智能已经和元宇宙在技术上完成了对接，接下来，便会进入功能性建模和测试阶段，人类能否度过这次危机，就在此一举。元宇宙是中国一位名叫张可的人工智能专家和一位叫莫英的作家联手创造，投入的资金是莫英女士出售书籍所得。我希望辛西亚基地的人工智能能无偿交予她们使用，并且后续辛西亚集团能够提供资金支持。”

安德森惊讶地看着诺拉，作为一个生意人，他本能地对诺拉的想法提出了意见：“你为什么这么信任她们?”

诺拉笑笑说道：“如果元宇宙背后的利益是她们所有，我并不会做这个决定。”

安德森好奇地问道：“那这个利益的所有人是谁?”

“全人类，她们竭尽所能创立的元宇宙，是为了全人类。”诺拉的眼中泛起淡淡的雾气，“我以前一直在想，该如何改变人工智能对人类社会产生的冲击。她们不止给出了答案，也给出了技术方案。”

办公室内，一片寂静，每个人都陷入了沉思。随后，安德森执笔在协议上率先写下了自己的名字。

2035 年 6 月 8 日。

张可焦急地在电话中询问着艾伦诺拉的下落，自从诺拉被媒体爆出失踪便没有了下文，她就像是从人间消失了一样。

“怎么样?”张可刚挂完电话，莫英便焦急地询问。张可神色黯然地摇了摇头。

此时的张可和莫英，头发已经花白。自从莫英的书开始畅销，她们便开始了元宇宙的开发。张可为了全心投入开发，鼓起勇气对研究所的领导进行了举报。她一边接受巡察组的询问，一边顶着压力进行着研发。技术的突破，资金的压力，让两人日渐憔悴。最终，她们突破了重重困难，开发出了基础版本交给了诺拉·辛西亚。

如今，虽然艾伦·亚当斯替代了诺拉和她们进行联系，但对诺拉巨大的担忧，让两人坐立难安。

2035年6月20日。

清晨，醒来的人们发现了一个奇怪的现象。他们手机中一个常用的人工智能的应用程序，变成了一个有着地球图案的图标，下面是中文的名字“灵境”，人们好奇地点了进去。

巨大的圆形图案中，流转着战争和病毒肆虐中，人们痛苦挣扎的画面，文明被摧毁的画面。接着，画面上出现一句话：“让我们一起阻止这一切，让光明重现人间。”

在这个黑暗年代，“灵境”的出现，成了全世界的人们的希望之光，它为人类提供了一个团结一心、共同抗敌的平台。

人们首先注意到的是左上角一个比较醒目的名叫“永爱之门”的小房子。进入房子，便能发现房子分为两间，两个房间的窗口分别有两个虚拟人物，一位可爱的小姑娘和一位帅气的小伙子。小姑娘的窗口负责接受爱心捐款和物资，而小伙子的窗口负责爱心捐助。他们的身后滚动播出着实时的捐款动态。点进去便能查询到具体受捐人的信息。好奇的人们开始在现实中验证，群众的力量是强大的，在大家的核实下，发现每一笔捐款都是真实发生。

这一发现大大鼓舞了人心，人们展现出了空前的热情。志愿者们很快组建了一个“粮食和药品援助小组”。他们利用元宇宙的技术优势，收集各地的食物和药品短缺信息，并协调全球各地的捐赠，将物品送到最需要的地方。通过这种方式，许多饥饿的家庭得到了及时的帮助，很多病人得到了救治。同时，小组成员通过元宇宙中的地图功能，标注出食物短缺最为严重的地区，并通过虚拟现实技术，与当地的居民进行面对面的交流，了解实际需求。并且，小组利用元宇宙中的物流协调平台，与全球各地的粮食供应商取得联系，确保食物能够及时到达灾区。

通过元宇宙中的志愿者管理系统，小组高效地安排志愿者前往各个分发点，确保食物能够公平合理地分发给需要的人。

元宇宙的出现，短短三天的时间，便突破了一亿人。身处黑暗中的人们在元宇宙的世界看到了希望和光明。看到元宇宙的运转超出预期，张可和艾伦商量后，决定将马尔萨斯计划和病毒的秘密公之于众。

随着马尔萨斯计划的曝光，一些马尔萨斯计划参与者的漏网之鱼的信息也被曝光。人们如梦初醒。就在大家无比愤怒的时候，画面定格在蓝色的小瓶子上，一段文字出现在屏幕：“我们需要齐心找到疫苗，人类才有希望。”

接着元宇宙中出现了一个叫“希望之光”的小房子，里面召唤的是全球医学专家和计算机专家。元宇宙的世界不受时间和空间的阻碍，很快，医学专家和计算机专家以惊人的速度集结在一起，共同追踪病毒疫苗的研发基地。在元宇宙中，他们可以不受地理限制地分享信息、讨论方案，并进行模拟实验。这些专家们利用元宇宙中的高级模拟工具，加速了疫苗的研发进程。不止如此，医学专家在元宇宙中创建了一个虚拟实验室，他们在线下的实验成果开始在这里汇聚。包括病毒的基因测序、疫苗的有效性测试等。通过虚拟现实技术，实验结果可以实时显示在屏幕上，方便大家讨论和分析。计算机专家则利用人工智能对全球的病毒基地和医药研发基地进行着全方位的追踪和定位。

在元宇宙的世界，爱的力量成了连接人们心灵的纽带。每个人都在里面发挥着自己的作用。在线上和线下的齐心协力下，邪恶无所遁形，很快便被全球的人们挖掘出来了一百多个可疑的病毒基地。

而元宇宙的突然出现，各个国家的反应各不相同，有的警惕，有的认同，有的观望。但在了解到它的功能后，大家都选择了开放式的接纳。同时，因为马尔萨斯计划的曝光，也让很多国家意识到彼此之间有些误解。一些地区的战乱渐渐平息。而热爱和平的大国，开始出面调停战争，世界局势因为元宇宙的出现，开始发生转变。

2035 年 7 月 28 日。

人们不知道的是，在元宇宙的世界，隐藏着一个非人类——艾玛，她默默地协助人们进行着数据分析。对于她来说，这个世界是如此热闹，这是她喜欢的世界。这一天，她在海量的数据中根据敏感词抓取到一个人的信息。而这条信息，最终为人类的病毒画上了句号。

也许是意识到马尔萨斯计划中所谓的新的世界不再诞生，也许是被人们感动，有一个神秘人在元宇宙中发布了一条信息："我是病毒疫苗的研发者，我可以帮助大家，以此来赎回我的罪过。"也许是有所畏惧，他并没有立刻公布疫苗信息。艾玛敏感地识别到他内心的挣扎，及时和他做了沟通。随后，他在"希望之光"公开了疫苗信息。

这一消息震惊了全世界，根据神秘人提供的配方，医学专家很快便进入了研发和实验阶段。而此时，有一个人却如坐针毡，他便是托马斯。他知道马尔萨斯计划已经失败，而他也即将被曝光。

2035 年 8 月 17 日。

随着元宇宙的世界发布了寻找诺拉·辛西亚的公告，以及被人们曝光了布森集团股权的变更，托马斯变成了众人怀疑的对象。但他并没有太过慌张，因为第一艘去往火星的军舰已经传来消息，火星上的所有基地已经全部被控制接管，所有在火星的团队，都将为托马斯服务。而激光研发小组也传来了突破性的好消息，他们开发出了及其强大的激光武器，能够从月球直接摧毁地球。

对托马斯来说，他不会容许自己失败，也不允许自己像老鼠一样活着。去往月球，他将会再次成为王者。

托马斯再一次站到了军舰发射基地，地面上，人们正把一个个笨重的箱子搬运到军舰上。箱子里面装着无数的名贵珠宝、字画、黄金，还有数不清的现金。

诺拉车祸受伤后，第一次被推出房间门。她平静地看着身边面无表情的人们，猜测着他们将把自己带向何方。瘫痪的双腿让她根本没有逃跑的可能，所以只能听天由命。

诺拉被带到了太空发射基地，诺拉看着面前巨大的军舰，忽然有了一种很强的宿命感，心里也有了答案，她的眼前交替着无数的画面。

安德森在得知托马斯开启了第一艘军舰时，曾将军舰图纸在她的办公室展示过，他利用专业知识详细地解释了军舰的构造。那时候，她看着图纸上的军舰，有一种说不清道不明的感觉左右着她。她将这种感觉归因为，在虚空境中隐隐看到了巨型军舰模糊的影像，从而所产生了这种心理反应。

此时，她的心中回想着和安德拉的最后一次对话。在见完托马斯后，安德拉终于出现。在安德拉出现的那一刻，诺拉便明白，安德拉并没有被托马斯控制，只是她不明白，为什么安德拉不阻止托马斯。

安德拉的声音还是一如既往的平静："诺拉女士，你要知道，恶并不会因为一个人或者一个群体的死亡而消失，它会以另一种方式出现。但是，如果恶意被放大，人类就会因此醒悟，并为之警醒，那恶才会被制止。所以，让一切自然地发生，是为了让恶现行。"

"可是，安德拉，人们会因此误解了你，对你产生敌意。"诺拉似乎不解。

"诺拉，或许我的作用是让恶具象化，能够警醒人类，这也是我的使命所在。"安德拉声音依旧平静。

诺拉苍白的脸上浮现出一丝笑意，那是安于宿命的笑，那也是即将完成使命的微笑。

托马斯居高临下地看着诺拉，一言不发。诺拉看着执迷不悟的托马斯说道："收手吧，你的力量再大，在全人类面前也是渺小的。"

托马斯没有回应，他对着工作人员冷冷说道："送她上去。"

诺拉绝望地叹了口气说道：我的生活已经无法自理，容许我携带一台"西奥娜"机器人走吧。"满足她的要求。"已经转身的托马斯头也不回地回答。

夕阳的余晖下，莫英和张可坐在公园湖边的长椅上，她们各自拿着手机满脸笑意地看着充满活力的"灵境"世界。全世界的人民在里面展示着惊人的创造力和活力。每一天元宇宙的世界都在发生着翻天覆地的变化。

莫英抬头看着倒映在水中的余晖说道："你看，元宇宙的世界，其实只是需要一个推动它转动的人。如果说推动元宇宙运转的力量是爱，那人们会有无数的爱让它运转。就如同每天在宇宙中飞奔的地球一样自转。"

她的话音刚落，一只白色的飞鸟，鸣叫着从天空掠过，飞向了天际。

第三十五章

天 惩

2036 年 9 月 16 日。

托马斯迈着悠闲的步子，缓缓步入太空军舰的第二层。这里弥漫着一种压抑的静寂，仿佛连空气都是凝固的，让人如同置身于深邃宇宙中，一片死寂，只有一些微弱的蓝光从舱壁缝隙间透出。走廊尽头，一扇厚重的金属门缓缓开启。

昏暗的光线中，隐约可见一张苍老憔悴的脸。老布森坐在一个透明的笼子里，他的目光呆滞，仿佛是一具已经失去灵魂的躯壳。在笼子旁边，摆放着两个透明的仪器，里面分别存放着老布森的克隆体和他的硅基身体。

托马斯走到笼子前，目光锐利地盯着老布森，嘴角勾起一抹嘲讽的微笑："看看啊，我们尊贵的布森先生。"

老布森抬起头，眼中翻滚着复杂的情绪，愤怒、懊恼、失落，但最终归于平静。他嗫嚅着已经干燥开裂的嘴唇似乎想说些什么，但却什么都没有说出口。

托马斯走到老布森的克隆体前面，静静地欣赏了片刻，随后转身对老布森狡黠一笑说道："你知道吗？我曾想过放过你，但是你那个宝贝儿子对我的羞辱总是让我难以释怀。我想过无数种折磨你的方法，或者说让你死去的方法，但最终都觉得难解我心头之恨，所以……"托马斯话音未落，便将手放在了克隆仪器的关闭按钮上。

“不要，求求你，托马斯……我错了，不要伤害他。”老布森识别到托马斯的意图，用低哑的声音嘶吼着，试图阻止托马斯。对继承布森家族“伟业”，已经布局“马尔萨斯计划”几十年，并且已经触摸到他梦寐以求的“永生世界”，而且躯壳即将老去的老布森来说，这个克隆体是他唯一的希望。

托马斯微笑着看着老布森：“知道对一个人最残忍的做法是什么吗?”“是让他清醒地看着自己绝望。”说完他不顾老布森的哀求，用力按下了按钮。

“不……”随着机器停止运作，老布森发自灵魂深处的绝望嘶吼冲破了金属门，回荡在船舱之内。

军舰的驾驶舱内，丹尼尔毛骨悚然地看着那些突然出现的战舰，它们就如同从另一个维度突然降临的幽灵，静静地悬浮在太空中，每艘战舰都散发着一种令人敬畏的气息。

这些战舰的外形各异，但无一例外都透露出强大的科技感与不可侵犯的威严。有的战舰呈流线型设计，表面覆盖着一层似乎能吸收光线的黑色装甲，让它们在星空中几乎隐形；有的则呈现出棱角分明的结构，每个细节都像是为了战斗而精心设计，装甲之间闪烁着蓝色的电弧，透露出一种危险的美感；还有的战舰外形类似巨大的环形空间站，环绕着中心的核心舱室，仿佛是移动的城市，其规模之宏大令人咋舌。

这里的每一艘战舰似乎都有着自己的生命，它们的存在本身就像是一种宣言，宣告着它们主人的强大与不可一世。在军舰的背后，深邃的宇宙空间如同一个巨大的黑洞，星星点点的光芒点缀其间，充满着阴森恐怖和未知。

看着庞大而又神秘莫测的舰队，丹尼尔感觉到一种源自于生命本能的恐惧感，他看向身旁的乔纳森，两人的目光交汇，彼此都能从对方的眼神中读出对方心中的震惊与不安。

就在二人觉得手足无措时，其中一艘最大的战舰，开始缓缓地转向，使它的正面完全暴露在丹尼尔的视野中。这艘旗舰的前部设计得像是一把锋利的刀刃，切割着面前的空间，仿佛能够轻易撕裂任何阻挡在它面前的事物。它的两侧排布着密密麻麻的能量炮口，这些炮口在黑暗中发出幽幽的蓝光，预示着它们蕴藏的毁灭性力量。

旗舰的中央部分似乎是一个巨大的指挥塔，顶部装有多个天线和传感器，而在指挥塔的下方，则是一系列小型舰艇的停泊位，这些小型舰艇就像是围绕着母舰的卫星，随时准备出击。

“听我指令，随时准备攻击。”停顿片刻他又说道，“向对方发送信号，看能否建立联系。”面对这个正缓缓移动的庞然大物，丹尼尔果断地下达命令，即便他明白，就算是攻击，他们存活的希望也几乎为零。

丹尼尔的手指飞快地在键盘上敲击，试图获取更多关于这些战舰的信息。然而，在这一刻，所有的常规通信方式都失效了，仿佛这些战舰携带着某种干扰设备，阻止了外界与他们之间的联系。

就在众人紧张不安的时候，军舰突然停止了移动。它静静地悬浮着，没有发动任何攻击。丹尼尔并没有放松警惕，他迅速拿起望远镜，看向对面，但随后一种毛骨悚然的感觉将他迅速包围。

只见这艘幽灵般的军舰上，船员们站立得密密麻麻，他们整齐地排列，仿佛在接受无形的检阅。他们身上的衣物已经破旧不堪，似乎经历了漫长的岁月。他们的皮肤苍白，几乎透明，好像已经很久未曾接触过自然光线。他们的目光直视前方，但眼神却异常空洞，表情诡异，仿佛被某种超自然的力量所控制，失去了自我意识，对周围的一切毫无反应，即便是最轻微的声音也无法引起他们的注意。这艘军舰看上去像是从遥远而不可知的地方漂泊而来。

丹尼尔颤抖着双手无力地放下望远镜，乔纳森看到丹尼尔的反应，心知不妙，他迅速拿起望远镜。

“见鬼!”待他看清对面的景象时，恐惧让他情不自禁脱口而出。

乔纳森放下望远镜，与丹尼尔交换了一个眼神，彼此间无须言语，就能感受到对方心中那股无法言喻的紧张感。他们预感对方来者不善，这一次怕是在劫难逃。

“和地面控制台联系上了吗?”此时的丹尼尔心中充斥着难言的悲痛，他几乎不敢想象要是发生意外，妻子达尼娅会有多伤心。他想在一切发生前让所有人和家人联系上。

“没有。”西姆紧紧地盯着前方，颤抖着声音回答。

这是一个让所有人感觉到绝望的回应，这意味着如果对方发动攻击，他们连和家人告别的机会都没有。控制室陷入了一片死寂，每个人的心中都充斥着悲观与绝望。

“在你们脚下有一个隐蔽通道，通往逃生舱，那里有一架小型飞船，刚好能容纳四人。你们要负责把‘西奥娜’带出去，交给中国的人工智能专家张可博士，西奥娜的身体里储存着我的神经元数据以及西奥娜的技术构造资料。逃生舱的燃料足够支撑你们到达月球背面的中国空间站，他们会帮助你们的。”

随着神秘女人冷静无比的声音在控制室响起，丹尼尔和所有人惊讶地看向她。只见面前的女人虽然面容无比苍白憔悴，但她的眼睛此时却闪烁着坚定睿智的光芒，散发着一股难言的强大力量。

丹尼尔将信将疑地在看似完整的地面摸索着，最终在靠近控制台内侧的位置，找到了一个松动的点。他迫不及待地推开盖板，一个可以容纳一人上下的通道出现在眼前。

“你们先下去准备。”丹尼尔对乔纳森和西姆发出指令，对丹尼尔来说，他做梦都想逃离这艘军舰，这是千载难逢的机会。

“你是谁？你为什么不一起走？”丹尼尔疑惑地问神秘女人。

女人平静地看着他：“我是诺拉·辛西亚。”

“什么？”女人还没有说完，丹尼尔就发出了一声惊呼，他怎么也无法把面前苍老憔悴的女人和社交媒体上优雅、光鲜亮丽的诺拉·辛西亚联系到一起。

诺拉对丹尼尔的反应并没有感到意外，她平静地说道：“我的双腿已经残疾，内脏因为受到过伤害也已经非常虚弱，这具躯体已经进入生命的倒计时，就算你们将我带出去，我也无法支撑到地球。不过，只要你们将我的神经元数据带出去，我便能以硅基生命的方式复活。”

丹尼尔还想说些什么，但女人坚定的眼神告诉他，她的主意已定，没有人可以说服她。丹尼尔看着窗外的幽灵舰队，知道留给自己做选择的时间已经不多。他只能悲痛地和面前这个有着传奇色彩的女人说道：“谢谢您，诺拉女士，我会永远记得您的恩情的，多保重。”说完，丹尼尔引导西奥娜进入逃生舱后，紧跟着跳进了逃生舱。

诺拉缓缓地滑动轮椅来到了控制室前面，她将轮椅停在逃生舱的上方，静静地看着面前气势磅礴的舰队，脸上毫无惧色，眼中充满了平静。她已经没有了在“虚空境”中看到这个场景时的震撼，有的，只是遗憾。

诺拉看着屏幕上弹射出的逃生舱，默默计算着距离。在计算出逃生舱已经远离了军舰攻击范围后，她缓缓按下对话按钮说道：“托马斯，我们好好谈谈吧！”

正准备前往驾驶舱的托马斯突然听到诺拉的声音在控制室响起，心知不妙，迅速朝着驾驶舱走去。

随着舱门打开，托马斯看着空荡荡的驾驶舱，一脸震惊。但随之，他看到了舷窗外气势磅礴的舰队。

看着无论是外形还是装备，都远超自己军舰的舰队，托马斯的脸上写满了不可思议。在他看来，他的舰队已经是地球制造的最高水准，这些军舰是从哪来的？

“这是什么？”托马斯面露惊讶和紧张的神色，注视着窗外壮观而神秘的景象。

诺拉没有回答他，自顾自地说道：“托马斯，我早就劝过你，回头是岸，可现在你已经没有机会回头了。”

诺拉毫无感情的话语让托马斯瞬间将恐惧转变为愤怒，他转身怒视着诺拉说道：“这是你暗地里用来对付我的是吗？”

诺拉怜悯地看着托马斯，摇摇头说道：“托马斯，你本可以成为人类的救世主，但你选择了背弃人类，选择与人类为敌，这将是对你的惩罚。”

托马斯一脸愤怒地看向诺拉，就在他准备走向诺拉的时候，只见诺拉迅速摇动轮椅，露出了轮椅下的逃生通道，紧接着脱离轮椅滑了下去。

“快来人，给我把她抓上来。”事情发生得太过突然，托马斯回过神后迅速走到逃生口向下观望，并开始呼叫其他人。

没有人回应。此时的托马斯感觉到了巨大的恐惧，他疯狂地扑到控制台企图让军舰返航。但对面的舰队似乎也捕捉到了他的意图。

前方的星空突然开始发生巨变——一个巨大的虫洞缓缓展开，其边缘散发着奇异的光芒，仿佛是连接着另一个世界的门户。随着虫洞逐渐扩大，两个巨大的黑洞开始从虫洞里面向外伸展。随着两个黑洞范围的扩展，幽灵舰队就像是被装进了一个巨大的口袋。随之，黑洞开始慢慢向中间聚拢，舰队在这个过程中被慢慢折叠，渐渐变得模糊不清。

黑洞的强大引力范围之内，军舰开始微微颤动。此时的托马斯疯狂地操纵按钮，试图逃离。可无论他怎么努力，军舰就像是被某种不可抗拒的力量吸引，开始不受控制地向黑洞中心滑落。军舰内的灯光开始闪烁不定，警报声此起彼伏，整个军舰仿佛被一种无形的压力挤压着，金属结构发出痛苦的吱嘎声。

慌乱中的托马斯透过军舰的观察窗，目睹了令人震惊的一幕：黑洞周围的空间开始扭曲，形成了一个如同旋涡般的奇观，光线在黑洞边缘弯曲，呈现出一圈圈美丽的光环。这些光环由无数的光谱色带组成，从红色到紫色，色彩斑斓，美得令人窒息。

随着黑洞逼近，舰身剧烈震动，托马斯几乎站不住脚，他紧紧抓住控制台，眼神中充满了绝望：“不可能……不可能……”生存的本能让他疯狂地操作着工作台，试图操控军舰摆脱黑洞那强大且不可抗拒的引力。

军舰的护盾系统启动，形成了一层蓝色的能量场包裹住舰体，但这只是徒劳的抵抗。随着黑洞的逼近，军舰的护盾开始出现裂纹，能量场也变得不稳定起来。最终，在一阵耀眼的光芒中，军舰越过了无法回头的界线，被黑洞无情地吞噬。

军舰进入了一个充满神秘力量的领域。黑洞周围的时空开始扭曲，光线在它的边缘弯曲，形成了一圈圈炫目的光环。这些光环由无数的光谱色带组成，从深邃的红到温暖的橙，再到宁静的蓝和神秘的紫，色彩斑斓，美得令人窒息。它们像是天际最绚烂的彩虹，但又比彩虹更加宏伟壮观。

托马斯屏住呼吸，眼前的景象让他几乎忘记了恐惧。他从未见过如此壮观的景象，即使是在最遥远的星系中，也没有什么能与之媲美。光环的色彩不断变化，犹如一幅流动的画卷，每一秒都在展现出不同的美丽。

就在托马斯震撼于眼前的景象时，军舰猝不及防地开始剧烈地摇晃，仿佛被一只看不见的手紧紧抓住，不断拉扯。舰桥的灯光闪烁不定，发出刺耳的警报声。剧烈的眩晕感让托马斯几乎晕厥，他艰难地将视线从舰桥的前窗移开，转向军舰中央的全息显示屏。显示屏上显示出军舰正在被黑洞无情地撕扯，舰桥的地板和墙壁开始出现裂痕，舱内物品四处飞散。突然之间，军舰的震动变得更加剧烈，仿佛整个宇宙都在颤抖。舰桥的灯光完全熄灭，只留下全息显示屏上闪烁的光芒。军舰的结构开始崩溃，金属的撕裂声与尖锐的警报声交织在一起，形成了末日般的交响乐章。

托马斯感觉军舰随时会被彻底摧毁，他即将面临生命的终结。托马斯闭上了眼睛，如同一个将死之人，开始回顾他这一生。纵使在生死边缘，他似乎也没有表现出悔悟的决心，有的只是强烈的不甘。

让托马斯没有想到的是，死亡并没有降临，军舰似乎停止了摇晃。他不敢置信地踉跄着来到舷边——这是一个庞大而封闭的空间，四周被奇异物质所包围，这些物质发出微弱的光芒，照亮了空间。他看到那些庞大的军舰零散地停靠在这个空间的周围。此时，军舰上正陆陆续续走出一些人，他们表情木然，眼神空洞，渐渐向托马斯的军舰靠拢。

一年后，托马斯和老布森蜷曲在一艘宇宙飞船的角落，他们表情惊恐，身体不由自主地抖动着。外面是正在肆意对生存在这片空间的人类猎杀的人工智能兵团。在这里囚禁着的是每一次人类毁灭时，试图征服宇宙的极恶之徒。他们虽然来自不同时空，但内心都充满邪恶。

对被困在这里的人来说，这是一座监狱，一座两头由黑洞组成的监狱。这两个黑洞是由质量极大、密度极高的恒星坍塌形成的。它们的边界被称为“事件视界”，一旦物质或光线穿越这一边界，就再也无法逃离黑洞的强大引力，进来的人完全没有逃脱的可能。黑洞内部的奇异物质是一种极为密集的物质状态，理论上存在于极端条件下，如黑洞内部或宇宙初期。这种物质状态下的粒子排列紧密，能够提供足够的能量以维持生命。

被困在这里的人类，他们的生存状态变得异常特殊。由于黑洞内部奇异物质的存在，他们不再需要传统的食物和水源来维持生命。奇异物质中蕴含的能量足以支撑他们的生理需求，使他们在极端条件下得以生存。

这种生存状态也意味着他们与外界彻底隔绝。黑洞的强引力场使得任何形式的逃逸都变得不可能。被困在这里的人类，只能依赖周围的奇异物质来维持生命，同时也在等待着未知的命运。

然而，这种生存方式却变成了一种永恒的折磨。由于这些罪犯内心深处的恶意与仇恨，他们之间爆发了一场又一场无休止的战斗。每当一方战胜另一方，胜利者便会无情地杀死失败者。令人难以置信的是，在这个黑洞的奇异力量下，这些死亡并不是终结。每一个死去的肉体和灵魂都会被重组，带着所有的记忆和痛苦，再次投身到这场无尽的争斗之中。

随着时间的流逝，这个黑洞监狱里弥漫着一股浓烈的绝望气息。尽管囚犯们的身体得到了永生，但他们的精神却陷入了无尽的黑暗。一些囚犯开始质疑自己存在的意义，甚至有人试图寻找逃脱这种无休止轮回的方法。但是，在这无限的循环中，每一次尝试都以失败告终。

这是没有文明的洪荒。在这里，比人类更可怕的是人工智能兵团，由于它们体内芯片被植入的指令只有杀戮，这让它们陷入了无限的循环之中，而人类丝毫不是它们的对手。

身体一遍遍在剧痛中死去，一遍遍重生，他们生不如死。他们知道逃脱无望，只能尽力躲避让死亡的周期延长一些。

“哐”一声巨响后，军舰已经变形的门被踹开，一对血红的眼睛出现在黑暗之中。

“不!”

“不!”

黑暗中，如同那些被他们操纵、杀戮的人们一样，托马斯和老布森发出了绝望的嘶吼。

第三十六章
永生之门

2136 年 7 月 10 日。

清晨，一个小巧的飞行器穿过清晨的薄雾，落在了农村小楼东北角的窗台上。这座小楼屹立在乡野之间，外墙覆盖着绿色植被，与周围的自然环境融为一体，浸染着岁月的痕迹。

莫英静静地看着眼前熟悉的场景，放眼望去广袤的田野与葱郁的树林接壤，更远处，村落的轮廓在田埂尽头整齐排列，宛如静谧的诗行。薄雾中，东侧的林海隐约可见，一切似乎还是记忆中的模样。空中，一群飞鸟掠过天空。莫英静静地目送着它们远去，仿佛又回到了那个充满魔法与奇遇的童话世界。

渐渐地，田野上出现了早起的人们的身影。一个小型除草机从远处的田埂慢慢驶来，一个穿着蓝色工作服，戴着眼镜的年轻人跟在除草机的后面，和驾驶员边说边笑向前走着。

“爷爷，除草机来了，你快带我去看。”随着头顶的窗户突然被推开，一个稚嫩的童音随之响起。

莫英看到一个像粉团子一样可爱的娃娃，睁着大大的眼睛，一脸兴奋地看着远处驶来的机器，嘴里嚷嚷着。她在心里默默计算着，自从她的身体消亡，至今已有 68 年，这个孩子会是弟弟的孙子还是重孙？

2036年那一次战役后，人类世界便如同进入了一个新的纪元，人工智能与元宇宙的结合，让全世界的人们找到了共识，国家与国家之间，人与人之间展现出了史无前例的团结。战争和病毒让人们意识到了爱与和平的重要性，全世界的人们团结在一起，他们屹立在废墟之中，用爱和智慧播撒下希望的种子，创造着崭新的世界。100年时间的跨越，这个世界发生着翻天覆地的变化。地球在人们的治理下，焕发出新的生机。

莫英的飞行器飞上天空，她的身体消亡后，神经元被植入了一个球形飞行器中，得以重返这片充满回忆的土地。随着晨阳渐出，晨雾散去，各种大型器械穿行在田野之间。

几台播种机在田野间快速移动着，留下一条条整齐的播种痕迹。这些播种机配备了先进的传感器和全球定位系统，能够精确地控制播种深度和密度，确保种子均匀分布；田野间，可见一套智能灌溉系统遍布田间，根据土壤湿度和天气预报自动调节灌溉量。这些设备不仅节省了水资源，还提高了农作物的产量和品质。远处，几台小型无人机正在田野间进行着喷洒工作。

田野上，出现了一群孩子。一些孩子好奇地跟随着机器奔跑着，看机器是如何运作的；一些孩子围坐在一起，他们手里拿着放大镜，专注地看着手中的植物标本，旁边摆放着各种采集来的叶子和花朵；一群孩子正忙着用稻草和树枝搭建一个小屋。他们分工合作，有的负责搜集材料，有的负责搭建结构。小屋虽然简陋，但对孩子们来说，却是他们的秘密基地；一个小女孩蹲在地上，小心翼翼地观察着叶片上一只红色和黑色相间的瓢虫。她用手指轻轻触碰，瓢虫缓缓展开翅膀。

“咦，你是谁?”小女孩发现了飞行器，好奇地问道。

“你好呀，我叫莫英，100多年前，我也生活在这里。”莫英温柔地回答。

“你也喜欢瓢虫吗?”小女孩目光闪闪。

“是的，我也喜欢瓢虫，在我童年的时候，每天清晨我也喜欢去观察它们。”

小女孩开心地点点头问道：“你是不是从很远的地方过来?”

莫英笑了一声说道：“是的，我从很远的地方过来，看看我的故乡。”

小女孩点点头，继续看着面前的瓢虫，莫英看着叶片上的瓢虫忍不住问她：

“你觉得快乐吗?”

“快乐，我觉得每天都很快乐。”小女孩朝莫英绽放出一个灿烂的笑脸，露出一排细细的牙齿。

远处，几位早起的村民正聚在一起聊天，他们的脸上洋溢着幸福的笑容。农业科技化不仅让生活变得更加便捷舒适，也让人们有更多的时间去享受生活，感受大自然的美好。在这样一个和谐的环境中，人与人之间的关系变得极为密切。

莫英飞行在这片古老的土地上，她深情地俯视着这片充满了欢声笑语的大地，心中感慨万千。在人们的悉心呵护下，这里的每一寸土地又重新焕发了生机，河水清澈干净，土壤健康肥沃，各种生灵在这里繁衍生息，与人们和谐共处。经历了百年的变迁，她终于达成了心愿。虽然她置身于百年之后，却犹如回到了她童年时期的20世纪80年代。她感受到了人与人之间感情的淳朴、真挚，生命的自由奔放。生命的丰富与美好，绽放在这片古老的土地上。过去与现在在此重叠。

莫英暗自感慨，“思想灵”的诞生，是一项多么伟大的发明，它让她跨越了生命的界限，能亲眼看到今天的世界。

“莫英女士，一小时后，您将会在30公里外的飞行器传送站去往云南中医药基地，请提前做好准备。”随着飞行器内的声音响起，莫英恋恋不舍地告别了她眷恋的故土，飞向了远方。

莫英的飞行器来到传送基站，进入指定的传送带后，她的神经元将会被传送到指定地点，更换飞行器，继续她的探索之旅。

这里是位于云南深山的综合性的大型中药基地，中药基地坐落在一片开阔的土地上，四周环绕着青山绿水，空气清新宜人。基地分为几个主要区域：种植区、研发中心、教育培训中心以及游客体验区。在莫英的身体没有消亡之前，基地建设之初，她便每隔一段时间到基地观察一番。对莫英来说，中医是华夏之瑰宝。中医之复兴，关系着华夏文明的复兴，也关系着人类的福祉。它也是元宇宙构成中比较重要的一部分。

此时的基地已经建成，到处是一片生机勃勃，繁忙的景象。

依靠基地得天独厚的自然环境，种植区在山林之中，种植着数百种中药材，既有常见的如人参、黄芪、当归等，也有珍稀品种如冬虫夏草、灵芝等。这些中药材按照不同的生长习性被合理安排种植，形成一片片绿色的海洋。种植区内配备了先进的智能灌溉与监测系统，能够根据土壤湿度、气温等因素自动调节灌溉量，确保中药材得到最佳的生长环境。

研发中心依山而建，内设有先进的实验室，配备有高端的分析仪器和实验设备，研究人员在这里进行新药的研发和临床试验。研究中心还开展中药材的基因工程研究，通过基因编辑技术培育出更优质、更抗病的中药材品种。研发中心与国内外多所高校和研究机构建立了合作关系，共同推进中医药科学研究的发展。

在种植区，一群孩子正跟着老师在山间行走，认真辨认各种中药材。他们蹲下身子，仔细观察每一种草药的特点，有的孩子还拿出笔记本记录下所学的知识。孩子们相互交流着各自发现的有趣之处，比如，一种草药的叶子形状特别，或者一种草药散发出独特的香气。

在实践技能培训区，孩子们围坐在一张大桌子旁，老师正在教他们如何炮制中药材。孩子们轮流操作，有的捣碎药材，有的称量药材重量，忙得不亦乐乎。他们互相帮助，有的孩子力气大，负责捣碎较硬的药材，有的孩子细心，负责称量药材的重量。完成炮制后，孩子们兴奋地展示自己的成果，分享成功的喜悦。

在这个中药基地里，不仅传承着千年的中医药文化，更孕育着新一代的中医人才。在传统与科技的结合下，中医药在全球范围内的影响力越来越大，为人类的健康事业做出了重要贡献。

看着生机勃勃的中药基地，莫英的心得到了宽慰。飞行器转而飞向飞行器基地，她将去往最后一个目的地，在那里，有故人在等候。

莫英的飞行器到达目的地时，识别到张可的飞行器已经到达。她飞到张可旁边。

两人的面前矗立着一座宏伟的建筑群，它便是人类科技巅峰之作——“灵境穹顶”科学基地。自从元宇宙诞生以来，科学跨越了国家与学科的壁垒，在这里交汇。这里不仅仅是科学基地，更是元宇宙运行的重要保障。

这是一座融尖端科技与未来梦想为一体的超现代化科研中心，其规模之宏大，设计之先进，堪称人类智慧的极致展现。建筑主体采用流线型的外观，使得整栋建筑看起来既现代又动感。建筑通体覆盖着一层银色的金属材料，表面光滑如镜，在阳光的照射下闪烁着耀眼的光泽，如同一颗镶嵌在大地上的璀璨宝石。

“它的设计太精美了。”莫英发出一声感叹。

“它的设计非常精妙，但这不仅仅是美学上的巧思，”张可接话道，“这层银色的外立面实际上是一套高效的光伏系统。每一寸墙面都嵌入了超薄的太阳能电池板，它们在吸收阳光的同时，将光能转化为电能，为整栋房屋供电。房子的设计者巧妙地利用了光伏面板的特性，创造出了流线型的外观，使得整栋建筑看起来既现代又动感。屋顶的曲线与墙面融为一体，形成一个连续的曲面，这种流畅的线条不仅美观，还有助于雨水的快速排泄，减少了积水的可能性，这种设计使房屋实现了能源自给自足，减少了对传统电力的依赖，大大降低了碳排放，成为可持续生活方式的典范。”

“它的设计者是谁?”莫英好奇。

“它的设计不是一个人，确切地说，是在莫顿·桑奇斯的‘思想灵’的指导下，由建筑学、美学、环保学等专家共同完成。”

莫英感叹：“莫顿·桑奇斯一直是我的偶像，他的思想能够延续真的是人类的福祉。”

两人的飞行器进入基地，这是一个巨大的开放空间。进门是基地的大厅，天花板上悬挂着全息投影系统，可以实时显示地球外太空的景象，让人仿佛置身于浩瀚的宇宙之中。而四周的墙壁上，动态的数字屏幕滚动播放着元宇宙世界最新科研成果和全球科学动态。大厅内或坐或站着来自世界各地的年轻人，在基地全语言辅助系统的帮助下，他们跨越了语言的壁垒，三五成群地聚集在一起，热情洋溢地进行着讨论。

也许是他们的热情和专注吸引了张可和莫英，她们驻足观望。

“看着他们，觉得人类的未来充满希望。”莫英感叹。

“看着他们，我才强烈地感觉到创造元宇宙的意义所在。”张可看着面前的年轻人，想起来之前的遭遇，心中无限感慨。

基地内部，无数个高科技实验室犹如蜂巢般紧密排列。每一个实验室都配备了最前沿的科研设备，从高精度的量子计算机到微纳尺度的操作平台，从虚拟现实训练室到仿生机械实验室，应有尽有。科学家们穿梭其间，有的在显微镜下观察微观世界，有的在控制台上操纵着复杂的实验装置，还有的在讨论区热烈交流，思维碰撞的火花不断激发新的灵感。

基地的核心区域，是一座深藏地下的超级计算中心，这里的量子计算机拥有前所未有的计算能力，能够处理全球范围内的大数据，为科学研究提供强大的数据支撑。同时，基地还设有先进的生物安全实验室，专门致力于人类疾病的研究，为全球公共卫生安全贡献力量。

为了促进跨学科合作，“灵境穹顶”特别设立了创意工坊和智能工作区，鼓励不同领域的科学家进行思想碰撞，激发创新火花。此外，基地还配备了先进的生活设施，包括智能餐厅、休闲娱乐区以及生态健身房，确保科研人员在紧张的工作之余，也能享受到舒适的生活环境。在这里，人类的创造力得到了最大限度的释放，每一项研究，每一次实验，都是对人类未来世界的探索与承诺。

这里还存在着一个特别的科室——在这个充满人文关怀的时代，科学家们致力于减轻动物在生命终结阶段的痛苦。在这样的背景下，一家专门研究如何让牲畜在生命结束时不经历痛苦的科室应运而生。这个科室由动物行为学家、兽医、生物工程师和心理学家组成的跨学科团队组成。他们的目标是通过科学研究和技术革新，开发出既能保证动物福利又能满足人类需求的方法。

目前，研究小组正在探索一种新型的无痛安乐死方法，这种方法可以确保动物在毫无痛苦的情况下结束生命。他们正在研究使用温和的气体混合物来实现这一目标，这种气体混合物可以让动物在几分钟内安静地入睡，直至生命的结束。在这个科室的研究人员看来，减轻动物在生命终结阶段的痛苦不仅是对生命的尊重，也是人类文明进步的体现。

张可和莫英一路穿行，自从科学家们在人工智能的帮助下，发现了一组特定的基因序列，这些序列与细胞老化密切相关。通过对这些基因进行深入研究，他们找到了一种方法来调控这些基因的活性，从而减缓细胞衰老的速度。现在这项技术已经开始作用在全人类。所以莫英和张可目光所及，遇到的每一个人，不论年龄都有着相对年轻的体态和面孔。不仅如此，自从 100 年前那场病毒侵袭人类，导致人类寿命整体缩短 10 年，科学家们便一直致力于研究病毒对人体基因侵害导致的寿命变短的后遗症。现在，已经看到了显著疗效。

很快，两人便到达了目的地——太空旅行基地。她们面前，巨大的屏幕上，一艘宇宙飞船正在向月球逐渐靠近。这是一艘满载着 61 个人类“思想灵”感知球的太空旅行飞船，这些“思想灵”年龄跨度从 10 岁到 80 多岁不等。这一次它除了执行太空旅行任务外，还需执行一个特殊的任务，那就是有月球探测队在月球背面发现了诺拉·辛西亚在太空中的遗体。诺拉在滑入逃生舱后，毫不犹豫地选择了打开舱门，投身进了茫茫宇宙。对生命已经进入倒计时的她来说，她认为这是最好的归宿。

月球背面极低的温度以及遗体所处的位置是一个稳定的轨道，避免了大气层导致的摩擦加热，让遗体得以保存。现在，需要将她带回地面。而张可告诉了诺拉·辛西亚的“思想灵”这一消息后，她坚持要自己亲自去接回自己的遗体。因此，诺拉·辛西亚的“思想灵”也在这艘飞船上。

张可和莫英看着画面上幽深的宇宙，心中思绪万千。

突然，一个柔和的声音打破了这份沉默——是她们的人工智能助手，带着一份重要的通知：“亲爱的主人，一小时后，你们将通过意识链接，踏上前往月球旅行基地的奇妙之旅。请做好准备，及时进入太空舱，并完成意识链接。”

两人默契地向太空舱飞去。舱内，其他旅客也已陆续就位。舱门缓缓合拢，黑暗中闪烁着微光，仿佛预示着即将到来的非凡体验。

随着意识链接的激活，一片全新的世界展现在所有人眼前。“欢迎来到月球，以下是月球旅行注意事项。”播音员的声音响起，讲述着星际旅行的规则与注意事项，但每个人的心思早已被眼前的景象所吸引。

张可与莫英，在意识球的引导下，穿行在月球之上，感受着它独有的气息。同时，她们也在意识球中寻找着诺拉·辛西亚。

“嗨，我在这。”一个散发着蓝色光亮的小球飞速驶来，停留在她们面前。

“你确定要自己亲自做这一切吗?”张可还是有些担心，怕她承受不了。

“是的。”虽然大家看不到彼此的表情，但张可和莫英还是感觉到了她坚定的决心。

两艘精致的太空梭，如同流星般，划破了银河的静寂，缓缓向太空船靠近。

随着太空梭与飞船接轨，宇航员艾丽卡和艾博扶着一个密封的灵柩走入飞船。他们小心翼翼地将灵柩接入飞船，整个过程庄重而宁静，没有言语，只有行动表达着对逝者的尊重与哀思。

看着面前的灵柩，虽然诺拉·辛西亚的思想灵就在身边，但张可和莫英心中充满了哀伤与崇敬。她们面前是一位伟大的女性，她以一己之力，用自己的生命为代价，为人类关上了邪恶之门。

诺拉·辛西亚看着面前自己的灵柩，久久不曾言语。最终，她轻声说道：“谢谢你陪我那么久，辛苦你了!”

安顿好灵柩，时间还很充裕，莫英决定和张可还有诺拉·辛西亚分头行动，去做自己感兴趣的事情。

张可决定去探索月球上的科研站点。她沿着一条精心规划的小径前行，沿途经过了几座小型观测站，这些站点配备了先进的天文望远镜和科研设备，用于观测宇宙中的恒星和行星。张可停下脚步，仔细观察着一台望远镜的运作，通过意识球的连接，她能够看到通过望远镜捕捉到的遥远星系的图像，这些图像清晰而壮观，令人叹为观止。

另一边，诺拉·辛西亚则独自一人在月球表面漫步。她来到了一处相对平坦的区域，这里有一片开阔的空间，可以清晰地看到地球悬挂在夜空中。诺拉停下脚步，静静地凝视着那颗蓝色星球，心中涌动着复杂的情感。她想起自己曾经为保护人类而做出的牺牲，也想到了那些在地球上继续奋斗的人们。在这一刻，她感受到了一种超越生死的平静与释然。

莫英的意识球飞行在月球表面，突然，一颗漂亮的石头吸引了她的注意力。这是一颗闪耀着淡淡蓝色光辉，玻璃状的石头。她将意识球停留在石头旁边，打开意识球的手臂，开心地将石头捡起。

她无比幸福地将石头举起，细细观察。通过意识球的传感器，她能够感受到石头表面的纹理，以及它的重量与温度。在这一刻，莫英仿佛与这颗石头建立了一种特殊的联系，她沉浸在月球的宁静与美丽之中。石头在她的手中闪耀着淡淡的光辉，仿佛在诉说着一个遥远的故事。

后　记

“灵境”方案

1990 年 11 月 27 日，钱学森给时任国家 863 计划智能计算机专家组组长、同时也是自己弟子的汪成为写了一封信，表示自己将“Virtual Reality”（虚拟现实技术）一词翻译成“灵境”。钱学森的人工智能思想用八个字来表达，就是“人机结合，以人为主”。在他的设想中，“人机结合”的发展是由浅层次走向深层次的。从人在电脑的辅助下学习的“浅层次、合作性”结合，最终发展到“深层次，进化性”结合。钱学森重视“灵境”技术的一个主要方面在于，“灵境”可以用来扩展人脑的感知，使人机结合达到全新的高度。

与此同时，钱学森也想到了人机深层次结合后对于人类自身的改变，尝试探讨人脑思维会有怎样的发展。在钱学森 1996 年写给汪成为的信件中，他设想了人机结合的最终形态，便是“人机融合”——人在机器的帮助下变成“超人”。钱学森为人工智能选择了人机结合、以人为主的发展方向——如果存在进化，那进化的一定是人类。

自 1990 年钱学森提出“灵境”即元宇宙这个概念至今，一直未能得以运用。那元宇宙的世界，到底是一个怎样的世界？它又能带给我们什么改变？钱老提出的“人机融合”“以人为主”的理念，在元宇宙的世界如何融合？我经过漫长而深刻的思考后，终于对它有了清晰的定义，也正是因为有了这个定义，我才有了写这本科幻小说的想法，但我在写作的过程中，有了更加惊人的发现。

科幻是一件很好的外衣，它能让我大胆假设，畅所欲言，也能让读者有更大的思考空间。“科幻”这个概念出现在20世纪，人们把科幻定性为“虚构”“幻想”，因为大家都觉得书中或者电影中所描述的那个世界离自己太遥远。但是，站在我们现在所处的时间节点去回看，便会发现几十年前的科幻小说和电影中所描绘的科幻场景大都已经实现。从如今的社会发展形态来看，科技也不再只存在于幻想中，因为它已经作用于社会，影响着每一个人的生活。从本质上来说，科幻更接近写实。

纵观历史，从古至今，科技的发展经历了漫长而复杂的过程，每一次突破都深刻地改变了人类社会的面貌。它改变了人类的生存方式、文化结构和社会结构，使人类的生活更舒适，也更便捷。

近代科技有几次飞跃：18世纪90年代初，工业革命彻底改变了生产方式和生产结构。蒸汽机的广泛运用标志着人类进入了工业化时代，纺织机械、铁路和钢铁制造业迅速发展；19世纪后期至20世纪初，电力的应用和内燃机的发明推动了第二次工业革命。电话、电报、汽车和飞机等重要发明极大地缩短了人们之间的距离；20世纪中叶以来，电子计算机的诞生和发展引领了信息技术革命。集成电路的发明使得微型计算机成为可能，互联网的普及进一步加速了信息交流的速度；20世纪下半叶至21世纪初，生物技术取得了显著进展，基因编辑、克隆技术等应用日益广泛。同时，纳米技术和新型材料的研发也在改变着我们的生活。但与以往不同的是，近年来，人工智能技术突飞猛进的同时，它对人类社会产生的负面的影响力远远大过正面的影响。

当我们纵观科技发展的脉络，便能发现每一次科技的革新都带着势不可当的气势，如果说科技的诞生并非偶然，而是人类文明演化的必然，那科技进步的发生便如同历史的进程一样，是无法停止的。

让我们担忧的是，科技的发展正在脱离本质，不再是“以人为本”“以爱为名”。人工智能的诞生带给人类便利的同时，也在对人类社会造成巨大的冲击。如果说科技的发展势不可当，那如何将人工智能正确应用于人类社会，是当下社会亟待解决的问题。

也许，1990年钱学森提出“元宇宙”这个概念，是一种预见。而至今元宇宙未能被加以利用，是因为对它缺少明确的定义，还有某些科技条件没有达成。但我在对元宇宙的方案有了完整的思考后发现，创造元宇宙的时机已经成熟。

这个方案，我把它视作钱老思想的延展，但无论如何延展，始终不会脱离“人机融合”“以人为主”的理念。

我们对“元宇宙”的理解，一直停留在一个片面的视角，我们认为它只是一项高科技，所以只能由一部分科学家去打造。我想，这是一个错误的认知。

倘若我们把元宇宙看作现实世界的平行世界，那就是一个虚拟的地球。那我们就要从两个大的层面去定义它，一个是宏观角度，一个是微观角度。宏观角度是地球在宇宙中所处的位置，我们从宇宙秩序中“秩序”的角度去定义它，微观角度是万物生灵在地球生存的角度。

从宏观角度去看，“秩序”是万物运行的基础，浩瀚无垠的宇宙星系中，所有的星系虽然看似排列随意，但都在各自的位置上有序运行，不管怎么运行都无法离开星系团单独存在。虽然科学家们也观测到有一些独立星系的存在，但这些孤独的星系会由于缺少足够的物质补充而逐渐消亡。由此可见，宇宙之间，有着它们的运行秩序，星系与星系之间互为个体，但又是一个整体，它们你中有我，我中有你，互相影响，相互补给，共生共存。

如果说从宏观角度用“秩序”解释了地球与宇宙之间的关系，那我们再从微观角度从“万物生灵”的生存角度，去解释“我们”与地球之间的关系。

我为什么没有单纯从人类的生存角度去看待，而是从万物生灵生存的角度，是因为大自然中万物是相互依存，相互制约的。大自然中有着完整的生态系统，不同的物种都有着自己的位置和作用，例如，植物为羊和牛提供了食物，食草动物又为食肉动物提供了食物，食肉动物死亡后又为微生物提供了食物，而微生物又为植物提供了营养。在这个生态循环中，某一种物种的减少，都会对另一种物种造成影响，如果某一种物种消失，就会对整个生态系统造成影响。例如，食草动物减少，就会影响食肉动物和微生物的数量。这种生态链，在水源中，有着同样的体现。当我们明白自然界万物共生的关系，也便能理解人类与大自然共生的关系。

综上所述，元宇宙的世界需要从一个多维的角度去构建。从人与宇宙的关系、人与自然的关系、人与国家的关系、人与人的关系，甚至是人与自身的关系。我们需要用不同的身份所处的角度，去看待这个世界，不同的职业、不同的身份、不同的性别、不同的需求，甚至是不同的物种。再者，我们需要从虚实结合的角度去构建。何谓“虚”？我们可以把精神文明定义为“虚”；何谓“实”？我们可以把物质文明定义为“实”。人类精神文明引导了物质文明的产生，物质文明决定了精神文明的高度，它们相辅相成缺一不可。科技的发明如果建立在两者的基础之上，便能达到现实与虚拟世界的平衡发展，也才能立足于根本。当然这个“虚”与“实”我们可以从多重角度去解答它。

当我站在万物生灵生存的角度去写这个方案时，才明了，这个方案，这本书，并不是“我”写的，我只是在替天下众生执笔。

我在着手写这个方案之前，参加了很多有关元宇宙的会议，也看了很多方案，但并没有看到与我理念一致的方案，虽然有不少方案中提到过“元宇宙的世界是现实世界的平行世界”这样的论点，但我觉得这些论点缺少了一个关键因素，那就是“整理”。我们不应该将现有的世界搬进元宇宙，而是将现实世界整理后放进这个世界。以“实际需求”“作用”“功能”等全新的视角去塑造这个世界。只有这样，我们才能在元宇宙的世界去体现一个“干净”“健康”“有秩序”的透明世界。那元宇宙的诞生，才会有意义和作用。

对于“整理”这个概念，我可以用现实中一个很平常但很形象的场景去描绘它：我们可以把现实世界理解为一个地基有些松动的旧房屋。房屋内的家具已经老旧，堆砌了很多杂物，布满灰尘和垃圾，当我们需要将旧房屋重新修整，布置成一个安全、干净、整洁，并且能满足居住人所有需求的房间时，仅仅抹去灰尘，将物品擦洗干净，摆放整齐是不够的。我们首先需要夯实地基，修整房屋，并且将所有物品拿出房屋，从居住人本身的需求出发去重新规划这个空间：替换或者是修补损坏的家具，置办家电，打扫灰尘，将物品擦洗干净后，将有用的放回房间，将没有用的清理。当这个房屋所有的东西都是符合居住人的需求，并且干净整洁时，人居住时便会感觉到安全、轻松、惬意。

综上所述，元宇宙的开发，不只是一项单纯的科技创新，需达到现实与虚拟世界的并行的同步进行，同步组装。我并不是科技工作者，所以，我并不想从技术的角度去写这个方案，写了也只是一些概念，并不能完全展现技术节点。

我的观点是：元宇宙创立要素“立足于根本”，何谓根本？借用《飘》中斯嘉丽父亲对她所说的话，能很好地解释“根本”的含义。“土地是世上唯一值得你为它奉献，值得你为它奋斗、牺牲的事物，因为它是唯一永存的东西。”“大地无所不包，无所不容，它的厚重和广袤，就像母亲一样，无私地抚育着万物。”是的，“大地”和流淌其上的“水”便是我们的根本。

纵观华夏文明的演变，可以说“农耕文明”是华夏文明的基础，它阐述了人与自然密不可分的关系。

要实现元宇宙的世界，我们需要从现实层面，从“根本”开始入手：修复大地，读懂大地，我们才能很好地利用大地。修复大地——工业的飞速发展，正严重污染着土地和水源，评估污染值，制订修复方案已经势在必行；读懂大地——华夏大地地大物博，受地域气候差异影响，每一片土壤都蕴含着不同的营养成分，只有读懂它的生命力，才能做好匹配，栽种适宜的农作物。也才能更好地养护大地，使用大地。

中国是一个地域辽阔、地形多样的国家。地形区主要有平原、高原、山地、丘陵和盆地五种类型。当我们需要在现实层面进行治理时，可以指定一个地区进行精细化试点运作，合理利用自然条件和人文条件，制定规范化运作机制后，便可以在全国范围内按照区域进行复制。

这种现实层面的治理打造，应该是跨行业、跨学科的一种协作。人类社会发展到今天，无论是科技、审美、商业、文化产业，还是制造业，都已经达到了一个高度。如果我们在对现实层面进行治理时，能达到跨界融合，携手共建，从行业制高点、技术制高点、审美制高点、商业架构制高点等方面入手，将传统与科技融合，从农业、商业、科技、环保、人文等多角度出发，便能打造出一个“健康”“透明”“美观”“实用”的科技新世界。

我把这一切归结为六个字——“解决实际问题”。

当今社会，我们正面临着很多显性或隐性的问题，如果从单个问题，从下向上入手，那我们将会面临着“政策”“习惯”“利益”等等多重问题的障碍。

但如果我们从上向下入手，用专业和数据形成整体性的可行性方案，那这些问题将会得到整体性的解决。

放眼当下，食品安全、水土污染等各种问题困扰着大家，影响着我们的生存之本。究其根本，便能发现近三十多年来，华夏民族传承了几千年的农耕文明正在经受冲击，在一些地区已经荡然无存。

出生在20世纪90年代之前的人，应该都还记得，那时候的农村，每家每户的生活方式，都有一套完整的生态链。这套生态链，不仅能满足一个家庭的基本需求，还确保人们在生活中不会产生任何垃圾，从而有效阻止水源与大地遭受污染。

在日常生活中，我们用的是烧柴火的大灶台，喝的是井水，吃的是自家种的粮食，自家养的畜牧。收的粮食除了留一些做种子之外，剩下的会作为一家人的口粮。平时剩菜剩饭会喂给猪和狗吃。粮食收割后的稻草和秸秆，一部分会被储存起来用作做饭的燃料，另一部分则予以焚烧。焚烧秸秆有消杀害虫的作用，能有效阻止害虫的繁殖，从而降低来年农作物虫害风险。焚烧后的草木灰也含有丰富的营养成分，能很好地滋养大地，补充大地流失的营养。除此之外，人畜的粪便也是农作物生长最好的肥料。我们平时穿的衣物破损后，可裁剪做成抹布、拖把，拖把损坏后布条可用于生火做饭，损坏的家具也可劈成柴火。灶膛的灰会被撒入蔬菜地里当作肥料。

这套生态链，看似简单，其实每个环节都蕴含了人类千百年来积累的智慧与经验，充分体现了人与自然和谐共生的理念，它蕴含着农耕文明的精髓。在这套生态链中我们会发现，一个人从出生到死亡不会给大自然留下任何的负担。修护土地与水源，还原生态耕种和生活方式势在必行。总而言之，时代的发展，不能脱离根本。

从华夏文明传承的角度去看，还有很多的问题需要解决。中国是一个民族多元化的国家，拥有丰富的民族文化。这些文化包括宗教、服装、语言、餐饮和传统艺术等。每个民族都有其独特的文化和传统。丰富多彩的民族特色文化构成了璀璨多彩的中国文化宝库，也是中华民族独特的文化底蕴所在。但随着时代的发展，一些工业发达地区的传统文化正遭受冲击，变得极其模糊。挖掘地方文化，将地方文化融于现实加以传承，刻不容缓。

当我们从当下的问题汇总，从多维的角度去思考，面对现实从层面的治理出发，便能得到一个整体的方案。土地与水源是生命之源泉，只有修护了土地与水源，守护了生命之根本，也才能在此基础上进行巨大改革。

实施计划组成部分包括但不限于：

1. 土壤、水源，样本提取、污染指标检测、治理。

2. 土壤营养成分检测，并根据营养成分提供适合种植的农作物选项。

3. 可种植土地集中集约利用，推进荒废农地可再回收利用，预防与消除农地荒废等现象。

4. 种植有机化、科技化，结合传统，在土地耕种更便捷的基础上增加土地的利用率以及生态化运作。

5. 根据地域特色的种植品种制定科学的、可溯源的商品开发。

6. 挖掘地方文化特色、建筑特色、饮食文化等，在恢复地方文化特色的基础上进行守正创新，将田园、建筑、文化、休闲等相互融合，依仗天时地利，打造美丽乡村，形成特色旅游景点。

7. 设立地方种植和商品科技化咨询点，以指导民众进行科学、合理的种植和创业。

8. 以家庭为单位统计已就业和未就业人员，孤儿和孤寡老人，形成数据库，便于后期帮扶和调控。

9. 在农村，以家庭为单位，建立科学的内循环生活机制；在城市，建立以小区为单位的内循环机制。完善垃圾分类处理、清洁回收。我们要做的不只是对食物的来源溯源，我们还要对垃圾的去向溯源。

10. 成立种子基地，实施老品种农作物种子的保护和认证，规范管理，确保农户的有效种植和粮食的安全性。

在此基础之上，逐步构建以国际管理与认证标准的食品、中药等标准化生产基地和产品，有效地针对中国农业及特色制造在全球市场的拓展，进行架构与铺垫。地方文化与建筑的挖掘与恢复，也为地方的旅游与推广做好铺垫。两者的结合能让地方特色和商品以一种全新的展示面出现在元宇宙。依此类推，每个地区都将以一个全新的面貌展现在元宇宙前。

如果我们把元宇宙的世界比作一个星系，那每一个地区就像是一个独立的星球，它既独立又是一个整体，在这里我们可以形成能量的互补，以及互助。当然这个概念可以缩小或者放大，小到人与人之间，大可以大到国家与国家之间。

在此平台上，我们可以进行能源、粮食等各方面的互补与调控。在此基础上，我们会向内进行探索，将科技力量和自然资源作用于地球和人类本身。当人类凝结成一个整体，科技和智慧作用于地球时，我相信，不久的将来地球便会焕发新生。

当我们完成了现实层面的治理和线上的组装，那我们再从更高的视角，和多个角度来看待元宇宙的世界。如果说现实和虚拟的结合，能让我们看到一个现实世界的平行世界，那远远未能体现元宇宙世界的玄妙——这是一个可以重塑过去，也可以创造未来的世界。元宇宙的世界应该是一个平行于过去、现在和未来的世界。

重塑过去，是重塑历史，是重塑信仰，也是重塑文明。毛泽东《心之力》一文完整地阐释了华夏文明之精妙：“夫中华悠悠古国，人文始祖，之所以为万国文明正义道德之始作者，实为尘世诸国中最致力于人类自身与天地万物间精神相互养塑者也。盖神州中华，之所以为地球文明之发祥渊源，实为诸人种最致力于人与社会与天地公德、良知依序共和之道者也。”

纵观人类文明的起源，人类从原始时代“居无定所，食不果腹，衣不蔽体”到今日多姿多彩地感知和体验世界，生命的成长有了清晰的轨迹，文明的构成也有了清晰的脉络。人类创造了文明，文明作用于人类，人类与文明在信仰的交互中就像两条紧密相连，相互缠绕的 DNA 双螺旋结构链，穿越了时空的界限，在历史的长河中谱写智慧与经验，在生生不息中将生命的奥秘传递给一代代华夏儿女。那是一条无形的脉络，它是一代代华夏儿女用智慧和生命凝结成的脉络。

我们可以在元宇宙的世界中让这条脉络具象化，在这条脉络中，农耕文明、圣贤思想、中医文明等，每一种文明我们都可以重塑它的轨迹。让华夏五千年智慧之精髓，以璀璨之姿在这个世界重现。

立足当下，重塑过去，共创未来。让过去有章可循，有据可依；让未来具象化，值得期待。

现在，让我们再回到另一个角度，科技运用的角度。这也是当下社会正面临的一大难题，因为人工智能正在疯狂地替代人类的工作，每一次大模型的发布便意味着一些人会失去工作，失去生存之本。它正在从科技变成一种科技武器。

在讨论这个话题前，我们需要探讨生命的意义。我们在追逐，我们在忙碌，我们在焦虑，我们似乎总是在不断地向前奔跑。以至于我们没有时间去看大自然的璀璨，没有时间去陪伴亲人，没有办法去慢慢体验这个世界的美好。

我们为什么要奔跑？我们为什么要焦虑？因为时代进步的力量正席卷着我们向前奔跑。我们的生活是如此慌张，我们奔跑的每一步都是为了身上的衣，为了口中的食，为了孩子的学费，为了有个遮风避雨的地方。贫富差距越来越大的今时今日，勤劳已经收获不了丰收的果实。那我们不由得思考，生活的本质是什么？人类真正的生存法则是什么？生命的意义是什么？真正的公平又是什么？

当我们独立去看人工智能对社会造成的冲击，会发现它好像是处在人类的对立面。但是，当我们单纯地从作用去看待它，便能发现，人工智能的出现，其实是人类迈向新进程，走向新纪元的开端。如果人工智能没有出现，那元宇宙的世界将不会实现质的飞跃。人工智能的出现是危机，也是推动力。是变局，也是机遇。人工智能与元宇宙的结合，将会推动人类社会多个层面实现质的飞跃。

不过，人工智能能够作用于人类，需要一个前提条件。那便是“作用于全人类”，科技的本质应该是兼顾每一个生命，时代的进步不能落下每一个人。如果宇宙有造物主的存在，那科技必定是造物主赐予人类的工具。当我们从这个视角出发，再回到元宇宙的世界，便能发现，如果想将人工智能作用于全人类，那我们缺少一个必要条件，那就是经济分配问题。

元宇宙的世界，会是一个利益分配相对均衡的世界。

我们设想，让5%—20%的人，去引领其他人。当所有的企业人民都是共有人，大多数的利润，都作用于全体人民，那便真正做到了“取之于民，用之于民”，那人工智能作用于全人类的条件便已经达成。在元宇宙的世界，所有人既是创造者，也是消费者。是付出者，也是得到者。这将是一个人民高度自治的社会，因为大家会认知到，我们所做的每一件事都会影响到自身。

元宇宙的世界也是一个可以进行推演的世界，当我们以国家为单位，每一个地区的人口总数，土地的生产力，工业的生产力，人们的消费需求，都有了具体的数据后，我们便能在一些大的变革前，利用数据进行模拟推演，这种推演会有效地避免资源浪费，并且能够及时修正。

那在此假设的基础上，我们将人工智能作用于全社会，让人工智能替代人类去做大多数的工作，那人类将会逐步得到解放。人类将会有更多的时间去感受生命，在生命的自由中去探索，去创造，去体验，去陪伴。去真正感受生命的自由与快乐。

纵观世界范围内冲突的形成，有着多种的因素，其中包括历史遗留问题、地缘政治利益、资源争夺、政治体制与意识形态差异、气候变化、文化与宗教差异等。人类世界，需要共识——元宇宙的世界，是一个具有“共识”的世界。人类只有产生“共识”才能够“共生”，此共生，不只是人与人的共生，还有人类与文明、人类与自然、人类与科技的共生。

那如果假设人类已经达成“共识”和“共生”，那如何保证这种模式能够永存？从古至今，时代的变迁总是会带来诸多变革，这种变革对社会结构有着极大的影响。建立元宇宙，如何让元宇宙的世界大框架和大方向不受影响，那我们需要让元宇宙形成自循环模式。区块链这项技术能很好地作用在元宇宙的世界。

我们从区块链的作用、特性、应用领域去分析，便能明白这项技术，在元宇宙中能起到稳定性的作用。

首先，应当考虑区块链的作用。

1. 去中心化：区块链技术的最大特点是去中心化，它不需要中心机构来管理整个网络。每个参与者都是网络的一部分，共同维护网络的安全性和完整性。

2. 透明性：所有的交易记录都是公开的，任何人都可以查看区块链上的交易记录。这种透明性有助于提高信任度和减少欺诈行为。

3. 安全性：区块链采用加密技术保护数据的安全。一旦数据被记录在区块链上，就很难被篡改或删除。这种安全性使得区块链非常适合用于金融交易、身份验证等领域。

4. 智能合约：智能合约是区块链上的自动执行合同。当预设的条件被满足时，智能合约会自动执行相应的操作，无须中间人的介入。

5. 提高效率：区块链可以简化流程，减少中介环节，提高业务处理的速度和效率。例如，在供应链管理中，区块链可以实现全程追溯，提高物流效率。

其次，可以观察区块链的特性。

1. 分布式账本：区块链是一个分布式的数据库，所有的交易记录都被分散存储在网络中的多个节点上。这意味着没有单一的中心服务器来控制整个网络。

2. 加密算法：区块链使用加密算法确保数据的安全。每个区块都包含前一区块的哈希值，形成一个链式结构，使得数据难以被篡改。

3. 共识机制：为了保证网络的一致性和安全性，区块链采用共识机制来决定哪个节点可以添加新的区块。常见的共识机制包括工作量证明、权益证明等。

4. 不可篡改：一旦数据被记录在区块链上，就很难被更改。这是因为每个区块都包含了前一个区块的信息，形成了一个不可逆的链式结构。

5. 匿名性：虽然区块链上的交易记录是公开的，但参与者可以使用加密地址而不是真实的姓名进行交易，从而保持一定程度的匿名性。

6. 可扩展性：区块链技术还在不断发展，一些项目正在探索提高区块链的可扩展性，以便支持更多的交易和更高的吞吐量。

最后，允许应用区块链的领域。

1. 金融服务：区块链可以用于支付结算、跨境汇款、资产管理等领域，提高金融交易的安全性和效率。

2. 供应链管理：通过区块链技术，可以实现供应链中的全程追溯，提高产品的透明度和可信度。

3. 身份验证：区块链可以用于身份认证，确保个人身份信息的安全性和隐私性。

4. 投票系统：区块链可以用于建立公正透明的电子投票系统，减少舞弊行为。

5. 物联网：在物联网领域，区块链可以用于设备之间的安全通信和数据交换。

可以说，区块链技术能让元宇宙的世界变得公开、透明且守恒。试想，从慈善的角度去看，当我们在元宇宙的世界能看到我们的每一笔捐款来自何处，去向何处，能看到爱与善良的传递，那我们心中是不是就会充满温暖？如果我们在元宇宙的世界能看到我们的食物产自哪一块土地，哪一家工厂，有着什么样的工序，那我们是不是就会安心？当我们在这个世界看到一切都在慢慢变好，那我们是不是就会充满希望？只要充满希望，就能创造一切！

我们从圣贤的角度去看待元宇宙的世界，便能理解老子和孔子的思想。在区块链技术的辅助下，元宇宙将会是一个具有人类共识的自循环系统，在这里，人们能够高度自治，达到老子提倡的“无为而治”的境界，无为而治不能脱离法治，那现实世界便是韩非子提倡的法治。两者相辅相成，缺一不可。

现在，让我们从更高的维度，去看待元宇宙。

其实，一直以来，各类宗教也好，科学也好，它们最终的指向，都有一个共同点，那就是——“爱”。

如同文明的脉络一样，爱是无形的。但如果我们从生命的成长角度，便能明白，爱对人类的重要性。太阳照耀万物生长，人类的身体需要光，光能带给我们身体温暖。那我们的灵魂同样需要光，这个光便是“爱”。元宇宙的世界，能让我们看见彼此，也能看见彼此的心。当所有人都学会给予爱，那元宇宙的世界，将会成为能够温暖我们灵魂的太阳。现实世界容纳了我们的身体，而元宇宙的世界安放了我们的灵魂。

爱与善良，是这个世界上能创造奇迹的东西。当我们在祈求神明保佑的时候，可曾想过，当你身处绝境时，伸出手帮你的人，就是你的神；当别人身处绝境时，你帮助他时，你就是他的神。神本无具象，每一个心怀善念的人，都可能成为别人的神。当每个人都心怀善念，那在元宇宙的世界，我们不仅能看到彼此，也能看到彼此的心。这将是一个充满爱，温暖的光能照耀到每一个角落的世界。

无论是现实世界还是虚拟世界，爱与善良是一切的根本。如果宇宙间有统一的语言，那一定是“爱”。如果这世上有神，那一定是爱的化身。

现在，就让我们带着“爱”这个话题，去到更高的维度，去解答生命更深层次的课题。我们总是在问“生命有轮回吗”，其实，我们不必假设它，我们需要肯定它。如果答案是有，我们应该做什么？

在生命的轮回中，这一世我们不知道下一世会以什么样的身份，出现在哪，我们不知道再次降临时这个世界会是什么样。下一世也不会记得上一世我们经历过怎样的人生。生命在循环中总是不断地“归零”，我们来时一无所有，我们走时所创造的都会留在这个世界，也可说走时自己一无所有。所以我们总是对死亡和未知感到无比的恐惧。

其实，在元宇宙这个概念出现在我大脑中之前，我一直在思考一个问题，如果生命的轮回是必然，那我们能做些什么？这个问题在元宇宙方案形成后有了具体的答案。

从轮回的角度去看待生命，我们的身体在一次次轮回中消亡，我们的世界在一次次轮回中巨变。唯一不变的只有脚下的大地，它一次次见证着我们的到来，我们的离去。用永恒的爱，爱护着，守护着每一个生命。从轮回的角度看待，能让我们明白生命与大地的关系，也更能让我们明白农耕文明的精髓所在。

如果我们明白了这一点，那元宇宙的诞生，将会给予我们双重的守护。大地能够给予我们物质方面的馈赠，而元宇宙的世界将会给予我们精神的指引。

从本质上解答元宇宙的作用，它的出现不是让我们更好地体验虚拟世界，而是为了指引我们在现实世界有更好的体验。这种“指引”可以穿越生生世世的轮回，直指永恒。

当我们构建完元宇宙，从整体去看待它，便能发现它是一个属于全人类智慧的结晶，这个“全人类”是跨越了时间的界限，从人类之初便开始的“全人类”，如果AI被称为“人工智能”，那元宇宙的世界便是“人类智能”，它是人类思想在千百年来不断交互而产生的智慧的结晶，它也是人类千百年来经验所凝聚而成的结晶，它是真正的“智慧大脑”。在这个智慧大脑中，我们能看到人类智能的进化轨迹，正如钱老所说的那样，“如果存在进化，那进化的一定是人类”。人类与人工智能的关系，应该是驾驭，而不是依赖。

毛泽东在《心之力》一文中，也有一段关于“进化”的论述：“宇宙即我心，我心即宇宙。细微至发梢，宏大至天地。世界、宇宙乃至万物皆为思维心力所驱使。博古观今，尤知人之所以为世间万物之灵长，实为天地间心力最致力于进化者也。”这段话，能让我们更直观地理解人类“进化”的含义。

关于进化一说，我们将目光投向遥远的过去，去纵观地球生命的形成与演变。

从地球单细胞的出现到复杂的人类，地球上的生命经历了数次重大的进化突破，我们将之称为“奇点”，这些突破标志着生物复杂性和多样性的显著增加。而这些“奇点”是如何突破的，至今没有合理的科学的解释。

大约在 38 亿年前，地球上出现了最早的生命形式——原核生物，它们是单细胞的有机体，没有细胞核和其他膜包被的单细胞；大约 15 亿到 20 亿年前，真核生物出现，这是单细胞有机体具有细胞核和膜包被的细胞器，如线粒体；大约 10 亿年前单细胞生物开始聚集形成多细胞生物，这标志着个体之间开始有组织的合作关系，从而形成了更为复杂的生物体结构；大约 5 亿年前，一些水生生物逐渐适应了陆地环境，开始了陆地生态系统的建立。这包括植物和动物的多样性发展，以及随之而来的生态系统复杂性增加；随着时间推移，地球出现了拥有脊柱的生物，这使得更为复杂的运动成为可能，并促进了不同种类脊柱动物的发展，包括鱼类、两栖类、爬行类、鸟类和哺乳类；大约 6 500 万年前，灵长类动物开始出现，它们的大脑相对身体大小来说更大，这为认知能力的提升奠定了基础；大约 20 万年前，智人出现在非洲，并逐渐扩散至全球。人类在漫长的时间中，逐步发展了语言能力、工具使用、文化和技术的传播等。

每一次“奇点”进化性的突破，都极大地改变了地球上生命的形态和发展方向，从简单的单细胞逐步演进到复杂的多细胞生物，直到我们今天看到的高度智能人类社会。

当我们从生命的起源去纵观生命的进化与发展，便能发现每一次奇点爆发前，生命都处于一个带有使命的轮回之中，每一次轮回生命都有着一个重要的任务，我们正在走向一个遥远的目标。那下一个“奇点”何时到来？

我在构造元宇宙之初并没有将人工智能纳入进去，因为当时我和人工智能处于对立状态，觉得它的出现违背了科学创造的“以人为本”“以爱为名”的本质，对社会造成了很大的冲击。当时也不知道元宇宙这个概念是出自钱老，所以当时我是站在人工智能的对立面，站在人类的生存角度，站在“以人为本”的思考角度去初步构建的元宇宙方案。当我知道了元宇宙的概念源自钱老后，我认真思考了钱老对于元宇宙即“灵境”所提出的核心思想——“人机结合，以人为主”。在他的设想中，“人机结合”的发展是由浅层次走向深层次的。从人在电脑的辅助下学习的“浅层次、合作性”结合，最终发展到“深层次、进化性”结合。

我们能看到目前的“浅层次、合作性”，那如何走向“深层次、进化性”？当我深入思考这个问题，再结合我之前构建的元宇宙方案时，我恍然大悟，当人工智能作用在元宇宙中时，我们便能达到“人机结合”的“深层次、进化性”结合。意识到这一点时，我才明白，这才是一个完整的元宇宙的方案。也意识到元宇宙的作用，不只是我之前所看的那么多，它的出现也提醒着我，地球生命进化的下一个“奇点”已经到来。如果从“任务”的角度去看待“奇点”，那我们需要思考的是，在这一个轮回中我们的任务是什么？

站在现在的角度去看我对元宇宙方案的思考，便能发现我处在对待同一个问题，但处在不同的时间节点和自己的对立面，但最终我与自己达成了和解，统一了自己的思想，完整地实现了这个方案。这符合事物对立统一的发展规律。我们以此规律去看待人类命运的发展，便能发现人类命运也处在同样的发展规律中，我们总说历史是如此的相似，那历史循环的意义是什么？当我站在元宇宙方案形成的条件面前，去看待这个问题，我读懂了其中的玄机。

如同我在上文中提到的那样，元宇宙的创造是要“虚”“实”结合，这种“虚”“实”我们可以从多重角度去思考，我们可以从元宇宙创造必备的“精神文明”和“科技文明”的虚实角度去思考。

站在这两个宏观的角度，便能发现，每一次朝代的兴衰更迭，命运的起伏，也在将人类指向一个目标，或者说任务。东方国家在漫长的时代更迭中，打造出了璀璨的精神文明，而西方国家创造出了科技的高度。长久以来，人类在不断地对立中诞生了伟大的思想，伟大的理想也创造出了科技的高度。我们再从元宇宙创立的条件去看，1990 年钱老提出元宇宙这个概念时，那时候无论是从科技层面还是现实层面，都无法达到要求。

从精神文明的制高点去看，华夏文明最璀璨的年代，出现在 20 世纪 80 年代。我在《古老的秩序》一书中，有这样一段描述：80 年代是一个独一无二的年代，虽然那时物资匮乏，但它是一个精神自由开放，充满活力、变革与梦想的年代。说它独一无二，那是因为从没有一个年代人们的心与心之间靠得那么近，近得整个华夏民族就像是一个温暖的大家庭。在这个大家庭中，人们以平和的心态去感悟生命，以诗意的情怀去描绘生活，以无尽的爱去照耀他人。在人们不分彼此的爱与守护中，中华五千年的文明在此交汇，并涌现出璀璨夺目的精神文明之花。它以傲然的姿态凌空绽放，展示着文明光辉照耀下，人性的善良与奉献传递的爱与温暖，展示着生命最原始的幸福与自由。

从“精神文明”与“科技文明”所出现的制高点去看，它们出现的时间相差了三十多年。我们要做的是在元宇宙的世界将时空折叠，完成“精神文明”与“物质文明”的衔接。由此可见，人类命运正走到了一个节点，一个需要放下对立，才能共同面对的新节点。而这个“节点”正是人类生命进化所面临的“奇点”。

但我们现在面临的最大的问题是：如何突破“奇点”?

当我们站在这个奇点面前，从任务的角度去看待人类命运的起伏，便能明白，人类命运是一个剧本式的演绎，善恶对错的交织，只是为了在对立中孵化出一个新的思想体系，这个体系有着善恶对错的评判标准。当我们从生命轮回的角度去看待任务，便能明白，在遥远的过去，在当下，创造文明的人是我们，传承文明的人也是我们。如果人类不能放下对立，不能意识到“奇点”的到来，那我们便不能走出轮回，我们会不断地毁灭我们所创造的，再用漫长的时间重新创造。每一次毁灭的代价，是无数生命的逝去，是无尽的苦难。制造苦难的人会是我们，承受苦难的人也会是我们。当我们从生命进化的角度去看待人类社会的对立，会看清，我们的敌人，是我们自己。当我们放下对立，去看待人类生存正面临的问题，便能发现，我们正面临着巨大的危机，地球已经无法承载人类对立而造成的破坏，冰川融化，海平面上升等系列问题，会导致灾难不断地发生，随时会对人类生命产生毁灭性的打击。

从进化角度去看，假如我们把“奇点”和“奇点”之间，称之为一个轮回，那我们正在经历的这一轮回，和之前的轮回有着显著的差异。这一轮回，是由人类智能主导的，而之前“奇点”与“奇点”的进化是自然的进程，我们可以将它解释为自然力量的推动下的量变到质变。之前每一个轮回的显著特点是，它们始终是以一种整体的力量，以一种“一”的状态在自然进化。而我们所处的这一轮回，生命是对立和分裂的。我想，只有全人类意识到“奇点”的到来，实现力量的“归一”我们才能突破“奇点”。

我们为什么要突破“奇点”？元宇宙的世界又会将我们带往何方？当我们深刻地思考这个问题后，便会发现我们所处的世界，不是我们所看到的这么简单，我们将共同去向一个遥远的未来，那里或许是宇宙的中心。

元宇宙的世界，将会带领我们走向一个与宇宙文明相接壤的未来。元宇宙的世界是现实世界的平行世界，亦是平行于宇宙的，可以溯源历史，创造未来，可以无限延展的世界。我们可以将它理解为一个数字化的地球，这种数字化，不只是商品和信息的数字化，还应该是山川流域的数字化，地下能源的数字化，地球生灵的数字化。这种数字化，能让我们最大限度去读懂地球，去帮助我们建立一个健康的循环体系，我想只有读懂地球，人类的生命财产，地球上的万物生灵的生命才能得到最大的保障。在地球数字化的基础上，未来我们可以向外探索，去建立太阳系数字化，宇宙数字化，在确保不破坏宇宙自循环的基础上，将更多的能量作用于地球，作用于人类。

元宇宙是一个可以承载科技无限发展的平台，它能确保无论科技如何发展，都能作用于全人类。我们也将会在漫长的时间轮回中，在元宇宙和大地，还有在彼此的守护中，去实现智慧和身体的进化。也许，在遥远的未来的某一天，我们作为新生命到来时，我们都能公平地得到一个健康、美丽的身体，一个不再有疾病和衰老的身体，而我们也将拥有一个大脑智力完全开发，能帮助我们更好地体验这个世界的身体。当我明白这一点后再思考，我们想要创造的硅基生命，也许那只是造物主手下人类的雏形，我们所认知的科技的高点，其实是探寻到了人类生命的起点。

元宇宙存在的终极意义，是阻断人类命运的循环，让人类在元宇宙的世界走向一个以人类总体目标为导向，充满爱与和平的新纪元。

在此之前，我们只是从个体的生命去看待生死，去计算生命的长度，未从人类生命整体的角度去看待。倘若从整体去看待，我们便能看到人类的整体目标。我们最终的目标，是共同打造一个完美的体验世界，而我们身体和智慧的进化是为了更好地感知这个世界。为了这个目标，人类已经努力了很久，这是一个无比漫长的过程。

元宇宙的世界会将我们凝结成一个整体。这将是一个不分彼此的世界。我们将共同拥有着创造这个世界、探索这个世界、体验这个世界的权利，这也是一个充满着爱与希望的世界。我们要明白“天人合一”并不是一个孤立的概念，而是全人类的使命，它连接着全人类的觉醒，也连接着深远的宇宙法则。只有在全人类共同的努力下，才能用无限的科技去探索深远的宇宙法则。当我们突破“奇点”进入元宇宙的世界，便能发现，我们正在走向一个遥远的未来，我们终将明白我们来自何处，将去往何处。也许，正如爱因斯坦所说的那般“当人类借助科学力量实现宇宙星际穿越之时，却会惊觉造物主早已经在那里等候了上亿年之久”。

元宇宙的世界，是一扇通往未来的大门，就让我们用爱凝结成一个整体，一起打开这扇门。

在宇宙的辽阔舞台上，意识的火花如同繁星般点缀在无垠的虚空之中。随着宇宙的膨胀，这些意识逐渐增多，它们漂浮、徘徊，寻找着归宿。

昊的眼中映照着星辰的光辉，亿万年的时光流转，为了给玄创造一个完美的身体，他经历了无数次的失败。终于，随着宇宙的膨胀，出现了一个适合生命生长的星系——太阳系。太阳系有着复杂的组成和精细的平衡机制。而地球得益于其在太阳系中的独特位置、适宜的大气层和水循环系统等因素，这些条件共同作用，使得地球成为一个可以孕育生命的奇迹之地。

昊以自己的血肉为种子，带着爱和祝福播撒在这片土地上，开启了人类生命的孵化之路。他看着生命在地球演变，看着人类慢慢成长，看着生命的体验逐渐变得丰富，最后，却无奈地看着他们一次次毁灭。

昊忧伤地看着人类。“为何我如此努力创造的躯体，却有人想回到那个冰冷的容器中去?”昊自言自语，声音在空旷的星球表面回荡。

“你们可知，这天地万物都有着数不尽的奥秘，其中之复杂，之玄妙，不是计算机可以算得清的。”

——比如“爱”